CARAMBAIA

ilimitada

Minae Mizumura

A herança da mãe

Um folhetim

Tradução
LÍDIA IVASA

Posfácio
NATALIA TIMERMAN

Este romance, uma homenagem à tradição moribunda dos romances-folhetim, foi publicado em série no jornal *Yomiuri Shimbun* de 2010 a 2011.

Parte 1

1. Longo telefonema na noite do velório

— Quanto vamos receber de reembolso da Golden? – Natsuki, a irmã mais velha, perguntou do outro lado da linha.

Golden era a casa de repouso privada onde a mãe tinha morado. O nome oficial era Golden Years, ou seja, Anos Dourados, mas todos abreviavam e a chamavam apenas de Golden.

Embora a janela em frente à escrivaninha estivesse fechada na noite de fim de outono, Mitsuki cochichou:

— Acho que uns 17 milhões de ienes.

— O quê?! Ela morou lá por tão pouco tempo e eles vão ficar com 10 milhões?

— Parece que é assim que as coisas funcionam.

O adiantamento para viver na Golden era de 27 milhões de ienes, valor muito além do estilo de vida que a mãe levava e podia pagar. Com a venda do terreno de 224 metros quadrados da casa em Chitose Funabashi, no distrito de Setagaya, onde Natsuki e Mitsuki foram criadas, ela tinha conseguido pagar o valor da entrada e algumas mensalidades da casa de repouso, além de quitar diversas despesas.

Na prática, a mãe residiu na casa de repouso por quatro meses e meio. O quarto ficou vazio quando ela passou três meses e meio internada por pneumonia aspirativa, por isso o período total de estadia fora de oito meses. Sabendo que a mãe poderia morrer em breve, Mitsuki passou a abrir o panfleto da Golden e observar a página com a tabela de reembolso. Segundo esse material, o valor da luva era amortizado em trinta por cento no momento da mudança e o restante seria resgatado mensalmente em valores iguais, ao longo de sete anos. Ela fez os cálculos várias vezes e se certificou de que as contas estavam corretas.

— Achei que ela viveria por mais de uma década. Que besteira ter gastado dinheiro com tantas coisas – disse Mitsuki.

A luxuosa cortina de renda francesa com um delicado bordado floral cobria duas vezes e meia o comprimento da parede. Mitsuki se esforçara em decorar a última residência da mãe, que tinha apenas 20 metros quadrados. A família Katsura era obcecada pelo "belo". Não importava como era a relação delas com a mãe, as irmãs se orgulhavam dessa linhagem e criação. Por isso, Natsuki colaborou com a obsessão de Mitsuki em decorar o quarto, que chegava a ser doentia.

— Naquela época, nós tínhamos certeza de que ela ficaria por bastante tempo, não é? – a irmã mais velha a consolou.

De acordo com a expectativa de vida no Japão, país de maior longevidade feminina do mundo, a mãe, que tinha 80 e poucos anos, ainda contaria com mais de oito anos de vida. Além disso, ela vinha de uma linhagem familiar longeva.

— Tem razão.

— Não será um grande problema se considerarmos o dinheiro que aquela pessoa deixou.

Natsuki se referia à mãe com frieza, tratando-a de "aquela pessoa".

Se os pais não têm um tostão, os gastos da velhice recaem sobre os filhos. A mãe poupou dinheiro suficiente para cobrir as próprias despesas e, além disso, deixou uma boa quantia para as filhas, que não excedia o limite do imposto sobre herança.

Além da tabela de reembolso da casa de repouso, a escrivaninha de Mitsuki exibia objetos de cores e formatos diversos, guardados sempre no arquivo inferior à esquerda. Uma caderneta antiga do Banco Postal; uma caderneta de poupança listrada e desbotada; carimbos pessoais redondos e ovais, de marfim e laca; documentos da seguradora; caderninho de anotações com números escritos em letra irregular. Também havia notas de 10 mil, 5 mil e mil ienes.

Por cima de tudo, o orçamento da funerária.

— Afinal, quanto ela deixou ao todo? – perguntou Natsuki como se falasse para si.

A relação entre Natsuki e a mãe era abertamente fria e seca. A partir de certa época, ela foi esnobada pela mãe, que por sua vez se aproximou de Mitsuki, até então ignorada, para exibir indiferença pela filha mais velha. Encarregou a caçula de todos os assuntos, como a administração das finanças. Natsuki, que nunca foi boa em cálculos, se aproveitou do tratamento frio para não fazer nada, embora guardasse ressentimento. Agora, ela desconhecia a situação financeira da mãe.

— Se incluirmos o valor devolvido pela casa de repouso, acho que cada uma de nós receberá uns 35 milhões.

Para Natsuki, casada com um marido rico, provavelmente não era um valor significativo; quando Mitsuki estava prestes a dizer isso, a irmã mais velha comentou impressionada:

— Até que é um valor considerável.

Mitsuki tinha certeza de que a irmã estava na sala de piano, onde havia isolamento acústico, para que a filha e o marido não ouvissem a conversa, e talvez na companhia de seus dois gatos.

Elas deixaram o corpo da mãe na funerária e jantaram com a família de Natsuki num restaurante que funcionava até tarde, especializado no tradicional cozido *shabu shabu*. Por volta das onze da noite, se despediram. Mesmo depois de voltarem para casa, as irmãs ainda estavam eufóricas com a morte da mãe. Antes de dormir, Natsuki telefonou para a irmã mais nova, única pessoa com quem poderia compartilhar esse sentimento.

O marido de Mitsuki tinha ido para o Vietnã no final de março, dizendo que faria uma pesquisa durante o período sabático da universidade, pausa a que tinha direito a cada sete anos. Por isso, Natsuki não hesitou em telefonar para ela no meio da noite.

Quando o telefone tocou, Mitsuki refazia os cálculos do valor deixado pela mãe.

A sensação de libertação era muito diferente entre as irmãs, pois a relação com a mãe também era bem diferente. Mas a euforia a percorrer todo o corpo era a mesma.

— Não consigo acreditar que fiquei rica de repente. Para os Shimazaki pode não ser grande coisa, mas para mim é — disse Natsuki.

Ela se referia à família do marido, que era violoncelista e o segundo filho . Mesmo décadas depois do casamento, ela ainda se considerava membro dos Katsura, apesar da hostilidade com a mãe. Mitsuki sentia o mesmo. E, embora fosse natural seguir os costumes da família do marido por ser mais rica, Natsuki resistia com teimosia.

— No que vocês vão gastar? – Natsuki perguntou.

Inocentemente, usou "vocês". Devia se referir a Mitsuki e ao marido, Tetsuo, mas, ao ouvir a pergunta, a irmã hesitou por um instante. Ignorou o plural e respondeu apenas:

— Não sei. Primeiro, quero tratar da minha saúde. Vou fazer acupuntura e massagem e gastar sem culpa e também ir às termas. Se possível, quero descansar um pouco mais do trabalho de meio período na universidade.

— Parece um bom plano. – E em seguida mencionou o nome do cunhado. — Acho que Tetsuo ficaria contente também. Agora podem comprar o tão desejado apartamento em Minato, não é? E ainda podem pedir um empréstimo.

Mitsuki não contara ao marido sobre a internação da mãe, mas não revelou isso a Natsuki. Em vez de responder, ela perguntou:

— E você, Natsuki, no que vai gastar?

Natsuki e o marido, Yuji, viviam num apartamento confortável de 150 metros quadrados em Kamiyama, área residencial de alto padrão próxima a Shibuya. Além de não terem mais prestações a pagar pela residência, ainda eram donos de uma casa de veraneio em Oiso, num terreno da família que ficava próximo à casa da cunhada.

— Eu também não sei. Sempre me senti inferior a eles, não recebo muito dinheiro para os gastos pessoais. Com a herança, fico aliviada em saber que tenho meu próprio dinheiro. Posso trocar o piano por um Steinway. Se for preciso, posso até comprar um apartamento pequeno e me divorciar. – Depois de dizer a última frase como se fosse uma brincadeira, seu tom ficou sério. — Fico feliz em ter meu próprio dinheiro, ainda mais quando penso que me livrei daquela pessoa aos 50 anos. Eu evitava pensar nessa sorte grande.

— Isso é verdade.

— Além disso, quando via aquela pessoa, desejava não viver por muito tempo. Me sentia desmotivada.

— Eu também sentia o mesmo.

Sobrecarregada com as vontades da mãe, Mitsuki perdia o desejo de viver. Em certo dia de verão, quando a menstruação começou a ficar irregular, ela tomou friagem nas costas, por ficar horas exposta ao ar-condicionado. Desenvolveu uma síndrome, chamada coloquialmente de "mal do ar-condicionado", uma espécie de disfunção do sistema nervoso autônomo. Em outras palavras, queixava-se de mal-estar sem causa definida. Foi então que a mãe sofreu algumas fraturas, no fim do ano anterior. O evento afetou a saúde das irmãs. Natsuki, que era a saúde em pessoa desde a infância, agora tinha uma doença ocular que se agravava. Já Mitsuki, que sempre teve a saúde frágil, sofria com o agravamento daquele mal-estar sem causa definida. Além disso, havia a questão do marido, Tetsuo, que a irmã mais velha desconhecia.

A essa hora, no necrotério da funerária, ou seja, no interior da câmara mortuária, o corpo da mãe congelava, da pele para os órgãos. Aqueles olhos pretos, que ficaram abertos até a enfermeira fechá-los com gentileza, também iam congelar até seu núcleo. O que aconteceria com os fartos e rígidos cabelos brancos?

Aujourd'hui, maman est morte. Mamãe morreu hoje.

Era a primeira linha do primeiro romance que Mitsuki leu em francês.

Pensando agora, essa deveria ser a noite do velório da mãe. Evento em que, no costume budista, ou melhor, no antigo costume japonês, a família passa a noite em claro em casa, queimando incenso e despedindo-se do morto. Agora que a maioria das pessoas morre no hospital, quantas famílias retiram o corpo para velá-lo na residência? Com a mudança dos costumes ao longo dos anos, não se sabe mais como as outras pessoas agem; mas desde o início as irmãs não tinham a intenção de seguir o habitual. Na noite em que a mãe seria velada, elas deixaram o corpo no congelador da funerária e, sem pesar algum, conversaram por telefone sobre como usariam a herança. Não tinham remorso nem por não sentirem culpa. Elas não pretendiam ir à funerária antes de o corpo da mãe ser transferido para o caixão, dali a dois dias.

— Seja como for, preciso descansar um pouco amanhã.

Depois da ligação, Mitsuki desligou o computador. Não quis enviar um e-mail a Tetsuo para falar da morte da mãe. A diferença de fuso com o Vietnã era de duas horas. Talvez ele estivesse preparando duas bebidas e tira-gostos antes de dormir. Ela gostava de ver como Tetsuo se sentia à vontade na cozinha. Porém o marido, que agora exibia essa naturalidade para outra mulher, não tinha o direito de saber da morte da sogra.

Mitsuki deitou-se como de costume. A luz na mesinha ao lado da cama iluminava o romance em francês que ela lia enquanto aguardava pela morte da mãe. Apagou a luz.

Mesmo no escuro, não brotaram lágrimas. Em meio à euforia, tudo o que ela conseguia sentir era exaustão por acompanhar a mãe o dia todo, esperando pela morte. Por falar nisso, quando a avó morreu – Mitsuki ainda era criança –, a mãe também não chorou.

Só anos depois ela viu uma mãe diferente.

Uma vez, quando caminhavam pela praia de Atami, a mãe riu e disse que a avó nunca tinha encontrado seu Kan'ichi, o protagonista da obra *Demônio dourado*. Depois, comentou em tom de brincadeira que a própria mãe era ridícula, pois acreditava ser Omiya, a personagem feminina principal do romance. Sua voz denunciava que estava contendo as lágrimas, talvez por causa das lembranças evocadas. Mitsuki não queria que a mãe ficasse sentimental naquele lugar e começou a caminhar calada.

Apoiada na bengala, com muito esforço a mãe tentava alcançar os passos da filha na areia.

2. Porta-lenços florido

Como é comum entre as mulheres que receberam boa educação, Mitsuki sempre acreditou que não tinha direito de se sentir infeliz. Se olharmos para a história ou mesmo para o mundo de hoje, as tragédias da humanidade são tão numerosas que talvez o termo budista "mundo do sofrimento" seja o mais adequado para descrevê-lo. Seria um crime Mitsuki se considerar infeliz.

Talvez para uma mulher loira e de olhos azuis, nascida em uma área nobre como o 16º *arrondissement* de Paris, ou o Upper East Side de Nova York, e criada aos cuidados de uma babá, fosse uma infelicidade enorme – embora isso não pudesse ser dito abertamente – nascer no interior da França ou dos Estados Unidos, ou pior, no Extremo Oriente. Mas, para Mitsuki, se seu destino fosse nascer no Extremo Oriente atual, era uma felicidade ter nascido no Japão. Além do mais, ela foi criada em um ambiente até que privilegiado. Graças à mãe, fez até um intercâmbio em Paris. O marido é professor universitário e ela trabalha meio período como professora. Sua vida não é tão ruim. Ela não tinha o direito de se considerar infeliz.

Certo dia, no entanto, Mitsuki percebeu que não podia mais sustentar esse pensamento. Com o passar dos anos, sentiu algo estranho em relação à vida, como se não fosse para ser do jeito que era. Logo aquela sensação de estranhamento passou a envolvê-la como um fio pesado e pegajoso, desbotando sua pele e seu coração. Não sentia entusiasmo por mais nada, não sorria com frequência e o brilho do olhar se tornava opaco.

Ela não se reconhecia mais como a menina animada que cantarolava, seguindo o ritmo do vento, e que dançava, girando na ponta dos pés.

Mitsuki não sabia bem quando a mudança começara. Não foi quando ela descobriu pela primeira vez o caso de Tetsuo com outra mulher. Pensando bem, desde a lua de mel já tinham aparecido sinais. Mas ela tomou consciência dessa coisa pegajosa que envolvia seu corpo quando o pai foi internado em um hospital para idosos que ficava distante. Não, foi antes disso, quando Aquele Homem surgiu na vida da mãe. Teias de aranha logo apareceram em vários cantos do teto da casa em Chitose Funabashi — foi então que o pai, com um olhar vazio, foi abandonado sozinho.

Nos últimos anos, esse fio pesado e pegajoso se enrolava com mais intensidade no corpo de Mitsuki.

Especialmente depois que ela adoeceu por causa do ar-condicionado.

Naquela noite, Mitsuki ficou muito tempo exposta ao ar gelado e estava prestes a desmaiar quando chegou em casa. Depois de uma noite maldormida, notou que, longe de ter se recuperado, ela tremia de frio só de tocar nos lençóis. Quando mediu a temperatura, o termômetro indicava apenas pouco mais de 35 graus.

— Ninguém morre disso, mesmo se estivesse com 34 graus.

No hospital, um jovem médico de 30 e poucos anos lhe dirigiu esse comentário indiferente enquanto ela, uma mulher de meia-idade, suportava o ar gelado do local. Ele não receitou nenhum remédio. Em casa, Mitsuki fez uma pesquisa on-line e descobriu que a medicina ocidental diagnosticava a sensibilidade ao ar-condicionado e ao frio como sintomas de "má circulação sanguínea". Nas pesquisas em inglês, a doença nem existia. Já a pesquisa em japonês mostrou que muitas pessoas sofriam do mal do ar-condicionado, sentindo o corpo inteiro ou as extremidades das mãos e pés e o abdômen frios como gelo, além de um cansaço incomum. Os ombros e as costas enrijeciam por causa do ar frio. Muitas eram mulheres da idade de Mitsuki. Ela não sabia se era uma doença característica das asiáticas, mas passou a usar medicamentos receitados por uma profissional de medicina tradicional chinesa que conhecia bem essa enfermidade. Também passou a fazer acupuntura. Mitsuki descobriu que poderia recorrer à medicina psicossomática e pediu receitas de medicamentos como ansiolíticos, antidepressivos, hipnóticos e comprimidos para dormir.

Desde o ensino fundamental, o médico sempre dizia que Mitsuki tinha constituição frágil. Ela nunca foi muito saudável e, quando criança, os resfriados eram acompanhados de febre alta. Depois de adulta, cansava-se com facilidade, mas seu corpo jovem lhe dava alguma força física. Desde que desenvolvera o mal do ar-condicionado, nunca mais teve um dia em que se sentiu bem-disposta. Foi então que surgiram questões relacionadas à idade avançada da mãe – por causa dos eventos ocorridos com o pai, Mitsuki não queria perdoá-la, e a mãe começava a lhe pesar nos ombros como um encosto. Ao mesmo tempo, lidava com Tetsuo como se nada estivesse acontecendo e evitava pensar na traição. Uma sensação de vazio se espalhava no peito de Mitsuki.

As pequenas infelicidades passaram a compor uma sinfonia, ganhando volume e velocidade até alcançar um crescendo violento no fim do ano anterior – não, como Mitsuki é japonesa, seria melhor considerar a terminologia de Zeami e dizer que foi uma conclusão rápida da progressão *johakyu* do teatro nô.

Entre o fim do ano e a morte da mãe, ela literalmente viveu um pesadelo.

Eu sou infeliz.

Mitsuki aceitou esse pensamento nos dias de tormento que se seguiram. Aliás, nos contos infantis que lera quando criança, havia uma princesa que nunca sorria. Quando se tornou uma mulher de meia-idade doente, Mitsuki passou a sorrir menos e a se permitir ser infeliz.

Foi no ano anterior, por volta das duas da tarde de 28 de dezembro.

Mitsuki e o marido estavam de férias, mas Tetsuo tinha uma entrevista marcada com alguma revista, e como iam tirar fotos ele saiu de casa por volta das dez e meia com a "camisa de intelectual" engomada. Era parecida com a túnica chinesa de gola alta, usada sem gravata. Intelectuais elegantes gostavam de usar esse tipo de roupa quando apareciam na televisão, por isso Mitsuki secretamente deu esse apelido à peça.

Ela se sentia bem naquele dia.

Costumava voltar cansada das compras no supermercado e se deitar por um tempo na cama, mas ainda sentia a euforia das compras de ano-novo. Guardou na geladeira a comida tradicional de ano-novo, comprada pronta, subiu numa escadinha e tirou do armário uma caixa de papelão com utensílios laqueados usados em ocasiões especiais: caixas empilháveis para acomodar a comida; o conjunto para saquê; bandejas grandes para servir as refeições individualmente, pratinhos, garrafinhas individuais de saquê e suportes para acomodar copos. Ela limpou tudo com cuidado e depositou em cima da estante que acomodava a televisão de LCD. Os utensílios tinham desenhos de pinheiros aplicados com a técnica *maki-e* em alto-relevo, e algumas partes da pintura estavam descascadas. Na tampa da caixa, havia um auspicioso grou japonês em pleno voo incrustado em madrepérola. Era um conjunto passado de uma geração para outra da família Katsura, mas a mãe não o quis mais e Natsuki ganhara da família Shimazaki um conjunto novo, por isso Mitsuki acabou ficando com esse.

Em seguida, ela trouxe um vaso alto que escolhera com Tetsuo em Okinawa e enfeitou com *kadomatsu*, o tradicional arranjo de ano-novo – comprou um daqueles arranjos simples, prontos, feitos para quem mora em apartamentos: folhas de pinheiro, galhos prateados e ramos de nandina com pequenos frutos vermelhos. Pôs ao lado do conjunto para saquê.

Subitamente, o apartamento ganhou ares de ano-novo.

Na véspera da passagem de ano, Mitsuki e o marido sempre pernoitavam na casa dos pais de Tetsuo, em Toride, na província de Ibaraki, que fica nos subúrbios da região metropolitana de Tóquio. Depois de passar os dias 31 e 1º com os sogros, ela comemorava o "ano-novo da família Katsura" com a mãe e a irmã no dia 2. Tinha se tornado um costume depois da morte do pai. Desde que Aquele Homem sumira, a mãe arrumava qualquer pretexto e insistia em reunir as filhas. O ano-novo da família Katsura, com o qual ela não se importava quando estava com Aquele Homem, agora era um evento muito importante. Um resquício do costume de Mitsuki de trazer o pai do hospital para casa, para passarem o ano-novo juntos. Elas continuavam a se reunir no pequeno apartamento.

Sendo 28 de dezembro, ela não tinha tempo a perder.

Depois de arrumar mais uma vez a posição do arranjo de ano-novo, Mitsuki foi para o quarto. Ela fazia bicos como tradutora e tinha um trabalho urgente para entregar. Também não havia terminado a faxina nem lavado a roupa, mas antes disso precisava escrever algumas cartas. Em dezembro, Mitsuki recebeu avisos de que, em razão de falecimentos na família, duas amigas da universidade não enviariam os habituais cartões-postais com felicitações de ano-novo. Por isso, queria enviar logo cartas de pêsames para compensar os postais de ano-novo que já havia mandado pelo correio.

Será que em dezembro morriam muitos idosos?

Um pouco invejosa das amigas que enviaram avisos de falecimento, Mitsuki pegou o conjunto de cartas de papel japonês da tradicional loja Kyukyodo e revisou o texto, escrito a caneta-tinteiro para que a letra ficasse apresentável. Quando pegou os envelopes, ela se lembrou de que os selos comuns de 80 ienes tinham acabado. Os que restavam na gaveta eram selos com estampas chamativas de flores das quatro estações ou com sedutoras pinturas *ukiyo-e* comprados por algum capricho. Não eram imagens apropriadas para uma carta de condolências. Mitsuki entrou no quarto do marido, que ele também usava como escritório, para procurar selos comuns.

Ela não costumava entrar nesse quarto. O computador de tela grande ficava no centro da escrivaninha, cercado por livros e documentos espalhados, algo típico de um professor universitário. Sabia que, se movesse os objetos de lugar, o marido não os acharia mais, por isso ela apenas espanava o pó e passava aspirador. Naturalmente, nunca abriu as gavetas da escrivaninha.

Imaginando que os selos estariam na primeira gaveta, ela inadvertidamente abriu e viu um objeto colorido e incomum. Era um porta-lenços de seda rosa, bordado com pequenos motivos de flores azuis, verdes e amarelas. Como aqueles vendidos em lojas de objetos asiáticos frequentadas por pessoas mais jovens. Talvez Tetsuo tivesse um lado feminino, mas não fazia o estilo dele. Geralmente usava lenços de bolso recebidos como propaganda na rua ou os que Mitsuki comprava no supermercado. Esse objeto, escondido como uma fadinha dentro da gaveta, era adorável, mas ao mesmo tempo ameaçador.

Existe uma jovem mulher na vida de Tetsuo.

Era o que dizia a intuição de Mitsuki.

Quando uma pessoa pede emprestados lenços de papel, geralmente pega uma ou duas folhas. Quem ficaria com o pacote inteiro, colocaria no bolso e levaria para casa? Impensável.

Ela estava de pé, paralisada, com o porta-lenços em uma das mãos, quando o telefone da sala começou a tocar. Atendeu pela extensão e ouviu a voz de uma mulher desconhecida.

— É da residência da sra. Mitsuki Hirayama?

No cartão com contatos de emergência que a mãe carregava na carteira, o número da filha, Mitsuki, era o primeiro.

— É do hospital X. Sua mãe, Noriko Katsura, sofreu um acidente e algumas fraturas. Foi trazida de ambulância para cá.

O porta-lenços florido dançava na palma da mão de Mitsuki, como se zombasse dela. Ainda no mesmo lugar, ela ligou para a irmã mais velha, que exclamou:

— Hã?! De novo? – Depois de reclamar, acrescentou: — Não seria justo deixar tudo nas suas mãos, então eu também vou.

A irmã nunca dizia "Eu vou, você fica". Nessas horas, era sempre "Eu também vou".

Pelo horário, Tetsuo estava na entrevista e com certeza deixara o celular no modo silencioso. Nessas situações, ele era detalhista. Mitsuki deixou uma mensagem na caixa postal, dizendo que a mãe tivera outra fratura e que não sabia como seria a noite, então ele precisava cuidar da própria refeição. Depois ela partiu às pressas para o hospital.

Enquanto Mitsuki estava sentada no banco em frente à sala de emergência, viu a imagem do porta-lenços voltar vívida. Um pensamento completamente distinto surgiu com o ímpeto de uma chama:

Minha mãe vai morrer.

Ela vai morrer.

Finalmente, vai morrer.

Não, claro que isso não aconteceria.

A pessoa do telefonema parecia ser uma enfermeira. Ela não sabia os detalhes, mas explicou que a paciente caiu em frente a uma lavanderia e tinha fraturado a perna e o ombro. Quem chamou a ambulância foi o dono do estabelecimento.

Pessoas não morrem por fraturar o pé e o ombro.

— E a cabeça?

— Ela está consciente.

Se não batera a cabeça, não morreria. Enquanto dizia isso para si, outras possibilidades surgiam em sua mente: uma idosa de 80 e poucos anos poderia morrer de choque. Ou, dependendo do local em que batesse a cabeça, poderia haver uma grande hemorragia cerebral.

Meia hora depois, a porta dupla da sala de emergência se abriu e Mitsuki ouviu seu nome ser chamado.

Ela entrou no quarto e viu espaços delimitados por cortinas cor de creme que se estendiam à direita e à esquerda. A mãe estava deitada na cama de um desses espaços para onde Mitsuki foi levada, o rosto maquiado com pó e batom, como de costume. Ao ver a filha, ela praticamente gritou:

— Mitsuki! Desculpe, desculpe!

3. Sanitário portátil

Essa reação devia ser resultado das súplicas de Mitsuki para que a mãe não tropeçasse e não causasse mais problemas para as filhas. Mas, no momento do acidente, dentro da ambulância e até enquanto fazia exames, a mãe, com um sentimento de culpa, esperava a filha aparecer. Mitsuki sabia que a atitude dela logo mudaria, mas por um instante ficou comovida.

A radiografia mostrou fraturas no ombro e no colo femoral, ambos do lado direito. O ombro se fragmentou em tantos pedaços que perdeu o formato. Disseram que a mãe ficaria internada por cerca de um mês após a operação e que seria preciso frequentar a clínica de reabilitação por dois ou três meses.

— Ela voltará a andar?

— Vai depender dela. Com esforço, pode voltar a caminhar.

A mãe, ainda deitada, observava alternadamente o médico e Mitsuki, com seus grandes olhos pretos. Como não ouvia bem, ela não conseguia escutar a conversa. O médico revelava a inquietação de pessoas muito ocupadas, por isso Mitsuki hesitou em perguntar mais detalhes.

Ela se aproximou do ouvido da mãe e repetiu as palavras do médico. Em seguida, perguntou como havia tropeçado.

— Eu não sei, deve ter sido a ventania. Quando percebi, estava caída no chão – a mãe respondeu.

Fazia mais de uma década que ela usava bengala, depois de ter sido atropelada por um jovem de bicicleta e sofrido uma fratura no colo femoral esquerdo. Mesmo assim, ainda não tinha firmeza para caminhar e, quando saía de casa, usava como apoio um carrinho de compras para idosos. Agora, foi derrubada pela ventania enquanto guardava no carrinho o lençol que havia acabado de retirar da lavanderia.

Então Natsuki finalmente apareceu, como se tivesse vindo às pressas. Ela estava com um ar diferente. Embora não usasse joias nos dedos, todos percebiam que se tratava de uma pessoa rica. A mãe reconheceu a filha e estendeu a mão esquerda, pois a direita estava imobilizada. Com uma expressão de surpresa, assim que Natsuki segurou a mão dela, disse:

— A mamãe sofreu outra fratura.

Comovida por um instante pela atitude sincera, Natsuki disse em um tom mais gentil do que o habitual:

— Você não toma jeito, mamãe.

Como no dia seguinte iria uma cuidadora, Mitsuki telefonou para a gerente da empresa e contou o ocorrido, cancelando o serviço. As irmãs foram para a casa da mãe em Chitose Funabashi apanhar os pertences necessários para a internação. Quando chegaram ao hospital, a mãe tinha sido levada para um quarto com duas camas e fora colocada próxima à janela. Seria solitário ficar em um quarto grande e, para que as economias da mãe não diminuíssem ainda mais, Mitsuki solicitou um quarto compartilhado. Ao pensar no pai, que passou sete anos em um quarto grande de um hospital para idosos sem jamais ter a oportunidade de ficar ao lado da janela, concluiu que a mãe tinha sorte até nessas circunstâncias.

Foi quando ela viu a sonda urinária e a bolsa embaixo da cama.

— Ah, chegou o fim da Noriko!

Foi o que disse assim que viu a expressão das filhas. Quando queria fazer troça de si mesma, a mãe se chamava pelo primeiro nome na terceira pessoa, Noriko. A autozombaria era evidente, até naquele rosto cheio de rugas e com a maquiagem prestes a craquelar.

Mitsuki também pensou que seria o fim. Natsuki deve ter pensado o mesmo. Especificamente como isso se daria, elas não conseguiam imaginar. Independentemente da perplexidade das filhas, com o avanço da velhice e a diversão desaparecendo aos poucos, ganhava força a frase favorita da mãe: "Preciso aproveitar enquanto estou viva". Ela continuava a resistir, em busca de diversão, o mínimo que fosse. Sua vida, a partir desse dia, logo deixaria de ser alegre.

Apesar da declaração, o verdadeiro e derradeiro fim ainda estava distante. Mitsuki queria que a mãe tivesse consideração pelas filhas, que seriam obrigadas a acompanhá-la ao longo desse processo. Com isso em mente, respondeu em voz alta à mãe:

— Calma, não diga isso. Vai voltar a caminhar se fizer a reabilitação direitinho – e assumiu um tom jocoso de propósito.

Não era agradável que a vizinha ouvisse a conversa, separada apenas pela cortina creme, mas não havia opção. Mitsuki precisava falar alto para ser ouvida. A paciente ao lado tinha uns 70 anos. Se não tivesse problemas de audição, aos poucos ela provavelmente notaria que havia algo estranho na relação entre mãe e filhas.

A mãe deu um suspiro profundo.

— Preferia morrer.

— Mamãe, a senhora não morreu, então precisa seguir de alguma forma – Mitsuki respondeu, considerando a paciente do outro lado da cortina.

— Era melhor ter morrido.

— Se operar e fizer a reabilitação, vai voltar a andar.

Naquela época, Mitsuki ainda acreditava que a mãe voltaria a caminhar – teria mais dificuldade, mas não havia degraus no espaço conjugado onde a mãe vivia nos últimos anos. Caso ela usasse a bengala, talvez conseguisse caminhar lentamente.

Ela não comentou as palavras de consolo da filha e perguntou, olhando para o quarto do hospital:

— Mesmo que gaste um pouco mais, eu consigo viver aqui, não é?

— Consegue – Mitsuki respondeu num tom confiante, mas logo pensou no saldo da poupança.

— Você avisou a gerente da empresa de cuidadores?

— Fiz isso logo que soube do acidente.

— Boa menina.

Assim disse e voltou-se para Natsuki, que organizava calada os pertences da mãe:

— Trouxe meus remédios?

Natsuki deixava a conversa por conta de Mitsuki quando a irmã estava presente. Sempre ficava um pouco emburrada. Ao ouvir o questionamento da mãe, mostrou o saquinho de plástico contendo os remédios e a mãe assentiu.

Começou a enumerar, num jorro, as tarefas que as filhas deviam fazer.

Cancelar as entregas do jornal e das marmitas que vinham duas vezes por semana; avisar a vizinha que ajudava a separar o lixo reciclável e dar-lhe uma caixa de doces pelo aborrecimento; retirar mais uma vez o lençol na lavanderia e entregar um agradecimento por terem chamado a ambulância; pedir a devolução dos DVDs emprestados: da cuidadora Shirakawa, o *Romeu e Julieta* de Nureyev, e do "senhor que gosta de flores" do salão de beleza, *Aida* com Pavarotti; contatar as pessoas que precisavam ser avisadas e recusar visitas. Pegar, no fundo da geladeira, os carimbos pessoais na nécessaire de maquiagem de couro vermelho presenteada pelo "vovô de Yokohama". Documentos importantes como cadernetas bancárias estavam entre os panos de prato embaixo da pia; os cartões estavam no armário à direita da escrivaninha; deviam procurar também as notas de mil ienes distribuídas nos bolsos do sobretudo de seda, da jaqueta, no casaco de caxemira que se parecia com uma manta, na capa de chuva barata, além de várias calças e bolsas de mão. Entre outras tarefas.

Com certeza a mãe ficara ruminando o que deveria falar enquanto as filhas não chegavam. Com a mente debilitada pela idade, era como se ela soubesse que sua situação dificilmente se reverteria dali em diante. Continuou a falar, como se estivesse possuída por um espírito. Natsuki organizava os pertences calada, e Mitsuki, com a agenda em uma das mãos, tomava notas.

O cirurgião soube da chegada dos familiares da paciente e apareceu. Disse que não era o médico responsável pela mãe, porém foi atencioso e explicou a situação.

A mãe já tinha fraturado o pulso direito, o ombro e o colo femoral esquerdos. Desta vez, se fosse apenas o colo femoral direito, ela poderia usar a bengala com a mão direita, mas infelizmente o ombro direito ficara estilhaçado. Portanto, mesmo que fizesse o implante de um ombro artificial, ela não conseguiria sustentar o corpo apenas com a bengala. Além disso, o osso artificial ficaria propenso a se deslocar se fosse pressionado. Assim, se tudo corresse bem, ela se recuperaria apenas a ponto de caminhar apoiada em barras de apoio.

O médico mostrou como seria, segurando uma barra imaginária e andando de lado como se fosse um caranguejo.

Mitsuki ouvia o médico enquanto esboçava mentalmente a planta da casa da mãe para saber se seria possível instalar corrimões do quarto até o banheiro.

— Talvez seja bom colocar um vaso sanitário portátil ao lado da cama. – Mitsuki engoliu em seco, e o médico continuou: — Além disso, na pior das hipóteses, ela terá de usar cadeira de rodas por causa da idade. Também sugiro considerar a possibilidade de uma casa de repouso.

A conversa avançava tão rápido que Mitsuki mal conseguia acompanhar os pensamentos. Ela podia sentir que Natsuki também engolia em seco com a fala do médico. A mãe seguia com o olhar a conversa entre Mitsuki e o médico. O desejo de que a mãe morresse era abstrato, tinha até um quê poético. Já as palavras "sanitário portátil" carregavam um senso de realidade impactante, como se tivessem levado uma rasteira.

As irmãs se despediram do médico com profundas reverências. Mitsuki foi até a mãe e, enquanto acariciava lentamente o braço dela, repetiu as palavras do médico em seu ouvido, usando eufemismos. Não podia transparecer seu choque para a mãe. Omitiu a parte de que talvez levasse uma vida na cadeira de rodas e disse apenas que teria de caminhar se segurando em corrimões e que à noite era melhor ter um "sanitário portátil" ao lado da cama.

— "Sanitário portátil"? – Parecia surpresa só de ouvir aquilo. — Não quero uma coisa dessas no meu quarto.

Olhou feio para o teto e, sem cerimônia alguma, exibiu seu mau humor.

— Eu não quero!

— Eu disse que existe a possibilidade.

— Nem pensar. Eu-não-que-ro!

4. Marido beberica saquê envelhecido

— Não imaginei que ela deixaria de usar a bengala – disse Natsuki enquanto iam para a estação.

— Nem eu.

— Não seria mais fácil levá-la para uma casa de repouso? – Natsuki continuou com uma voz rancorosa. — Se você sugerisse, acho que ela aceitaria sem protestar. Afinal, ela te obedece em tudo.

— Pois é. – Mitsuki pensou por algum tempo antes de responder. — Ainda é um pouco difícil de tocar no assunto. Ela acabou de sofrer o acidente.

Antes de se despedirem na estação, as irmãs chegaram à conclusão de que era melhor discutir sobre a casa depois de observarem o processo de reabilitação, caso a mãe não pudesse mais morar sozinha.

Mitsuki morava perto da estação Ogikubo, na linha Marunouchi de metrô. Assim que voltou para o apartamento, mais exausta do que de costume e abalada pelos eventos, Tetsuo apareceu na entrada. Teve a impressão de que ele acabara de desligar o telefone.

— E então? – perguntou no tom de voz habitual, sem ideia de que a esposa havia encontrado o porta-lenços florido.

Mitsuki resumiu a situação enquanto tirava os sapatos. Então, lavou as mãos e entrou no apartamento, deixando em cima da mesa de jantar a marmita de frango picado e cozido em molho agridoce que comprara na loja de conveniência.

— Ainda não comeu? Quer uma cerveja?

— Eu aceito, sim.

Depois de aumentar a temperatura do ar-condicionado por causa de Mitsuki, ele entrou na cozinha e pegou na geladeira uma lata de cerveja. Tetsuo escolheu beber saquê envelhecido. Todas as noites, o casal tomava alguma coisa antes de dormir. Numa noite como essa, geralmente eles conversariam sobre o estado da mãe; entretanto, como o porta-lenços não saía de seus pensamentos, Mitsuki não quis falar. Era como se houvesse engolido chumbo. Se não fosse pela situação da mãe, ela tomaria coragem e talvez o confrontasse, mas não tinha disposição para isso agora.

Mitsuki sentou-se à mesa e começou a mexer os hashis em silêncio.

Os dois casos anteriores que descobrira eram com mulheres mais velhas; mas dessa vez, por ser uma mulher mais jovem, ela se sentia dolorosamente desconfortável ao pensar na própria idade.

Tetsuo, alheio às especulações da esposa, estava na pequena cozinha branca e organizada, despejando um saquê âmbar envelhecido no frágil copo comprado em uma feira de antiguidades. Enquanto observava o marido, que usava um avental na cintura como um atendente de cafeteria, Mitsuki pensou como ele era charmoso. Com mais dinheiro do que três anos antes, quando se conheceram em Paris, ele vestia agora roupas melhores. Tetsuo fora criado no subúrbio, em Toride. O pai cuidava da contabilidade da fábrica do cunhado, uma empresa que prestava serviços para uma companhia de eletrodomésticos, mas a família era de agricultores de uma região mais distante. Quando foi levada para conhecer a casa dos avós de Tetsuo, onde o sogro nascera, os cômodos de tatame lhe deram a impressão de ter entrado no mundo das antigas histórias japonesas.

O refinamento que adquiriu apesar das origens humildes era mostra de sua inteligência, e não das bobagens que dizia nas entrevistas para as revistas. Além disso, com aquele porte físico, ele nunca parecia tão cansado quanto Mitsuki. Não seria estranho que mulheres jovens flertassem com ele. O próprio Tetsuo não achava ruim, o que era ainda pior.

Mas ele não serviria como mina de ouro para as mulheres.

Mitsuki comia a marmita de frango e observava o marido preparar um tira-gosto para acompanhar a bebida.

Ele sabia muito bem que sua aparência atraía as mulheres endinheiradas. Além disso, queria se mudar para um apartamento na região central de Tóquio, portanto devia ter uma quantia substancial na poupança e investida em ações. Mesmo assim, podia frequentar restaurantes bons, comprar coisas um pouco mais caras, viajar para o exterior e bancar alguns luxos. E dessa vez, quando a oportunidade surgisse, um empréstimo com juros baixos em um banco público seria usado como entrada em um bom imóvel no centro.

As economias da mãe se esgotaram e, pensando que talvez tivesse de emprestar dinheiro a ela algum dia, Mitsuki não reclamava que Tetsuo administrasse as finanças.

"Que marido maravilhoso! Sabe até cozinhar", as mulheres sempre diziam.

Talvez não fosse o caso de determinar, com base em um simples porta-lenços, que Tetsuo a traía com uma mulher mais jovem, mas Mitsuki tinha uma convicção que não sabia explicar. Não era a primeira vez. Além disso, mesmo que aparecesse na mídia com mais frequência, nos últimos seis meses ele começou a passar muitos dias fora de casa, voltando tarde da noite.

Mitsuki disse assim que Tetsuo se sentou:

— Parece que ela ficou chocada com o vaso sanitário portátil.

— Não é para menos, deve ser um choque para alguém refinada como a mamãe.

Tetsuo chamava a sogra de "mamãe".

Ela sempre fora considerada uma beldade. Depois que se tornou uma idosa de cabelos brancos e costas curvadas, o adjetivo "beldade" passou a ser substituído por "refinada". De fato, ela mantinha um estilo além do que podia sustentar; era como um símbolo de seu modo de ser, perseguindo por toda a vida um sonho difícil de descrever em palavras.

— Imagine um vaso sanitário portátil ao lado daquela cama – Tetsuo continuou, mergulhado em pensamentos.

A cama da mãe estava sempre coberta por lençóis exageradamente luxuosos.

A última vez que Mitsuki levou a mãe para a loja de departamentos tinha sido justamente para comprar lençóis. Ela havia pesquisado alguns modelos, mas a mãe insistiu em ver pessoalmente. Para alguém que gostava de sair – sempre muito arrumada, com uma echarpe no pescoço –, as compras na loja de departamentos eram uma das poucas alegrias que ainda lhe restavam, com exceção de idas ocasionais a restaurantes. Agora que essa diversão estava prestes a acabar, ela queria usar seu privilégio de genitora para obrigar a filha a levá-la para comprar lençóis. Natsuki acompanhou as duas, pois queria conversar com a irmã mais nova, embora soubesse muito bem como era difícil acompanhar a mãe nessas ocasiões. Ela entregava as sacolas de compras às filhas enquanto avançava, tateando o chão com a bengala.

A mãe passou a tira de couro da bengala pelo pulso, apoiou-se no andador para idosos que a loja Isetan em Shinjuku disponibiliza aos clientes e saiu andando, olhando entusiasmada para os produtos destacados pela iluminação. Ela adorava essa loja. A primeira vez que viu o andador na entrada do estabelecimento, se emocionou pela gentileza e disse:

— Oh, eles oferecem até algo assim?

— No Japão existem muitos idosos com dinheiro – Mitsuki respondeu com uma calma contida.

O conjunto de lençóis com estampas florais de cerca de 30 mil ienes foi pago com o cartão de crédito da Isetan. Elas se dirigiam ao elevador e a filha estava aliviada por ter concluído a tarefa.

Foi quando de repente a mãe parou o andador.

Lençóis de estampas delicadas e qualidade completamente diferente, embora com os mesmos padrões florais, se revelavam diante de seus olhos. As cores eram sofisticadas e elaboradas. O tecido tinha um brilho acetinado. Mitsuki, que gostava de tecidos, ficou fascinada. Mas o conjunto custava mais de 70 mil ienes. Não era algo que alguém praticamente sem economias e com uma vida de aposentado poderia adquirir.

A mãe fez bico diante da oposição da filha.

— Afinal, vou viver praticamente acamada. Que mal tem em desfrutar algum luxo?

No fim das contas, Mitsuki devolveu o conjunto recém-comprado para levar o que a mãe queria. A filha não deixou de repreender a mãe na frente da funcionária da loja. Inesperadamente, sua voz ficou embargada:

— Mamãe, a senhora não tem mais dinheiro, está bem? Na verdade, não devia gastar com esse tipo de extravagância.

— Sim, eu sei.

A mãe já tinha vários conjuntos de lençóis de boa qualidade. Ela sempre mandava lavar na lavanderia. Quando a cor desbotava, comprava outro.

Ao lado da cama coberta por estampas florais, como se fosse um festival de primavera, ficaria o vaso sanitário portátil, exibindo a feiura e a tristeza do envelhecimento.

Tetsuo emanava a alegria de um apreciador de bebidas e bebericava o saquê envelhecido. Mitsuki desviou o olhar e avisou que não poderia ir à casa dos sogros no ano-novo por causa da mãe, que estava em um novo ambiente, sem poder se deslocar e sem comemorar a passagem do ano. Ela precisava ir ao hospital todos os dias por algum tempo. As tarefas de que a mãe a incumbira seriam divididas com Natsuki. Queria terminar logo o que precisava ser feito.

Além disso, pairava a sombra da tal mulher jovem.

Era doloroso fingir para a família de Tetsuo que os dois eram um casal feliz.

Após um instante de silêncio, o marido disse que adiantaria os planos de sempre e iria para a casa dos pais no dia 30.

— Dessa forma, você não precisa se preocupar com as minhas refeições. Bem menos trabalho, não é?

A sombra da mulher jovem e esbelta se tornou ainda mais intensa.

Usando os respectivos trabalhos como pretexto, eles passaram a dormir em quartos separados. Deitada na escuridão, um espectro a assombrava. Contrariando as expectativas da própria Mitsuki, não era a mulher jovem e esbelta. Era a mãe em uma cadeira de rodas.

No caminho da estação para casa, Mitsuki atravessava o parque Floresta do Bicho-da-Seda, construído sobre as ruínas de uma estação experimental de sericultura. Abrigava até uma escultura comemorativa, com uma mariposa abrindo as asas. Mas restavam apenas vestígios da época em que a produção de seda era o carro-chefe do Japão moderno, como os belos pilares de tijolos expostos na entrada, o portão de ferro forjado e as árvores grandes e altas. Agora que a população louvava os tempos de paz, ninguém mais pensava no passado e o parque era usado para várias finalidades. Durante o dia, Mitsuki via muitos idosos em cadeira de rodas ao longo do caminho ao redor do parque. Alguns eram empurrados pelo cônjuge, outros, pela nora ou filha. Quando era uma cuidadora, logo se percebia pela expressão despreocupada e pelo modo gentil de falar.

O que a chocou foi o rosto inexpressivo de muitos idosos, encarando o vazio. Não, era mais do que inexpressividade, era mau humor. Embora rodeados pelas flores da estação e pelo tempo ensolarado, eles não tinham mais força vital para sentir as bênçãos da vida e pareciam irritados com essa realidade.

Agora seria Mitsuki a empurrar a mãe na cadeira de rodas também com essa expressão?

5. Casa enfim vendida

Até 24 horas antes, a mãe era capaz de caminhar sozinha, apoiada em uma bengala ou empurrando um andador. E Mitsuki era uma esposa que desconhecia a existência do porta-lenços florido.

No dia seguinte, ela foi ao hospital, ainda inconformada com as transformações sofridas em apenas 24 horas. Tetsuo se ofereceu para acompanhá-la, mas ela respondeu que a visita no outro dia, quando ele estivesse a caminho de Toride, seria o suficiente. Ela caminhava para a estação enquanto pensava nas tarefas a fazer.

Primeiro, Mitsuki foi à loja do hospital. Na véspera, ela recebera da enfermaria uma lista com os produtos necessários para a internação e a operação. O termo "faixa T para cintura" foi um choque de realidade. Parecia que precisava comprar um copo com canudinho. As toalhas ela podia trazer as que tivesse em casa; os pijamas e roupas íntimas ela compraria na loja do hospital. O lençol que a mãe usava era aquele comprado na Isetan de Shinjuku. Se fosse enviar para a lavanderia que presta serviços ao hospital, teria de escrever "Katsura" com caneta permanente, o que seria uma pena. Além de uma crueldade.

Por ser um hospital grande, a loja tinha uma variedade enorme de produtos, suficiente para atender às necessidades de uma pessoa por toda a vida. A prateleira de alimentos ficava perto da porta, com molho de soja (*shoyu*), condimento (*furikake*), conserva de ameixa verde (*umeboshi*), sopa de missô instantânea (*misoshiro*), além de bolachas e biscoitos de arroz (*senbei*). Ali perto ficava a prateleira com escovas e pastas de dente, além de copos, entre outros itens. Os produtos típicos de hospital estavam nos fundos da loja.

Mitsuki olhou e comparou vários tipos de pijama feminino, e acabou comprando quatro conjuntos. Quatro deviam ser suficientes, mesmo que, por algum motivo, acabasse sujando mais de um. Cada conjunto custava mais de 3 mil ienes, um valor nada barato. Eram pijamas que cidadãos exemplares vestiriam, com "cara de pijama", do tipo que a mãe nunca usou na vida. Nas cores azul-claro, rosa, amarelo e lilás, cada conjunto tinha uma estampa floral diferente, e até que os pijamas eram vistosos. Leves e macios, pareciam quentinhos. O forro flanelado tinha um toque agradável. Satisfeita, Mitsuki foi para a área de roupas íntimas femininas.

Havia um homem ali. Não era um rapaz. Viu primeiro suas costas, em um terno escuro. Eram as costas de alguém que carregava muita tristeza. Pareciam congelar a atmosfera ao redor.

Mitsuki se aproximou hesitante e o homem afastou-se ligeiramente de lado, como se não quisesse atrapalhar as compras. Ele não parecia estar perdido no setor de roupas íntimas femininas; era alguém que encarava a tristeza em meio à solidão oferecida por aquele lugar. Ecos dessa tristeza pairavam no ar. Mitsuki, lamentando por atrapalhar a solidão do homem, correu o olhar pela montanha de roupas íntimas e sem demora enfiou no cesto seis peças de camisetes e calcinhas do tamanho da mãe. Eram peças de algodão brancas, também com a típica "cara de roupa íntima". Achou engraçado obrigar a mãe, uma mulher que até então vestia peças rendadas e de várias cores, a usar roupas íntimas sem graça. Ela saiu de lá ainda pensando no homem.

Alguns visitantes ficam tristes daquele jeito – era algo óbvio em um hospital, mas Mitsuki se comoveu como se fosse uma raridade.

— Que demora! – disse a mãe assim que viu a filha.

— Mamãe, precisei fazer várias coisas antes de vir para cá. Tinha gente para visitar, além das compras.

A mãe olhava fixamente para Mitsuki com grandes olhos pretos que emanavam uma luz intensa.

Com esse olhar, nada de bom se seguia. Ela ficava desse jeito quando tomava alguma decisão ou quando queria falar algo que causaria problemas. Mitsuki fingiu não ter notado e, depois de apoiar a grande sacola de papel com os pijamas e as roupas íntimas, começou a ler os documentos que a enfermaria lhe entregara antes de entrar no quarto.

A parte de "política de proteção de dados pessoais" era apenas para leitura, mas o "termo de consentimento para cirurgia" e o "formulário de consentimento para transfusão de sangue" solicitavam sua assinatura e seu carimbo pessoal. O histórico médico não caberia no espaço disponível, por isso Mitsuki escreveu apenas sobre a hipertrofia cardíaca, a disfunção do sistema nervoso autônomo e a osteoporose, além das partes do corpo fraturadas. Sobre os medicamentos, listou o nome dos remédios que levara ao hospital no dia anterior.

Mitsuki avisou que entregaria os documentos na enfermaria e que voltaria logo; a mãe olhou fixamente para o rosto da filha e disse:

— Mitsuki, a mamãe vai para uma casa de repouso.

Parecia ter remoído essa ideia desde que ouvira o termo "sanitário portátil" na noite anterior.

— É mesmo, mamãe?

Talvez a paciente ao lado também estivesse ouvindo com atenção.

— Afinal, eu não consigo mais sair de casa, não é?

Ela tinha razão.

— Preferia ter morrido se soubesse que isso ia acontecer, mas como sobrevivi não há o que fazer. Se viver sozinha se tornou impossível, a mamãe vai se render.

Mitsuki se surpreendeu com a perspicácia da mãe, afiada nos momentos cruciais. Também se sentiu grata. Mas esses sentimentos logo foram substituídos pela ansiedade. Seria possível que a mãe, uma pessoa terrivelmente egoísta, conseguisse conviver com outros idosos?

— Se entrar em uma casa de repouso, a senhora precisa fazer muitas coisas que não gosta, hein?

— Não tenho opção.

— Mesmo que o quarto seja individual, precisa obedecer aos horários de acordar, comer e tomar banho. Será muito diferente da sua vida até aqui.

— Não tenho opção – repetiu, olhou para o teto e disse: — Afinal, eu não morri.

Ainda olhando para cima, começou a choramingar como se fosse uma criancinha. Quando jovem, aquela mãe arrogante nunca havia chorado na frente das filhas, mas na velhice era diferente. Como não conseguia nem levar as mãos ao rosto, chorava deitada, paralisada. Mitsuki se aproximou dela e lhe acariciou o braço. Era uma compensação por não poder dizer "Ainda bem que está viva".

— Você e Natsuki vão me visitar bastante, né? – a mãe disse com a voz embargada.

— Claro que vamos.

— É para ir mesmo.

— Nós vamos – Mitsuki respondeu, e continuou: — Pode ser a casa que visitamos antes? Fica um pouco longe de Chitose Funabashi.

Havia dois anos, uma amiga de Natsuki procurava por uma casa de repouso para a mãe. Ela deu o material para Natsuki, que passou para Mitsuki pesquisar on-line. A casa de repouso que ficava no meio do caminho da casa de ambas era a Golden Years. Além do valor pago como adiantamento, a mensalidade também era alta, mas se a mãe vendesse a casa em Chitose Funabashi, e considerando a aposentadoria, ela poderia viver sem problemas financeiros até depois dos 100 anos. Certo dia, as filhas convidaram a mãe a dar uma olhada nas casas de repouso, e ela respondeu relutante que ainda conseguia se cuidar sozinha, mas as duas a obrigaram a ir. A mãe continuou com uma expressão relutante, mas parecia satisfeita com a beleza do salão de entrada, decorado com papel de parede com estampa de florzinhas.

— O lugar é bonito, pode ser lá. Como não vou mais sair sozinha, não importa para onde eu vou. O que for mais conveniente para vocês – ela respondeu a Mitsuki.

— Se for para aquela casa, posso visitar com frequência.

Depois de dizer isso, Mitsuki foi precavida e acrescentou que não poderia ir todos os dias.

— Vá quando puder. A única alegria da mamãe é ver o rosto de vocês – a voz da mãe ficou embargada de novo. Ela tinha a tendência de manipular a filha com apelos de comiseração, mas naquele momento talvez estivesse sendo sincera.

Mitsuki suspirou profundamente ao perceber que a decisão da mãe era verdadeira.

Com isso, poderiam enfim vender a casa em Chitose Funabashi. A imagem da casa nostálgica do tempo da avó havia desaparecido muito antes, e ela só sentiu um fio de alívio percorrer todo o corpo. Elas não puderam vender a casa em Chitose Funabashi na época do pai. A mãe praticamente abandonara o marido, mas para garantir alguma renda na velhice era preciso manter a casa. E agora enfim poderiam vendê-la.

"Casa em Chitose Funabashi." Quantas vezes mãe e filhas repetiram aquilo como se fosse uma espécie de mantra?

Depois de mudar de emprego muitas vezes, o pai começou um negócio próprio de comércio exterior. Ele estava com quase 40 anos e tinha sido demitido de uma boa empresa. A pensão que ele deixou, somada à pensão recebida da empresa, não dava um valor significativo. Por bastante tempo a mãe vendeu o tal "*chabaori* de lã", que se usava acima do quimono, feito por uma amiga da época do coral que a família Katsura chamava de "titia" – e como era bonito quando a mãe vestia esse cardigã de lã por cima do quimono. Foi uma fonte de renda extra considerável, mas não era o tipo de trabalho que lhe garantiria uma aposentadoria. A renda da mãe agora, incluindo a pensão, era de cerca de 160 mil ienes mensais. Seria suficiente para sustentar uma viúva frugal, mas não o estilo de vida dela. As economias começaram a ser torradas.

Apesar de gostar do luxo, a mãe era realista e sabia evitar a ruína financeira. Além de senso estético apurado, a "titia" – que popularizou seu *chabaori* de lã entre as japonesas que usavam uma versão fina de seda – tinha talento para os negócios e para ganhar dinheiro. Além disso, conhecia bem os hábitos da mãe. Sugeriu aplicações constantes em fundos de investimentos e a mãe seguiu o conselho da amiga, assegurando uma boa poupança, contando ainda com a renda da aposentadoria e o seguro de vida do marido. No entanto, esse valor se tornou preocupante recentemente. Toda vez que Mitsuki olhava para os números da conta bancária, tentava se acalmar pensando no terreno de 224 metros quadrados em Chitose Funabashi. A casa, construída havia mais de trinta anos, já não tinha valor como imóvel, mas era inegável que a localização em Tóquio fosse valiosa, ainda mais no distrito de Setagaya. Após o nascimento de Mitsuki, os pais compraram o terreno sem pensar muito; no entanto, com a migração da zona rural para as grandes cidades, o valor imobiliário disparou em áreas residenciais nos arredores de Tóquio, como era o caso de Setagaya. Esse terreno se tornaria o único e valioso bem da família Katsura.

A mãe tinha os próprios planos. Quando as economias acabassem, usaria o terreno como garantia para pedir um empréstimo ao marido de Natsuki.

— Afinal, eu investi muito naquela filha.

Já a caçula, Mitsuki, pensava em emprestar à mãe as economias que juntara com Tetsuo, caso a situação exigisse. Era uma pena que ainda se sentisse inferior à irmã mais velha, que se casara com um homem rico.

Foi então que Natsuki apareceu.

— Andei por todo lado – disse, entrando no quarto. — Levei os doces para a vizinha e o dono da lavanderia, depois fui à casa da mamãe para procurar pelo passador de elástico – completou ofegante, mas Mitsuki a interrompeu.

— A mamãe disse que quer ir para uma casa de repouso.

Natsuki fez uma expressão de surpresa.

6. Degeneração do lobo frontal

Natsuki se aproximou da mãe.

— É mesmo, mamãe?

— Venha me visitar também sempre que puder.

Passada a surpresa inicial, Natsuki parecia prestes a soltar alguma ironia, mas em respeito à decisão da mãe ela apenas concordou.

Nesse dia, as irmãs colocaram duas cadeiras dobráveis ao lado da cama da mãe e, usando óculos de leitura, afrouxaram o elástico da cintura dos novos pijamas e roupas íntimas que a mãe usaria, além de escreverem "Katsura" em todas as peças, com caneta permanente. Depois dos 70 anos, a barriga da mãe ficou desproporcionalmente maior devido à fratura de compressão, o que deixou suas costas mais curvadas. Nos últimos anos, a situação se agravou. Todas as roupas precisavam de ajustes na cintura.

— Não aprendemos isso nas aulas de economia doméstica – comentou Mitsuki enquanto tentava usar o passador de elástico que Natsuki pegara na caixa de costura da mãe.

— Mesmo com filhos pequenos, eu não precisei fazer isso em casa – disse Natsuki, que se saiu melhor com o acessório, apesar da visão ruim por causa de uma doença crônica.

Para marcar o sobrenome na peça de roupa, elas escreviam em letra miúda e escolhiam um lugar que não chamasse atenção. A forma como o ideograma Katsura fora escrito no bolso do pijama do pai era uma imagem triste gravada na memória de Mitsuki.

Ele ficara internado em um hospital para idosos distante e a instituição cuidava das necessidades do paciente, mas a família era responsável por lavar as roupas. A viagem de trem e ônibus incluía levar a roupa limpa na ida e trazer a montanha de roupa suja na volta, até surgir uma empresa que passou a prestar esse tipo de serviço para os pacientes. A mãe raramente ia visitar o marido e, nas idas ocasionais, foi a primeira a saber desse tipo de informação. Certo dia, ela telefonou do hospital e avisou contente:

— Não precisamos mais lavar a roupa!

Além disso, proativa como sempre, no mesmo dia ela comprou uma caneta permanente na loja do hospital e escreveu o sobrenome em todos os poucos pertences do marido. Quando Mitsuki chegou ao hospital, o pai vestia um pijama com um "Katsura" bem grande no bolso do peito. Parecia até um presidiário. Pensar na indiferença da mãe em relação ao pai tomou o coração da caçula de tristeza.

Vendo as filhas ocupadas com essa tarefa, a mãe disse de repente:

— Quando vender o terreno em Chitose Funabashi, vou separar o valor para as minhas necessidades e o resto vocês podem dividir. É importante ter dinheiro enquanto a gente é jovem.

Apesar de ter sido uma esposa cruel com o marido, ela sempre foi uma mãe generosa com as filhas, dando dinheiro quando tinha.

— Mamãe, talvez a senhora viva até os 100 anos.

— Até parece. Eu não quero.

Desde o acidente, era a primeira vez que ela estava de bom humor.

Também foi a última vez que a mãe agiu com consciência. Logo se desesperaria ao saber que se aproximava o fim da vida, e rapidamente foi tomada pela demência.

Quando Mitsuki voltou ao apartamento e contou a Tetsuo sobre a decisão da mãe, ele ficou sem palavras.

— Ah, é? Então ela vai vender o terreno em Chitose Funabashi? Bom, é inevitável – foi o que ele acrescentou após um breve silêncio.

Ela sabia que o marido esperava que a mãe morresse logo para que metade do terreno fosse passado ao casal. Mitsuki sentiu uma pontada de satisfação.

O dia seguinte seria 30 de dezembro.

A ida do marido à casa dos pais um dia antes do planejado era como um espinho no coração de Mitsuki. Ele disse que visitaria a sogra no dia da viagem. Ela não conseguia pensar numa forma de dissuadi-lo.

Antes de ir ao hospital, entregou a Tetsuo quatro *otoshidamas*. Dois desses envelopes decorados, tradicionalmente oferecidos como presente no ano-novo, continham 10 mil ienes, e os outros, 100 mil e 30 mil ienes. Eram para os sobrinhos, os pais de Tetsuo e a cunhada, respectivamente. Os pais gozavam de boa saúde; o pai tinha 81 e a mãe, 76 anos. Moravam com a família do irmão mais novo, que herdou os negócios do pai. Se acontecesse algo, a cunhada cuidaria de tudo. O irmão mais novo tratava bem os pais e era gentil com a esposa. Mitsuki se sentia enormemente grata a eles, pois no futuro, apesar de enviar ajuda financeira, ela não teria de arcar com a responsabilidade de cuidar dos sogros por ser a "esposa do filho mais velho". Quando Tetsuo propôs casamento a Mitsuki, ele fez e manteve essa promessa. No entanto, talvez por ser homem, não parecia ser tão grato ao irmão mais novo e à cunhada.

Tetsuo aceitou os envelopes e imitou o tom de voz do pai:

— Que nora competente eu tenho.

Mitsuki se lembrou das bochechas redondas da cunhada.

Os passos de Mitsuki ao sair do apartamento eram inesperadamente leves. Ela decidiu não pensar em Tetsuo. Duvidou se sua saúde aguentaria ao imaginar a correria com os preparativos para a transferência da mãe para a casa de repouso, assim como a limpeza da casa em Chitose Funabashi. Mas pelo menos conseguia ter uma perspectiva do caminho que trilharia até a morte da mãe. Era como um raio de luz na escuridão sem fim.

Ela contatou a Golden Years logo pela manhã. A atendente disse que teriam uma vaga disponível em breve; no entanto, caso a mãe não recebesse alta a tempo, ela poderia entrar em uma das casas da rede para aguardar uma vaga. A fraseologia "teriam uma vaga disponível em breve" continha algo indefinido, porém era diferente de "não teremos vagas por um bom tempo", por isso a notícia era animadora.

Nas proximidades da estação ecoavam vozes anunciando a venda de *kadomatsu*, o que passava a sensação da correria típica de fim do ano. Isso também animava um pouco seu coração. Ela não sabia que teria dias infernais pela frente.

— Que demora!

Com um olhar de repreensão, foi a primeira coisa que a mãe acamada disse à filha, exatamente como no dia anterior. Mas o que veio em seguida foi diferente. De repente, ela estendeu a mão esquerda, a única que podia usar, e chamou pela filha. Quando Mitsuki se aproximou, a mãe segurou-lhe os dedos com uma força impressionante. Disse, como se estivesse delirando de febre:

— O hospital pegou meus remédios ontem à noite. Não é uma crueldade? Pedi várias vezes, mas não me devolveram. Sem os remédios por perto, a mamãe se sente muito insegura. Eu peço, converse com a enfermeira.

Nos últimos anos era frequente ver o rosto choroso da mãe, porém Mitsuki nunca tinha visto uma expressão tão infeliz. Os olhos apertados exibiam uma tristeza animalesca, e a boca, insatisfação. Além disso, o estresse causado por um pensamento único desde a noite anterior deixava sua testa ainda mais franzida.

— Não deram nem o Halcion?

Era o comprimido para dormir que ela tomava toda noite.

— Não. Nem o Depas nem o Takeda.

Depas era um ansiolítico; quando Mitsuki recorreu à medicina psicossomática para tratar do mal do ar-condicionado, a mãe disse também sofrer do mesmo problema e passou a frequentar o consultório com a filha. Ela pediu que o médico receitasse o mesmo medicamento. No início tomava meio comprimido várias vezes ao dia, mas por fim pediu às cuidadoras que cortassem em quatro partes e passou a ingerir o remédio em intervalos ainda menores. Com o agravamento da ansiedade, o potinho plástico com os fragmentos de Depas se tornou uma espécie de amuleto para a mãe; sempre levava consigo aquele frasco do tamanho de um polegar. Tomava Halcion para dormir e, ao acordar no meio da noite, apanhava o potinho debaixo do travesseiro, engolia um fragmento do comprimido branco e voltava a dormir. Durante o dia, tomava os pedacinhos brancos a cada duas horas. Assim como Mitsuki recorria ao Depas, a mãe recorria à filha para alimentar sua forte dependência. Takeda era um remédio para constipação.

— Não consigo dormir e não me sinto bem com o estômago pesado. Além disso, fico nervosa sem o Depas comigo. É uma ansiedade muito grande. Faça me devolverem meus remédios.

A enfermeira responsável contou a Mitsuki, com um tom irritado, que a mãe tinha recebido as doses de Halcion, Depas e Takeda antes de dormir. Quando a filha explicou que a mãe sempre carregava os remédios e que se sentia insegura sem eles, a enfermeira prontamente os entregou. Desconcertada diante da insistência da paciente, ela deve ter conversado com o médico, que a teria orientado a devolver os medicamentos caso um familiar concordasse.

Naturalmente, a enfermeira aconselhou ter cuidado com a ingestão excessiva de soníferos e ansiolíticos. Mitsuki pediu desculpas pelo transtorno e foi para o quarto.

A mãe se mostrava confusa.

Assim que declarou que iria para uma casa de repouso, parece que a degeneração do lobo frontal a fez desistir da resistência. Sua única memória da noite anterior era o medo que sentiu no momento em que confiscaram os remédios.

— Ah, Mitsuki! – a mãe gritou quando a filha voltou mostrando os medicamentos como se fossem espólios de guerra.

A filha se aproximou da cama e a mãe pegou a mão que segurava os remédios, acariciando-a exageradamente com a bochecha e até mesmo com beijos. Embora ela sempre houvesse adotado costumes ocidentais, as filhas nunca tinham visto atitudes efusivas assim, incomuns aos japoneses – apesar de não saberem como ela se comportava com Aquele Homem. Talvez o desespero, mesclado à tristeza, tivesse transformado a mãe numa daquelas mulheres ocidentais dos filmes que ela admirava desde a época da escola feminina.

Felizmente uma cortina as separava da cama vizinha.

Parece que ingerir um pedacinho de Depas foi o suficiente para tranquilizá-la um pouco. Ainda resmungava que era melhor ter morrido, mas Mitsuki ignorou as reclamações, sentou-se num local de onde pudesse observar a mãe e continuou a escrever o sobrenome em vários pertences, enquanto relatava o resultado do telefonema à Golden Years. Ainda havia muitos objetos a identificar: o estojo para guardar a prótese dentária, a escova e a pasta de dentes, a caixa de lenços de papel, o porta-óculos, entre outros. Uma das alegrias da mãe idosa era ver as filhas fazendo algo para seu bem, e Mitsuki sabia que essas ações estabilizavam o psicológico da mãe.

Foi então que Tetsuo entrou de repente. Vestindo um sobretudo caramelo, comprado na liquidação do fim do inverno, ele segurava um cesto com um arranjo de flores de bom gosto, bem ao seu estilo. A flor púrpura com pétalas pontudas e de nome desconhecido se destacava em meio ao verde profundo do arranjo. Embora fosse um cesto de *ikebana*, era como se de repente soprasse o vento de uma cidade repleta de arranha-céus, muito moderno para um quarto de hospital.

Mitsuki, que estava com outras coisas ocupando sua mente, não mencionara a visita do marido. A mãe se mostrou surpresa por um momento, mas logo arregalou os olhos e exclamou o nome do genro. O rosto marcado por rugas de tristeza exibiu um sorriso cortês. Diante do cesto de flores, a cortesia se transformou em sorriso bajulador, sua marca registrada.

— Oh, que adoráveis! O quarto ficará mais alegre com flores tão bonitas. – E ela também disse palavras amáveis.

Mitsuki notou o esforço de alguém que tentava se adequar a desconhecidos.

— Como a senhora está?

— É o fim, é o fim da Noriko.

7. Sangue de Omiya

A conversa entre a mãe e Tetsuo costumava ser frívola.

— Mesmo acamada, a mamãe continua uma beldade, hein?

— Você e suas brincadeiras. Não estou nem usando a prótese nos dentes, não tem coisa mais feia de ver.

— Não diga isso.

Nesse dia, Mitsuki se irritou com a habitual frivolidade, que nunca a incomodara. Não era apenas por causa do porta-lenços florido. Ela não deixava de sentir que, assim como o cesto de flores, a presença de Tetsuo era um tanto deslocada.

Por mais que limpassem e usassem neutralizador de odores, hospitais tinham o cheiro da morte por toda parte, emanado por doentes e idosos. A luz do sol que entrava pela janela e os movimentos rápidos dos médicos e enfermeiros não eram capazes de esconder por completo o grande infortúnio da doença e da velhice, que assolavam as pessoas inesperadamente ou aos poucos, desde os tempos antigos. Tetsuo e seu cesto de flores, em vez de trazerem o frescor da saúde, transmitiam a apatia por esse processo triste e irremediável da vida. A culpa não era dele. Talvez fosse apenas seu corpo emanando a alegria por estar no auge, mas sua presença dava a impressão de um intruso insensível.

Mitsuki suspeitava que a mãe também tinha essa vaga sensação.

Além disso, era difícil saber o que a mãe achava do genro. Quando a filha passou a sentir certo desconforto em relação ao marido, teve a impressão de que a mãe passou a nutrir o mesmo sentimento. Apesar de ela falar mal de Yuji, marido de Natsuki, nunca disse nada contra Tetsuo.

A visita não durou nem dez minutos. Ao acompanhar o marido até o elevador, ele disse casualmente que ficaria na casa dos pais e que ela não precisava telefonar até o ano-novo. Para Mitsuki, parecia mais uma ordem. Ele carregava uma pequena bolsa de viagem. Estava mais arrumado do que nas outras vezes em que viajou para a casa dos pais. Suas suspeitas se intensificaram, mas não teve vontade de falar.

Quando Mitsuki voltou ao quarto, levou um susto enorme.

A mãe, com uma expressão completamente diferente de antes, olhava para a parede. Era uma expressão que podia ser chamada de feroz. Ao ver a filha, disse com sarcasmo:

— Ai, credo.

— O que foi?

— Ora, não parece estranho? Estas flores. Olha o estado em que estou. Não me leve a mal, mas isso vai me incomodar, então leve embora. – Aborrecida, apontou com o queixo para o cesto de flores na mesinha da cama.

Mitsuki instintivamente defendeu o marido:

— Tetsuo ficará triste se souber.

— Ele disse que vai para Toride, então não voltará para casa, não é?

— Mesmo assim, ele vai ficar chateado.

— Mas eu fico incomodada. Não quero ficar vendo essa coisa.

— Vou deixar em cima da prateleira. Assim não te incomoda.

— Eu não quero ficar vendo essa coisa.

— Tenho que fazer compras na volta, não vou carregar esse trambolho.

— Então jogue em algum lugar! – E acrescentou maliciosamente: — Não parece estranho? Ele estava todo arrumado.

Parecia se referir a Tetsuo.

Mitsuki ficou sem palavras. Ela sabia que a mãe podia fingir ser sociável. Mas até aquele dia nunca mostrara diante da filha uma transformação tão radical. Ela ficou envergonhada por descobrir que a própria mãe era esse tipo de pessoa. E mais ainda por algo completamente diferente: a mãe, apesar da mente confusa, ainda era capaz de apontar a verdade. Talvez a ação de um instinto estranho, agindo sob a degeneração do lobo frontal, fizesse a mãe perder o controle.

Estimulada pelas próprias palavras, a mãe parece ter pressentido seu infortúnio. De repente, levantou a voz:

— Me mata! De que adianta viver desse jeito? Me mata!

Vendo a mãe gritar e se contorcer, pois não conseguia se levantar da cama, Mitsuki também levantou a voz:

— Não quero te matar e arruinar a minha vida sendo acusada de assassinato!

Qual seria a expressão da vizinha ouvindo a conversa entre mãe e filha?

A mãe, com uma voz que mal podia ser ouvida, continuou a chorar.

Mitsuki a observava calada. Sentia mais raiva do que pena. Também queria que a mãe morresse, havia desejado a morte dela por um bom tempo, com uma intensidade muito maior do que a própria mãe desejava. Apesar disso, continuou a se esforçar para que ela se sentisse feliz, consumindo, porém, a própria vida nesse processo. E ainda precisava suportar essa situação a partir desse momento.

— Já que está assim, a senhora precisa pensar positivo – disse Mitsuki com uma voz mais calma.

Diante da velhice, é difícil encontrar palavras de consolo verdadeiro. Sem afeto, a tarefa se torna estressante. A mãe, percebendo as dificuldades da filha, se calou.

Mitsuki voltou a escrever "Katsura" nos pertences. Como a mãe queria tomar Depas a todo momento, a filha passou a dar um pedacinho menor a cada três doses, junto com o copo com canudinho.

— Amanhã vem a Natsuki, está bem?

E saiu do quarto depois de ajudar com o jantar, enxaguar a boca da mãe, limpar-lhe o rosto e prepará-la para dormir.

A mãe ainda estava agitada.

Exausta, Mitsuki sentia a garganta seca.

Carregando o cesto de flores, lembrou-se de uma máquina automática de bebidas em alguma área daquele andar. Depois de vagar pelos corredores com sua habitual falta de senso de orientação, ela viu um homem de meia-idade caminhar em sua direção, o mesmo que estava na loja do hospital. Tinha uma expressão tão desolada que não percebia ninguém, ou melhor, nada neste mundo. Assim como no dia anterior, a atmosfera ao redor dele parecia congelada pela tristeza.

Depois de o homem entrar no quarto, Mitsuki olhou a placa com o nome da paciente: Wakako Matsubara.

Era um nome antiquado, mas de bom gosto, ela achou.

Devia ser a esposa dele. Pela idade do homem, se a paciente fosse a mãe, ele não ficaria tão abatido. Ao olhar ao redor, deparou com uma enfermaria desconhecida e viu uma paciente com cerca de 40 anos ser empurrada numa cadeira de rodas para outro quarto. Tinha o corpo magro e frágil e usava um gorro de lã. Era a área para pacientes com câncer e Wakako Matsubara, como imaginou, devia sofrer dessa doença.

Anoitece cedo no inverno e fora do hospital já estava escuro.

Mitsuki saiu da estação de metrô e atravessou o parque iluminado pelos postes de luz. Era assustador, e o número de sem-tetos aumentava gradualmente. Ela se lembrou das pessoas que passariam o ano-novo ao relento, sentiu a presença das árvores altas e, enquanto olhava para o céu gelado do inverno, deu um suspiro profundo. Seu corpo e sua mente estavam sendo consumidos pela toxidade da mãe. Recusar o cesto de flores já tinha sido um comportamento detestável, mas era aterrorizante ver aquele sorriso lisonjeiro no rosto da mãe, marcado por rugas de angústia, transformar-se numa máscara.

A avó de suas memórias não passava de uma idosa que mimava Mitsuki, a filha ignorada pela mãe. Mas as pessoas que conheciam sua vida — havia sido gueixa — chamavam-na secretamente de Omiya. Diziam que a filha dessa mulher, mãe de Mitsuki, teria herdado o "sangue de Omiya". Será que aquele sorriso tinha algo a ver com isso?

Uma coisa era certa: a mãe tinha ousadia o suficiente para oferecer um sorriso assim àquele homem.

No dia seguinte, Mitsuki ficou em casa.

Natsuki iria para o hospital com o marido, a filha e o filho. O filho, estudante de pós-graduação nos Estados Unidos, tinha voltado ao Japão para o Natal. Mitsuki tentou não pensar em Tetsuo enquanto adiantava o máximo que podia a tradução da patente que precisava entregar logo depois do ano-novo. Ela não conseguia pensar em outra coisa a não ser nas providências a tomar antes da transferência da mãe para a casa de repouso; era preciso organizar esse assunto primeiro. Anotou parte da lista de tarefas num caderno e se deitou na cama. O cansaço de três dias a esgotara até o âmago e ela não tinha disposição nem para se sentar diante da escrivaninha.

À tarde, recebeu um telefonema de Natsuki, que tinha voltado do hospital:

— Ela ainda estava fazendo um escândalo para que a matassem? – perguntou Mitsuki.

— Como eu não estava sozinha, ela se comportou. Disse até coisas agradáveis. Mas parecia estranha. Além disso, me pediu que fizesse várias coisas. Estou exausta.

Depois de terminar de falar com a irmã, recebeu uma ligação de Tetsuo, o mesmo que lhe dissera para não telefonar até o ano-novo.

— Como a mamãe está? – perguntou, talvez se sentindo culpado.

— Como sempre – respondeu Mitsuki, que se lembrou do cesto de flores jogado no lixo. — E por aí, como estão todos?

— Por aqui também estão como sempre.

— E seus pais?

— Estão bem. Afinal, eles têm boa constituição física.

Não disseram mais nada e desligaram.

Ela não sabia o que Tetsuo pensara da conversa de poucas palavras com a esposa, que geralmente falava muito.

Ao se preparar para dormir, de repente ouviu o som vago e abafado de uma badalada. Algum tempo depois, ouviu de novo. Eram as 108 badaladas do templo Myohoji, localizado em Horinouchi – uma para cada pecado da humanidade, a fim de purificar as almas humanas para o ano vindouro. Mitsuki se deu conta de que um novo ano estava prestes a começar e deitou-se na cama, ouvindo o som ao longe. Depois da doença, sentia o corpo gelar quando estava cansada, principalmente a parte inferior.

Apoiou as mãos na barriga, e uma sensação gelada e sinistra que não conseguia descrever em palavras se propagou por elas, como se o local abrigasse um feto morto.

8. Fantasmas vivos

As badaladas do fim de ano trouxeram memórias das quais mal se lembrava nos últimos tempos, memórias do hospital para idosos onde o pai ficara internado.

O lugar era distante, e para chegar lá era preciso fazer baldeações de trem e ônibus. Naquela época, hospitais em estado de deterioração estavam sendo reconstruídos por todo o Japão. No hospital em que o pai ficou internado, as obras começaram pela ala de tratamento, e a de recuperação, que Mitsuki chamava de hospital de idosos, ficou para depois. Por isso, sempre foi um lugar sujo e em mau estado. Dessa forma, os pacientes daquela área também pareciam sujos e em mau estado. O pai não enxergava direito por causa da diabetes, o que era um consolo.

O longo e amplo corredor do andar seguia em linha reta, com a enfermaria e os banheiros no centro. Os pacientes que necessitavam de mais atenção ficavam nos quartos mais próximos da enfermaria, enquanto os mais distantes eram ocupados pelos que não tinham essa condição. O pai, por estar no segundo caso, foi internado no quarto mais distante. Muitos dos pacientes que o dividiam com ele sofriam de paralisia por AVC, mas conseguiam dar um jeito de caminhar, às vezes arrastando a perna. Caso contrário, conseguiam controlar a cadeira de rodas sozinhos. Esses pacientes podiam ir livremente para o banheiro e o refeitório e visitavam o quarto de outros pacientes conhecidos para conversar. Em outras palavras, vários deles não precisavam ficar no hospital, caso a família tivesse a intenção de cuidar deles.

O pai era uma dessas pessoas.

Não havia do que reclamar: eram fornecidas três refeições diárias, ele não passava calor no verão nem frio no inverno; até recebia tratamento médico moderno. Mas, depois que o pai faleceu, uma reportagem sobre a morte de Madre Teresa de Calcutá chamou atenção de Mitsuki. Dizia que ela recebera uma revelação divina e criara seu Lar para Moribundos Desamparados, em prol de doentes e idosos que aguardavam a morte na sarjeta. A instituição acolhia "pessoas indesejadas pela sociedade, que não eram amadas, que não tinham quem cuidasse delas, que eram vistas como um peso para a sociedade e que todos evitavam". Essas palavras impactaram Mitsuki. Todas as vezes que tinha visitado o pai, ela se sentira culpada por tê-lo abandonado. O quarto daquele hospital se parecia, de fato, com um "Lar para Moribundos Desamparados".

No início da internação, o pai caminhava da ponta do corredor, onde ficava seu quarto, até o banheiro com uma postura ereta.

"Endireite a coluna para andar."

Mitsuki ouviu muito essa frase na infância.

Caminhar com essa postura, como se tivesse algo importante a fazer, seria resquício da dignidade que ainda restava ao pai? Nascera em uma família tradicional, que até a geração anterior era constituída de médicos, e as fotos antigas, de infância, mostravam claramente que o pai fora criado com todo o cuidado para se tornar o herdeiro da família. Com a morte repentina do avô, os negócios da família faliram e eles se tornaram pobres. Mesmo assim, os traços de boa educação do garoto, típicos de alguém da classe média do pré-guerra, se conservaram pelo resto da vida. Em certa medida, era uma pessoa culta. Por ele viver num mundo diferente do dos colegas de quarto, Mitsuki nunca viu o pai conversar com as pessoas ao redor. Ninguém conversava com ele e ele também não puxava conversa.

O diretor do hospital era cristão e uma pessoa de caráter. Talvez por esse motivo as funcionárias fossem muito gentis, como a chefe das enfermeiras, as enfermeiras e as faxineiras. Mitsuki era bastante grata a todas, embora não deixasse de sentir pena do pai.

Os doentes mais graves não podiam se movimentar. Muitos caminhavam com o jeito característico de alguém que usa fraldas. Alguns tinham uma grande faixa branca amarrada na cintura para que a equipe pudesse ajudar caso tropeçassem. Essas figuras vestiam pijamas parecidos, sem marca de gênero definida, e costuravam o caminho com a cadeira de rodas, indo e vindo vagamente pelo corredor, como fantasmas vivos.

A aura emanada pela doença e pela velhice era tão triste e melancólica que, antes de entrar no hospital, Mitsuki precisava respirar profundamente sob os raios de sol para não ser engolida pela escuridão.

O pai, nascido em uma casa grande, no fim da vida tinha um espaço reservado de 2 metros quadrados, a segunda cama de oito a partir da janela, num cubículo delimitado por uma cortina. Não havia nem cadeira para ele se sentar. No início, o pai ficava sentado na cama, entediado.

Mitsuki abriu o armário comprido e estreito com os poucos pertences do pai. Vestiu-o com um sobretudo da Burberry, calçou os sapatos de couro e pôs um chapéu social, segurou-o pelo braço e saíram para dar um passeio ao ar livre. Ele sempre gostou de fazer caminhadas. Como na época em que moravam em Chitose Funabashi, havia muitas casas ao redor, uma floresta de bambus e um córrego. Se ignorasse a poluição do córrego por detergente, Mitsuki podia quase ouvir a voz do pai: "Coluna reta".

Naquela época, ele ainda emanava o cheiro do mundo dos vivos e tinha liberdade de movimentos: e podia se sentar na cama, ouvir rádio e fitas cassete.

Por volta do segundo ano de internação, Mitsuki descobriu que, por causa da baixa visão, o pai era enganado na loja do hospital. Como de costume, ele levou um pacote de bolachas até o caixa, entregou uma nota de mil ienes e começou a se encaminhar para a saída. A filha, que o acompanhou, viu a cena. Era evidente que a interação entre o pai e a mulher do caixa ocorria daquela forma todas as vezes.

— E o troco? – perguntou Mitsuki, que estava um pouco afastada.

A mulher do caixa levou um susto e olhou para Mitsuki, entregando o troco com uma expressão tranquila, como se tivesse apenas esquecido. Eram quase 500 ienes de troco. Talvez a vida dela fosse difícil, mas era certo enganar idosos com baixa visão?

— Papai, o senhor deve sempre conferir o troco das compras.

Enquanto dizia isso de propósito para que a mulher ouvisse, Mitsuki lamentava-se pela humanidade, incluindo ela mesma.

Como ele com frequência ficava sentado na cama, logo o colchão afundou nessa parte. O tempo passou sem que a família reunisse coragem para solicitar uma cama ao lado da janela, e o pai passou a ficar acamado.

A partir do terceiro ou quarto ano de internação, Mitsuki começou a levar o pai para casa, no apartamento maior para onde tinha se mudado, enquanto Tetsuo estava passando um curto período na África. Com a visão cada vez pior e um estado mental confuso, o pai não entendia por que tinha saído do hospital se não era ano-novo.

— Mitsuki, o papai vai para casa – ele disse no dia seguinte.

Quando soube que para ele o hospital era a sua "casa", ela sentiu alívio, mas ao mesmo tempo algo difícil de descrever com palavras.

Naquela época, eles só passeavam pelo terraço do hospital, a filha de braços dados com o pai. Em seguida, passaram a caminhar apenas no corredor do andar. Assim, os exercícios físicos não eram mais suficientes. Ela fazia o pai sentar-se em uma cadeira no corredor, segurava os dois braços dele e o ajudava a fazer uma série de movimentos: levantar e abaixar, abrir e fechar. O pai seguia as instruções da filha.

O esforço era completamente inútil.

O que ele achou daquilo?

Ao pegar a mão dele para avisar que iria embora, ele levantava um pouco a cabeça da cama e dizia a ela para tomar cuidado na volta. Ele nunca se esquecia de lhe dizer isso.

E de agradecer.

Depois que o pai contraiu pneumonia, foi transferido para um quarto próximo à enfermaria. Apesar da constituição física frágil, ele se recuperou e viveu por mais um ano.

Mitsuki desejou muito a morte do pai, pelo bem dele.

Mitsuki e Tetsuo moravam próximo ao crematório de Horinouchi, no distrito de Suginami. Disseram que o terreno era barato porque caíam cinzas da chaminé, resultantes das cremações. Naturalmente, o local funcionava também como funerária. Perto da estação, pessoas de terno preto indicavam o caminho, portando placas com moldura preta com o nome da família que realizava o funeral. Muitos eram sobrenomes comuns, como Yoshimura, Tanaka, Kato, mas às vezes apareciam sobrenomes raros, como Mitarai. Toda vez que deparava com esse tipo de cena, ela era tomada por uma inveja ardente.

As pessoas que devem morrer acabam morrendo.

Mas o pai teimosamente se mantinha vivo.

Bem diferente da família longeva da mãe, a avó paterna morrera jovem e o avô não contava nem 50 anos ao falecer. Por isso, todos acreditavam que o pai também teria uma vida curta. Apesar disso, a cada ano que passava, ele continuava vivo, para sofrimento das filhas. Faleceu no sétimo ano após a internação em seu "Lar para Moribundos Desamparados".

A mãe, responsável por confiná-lo nesse hospital, no começo o visitava a contragosto, mas logo se distanciou e passou a não ir mais. Mitsuki não suportava mais discutir com a mãe, por isso não dizia nada. No último ano de vida do pai, Aquele Homem já não fazia parte da vida da mãe e ela tinha sido obrigada a usar bengala por causa do atropelamento. Ela deve ter ficado irritada e acabou parando de visitar o marido. As irmãs iam com bastante frequência no início, depois passaram para duas visitas semanais, até que por fim revezavam uma visita por semana. Quando o pai ficou acamado, iam apenas uma vez a cada duas semanas.

Foi Mitsuki quem acompanhou o pai nos momentos finais. Era a vez de Natsuki, porém ela havia adiado a visita, estendendo a temporada na casa de veraneio em Oiso. Isso irritou um pouco a irmã mais nova. Quando Mitsuki começou a cogitar uma visita ao pai, recebeu o telefonema dizendo que ele estava à beira da morte. Sem aulas na universidade por ser início de setembro, atendeu o telefone por pura sorte. Na época, celulares ainda não eram tão difundidos. Ela tentou contato com a irmã em Oiso, mas ninguém atendeu. Restou deixar uma mensagem na secretária eletrônica. Em seguida, telefonou para a mãe e disse que iria ao hospital sozinha.

— Ah, é? Desculpe o incômodo, faça isso – a mãe respondeu com tranquilidade.

A mãe podia ir de táxi e caminhar com a ajuda da bengala, mas não tinha a menor intenção de mostrar uma atitude louvável e arrependida, como acompanhar o pai nos momentos finais de vida. Mitsuki também não queria que ela aparecesse nas últimas horas do pai. Aquela reação ao telefone significava uma superficialidade de sentimentos ou nervosismo? Mesmo anos depois, Mitsuki não sabia dizer.

Tetsuo tinha ido à universidade por algum motivo, então telefonou para a secretária. Não conseguiu, por mais que tentasse, falar com a família de Natsuki, que costumava ficar fora de casa até tarde da noite. Mitsuki, sozinha, viu a ponta dos dedos dos pés do pai adquirir uma cor arroxeada, em decorrência da cianose.

Foi uma morte silenciosa.

— Não tem uma causa específica – o médico meneou a cabeça como se não soubesse o que dizer. — Só posso afirmar que ele perdeu a vontade de viver.

Por fim, Tetsuo apareceu e abraçou os ombros de Mitsuki, acompanhando a negociação com a funerária. Isso aconteceu depois da descoberta e do fim do primeiro caso amoroso, portanto a relação dos dois ainda era próxima. O pai não escondia seu desdém pelos templos budistas depois da ruína da família; dizia que não queria um funeral e que não tinha intenção de ter um velório tradicional, com o sobrenome Katsura num quadro com moldura preta. O funcionário da funerária pareceu insatisfeito ao saber disso.

Natsuki, que não chegou a tempo para acompanhar a passagem do pai, chorava no crematório. Será que ter deixado de visitar o pai por mais de duas semanas e não ter acompanhado seus minutos finais se tornou um arrependimento para a vida toda? O pai também a mimava mais. Talvez por ser a primogênita? Ou por haver herdado os traços da esposa? Não era um afeto distorcido como o da mãe, mas o típico afeto paterno, e por isso um amor muito precioso.

Ele compartilhava esse amor também com Mitsuki.

Enquanto ouvia as badaladas do sino que marcavam a passagem do ano, Mitsuki tomou seus medicamentos: ansiolítico, antidepressivo, hipnótico e remédio para dormir. Será que haveria perdão pelo crime cometido por mãe e filhas contra o pai? O som das badaladas parecia denunciar os próprios crimes da condição humana: se existem os filhos, existem os pais.

9. Mãe sentada num campo deserto

A tempestade de dias atarefados avançou até o início do novo ano.

Certo dia, ao voltar para casa, Mitsuki começou a desabotoar o casaco quando percebeu que os botões grandes estavam desalinhados. Mais do que a vergonha por ter saído desse jeito na rua, ela ficou abalada por levar uma vida tão corrida. Além disso, a frustração por saber que seus esforços não trariam felicidade para a mãe, por maiores que fossem, a deixava ainda mais exausta.

Ao anoitecer, Mitsuki pensava nas mulheres que surgem do nada na Floresta do Bicho-da-Seda. Não eram prostitutas. Eram idosas que caminhavam com expressão séria no entorno iluminado do parque. Com os punhos fechados, os cotovelos rígidos balançavam para a frente e para trás enquanto caminhavam rapidamente; à primeira vista, era possível notar que faziam exercícios físicos.

Na época em que era jovem e se casou com Tetsuo, ela costumava observar tal cena com um olhar frio, típico de uma moça. Era vergonhoso como aquelas mulheres exibiam com toda a tranquilidade um corpo de tronco tão largo, sem cintura. Por que caminhavam com tanto empenho? O que desejavam alcançar, se já eram saudáveis?

Sem perceber, essa visão mudou.

Talvez aquelas mulheres fossem cuidadoras de idosos e precisassem melhorar sua condição física para não se render à desmotivação. Quem sabe alguma delas tivesse sob seus cuidados um idoso que de tão demente comia até as próprias fezes.

Nesse caso, a pessoa não esperaria que alguém como Mitsuki, que nunca trocou a fralda da mãe, tivesse algum senso de solidariedade – mas ela não podia deixar de nutrir esse sentimento por aquelas mulheres.

A cirurgia da mãe foi realizada em 5 de janeiro.

Antes do procedimento, a mãe insistiu:

— Você disse para o médico que eu faço parte da Sociedade para uma Morte Digna?

— Eu disse, eu disse.

— Em todo caso, recuse tratamentos para prolongar a vida, está bem?

— Isso não vai acontecer em uma cirurgia para reparar fraturas.

Naturalmente, a mãe sobreviveu em segurança à operação. Mas foram cinco horas terríveis e inesperadas de procedimento. Mitsuki era grata por morar num país onde a mãe, considerada uma "idosa de velhice tardia", podia passar por essa cirurgia completa praticamente de graça. Também se sentiu grata pelos médicos e enfermeiras que, apesar do cansaço, fizeram seu melhor pela mãe. E, talvez por Mitsuki não ser uma pessoa tão moderna quanto aparentava, ela achava estranho o privilégio de ter tantas pessoas dedicadas ao tratamento da mãe. Pensar no aumento do déficit orçamentário do Japão a deixava um tanto desconcertada perante a sociedade.

Apesar dos sentimentos de Mitsuki, o hospital concentrou esforços para tratar a mãe conforme os procedimentos. No dia seguinte, retiraram a sonda urinária e a substituíram por um coletor. O surpreendente é que a mãe foi levada na cadeira de rodas para a sala de reabilitação dois dias depois.

Seu corpo se recuperava aos poucos.

A ferida psicológica, no entanto, só se aprofundava. Ela tinha se acalmado em relação aos medicamentos, mas a humilhação e a inconveniência de não poder ir ao banheiro sem ajuda agravaram o quadro de bexiga hiperativa e de prisão de ventre. Ela tinha pouco apetite e, apesar de a barriga continuar inchada, os pulsos sob o edredom ficaram finos como ossos de galinha.

A mãe queria que as filhas ficassem com ela do jantar até a hora de dormir. Por isso, sem opção, elas se revezavam para fazer companhia à mãe à noite. Sentando ao lado da cama, repreendiam a mãe, que queria fazer tudo com a mão esquerda, e diziam que deveria se esforçar para usar a outra mão para a reabilitação. Ao mesmo tempo, entregavam à mãe o prato que ela não alcançava e tentavam convencê-la a comer um pouco. Alguns anos antes, quando fraturou o colo femoral esquerdo num acidente e ficou internada, a mãe exigia comidas compradas no subsolo da Isetan, onde havia especialidades de restaurantes e marcas famosas, como a conserva de ameixa (*umeboshi*) de Kishu, a carne cozida em fatias (*tsukudani*) do restaurante Asakusa Imahan ou o arroz aromatizado com salmão (*chazuke*) da Kashimaya. Dessa vez, ela apenas encostava os hashis na comida que lhe era oferecida, sem nenhum entusiasmo. Não dava sinais de estar motivada a se recuperar – ou melhor, a viver. Naturalmente, ela não se esforçava durante a fisioterapia.

Algum tempo depois do ano-novo, Mitsuki voltou a dar aulas na universidade. Contratada como freelancer por um conhecido, ela fazia traduções de patentes de design e marca registrada. Se recusasse muitas vezes, os trabalhos cessariam, porém ela começou aos poucos a reduzir o volume de traduções, por saber que no futuro teria menos tempo. Por fim, como temia, a mãe passou a exigir cada vez mais atenção, mas não era pela vontade de viver, e sim por hábito.

Ela pediu, por exemplo, um pequeno espelho de mão.

Mitsuki trouxe o pente e os cremes que a mãe usava no dia a dia, mas não um espelho, de propósito. Em casa, ela não cansava de se admirar em um grande espelho, então o pedido não era estranho. Por que ela queria ver seu rosto sem maquiagem, repleto de manchas e, ainda por cima, sem dentadura? Felizmente, não havia espaço sobrando no quarto do hospital para acomodar o espelho entalhado de Kamakura, que também era pesado demais para seu pulso fino como osso de galinha. Foi a combinação de compaixão e preguiça que fez Mitsuki ignorar o objeto.

Ela não era generosa o bastante para ir até uma loja da Muji, que vendia produtos simples e com um design bonito.

Na volta do hospital, entrou em uma loja de artigos femininos, localizada num centro comercial, e, maravilhada com os vários objetos brilhantes e adoráveis que inundavam sua visão, comprou um espelho com moldura cor de lavanda que continha um pequeno diamante de vidro incrustado, tal qual uma tiara.

Cabia exatamente na palma da mão.

Quando entregou o objeto na visita seguinte, a mãe espiou seu rosto no espelho, agradeceu com uma expressão neutra e devolveu o espelho de mau gosto para Mitsuki.

A mãe costumava se maquiar mesmo nos dias em que não saía de casa. Pensando bem, essa atividade era uma das poucas alegrias que lhe restaram na velhice.

Mas também teve seu fim.

— Mitsuki, não dá para ver DVDs aqui? – ela perguntou, ciente de que era impossível.

A mãe nem olhava para a televisão instalada no quarto do hospital. Em casa, ela desprezava o aparelho com arrogância e reclamava:

— O canal NHK tem se tornado cada vez mais fútil ultimamente.

Além do noticiário noturno, ela assistia, nos canais BS1 e BS2, apenas a programas que ela nunca mais poderia assistir ao vivo: apresentações de balé, ópera e concertos. A televisão servia apenas para ver filmes. Filmes ocidentais, naturalmente. Mitsuki alugava os DVDs pela internet, usando o serviço Posren.

Se não eram filmes, era música.

— Não posso ouvir CD? Quero pelo menos ouvir música.

A filha levou um discman, mas, além da confusão mental, a mãe não conseguia usar a mão direita. Abrir a tampa do aparelho não seria tarefa simples.

Ela não conseguia também apertar os botões do discman.

— Que tédio... – disse, como se a culpa fosse das filhas.

A mãe continuou com suas exigências. Eram solicitações impossíveis ou sem sentido. Pedia por livros de bolso com letras maiores, mas no final não tinha vontade de usar óculos e dizia estar entediada.

Certa vez, Mitsuki levantou a voz, prestes a chorar:

— Mamãe, a senhora não tem ideia de como é difícil para nós. Eu venho te visitar mesmo não me sentindo bem, por isso seja mais razoável! Eu também tenho que trabalhar.

Depois de um instante em silêncio, a mãe disse:

— Mitsuki ficou brava! – E continuou: — Como vou fazer se você fica brava?

Mãe e filha trocaram olhares hostis.

— Eu só tenho você, Mitsuki. Se você fica brava, como vou fazer? – a mãe repetiu.

A voz já estava embargada. Até podia ser um pouco de encenação, mas tinha um toque de veracidade. Depois de ter desistido de Natsuki, a mãe passou a contar com Mitsuki para tudo, relembrando maldosamente a filha mais velha do fato. O que levou à situação atual, em que realmente dependia de Mitsuki.

A caçula disse em voz alta, ciente de que a vizinha ouvia:

— Por isso, estou dizendo para você ser razoável!

No fim, com a importunação excessiva da mãe, ela saiu do quarto com o pretexto de ir ao banheiro, andou por muitos corredores e, ao chegar à biblioteca, sentou-se no sofá. Pensou em trabalhar nessa sala, pois sabia que ninguém a usava. Assim que se sentou, lágrimas começaram a brotar. Ela não queria chorar na frente da mãe, que não a amava, mas os sentimentos que guardava no coração acabaram transbordando. Era tudo tão triste. Enquanto chorava em silêncio, enxugando as lágrimas com um lenço, alguém entrou na sala. Era o homem de meia-idade com terno escuro, aquele que tinha visto na loja do hospital. Ele se assustou por um instante ao ver Mitsuki, fez uma expressão de desconforto, deu meia-volta e saiu. Estranhamente, ela se sentiu consolada por esse homem ter visto as lágrimas que não havia mostrado nem para Tetsuo.

É difícil distinguir a demência senil da loucura.

Conforme a internação se prolongava, a mãe se tornava mais confusa e, ao mesmo tempo, perdia a razão. Isso ficou evidente quando, cerca de um mês depois da cirurgia, ela foi transferida para a clínica de reabilitação. Trocaram seu pijama por roupas comuns e a levaram para o refeitório, onde ela passaria a fazer as refeições com outros idosos. Parcialmente de volta à realidade mundana, ela precisaria praticar sua sociabilidade. Por ser um hospital recém-inaugurado, o refeitório, iluminado pelos raios do sol que entravam pelas janelas, era espaçoso e alegre como uma área para crianças brincarem. A cena de vários idosos com deficiência física era difícil de descrever, mas ninguém trazia a expressão carregada de ferocidade da mãe.

Quando a refeição foi servida, o burburinho de vozes e até dos risos aumentou. Muitos idosos comiam em silêncio, mas apenas ao redor da mãe a atmosfera era estranha. Era como se a intensidade de sua angústia fosse exibida publicamente e se materializasse. A solidão era evidente.

Sua existência atraía a atenção, mesmo a contragosto.

A mãe encarava o vazio com uma expressão rígida. Era como se estivesse sentada num campo deserto, com o vento gélido a soprar as folhas secas dançando silenciosamente ao seu redor. Por que ela não conseguia aceitar seu destino?

O cansaço e a irritação se acumulavam em Mitsuki.

10. Resquícios de um sonho perfumado

O terreno de Chitose Funabashi foi adquirido por uma imobiliária que desenvolveria um pequeno projeto, dividindo-o em dois lotes. O negócio foi fechado inesperadamente depressa. Ao ouvir o valor da venda, Tetsuo disse que deveriam negociar um pouco mais. Para Mitsuki, o melhor era pagar o adiantamento da casa de repouso sem contrair dívidas. A imobiliária solicitou a limpeza do terreno e, se os familiares arcassem com as despesas de demolição da casa, teriam mais tempo para retirar os objetos.

Mitsuki não comentou com o marido sobre a divisão do dinheiro restante da venda. Natsuki, que tinha estabilidade financeira, também não tocou no assunto. Afinal, se não podiam prever quantos anos de vida a mãe ainda teria, não havia como fazer cálculos.

As irmãs se revezavam nas visitas ao hospital e, no tempo restante, iam juntas à casa de Chitose Funabashi.

Mesmo sabendo que seria vendida, ainda era a casa da mãe. Agora, com o negócio fechado, era estranho frequentar o local, como se o imóvel fosse uma miragem e tivesse desaparecido deste mundo. Porém elas não tinham tempo para sentimentalismo. Trabalharam sem descanso.

Naquela fase da vida, amigos e conhecidos passaram a compartilhar várias histórias sobre mães idosas. Casos de acumuladoras eram típicos. As irmãs chegaram a ouvir a história de uma mãe que não jogava nada fora, até ocupar todo o andar de cima, que ficou fechado por décadas. No térreo, os objetos estavam espalhados por todo lugar e a cama acumulava pilhas de casacos e cachecóis. Ela dormia em uma poltrona e não permitia que a filha limpasse a casa. Disseram que, sem espaço para transitar, a idosa se apoiava nas paredes para atravessar a trilha formada por pilhas de objetos amontoados e circulava apenas entre o quarto e a cozinha, tomada por ratos.

Felizmente, a mãe de Mitsuki gostava de organização. Em todas as visitas de Mitsuki, a casa estava arrumada e limpa e ela estava impecavelmente maquiada. Embora fosse idosa, não tinha problemas em descartar coisas.

— Posso jogar isso fora?

Ao apontar o objeto que não era usado, na maioria das vezes a mãe dizia que sim.

Elas não esperavam ter muita coisa para limpar.

No entanto, ao abrirem armários e gavetas, a casa aparentemente organizada se mostrou inundada por objetos, numa enchente inesperada. As irmãs ficaram perplexas em meio à bagunça. Por saberem que a mãe não tinha relutância em se desfazer dos objetos, o conteúdo dessa enchente acabava denunciando o envelhecimento e o tipo de pessoa que ela era.

Era triste e também estranho.

O que as chocou inicialmente foi o volume de remédios. Encontraram medicamentos prescritos, como os da medicina tradicional chinesa, remédios para dormir, ansiolíticos, analgésicos, expectorantes, pomadas para irritação na pele, comprimidos para controlar a tremedeira da ponta dos dedos, colírios, tônicos, remédios para baixar a pressão, remédios para osteoporose – conforme a personalidade organizada da mãe, estavam marcados, em letra miúda, com o modo de usar e a data, mas alguns eram de dez anos antes. Naturalmente, havia também uma montanha de remédios comuns comprados em farmácias, que não precisavam de receita. A quantidade revelava os anos que a mãe viveu com a saúde debilitada.

Quando recebia o telefonema habitual da filha, às oito da noite, ela sempre reclamava:

— A mamãe cansou de viver.

— Ah, é?

A filha dava uma resposta qualquer e ficava pensando que não gostaria de viver por tanto tempo. A acupunturista competente e famosa que tratava da mãe disse que sua constituição física tinha excelente capacidade de recuperação. De fato, quando ela apanhava um resfriado e ficava com febre, se recuperava mais rápido do que Mitsuki. Por isso, a filha não sentia muita pena, pois, além do ressentimento que guardava em relação ao tratamento dado ao pai, ela tinha seu próprio problema de saúde. Porém o volume excessivo de medicamentos a fez sentir, pela primeira vez, uma pontinha de arrependimento.

Como muitos idosos, a mãe sem dúvida alimentava, ou pelo menos continuava a alimentar, a ilusão de que ficaria bem de novo. Além dos medicamentos, objetos que se tornaram inúteis foram cuidadosamente guardados por todos os lados. Embora com a perda dos movimentos dos dedos não conseguisse mais segurar uma agulha, ela achava necessário manter os inúmeros materiais de costura, pois desde a época da escola feminina se dedicava a fazer as próprias roupas. Assim devia ser com os lindos papéis de carta, envelopes e cartões que a mãe gostava de enviar, mesmo depois de Mitsuki ter assumido a função havia muito tempo. O mesmo acontecia com as camisolas com rendas chamativas no colo e na bainha, peças que nem as filhas tinham coragem de vestir. Nos últimos anos, a mãe vestia apenas calças, mesmo em ocasiões elegantes, mas com certeza não abandonara a esperança de voltar a usar vestidos.

O que assustou especialmente as filhas foi a quantidade de meias-calças. Como a mãe detestava vestir meias-calças de fio fino, sempre usara meias sete oitavos. Quando acumulou tantas? Talvez tenha comprado na época em que frequentava sozinha a Isetan, mas encontraram tantas meias novas – e de ótima qualidade – que dava para montar uma barraca e vender na rua. Seria trabalhoso procurar algum conhecido que usasse esse tipo de meia antiga, por isso elas lamentavam o desperdício enquanto abriam as embalagens de meias para separar o lixo reciclável e o lixo incinerável.

A textura aveludada e fina, característica de uma meia-calça de qualidade, não estava presente nas meias-calças de fio fino que Mitsuki comprava.

Como calçavam números diferentes, vários pares de sapatos caros que as filhas não podiam usar foram enfileirados.

Também havia muitos vestidos longos feitos sob medida para as apresentações de *chanson*. A mãe sabia que nunca mais usaria aqueles sapatos e vestidos, mas não conseguira se desfazer deles. O ponto alto dos achados foi o longo casaco de vison, do qual não se lembravam mais. Adquirido em tempos prósperos da família Katsura, a princípio a mãe usava com uma expressão de nervosismo mais do que de excitação. Naturalmente, foi antes de os ativistas pelos direitos dos animais protestarem que as criaturas teriam a pele esfolada. Após o nervosismo se dissipar, a mãe, como uma garota inocente e triunfante, passou a vestir o casaco em qualquer ocasião. Para as irmãs, não passava de uma coisa inútil. Não sabiam o que fazer diante da grande bola de pelos pretos embrulhada no tecido *furoshiki*. O cheiro de naftalina era intenso.

Além disso, encontraram objetos comprados às vésperas da internação. Como ela não conseguia mais sair de casa, pedira que as filhas comprassem.

Por exemplo, havia uma abundância de cosméticos. Era natural que Natsuki, sendo musicista, fosse encarregada de comprar os DVDs de ópera e balé que não conseguiam alugar no Posren, mas por algum motivo ela fora encarregada de também comprar cosméticos.

Natsuki sempre dizia:

— Não entendo por que aquela pessoa quer os mesmos produtos que eu uso. Só a base custa mais de 20 mil ienes, e a dela acaba três vezes mais rápido que a minha.

Sem dúvida, ela secretamente pedia cosméticos a Natsuki porque sabia que Mitsuki não os compraria por serem caros.

A esperada montanha de lençóis apareceu, assim como a de echarpes. Embora o fato de ter engordado limitasse as peças de roupa que a mãe podia vestir, uma única echarpe já lhe dava um ar de elegância. Nesse caso, ela sabia que Mitsuki gostava de tecidos e sempre aproveitava alguma ocasião, como as viagens para o exterior, para pedir um. A pilha transbordante incluía desde tecidos leves como seda com padrões translúcidos até uma caxemira grossa e bordada em várias cores.

Os vestígios do luxo que a mãe mal podia custear afluíam por armários e gavetas e pelo ambiente da casa japonesa finalizada com argamassa e reconstruída na década de 1970, produzindo uma atmosfera peculiar – que no fim se tornou um espaço entediante, sem encanto algum. Tons mistos de cores estimulavam a visão; o cheiro da seda e o de perfume perpassavam o odor de naftalina, estimulando o olfato. Resquícios do sonho da mãe habitavam intensamente aquele espaço sem encanto.

"Por mim, tudo bem, não ligo para joias."

Quando queria algum luxo, a mãe dizia essa frase em voz alta para tentar se convencer. Uma insinuação sutil de que era diferente da avó, fascinada por diamantes, embora ninguém tivesse certeza da informação; tornara-se uma brincadeira na família Katsura. Além disso, os luxos da mãe, do ponto de vista de alguém rico, não eram, obviamente, grande coisa. A mãe fazia parte de uma geração que não tinha grande atração por marcas. Ela perseguia o sonho daquela época: ser como as meninas das ilustrações de Jun'ichi Nakahara na revista *Amiga das Garotas* ou como as atrizes do cinema. Por que perseguiu esse sonho por toda a vida, com tanta obsessão?

A mãe tinha enlouquecido bem antes de envelhecer.

E o que era, afinal, personalidade da mãe e o que era consequência da vida que levou?

Certo dia, Natsuki chamou:

— Mitsuki! Mitsuki!

No corredor da casa, entre os objetos que transbordavam do armário dos fundos, estava a irmã mais velha sentada numa almofada, ainda vestindo o sobretudo.

Aquele armário não tinha sido aberto nem na época da morte do pai e acabou se tornando uma espécie de local proibido. A irmã mais velha encontrara pequenas fotos coloridas em slide, da época em que o pai viajava a trabalho para os Estados Unidos. Assim como desenhos, redações e cadernos de mensagens de Natsuki e Mitsuki durante o ensino fundamental. Surgiram também álbuns encapados com tecido que cheiravam a mofo, com fotos dos pais quando jovens; um caderno cuidadosamente guardado pelo pai com cartas do melhor amigo, morto na guerra; uma pilha de fotografias promocionais de atrizes de cinema que a mãe colecionara na época da escola feminina. Como esperado, eram na maioria fotos de Greta Garbo, Marlene Dietrich e Gary Cooper. Também havia uma fotografia da atriz francesa Arletty. As irmãs, absortas, examinavam o conteúdo do armário como se desenterrassem camadas de história da família Katsura. No fundo, encontraram um caixote de madeira revestido com metal usado para armazenar chá.

Deram com um invólucro de papel com manchas marrons assim que abriram a tampa e desamarraram os fechos. As memórias vieram à tona.

Era o quimono do Demônio Dourado.

Parece que Natsuki também se lembrou e logo disse:

— Ela guardou?

Quando fugiu da casa do marido, a avó vendeu tudo o que podia, mas nunca se desfez do quimono que usou ao se reencontrar por acaso com seu "Kan'ichi" da juventude – embora não tivessem como assegurar a veracidade da história, assim ela era contada.

Quando era estudante do ensino médio, Mitsuki, levada pela curiosidade, lera o romance *Demônio dourado*, que na família Katsura escondia um passado. Em certo trecho, deparou com uma passagem que não fez sentido: "Seus cabelos negros como laca, num penteado tão perfeito que parecia uma peruca, eram enfeitados com um adorno de contas de coral. A gola branca sob o quimono, visível no pescoço, era de uma beleza fria indescritível. A veste era simples, de crepe de seda púrpura-escuro, com cinco brasões familiares, e uma faixa *obi* verde-oliva bordada com padrões tradicionais".

Diziam que o quimono da avó era "de crepe de seda púrpura-escuro, com cinco brasões familiares", como naquele excerto. De fato, era púrpura e com cinco brasões familiares e era mesmo de "crepe de seda", mas o quimono era forrado, e não simples. A própria mãe, ao questionar isso, recebera da avó, com uma expressão séria, a resposta de que era um desperdício usar um quimono sem forro apenas nos dias quentes, por isso mandara colocar forro para usá-lo sempre.

O quimono púrpura-escuro emanava um aroma que lembrava madeira de ágar. As irmãs, que viveram o período Showa, de repente foram transportadas para o período Meiji, mais de cem anos antes.

11. Gmail com a mulher

O comportamento excêntrico da mãe, como se estivesse sozinha num campo deserto, continuou durante a estadia na clínica de reabilitação.

Como de costume, ela queria que a visitassem durante o jantar. Entre os pacientes, apenas ela tinha a companhia das filhas durante toda a refeição. Se os familiares tivessem um emprego comum, seria impossível acompanhá-la. Como preparação para a entrada na casa de repouso, Mitsuki queria diminuir o número de visitas ao hospital, mas a mãe insistia que as filhas fossem, recebendo-as com sua expressão usual de mau humor.

Por que a mãe era diferente das outras pessoas?

Parecia insuportável a tristeza de haver se tornado uma pessoa diferente da que era anos antes. Durante a longa internação, sua sensibilidade entorpecera, para o bem ou para o mal, e ela aceitou sem resistência o sanitário portátil deixado ao lado da cama antes de dormir. Em aspectos mais abstratos, a mãe continuava a ser terrivelmente infeliz. Essa infelicidade, ao mesmo tempo que a atormentava, atormentava também as filhas.

Certo dia, Mitsuki recebeu um telefonema de Natsuki:

— Ela está tomando muito Depas.

— Como assim?

— A quantidade de comprimidos diminuiu muito. Talvez por isso ela fique sonolenta durante o dia.

A mãe deve ter recorrido ao Depas para anestesiar a tristeza. As irmãs concordaram em deixar o hospital encarregado dos medicamentos, mas, quando tocaram nesse assunto, a mãe empalideceu e, eriçando seus cabelos brancos desarrumados, ficou em estado de quase fúria. No fim das contas, depois de conversar com o psiquiatra, o hospital se responsabilizaria por administrar um tranquilizante mais forte, apenas um comprimido ao dia.

A fisioterapia também não progredia como previsto. A mãe de décadas antes suportara a dor com uma expressão severa e se esforçara para voltar a andar, mas a de agora deixava a vida escorrer por entre os dedos. Ela conseguiu se recuperar a ponto de se levantar sozinha da cadeira de rodas e, apoiando-se na barra de apoio, sentar-se no vaso sanitário. Porém, como era perigoso fazer isso sozinha, precisava de alguém por perto. Incapaz de fazer suas necessidades sem assistência, a mãe sofria com a bexiga hiperativa e a prisão de ventre, pois tinha de lidar com o aborrecimento de pedir ajuda toda vez que precisava ir ao banheiro.

Nessa época, chegou o aviso da Golden Years de que havia um quarto disponível. O residente se mudaria para outra casa da rede, em Kobe, por causa da transferência de emprego do filho. Como algumas pessoas não querem ficar em quartos onde alguém morreu, talvez seja habitual dar essa explicação; mas, se recusassem o quarto por esse motivo, nunca conseguiriam vaga numa casa de repouso. Mitsuki tranquilizou-se por ter tido tempo de preparar a última moradia da mãe.

Um dos motivos para ter gostado da Golden foi a permissão para decorar o quarto como a família quisesse. As filhas, desesperançosas e certas de que a mãe ainda viveria por muitos anos, queriam que sua última e pequena residência fosse um local bonito e agradável. Para isso, trabalharam com mais afinco, apesar do cansaço. Escolheram um papel de parede que lembrava estuque e um piso imitando madeira antiga, superior ao tipo básico da casa de repouso. Para impedirem a vista do estacionamento, instalaram uma cortina de renda francesa com bordados, encomendada na Isetan. Prateleiras foram fixadas na parede para acomodar os objetos preferidos da mãe: um vaso floral de cerâmica, um frasco antigo de perfume em vidro veneziano, uma caixinha para pérolas com detalhes em prata, entre outros. Trouxeram também o grande vaso vermelho-escuro de vidro lapidado, no estilo Edo, um dos tesouros que a mãe ganhara do "vovô de Yokohama", e encheram com flores artificiais caras da Isetan. As flores de cores austeras em meio às folhas de vários tons de verde pareciam verdadeiras aos olhos de qualquer pessoa. Esse grande buquê de flores era a primeira coisa que atraía a atenção quando alguém entrava no quarto.

— Como conseguem gastar tanto dinheiro? – Tetsuo arregalou os olhos.

— Ficamos ricas de repente.

Ela queria dizer que o dinheiro era da mãe, mas calou-se.

Como a mãe era muito materialista, Mitsuki se preocupava mais com o dinheiro dela do que com o seu próprio. Desde que as economias tinham começado a diminuir a olhos vistos, a filha se oferecera para pagar parte dos gastos, apesar de achar injusto com Tetsuo. Agora, era prazeroso esbanjar o dinheiro da mãe. Queria lhe oferecer pequenas extravagâncias nos últimos momentos de vida. Mitsuki não conseguia explicar o desejo de que a mãe vivesse luxuosamente nos momentos finais, mesmo depois de ela ter internado, sem nenhum remorso, o próprio marido naquele hospital. Foi justamente pelo pai não ter tido uma única cadeira para chamar de sua que Mitsuki desejava que a vida da mãe naquela casa de repouso fosse a seu gosto.

Ela gastava dinheiro pelo sentimento de culpa em relação ao pai.

Conforme recomendado, Mitsuki escolheu uma cadeira de rodas cara, de fabricação alemã. Trocou a televisão de LCD por uma maior. Para que as roupas pudessem ser lavadas e secas na máquina da casa de repouso, ela trocou o guarda-roupa da mãe por roupas de poliéster caras, compradas na loja de departamentos. Apenas o colete e o cardigã eram de lã e seriam enviados para uma lavanderia; essas peças ela também comprou, tudo novo, para que fossem práticas de a mãe vestir e trocar. Depois de pesquisar em várias lojas, descobriu que a Keio de Shinjuku tinha uma boa variedade de produtos para idosos que não ignoravam a elegância. Embora não frequentasse muito por causa da atmosfera que não era suficientemente requintada, acabou juntando uma surpreendente quantidade de pontos da loja.

Um pouco depois de completar dois meses, o hospital avisou que era inútil continuar com a fisioterapia intensiva.

Nessa época, Tetsuo tinha ido para o Vietnã.

Antes Mitsuki acompanhava o marido em seus períodos sabáticos. Na primeira vez, passaram uma longa estadia na Califórnia e, na segunda, em Okinawa. Contudo, ela desistiu de acompanhá-lo dessa vez, mesmo antes da hospitalização da mãe. A ideia de Mitsuki se afastar por apenas alguns dias de Tóquio provocou uma crise de ansiedade na mãe, o que, aliado a um aumento de pressão, a fez passar mal a ponto de Natsuki chamar uma ambulância. A mãe teve de ser hospitalizada na mesma tarde. Além disso, havia a questão do porta-lenços florido para pensar.

Desde a descoberta, ela estava contente por ficarem separados por um tempo.

— Quando a mamãe estiver instalada na casa de repouso, venha passear aqui – Tetsuo disse a Mitsuki depois de se despedir da mãe.

— Farei isso.

Ela estava convencida de que a mulher jovem o acompanharia na viagem. A distância entre Tetsuo, que pesquisava as passagens aéreas, e Mitsuki, que vivia para atender aos caprichos da mãe, apenas aumentava. Para ela, o marido era um habitante de outro planeta. "Vou pensar em Tetsuo depois que a mamãe se acomodar e se tranquilizar", era o que Mitsuki repetia para si mesma, evitando pensar naquele adorável mas odioso porta-lenços.

— Desculpe por não ajudar na mudança – disse Tetsuo com uma voz sincera e lastimosa.

De fato, era trabalhoso uma mulher lidar com as caixas de papelão. Pedir a Yuji, marido de Natsuki e criado como um filhinho de papai, era difícil. Ela sabia que o ágil Tetsuo poderia fazer esse trabalho, mas não pensava em pedir ajuda. No dia da viagem, eles se separaram quando ele pegou um táxi na avenida Circular 7, para embarcar no expresso Narita, em Shinjuku.

Suas suspeitas se confirmaram um pouco antes de a mãe entrar na casa de repouso.

Tetsuo telefonou para avisar que chegara bem. Um pouco depois, chegou uma mensagem dizendo que entrou no apartamento que havia reservado. Acrescentou que era difícil trocarem e-mails se não estivesse em um hotel de luxo, pois no apartamento onde estava a internet era discada. Ela enviou uma resposta breve, desligou o computador e se levantou da cadeira. Foi nesse momento que Mitsuki voltou a se sentar e ligou de novo o computador.

A tela de entrada do Gmail se abriu e, em vez do próprio endereço, ela digitou o e-mail de Tetsuo.

Ele tinha dado a senha para Mitsuki muitos anos antes. Era a mesma criada antes de começar a usar o Gmail, numa época em que Tetsuo visitava vários locais remotos do mundo para sua "pesquisa". Ele pedia à esposa que verificasse os e-mails que chegavam e passou a senha. As chances de que ele usasse a mesma senha eram mínimas, mas não nulas. Quando ela digitou, milagrosamente conseguiu entrar na conta. Viu que havia várias mensagens trocadas com uma mulher e, naturalmente, diante delas, não hesitou em começar a abrir e a ler os e-mails.

Mitsuki passou a noite em claro e leu os e-mails trocados nos dois últimos anos entre Tetsuo e a mulher. O relacionamento parecia ser mais antigo, mas no Gmail havia apenas as mensagens desse período. Seus olhos estavam inchados de chorar e, como o impressionante rosto desfigurado da fantasma Oiwa, Mitsuki temia ir desse jeito para o hospital no dia seguinte, então pegou gelo, envolveu em gaze e leu as mensagens enquanto resfriava os olhos. Quando a gaze ficou molhada com o gelo derretido, ela torceu o tecido na pia e repôs o gelo. Notou que seus dedos estavam como que congelados, e a sensação de frio tomou todo o seu corpo.

A pedido da mulher, Tetsuo até enviou uma foto de Mitsuki.

O comentário, triunfante: "É de dar tanta pena que, sinceramente, nem tem como fazer uma comparação".

Estava quase sem fôlego de tanta humilhação e não conseguiu continuar lendo as mensagens.

Por ser jovem, a mulher era cruel.

Também era esperta.

Mitsuki queria pensar na questão de Tetsuo depois de a mãe se acomodar na casa de repouso, mas não foi necessário. Muito gentilmente, a mulher havia pensado até no futuro. Não seria apenas uma viagem ao Vietnã com ela. Eles iriam para o exterior criar evidências de que Tetsuo morou separado da esposa por um ano. Quando Mitsuki mencionasse que iria ao Vietnã para passear, ele deveria se esquivar do assunto, sem urgência. Um pouco antes de retornar ao Japão, Tetsuo enviaria os papéis do divórcio e não voltaria para o apartamento do casal. Pelo menos era o que a mulher tinha feito seu marido prometer.

Quando foi torcer a gaze, ela se olhou no espelho e viu uma expressão de causar pena. Como será o rosto da mulher? Tetsuo era vaidoso, por isso, no mínimo, deveria ser como Mitsuki era quando jovem.

Amanheceu. Por mais que ficasse mergulhada na banheira de água quente, seu corpo continuava gelado.

Ainda por cima, caía uma chuva forte.

No trajeto para a casa de repouso, o vento começou a soprar de lado, fazendo as gotas de chuva lhe acertarem o rosto. Caminhando enquanto se enxugava com um lenço, ela não sabia mais se enxugava as gotas de chuva ou as lágrimas. Para piorar a situação, a ponta dos seus pés também ficou molhada.

A palavra "miserável" surgiu em sua mente.

Assim que viu o rosto de Mitsuki, a mãe disse:

— Hoje consegui ir ao banheiro e me sinto bem.

A mãe, que costumava ser observadora a ponto de se tornar irritante, nem sequer notou que os olhos da filha estavam inchados.

Mitsuki respondeu vagamente:

— Que bom.

12. Fruto da cerejeira

A *chanson* "Le Temps des cerises", escrita no século XIX, é cantada até hoje.

"Quando chegar o tempo das cerejas
Tanto os rouxinóis alegres quanto os tordos travessos
Vão comemorar!
As belas mulheres serão inebriadas pela loucura
O coração dos homens apaixonados será tomado pelo sol!
Quando chegar o tempo das cerejas
Os tordos travessos cantarão mais alto!"[1]

As cerejas crescem rechonchudas e, por fim, ganham a cor vermelha. Representam o frescor, a beleza e a exuberância da juventude. São lágrimas derramadas pelo jovem sangue fervente, que se tornam gotas de sangue quando caem no solo.

Mitsuki sempre gostou da letra dessa *chanson*.

Especialmente do trecho "As belas mulheres serão inebriadas pela loucura". Em francês, com a frase "*Les belles auront la folie en tête*" o tom da melodia sobe a partir de "*la folie*". A voz, por um instante, paira nos céus.

1 "Quand nous chanterons le temps des cerises/ Et gai rossignol et merle moqueur/ Seront tous en fête !/ Les belles auront la folie en tête/ Et les amoureux du soleil au cœur !/ Quand nous chanterons le temps des cerises/ Sifflera bien mieux le merle moqueur !"

Les belles significa “as belas [mulheres]”, *la folie*, “loucura”, e *tête*, “cabeça”.

Uma possível tradução da frase seria: “Na cabeça das mulheres belas habita a loucura”.

Porém a expressão “*les belles*” em japonês tem um significado diferente de “beldade”. Seria mais algo como “coisa linda”. “*Les belles*”, na linguagem do amor, se refere às garotas que desejam se mostrar bonitas e ser amadas. Quando jovens, as garotas perdem a cabeça, mas não por um homem específico. Antes disso, elas percebem que são “coisas lindas”, objetos de admiração dos homens, e ficam inebriadas por esse fato.

As letras das *chansons* são um baú de sabedoria. As músicas populares de hoje exaltam nada mais que o mundo dos jovens para os jovens. É natural, sendo os maiores consumidores de produtos musicais, essas músicas instantaneamente se tornarem grandes sucessos. Por sua vez, as *chansons* da geração anterior dão um passo para trás e nos ensinam o que é a juventude e por que, por mais que se resista, ela é efêmera. Elas cantam a vida com emoção, declarando que esse pesar é o próprio mistério da vida. *Chansons* são canções voltadas para pessoas que já atravessaram boa parte da vida.

Pelo menos era assim que Mitsuki pensava.

Essa ideia se intensificava com o passar dos anos.

Quando jovens, as “coisas lindas” perdiam a cabeça.

Mitsuki tinha se esquecido disso nas últimas décadas, mas ela também era uma dessas “coisas lindas” antes de conhecer Tetsuo.

Ela não era uma beldade. Contam que fazia uma cara tão feia quando era bebê que os pais se entreolhavam, calados, e suspiravam de tristeza. A mãe narrou essa história diversas vezes. Dizia que já tinha decidido dar o nome de Mitsuki para a segunda filha, mas, quando ela nasceu, hesitou em adotar no nome o ideograma *mi*, que significa beleza.

Mitsuki cresceu sem que as palavras da mãe a magoassem.

Tanto a avó, chamada secretamente de Omiya, quanto Natsuki diziam que Mitsuki era adorável. A mãe, para afastar o ressentimento da própria infância, vestia as filhas com roupas estilosas; por isso, as pessoas diziam que a caçula também era adorável. No Japão devastado que se recuperava da guerra, seria natural que as meninas, vestindo roupas iguais, usando luvas brancas e segurando a bolsa de mão infantil, presente que o pai trouxera dos Estados Unidos, fossem consideradas adoráveis.

Além disso, a irmã, Natsuki, nunca recebeu elogios da mãe. Mais bonita do que a irmã e parecida com a mãe, ela nunca foi propriamente desprezada, mas tampouco foi considerada uma beldade. Esse tratamento materno acabou ferindo os sentimentos da filha mais velha.

Natsuki se ofendia com qualquer coisa.

No surpreendente mundo inabalável da mãe, uma beldade se referia a uma atriz de cinema, como as que ela conhecia quando era estudante. Não importava a nacionalidade. No mundo real, seria alguém como ela, com algumas feições europeias bem esculpidas. Quem conheceu Omiya na juventude dizia que era uma beldade. Mas Noriko cresceu desprezando a mãe e conhecia apenas sua aparência envelhecida. Ela mostrava desdém, embora não se soubesse o que pensava.

Ela também apreciava pouco as filhas.

Mitsuki percebeu, quando se tornou adulta, que muitas mães são sádicas com as filhas, e a questão da aparência era especialmente forte na mãe. Ela devia ter prazer em menosprezar Natsuki e Mitsuki.

As irmãs descarregavam sua insatisfação em segredo:

— Se queria uma beldade como filha, por que se casou com o papai?

Não se podia dizer que o pai era um homem bonito.

— Acha mesmo?

— E não é?

As duas se esqueciam de que, se a mãe não tivesse se casado com o pai, elas nem teriam nascido.

Além de ser menosprezada pela mãe, Mitsuki também lhe causava pena. Antigamente, até a altura das três seguia a ordem decrescente: mãe, Natsuki e Mitsuki. Infelizmente, a caçula se parecia com o pai.

— Ainda assim, as pessoas começaram a reparar em você – disse a mãe para consolá-la quando se tornou adolescente;

mas o fato de ela pensar na necessidade de consolo revelava sua ousadia.

Quando Mitsuki passou a notar os olhares dos rapazes, viu que eles realmente olhavam para ela, não para outra garota. Logo mais rapazes começaram a aparecer ao seu redor. Por fim, ela se tornou uma das *belles*, ou melhor, uma "coisa linda".

Até hoje, quando vê moças pela cidade, no trem ou em restaurantes, ela fica maravilhada. A consciência das meninas sobre sua feminilidade varia – de acordo talvez com a herança genética, a educação ou a mistura de hormônios na qual elas foram banhadas dentro do útero. Se por um lado existem as garotas que jogam tanto com esse fator que chegam a se aproximar da ninfomania, há aquelas que parecem totalmente alheias a ele, mantendo o jeito de quem até ontem estava jogando bola, rolando na lama. Mas há as que exalam essa consciência da cabeça aos pés – atraindo como uma fragrância suave ou repelindo como um perfume fatal. E isso tem menos a ver com a roupa que vestem, e mais com seus trejeitos sutis: a maneira de sentar, de mexer o pescoço, de cruzar as pernas, de unir os joelhos com um ar pretensioso.

As "coisas lindas" tinham uma consciência enorme de sua feminilidade.

A mãe, sem dúvida, trazia essa característica. A avó também, por ter sido gueixa, deve ter sido assim desde a juventude. Natsuki e Mitsuki eram conscientes de sua feminilidade, mas não de forma tão intensa quanto a mãe.

Até porque, nos dias de hoje, esse atributo não é considerado algo muito positivo.

Para começar, essas garotas não conseguem se dedicar aos estudos. E, assim, não entram numa boa universidade e não arrumam um bom emprego.

— É por isso que, na frente da Jun, eu não faço comentários sobre a beleza ou a feiura das mulheres – disse Natsuki, mãe de uma menina e de um menino. Ela deu à filha o simpático nome de Jun e se esforçava em criá-la de um modo diferente de como fora criada.

Porém ser consciente de sua feminilidade não era de todo ruim. Felizmente, na época de Natsuki e Mitsuki, não se esperava que as mulheres estudassem ou arrumassem um emprego.

Garotas nascidas em famílias de classe média não trabalhavam, porque, pensando agora, talvez fosse um período raro para a história japonesa e até para a história mundial. Quanto maior a consciência da feminilidade, mais ela poderá se entregar à juventude fugaz quando chegar o tempo das cerejas, ignorando que se trata de algo efêmero.

Elas podiam se deixar levar até a loucura, com todo o coração.

Pensando bem, Mitsuki se dedicou ao clube de teatro porque estava inebriada por ser uma "coisa linda", enquanto se especializava em literatura francesa na universidade em Aoyama, frequentada por jovens garotas. Talvez tivesse sido por isso que, depois da formatura, gastou com aulas de canto todo o dinheiro que ganhara com aulas particulares de inglês para vestibulandos e dedicou-se com alegria a interpretar pequenos papéis num teatro, por intermédio de veteranos do clube. Levada por uma amiga, chegou até a cantar, em noites sem muito movimento, em um bar de música ao vivo, ali chamado de *chansonnier*, em Ginza, o que ela fez com grande satisfação, pelo mesmo motivo.

Uma universitária recém-graduada era valorizada em todo lugar.

Especialmente no *chansonnier*, por saber cantar – um pouco por influência da mãe – e por ter habilidade com idiomas – tão boa quanto a do pai. Mitsuki traduzia a capa dos discos e a letra das músicas importadas diretamente da França, apenas com a ajuda de um dicionário. Se continuasse nessa vida, que futuro a aguardaria? Se continuasse, pelo menos não teria conhecido Tetsuo. Mitsuki acreditava que o casamento era inevitável, mas com que tipo de homem teria se casado?

Até então, a mãe se importava apenas com Natsuki, e essa tendência se intensificou ainda mais quando Mitsuki debutou no mundo como "coisa linda". A filha mais velha, que estava no intercâmbio em Freiburg, foi obrigada a retornar ao Japão e, em meio ao burburinho, anunciou em velocidade surpreendente um inesperado casamento. A mãe, que na época ainda trabalhava para a "titia", não teve tempo de pensar no que a recém-graduada Mitsuki fazia.

Depois que tudo se acalmou e a mãe conseguiu enfim alguma paz, ela percebeu que a caçula se envolvia em atividades um tanto impróprias. Era uma época em que, mesmo com emprego, se esperava que as mulheres pedissem demissão com o anúncio de casamento. Natsuki também não procurou emprego depois de se formar na escola de música. Antes de ir para Freiburg, ela deu aulas de piano para crianças da vizinhança enquanto tinha aulas preparatórias para o intercâmbio. A mãe não obrigaria Mitsuki a procurar emprego, mas a filha não tinha um objetivo definido na vida. Além disso, como frequentava um *chansonnier*, local que servia bebidas alcoólicas, ela entretinha clientes bêbados nas noites em que cantava, voltando tarde para casa.

Certo dia, a mãe abordou o assunto.

Haviam se passado dois anos da formatura. Mitsuki, que vivia sua alegre e ensolarada primavera, e a mãe, com seus 50 e poucos anos, dobravam as roupas lavadas na mesa de jantar.

— Mitsuki, o que pretende fazer daqui em diante?

13. Não tem mais um centavo

— Ei, me ouviu? – a mãe continuou, esticando o braço para pegar uma toalha. — Aquele não é o tipo de lugar para moças de boa família.

"Aquele tipo de lugar" se referia ao *chansonnier*.

— Todo mundo trabalha com seriedade – disse Mitsuki dobrando a cueca branca do pai.

Ela se lembrou do rosto das pessoas que frequentavam o *chansonnier*. A França ainda representava a essência da cultura ocidental e suas canções eram a perfumada flor dos tempos áureos do país. Muitos que se esforçavam em transplantar essa flor no Japão, neste arquipélago do Extremo Oriente, eram estudiosos da área.

— Eu só canto de vez em quando.

— Eu sei; se a mamãe fosse mais nova, certamente teria feito o mesmo.

Como o tema era delicado, Mitsuki notou que a mãe, num esforço raro, tentava agradá-la.

— Além disso, você é inteligente. Mesmo que frequente aquele lugar, não vai fumar ou beber.

Era também uma insinuação a Natsuki, que voltara de Freiburg com hábitos impróprios para uma boa moça.

A mãe acrescentou:

— Mas de que adianta continuar a fazer essas coisas? Vai apenas te envelhecer, não é?

Provavelmente, ela queria dizer que a filha não conseguiria se casar, porém se controlou. Na época, era esperado que as mulheres se casassem até os 25 anos. Mitsuki planejava se casar um dia, mas, depois de tanto tempo sendo ignorada, ela não gostou da abordagem repentina da mãe.

Sem pensar, palavras de objeção saíram de sua boca:

— Basta imaginar que estou fazendo um intercâmbio em Paris. Seria mais econômico.

A mãe ficou calada por um momento.

— Mitsuki, você quer estudar em Paris? – perguntou com calma.

A filha soltou a toalha que estava dobrando.

Enquanto separava as meias do pai da montanha de roupas com cheiro do sol de primavera, respondeu:

— Pouco importa se eu quero ou não, porque a família Katsura não tem mais um centavo.

Não tem mais um centavo.

Quando disse isso, talvez sua voz tenha traído um tom de ressentimento. Era óbvio que as economias da família Katsura estavam praticamente esgotadas. Ela organizava as meias do pai em cima da mesa, em meio à iluminação do alegre sol de primavera, enquanto os gastos exorbitantes da família nos últimos anos passavam como um filme em sua mente. Em todas as cenas, via a mãe abrir a bolsa para gastar com a irmã, Natsuki.

Primeiro, o intercâmbio de dois anos em Freiburg. Por mais de vinte anos, o dólar era cotado a 360 ienes. Embora a viagem tenha sido posterior à alta da moeda, e mesmo com o trabalho da mãe, o gasto não foi insignificante para os Katsura, uma família de assalariados.

Em seguida, houve a reconstrução da casa em Chitose Funabashi.

As obras foram realizadas enquanto Natsuki estava em Freiburg. Com a ausência da irmã mais velha, ninguém usaria o piano e a família poderia viver num apartamento durante esse período. Prática, foi a mãe quem fez esses planos, antes mesmo da viagem. A casa construída no pós-guerra era mesmo velha e a reconstrução levava em conta o futuro casamento das filhas – embora a mãe pensasse apenas no da mais velha. Elas se mudariam após o casamento, mas passariam uma imagem melhor se saíssem de uma casa com boa aparência. Já que de qualquer forma seria preciso fazer obras, era melhor fazer isso antes que houvesse necessidade. Por fim, um arquiteto conhecido da família fez o projeto em estilo ocidental, para uma casa não muito grande, mas atendendo às preferências da mãe. A avó já era falecida, por isso nenhum dos quartos teria tatames.

Parte das despesas da obra foi paga com um financiamento, porém o valor do aluguel do apartamento durante o período das obras e os gastos com a mudança foram consideráveis. Alguns móveis novos foram comprados. A grande mesa de madeira em que as duas agora dobravam a roupa fora adquirida naquela época.

Depois de algum tempo morando na casa recém-construída, começaram a chegar envelopes grossos com margens azuis e vermelhas, vindos por via aérea, em vez dos aerogramas dobráveis de sempre. Natsuki escreveu que gostaria de continuar a estudar na Alemanha por mais um ano. Talvez fosse intuição materna, mas a mãe suspeitou desse pedido e questionou por telefone a filha mais velha, que admitiu, relutante, ter um caso amoroso com um professor de piano casado.

— Estranhei quando ela disse que queria continuar a estudar – disse a mãe com uma voz indignada.

Natsuki partiu do Japão com uma expressão chorosa e apreensiva. Depois de chegar à Alemanha reclamava por carta que queria voltar logo: as refeições de batatas e repolho do dormitório eram ruins, o quarto era gelado e os alemães não eram gentis.

Após um ano e pouco de intercâmbio, as cartas rarearam. Quando o caso ilícito foi descoberto, Natsuki se recusou a voltar, mesmo que os pais ordenassem o retorno imediato. Os dias em que mãe e filha gritavam por telefone, cada uma de um lado do mundo, se estenderam por algum tempo, até o pai ser obrigado a ir buscar a filha na Alemanha.

Outro gasto desnecessário.

De volta ao Japão, Natsuki mostrou uma expressão emburrada, mas menos de um ano depois ela recebeu uma proposta de casamento inesperada.

Quando partiu de Narita, era uma moça japonesa comum; voltou transformada em uma mulher asiática de nacionalidade à primeira vista desconhecida. A filha que obedecia à mãe em tudo não existia mais. Com cabelos pretos levemente frisados na altura da cintura, como os hippies da geração anterior, Natsuki sempre vestia calças jeans e sapatos de salto alto. Fumava muito e bebia álcool aos goles.

Não importava o que os pais dissessem, ela mantinha a mesma atitude, como se os desafiasse.

— Não devia ter deixado ela ir – dizia o pai.

— Não pensei que ela fosse tão teimosa – comentava a mãe.

A única coisa que Natsuki tinha se resignado a fazer era continuar a visitar os parentes maternos, os Yokohama. Ou melhor, talvez ela tivesse desistido de resistir. Quando iam para a casa dos Yokohama, Natsuki até vestia uma saia, como a mãe queria. Ela escondeu o que houve na Alemanha. Natsuki sabia muito bem da profunda obsessão da mãe pelos Yokohama – o que certamente frustrou qualquer tipo de resistência.

A resignação de Natsuki em frequentar a casa dos Yokohama levou ao casamento com Yuji, que por sua vez levou a outro gasto exorbitante da família.

Separando as meias do pai da montanha de roupa lavada, Mitsuki lembrou-se com nitidez da grandiosa cerimônia de casamento de Natsuki e Yuji no Hotel Imperial. Parecia ter sido ontem. Na profusão de fraques pretos e quimonos formais na tradicional cor preta ou coloridos, a mãe fazia reverências com sua cintura fina, de que tinha tanto orgulho, e circulava, com um rosto mais eufórico do que o da própria noiva, cumprimentando os convidados. Mitsuki se lembrava do enorme apego de longa data aos Yokohama. Os inúmeros lustres que pendiam do teto do salão do Hotel Imperial – por que lustres parecem tão espalhafatosos? – reluziam outra vez em sua memória enquanto ela era tomada por um sentimento repentino de insatisfação, que fluía como um "som grave insistente" em sua vida, ecoando alto. Uma névoa negra se revolvia em seu peito. Mitsuki evitou olhar para a mãe e começou a organizar as meias do pai.

A janela voltada para o sul, de frente para a mesa de jantar, fora instalada ali a pedido da mãe. Embora não fosse grande, era do tipo *bay window*. Era a parte mais problemática e com características ocidentais da casa; depois que os quartos com tatames foram demolidos, ela cumpria a função de *tokonoma*, o local onde se exibem peças decorativas numa sala japonesa. Bem no centro estava um dos tesouros da mãe, o grande vaso vermelho-escuro de vidro lapidado, no estilo Edo. Talvez porque nos últimos anos ela economizava em tudo o que era possível, praticamente não se viam mais arranjos de flores.

— Mitsuki, você quer estudar em Paris? – a mãe, que parou de dobrar a toalha, repetiu a pergunta.

— Pouco importa se eu quero ou não.

Cabisbaixa, Mitsuki repetiu a resposta.

Sentia que a névoa negra em seu peito se tornava cada vez mais escura. A pergunta repentina trouxe à tona o ressentimento pela diferença de tratamento dado a Natsuki, que ela geralmente ignorava sem pensar. Os Yokohama ficavam num pedestal e habitavam por décadas o coração da mãe, com um brilho especial inalcançável – graças a isso, Mitsuki sempre foi comparada à irmã e tratada de forma injusta. Uma diferença tão previsível quanto o sol nascer no leste.

14. Aula na casa dos Yokohama

Foi quando Mitsuki cursava o quinto ano do ensino fundamental.

As três desceram da linha Toyoko, próximo a Yokohama, e subiram em direção à colina que desenhava uma linha curva. Durante o trajeto, viram à direita um parque de inverno. O caminho era longo para a pequena Mitsuki, que precisava resistir ao vento norte soprando do topo da colina.

O entardecer trazia a hora em que a solidão do dia pairava ainda mais pesada.

— Mitsuki. – A mãe virou-se de repente. — Carregue a bolsa da Natsuki.

Mitsuki mostrou uma expressão de dúvida. A mãe continuou:

— Se os dedos da Natsuki ficarem expostos ao frio, ela não vai conseguir tocar piano direito.

A bolsa com partituras não era pesada, mas o comando sem sentido da mãe chocou a filha mais nova. Foi bem na época em que o físico das irmãs era muito diferente. Natsuki, que tinha se tornado estudante dos anos finais do ensino fundamental, transbordava saúde, já menstruava, era alta e tinha boa constituição física. Mitsuki, com desenvolvimento lento, tinha um corpo magro e frágil, tal qual um bastão fino de madeira com pernas de criança. A mãe deu a ordem mesmo ciente de que as filhas tinham disposições tão distintas.

Sua ordem era definitiva e superava o desconforto de Natsuki em entregar a bolsa à irmã mais nova.

O coração de Mitsuki se afastou silenciosamente do pequeno corpo, observando lá do alto a mãe e as filhas subirem a colina.

Usando uma grossa camada de pó facial e vestindo um *chabaori* de lã, a mãe, de estatura alta, seguia na frente, envolta por oitenta por cento de animação e vinte por cento de insegurança. Um pouco ansiosa, não sabia se Natsuki mostraria o resultado da prática de piano de modo satisfatório. Atrás dela, seguiam as filhas, como filhotes em escadinha que seguem a pata mãe.

Natsuki, o filhote maior, com certeza não pensava em nada. O filhote menor, Mitsuki, também não pensava em nada até ser obrigada a carregar a bolsa de partituras. Ela apenas seguia com suas perninhas de criança, ofegante. Mais do que ressentimento, carregar a bolsa da irmã despertou no jovem coração de Mitsuki uma espécie de indignação.

Supõe-se que mães sejam justas, não?

Aquela cena resumia as injustiças sofridas até então. Sempre que era confrontada com situação semelhante, não tinha como evitar: seus pensamentos voltavam àquele momento.

Não que Mitsuki quisesse aprender piano. Era uma época em que todas as filhas de famílias com boas condições financeiras praticavam piano. Desde o período Edo, moças solteiras geralmente compunham poemas, aprendiam caligrafia, praticavam *koto*, um instrumento de cordas dedilhadas, e treinavam danças tradicionais. Com a modernização do período Meiji, no entanto, essas atividades foram aos poucos substituídas por hábitos ocidentais, representados pelo piano, símbolo da abertura ao Ocidente. Como se tratava de um instrumento caro, as aulas eram limitadas a moças de família rica que permaneciam reclusas em casa, o que incitava a admiração de todos. Numa sala de visitas em estilo ocidental, uma mulher graciosa percorre seus dedos lânguidos e alvos pelas teclas de um lustroso piano negro, como em uma dança – era uma cena gravada eternamente no coração das alunas de escolas femininas antes da guerra. No pós-guerra, com a prosperidade do Japão, a camada assalariada que tinha recursos disputava a compra de pianos para que as filhas aprendessem a tocar. Pianos verticais, mais econômicos, naturalmente, para que as filhas pudessem aprender a tocar "Für Elise" e a "Marcha turca".

Os Katsura eram uma dessas famílias. Porém o fluxo da história se entrelaçava com sentimentos individuais de inúmeras formas. As expectativas frustradas da mãe tinham um lado trágico. Antes de Natsuki nascer, ela estava destinada a aprender piano com o "tio de Yokohama".

Por sorte, Natsuki e a mãe tinham um rosto parecido. A personalidade de ambas também era apropriada para tocar piano. Por meio de Natsuki, a mãe queria reviver o sonho não realizado. Embora isso valha para todas as mães, seu desejo tinha uma determinação ainda mais feroz.

No início, as irmãs tinham aulas com a mesma professora.

Todo sábado, depois de saírem da escola, elas trocavam de roupa e deixavam Chitose Funabashi carregando a bolsa de partituras. O "tio de Yokohama" não ensinava crianças: "Seja como for, não vou ensinar o básico". Por isso, nos primeiros anos, as irmãs tiveram aulas introdutórias com a bela aluna do "tio de Yokohama" que morava em Den'en Chofu. Algum tempo depois, só Natsuki passou a ter aulas com o "tio de Yokohama". Ainda uma criança, Mitsuki não entendeu o significado disso e, como não gostava das aulas de piano, até se achou sortuda. Desde então, a mãe passou a acompanhar a filha mais velha em todas as aulas de piano.

O "tio de Yokohama" era primo da mãe.

Diziam ser um homem importante. Esteve envolvido na fundação do departamento de música de uma famosa universidade feminina de Yokohama, a primeira no Japão, em 1875, onde foi professor. Depois se tornou reitor. Natsuki era sua aluna mais jovem.

Era uma aula de piano extravagante. Apenas moças de famílias ricas tinham aulas particulares com o "tio de Yokohama". A mãe, com sua voz bajuladora, parece que conseguiu algum desconto nas aulas, mas ainda assim deve ter sido um fardo financeiro para a família Katsura. Além do mais, desde aquela época a mãe planejava a ida de Natsuki para Freiburg, assim como o primo tinha feito. Pensando nisso, seria economicamente inviável preparar Mitsuki para também ser pianista com os rendimentos da família Katsura. Havia outro motivo mais razoável: para os pais, seria tedioso ter as duas filhas praticando a mesma atividade.

A mãe não era completamente alheia ao tratamento parcial dado às irmãs. A pobre mãe, admiradora de todas as artes, matriculou as filhas no balé, mas, quando Natsuki passou a ter aulas com o "tio de Yokohama", ela tirou a filha mais velha. Quanto a Mitsuki, manteve as aulas com a bela professora de Den'en Chofu, mas transferiu as aulas de balé de uma escola local para uma companhia de balé de renome.

Aparentemente, não havia do que reclamar.

Na prática, o tratamento estava longe de ser igualitário. A diferença, além do dinheiro gasto, estava no entusiasmo da mãe. Nos dias em que não precisava ir ao trabalho e tinha tempo livre, ela sempre se sentava ao lado de Natsuki com uma expressão séria para observar a prática de piano. Além disso, acompanhava a filha mais velha em todas as aulas, saindo mais cedo do trabalho e vestindo um quimono mais bonito que o usual. O compromisso de mãe e filha continuou, como diz o poema, "sem ser derrotado pela chuva ou pelo vento", até Natsuki concluir o ensino fundamental. Elas iam duas vezes por semana à casa dos Yokohama, mas não tinham dias determinados para as aulas. O dia da aula era quando o "tio de Yokohama" estivesse livre, fosse uma segunda ou sexta-feira. Nessas ocasiões, a mãe enviava um aviso para a escola, pedindo que liberassem Natsuki mais cedo.

Mas ela nunca foi uma vez sequer assistir às aulas de balé de Mitsuki.

Nem mesmo às apresentações.

Na época em que cursava o ensino fundamental, antes de entrar no palco, ela trocava e dobrava a própria roupa, enquanto olhava de soslaio para as mães que dobravam as roupas das outras crianças. Já acontecera até de uma das mães ajudar a prender o gancho da roupa de Mitsuki, pois ela não conseguia alcançar o fecho nas costas. Como a mãe se lembrava de dar dinheiro apenas para a passagem de ida e volta, Mitsuki observava as outras crianças beberem leite com morango em frente à estação de trem, depois da apresentação. Com sede, ela se sentia ainda mais miserável. Era como se fosse órfã.

Além disso, apenas Mitsuki era obrigada a ajudar nos afazeres domésticos. Com a morte da avó, que a mãe fazia trabalhar muito, uma empregada morou por algum tempo na casa, mas, como as filhas já não davam tanto trabalho, a jovem foi dispensada. A partir de então, Mitsuki passou a cumprir essas tarefas.

Mesmo que Natsuki fosse lenta por natureza – "A mamãe fica cansada só de pedir para ela fazer alguma coisa" –, a injustiça tinha o pretexto das práticas de piano.

— Mitsukiii! – a voz da mãe ecoava alto.

Dona de grande vitalidade, a mãe não se importava em trabalhar fora e, quando estava em casa, além de fazer a faxina, lavar a roupa e cozinhar, ela costurava, plantava flores e trabalhava sem descanso. Os horários de trabalho na "titia" eram irregulares e a mãe ficava em casa em alguns dias úteis. Quando isso acontecia, Mitsuki não podia se deitar no sofá e ler um romance depois da escola: a voz da mãe ecoava alta e nítida em meio ao som esparso do piano de Natsuki.

Seria porque a injustiça havia se tornado algo cotidiano? Mitsuki não costumava se sentir incomodada ao ser chamada pela mãe. Além disso, não tinha inveja da irmã mais velha, obrigada a se sentar ao piano todos os dias. Achava que era muito melhor ajudar a mãe, que a chamava de "boa menina".

— Mitsukiii! Mitsukiii!

No começo, a mãe mandava fazer tarefas fora de casa. Ao lado da casa em Chitose Funabashi, havia uma família de agricultores. Carregando um cesto redondo de bambu, Mitsuki atravessava o canteiro de legumes para comprar berinjelas e pepinos. Carregando uma panela pelas duas abas, ela ia comprar tofu. Levando um cesto de compras de plástico, considerado moderno na época, ia ao supermercado, também considerado moderno, para comprar carne e sashimi. Um pouco mais velha, ficava na cozinha com a mãe, de onde ouvia o som do piano de Natsuki. Segurando a faca e o hashi, ajudava a preparar as refeições.

— Uma esposa pequenina – assim o pai a chamava, orgulhoso.

Uma das alegrias de Mitsuki era ir à casa dos Yokohama, quando a aula da irmã era no domingo. Vestia uma boina francesa e calçava sapatos de couro. Era um percurso longo, com duas baldeações, mas, no momento em que chegasse à casa dos Yokohama, ela adentraria um espaço superior e desfrutaria horas excelentes. O entusiasmo da mãe era contagioso.

Ao entrarem na espaçosa sala de entrada, com cheiro de madeira polida, a mãe mostrava o caminho para a sala dos fundos; nas costas, o laço simples da faixa *obi* exibia o orgulho de ser alguém íntimo da família. Ela era seguida pelas filhas. Ao abrir a porta de correr, curvava sua cintura fina e cumprimentava o "vovô de Yokohama", pai do "tio de Yokohama". Aposentado, ele vestia um inusitado quimono de inverno forrado e fumava cachimbo, sentado na cadeira de madeira trançada da varanda. A empregada trazia bebidas e doces numa bandeja. A aluna anterior ainda estava em aula. A voz amável da mãe era vívida, e o "vovô de Yokohama" exibia uma postura relaxada e mostrava bom humor. A esposa, com quem a mãe tinha parentesco, falecera, mas ele mostrava muito afeto por Noriko desde que começara a frequentar a casa. Mesmo depois dos problemas que aconteceram, esse sentimento não mudou.

Quando a aula terminava, Natsuki e a mãe eram levadas para a sala de visitas, onde ficavam os dois pianos de cauda. Mitsuki era levada para a sala de jantar ao lado, que também servia de sala de estar, concentrada em ler um romance enquanto bebia o chá que a empregada tinha servido novamente.

Às vezes, o "vovô de Yokohama" saía da sala dos fundos e, enquanto pedia café à empregada, conversava com a filha da "querida Nonko".

— Natsuki, você gosta de livros, hein?

Embora não conseguisse diferenciar as irmãs, sua voz ecoava gentileza.

Chamada de "Madame Butterfly" na família Katsura, a esposa do "tio de Yokohama" também aparecia na sala de vez em quando. Na época a soprano mais proeminente do Japão, ela percorria o interior da casa com sandálias de salto alto, como faziam as ocidentais. Parecia ocupada em dar ordens à empregada e retornava para sua sala de ensaios, à parte da casa.

— Vejo que a Nonko e as filhas estão aqui! – ela dizia ao ver Mitsuki.

Sua voz não era gentil como a do "vovô de Yokohama". Carregava certo desprezo ao mencionar Nonko, ou seja, a mãe.

Mitsuki percebia vagamente o desdém.

Naquele momento, o tratamento injusto entre as irmãs pouco importava e ela sentia pena da mãe.

Teve a impressão de que a mulher apontava o descaramento da mãe, que sempre admirou os Yokohama.

15. A casa no alto da colina

Os Yokohama estavam profundamente marcados na mente de Noriko desde a infância.

A casa, que se erguia no topo da colina, era banhada por reluzentes raios solares e sempre bem iluminada. Sua casa ficava lá embaixo, sempre sob a sombra da colina, na escuridão. Essa topografia, marcada pela diferença perpendicular, dava a vaga impressão, até para uma criança, da posição social entre as duas casas. Podia-se ver a casa dos Yokohama assim que se olhava para cima, mas para chegar lá era preciso dar voltas.

Assim como a vida de Noriko.

Depois de anos morando em várias localidades do Japão, seu pai fora transferido para Tóquio, antes de a filha ingressar no ensino fundamental. Eles passaram a morar em uma casa alugada, próximo à tia, irmã mais velha do pai, que tinha se casado com um dos Yokohama.

Noriko, uma menina de cabelo chanel, olhava para a casa no alto da colina e não sabia de nada. Não sabia que a mãe era proibida de entrar na casa dos Yokohama. Que os pais não eram casados. Que, por causa disso, ela era uma criança ilegítima, apesar da paternidade reconhecida – ela também não sabia que, nas palavras da época, era uma "bastarda". O que sabia era que naquela casa ensolarada tudo era resplandecente, sentia desejo e inveja do que não tinha em seu lar.

Todos os quartos da pequena casa alugada onde Noriko vivia eram de tatames. Na casa dos Yokohama, o piso polido da sala de visitas em estilo ocidental exalava um cheiro de madeira. Além disso, essa mesma sala abrigava dois pianos de cauda lustrosos, que o primo, sete anos mais velho, tocava. Futuramente, ele seria chamado de "tio de Yokohama". Ela nunca tinha ouvido a melodia de um piano e nunca tinha visto uma sala assim. Na parede havia lombadas elegantes de livros bem organizados. Livros ocidentais, claro. Também havia móveis ocidentais raramente vistos no Japão, como sofás e poltronas com braços. Ao lado da sala de visitas ficava a sala de jantar, com uma mesa da altura da pequena Noriko. Sentia-se o aroma de café torrado no ar e de frutas tropicais, trazidas como presente pelo "vovô de Yokohama", capitão de um navio mercante que fazia rotas oceânicas. Devido à natureza de seu trabalho, ele morava próximo a Yokohama, na época porta de entrada para o Ocidente, mas Noriko não sabia disso. Nos dias de descanso, o "vovô de Yokohama" fumava seu cachimbo no escritório. O jardim, todo gramado, tinha canteiros circulares de tijolos com flores ocidentais, como rosas, dálias e tulipas. Um terrier escocês, raro na época, corria solto. E tinham até uma senhora francesa como vizinha. Aos domingos, Noriko frequentava a igreja cristã, levada por seus primos, e conheceu a alegria de cantar, o que lhe fazia bem.

Ela se esforçava em cantar alto com seu pequenino corpo, acreditando que frequentaria a casa dos Yokohama para sempre. Mas o mundo dos adultos se transforma de maneira intensa e abrupta, ignorando o coração das crianças. Graças ao tio, o pai conseguiu um emprego em Osaka, e Noriko foi obrigada a se mudar. Os pais eram naturais da parte oeste do Japão.

Que mundo diferente.

Foi um choque ouvir a tabela de multiplicação entoada no dialeto de Osaka, num ritmo diferente de Tóquio. Também se surpreendeu com os gritos e sons de pessoas fungando o nariz, que ecoavam pela igreja – uma igreja apenas no nome. Parecia até que fora levada para um mundo não civilizado.

Quando ela cresceu, ficou evidente que era desprezada pela sociedade e vista com pena. As memórias dos Yokohama tornaram-se ainda mais reluzentes em seu coração. Contemplava as imagens de garotas japonesas e ocidentais com roupas elegantes na revista *Amiga das Garotas* e logo passou a ver filmes ocidentais e comparar o mundo retratado no cinema com o dos Yokohama. Porém eles moravam longe. Quando ainda frequentava a escola feminina, ela pediu ao pai que comprasse um vestido novo, algo que raramente ganhava, e que a deixasse ir sozinha nas férias de verão para a casa dos Yokohama. As duas semanas de sonhos se passaram num piscar de olhos, aprofundando ainda mais o desejo e a inveja. Restava apenas voltar deprimida para Osaka. Quando o "tio de Yokohama" viajou para lá durante uma turnê como pianista em ascensão, ela não deixou de se surpreender, observando de canto os colegas músicos que o cercavam.

Embora intimidada, Noriko ficou deslumbrada com aquela aura – a aura do que depois passou a reconhecer como "cultura erudita".

Para ela, era difícil separar a fascinação desesperada pelo Ocidente – que muitos japoneses sentiram no passado – do sentimento de admiração pelos Yokohama. Além disso, essa veneração se tornou uma espécie de guia para seu desejo em se autoaperfeiçoar, seja por meio das artes ou dos estudos. Quanto mais miserável a situação, mais profundos se tornavam os sentimentos em relação aos Yokohama.

Depois de terminar a escola feminina, ela fez uma escolha que definiria sua vida, impulsionada pela proposta de casamento com o filho do barbeiro da vizinhança. Nessa época, o pai tinha família com outra mulher, e Noriko e a mãe moravam em uma casa geminada numa ruela de Osaka. Era uma construção de dois andares com entrada cimentada, seguida por uma sala de uns 3 metros quadrados, uma cozinha e um quarto que tinham juntos pouco mais de 5 metros quadrados. No andar superior, havia uma plataforma para estender roupas, com pouco mais do dobro da área do térreo. Era a típica disposição de uma casa desse tipo. Embora fosse mais próxima do centro em comparação à moradia anterior, era mais antiga, suja e decadente. Como vizinhos, tinham uma jovem narradora de teatro *gidayu*, uma artesã de roupas japonesas, a proprietária de uma casa que treinava gueixas, uma concubina, assim como cozinheiros, carpinteiros e até dançarinas. Mesmo que recusasse a proposta de casamento, era preciso escapar dessa situação ou teria de levar uma vida insignificante naquela ruela, tão distante das aspirações que almejava. Em meio ao terror e ao desespero, Noriko decidiu ir para a casa dos Yokohama, com o pretexto de aprender boas maneiras, enquanto deixava a mãe aos cuidados de parentes maternos.

A obstinação da jovem de 17 anos que tentava trilhar seu próprio caminho pressionou os adultos.

A mãe relutava em recusar a proposta de casamento com o filho do barbeiro.

— Ele disse que eu poderia morar com vocês.

Casar-se com alguém que aceitasse acolher a sogra era um fardo que Noriko teria de carregar como filha ilegítima.

— Eu jamais me casaria com ele.

— Você sempre acha defeitos.

— Mesmo assim, eu jamais me casaria com ele.

— Eu me pergunto com que tipo de pessoa você aceitaria se casar, Nonko.

Claro que era alguém como o "tio de Yokohama", mas, para alguém distante da "cultura erudita" como a mãe, não adiantava explicar.

Portanto, Noriko se convidou para morar na casa dos Yokohama com o pretexto de aprender boas maneiras. Sua determinação mostrava as garras e, a partir de certa noite, adotou o japonês padrão e abandonou o dialeto de Osaka. Da tia, ela aprendeu os afazeres domésticos, como limpar a casa, lavar roupa e cozinhar, mas seu intenso vigor mostrava que não se daria por satisfeita como mera ajudante doméstica. Para se diferenciar das empregadas, vestia um quimono de mangas longas. O casal tinha apenas dois filhos: o mais velho, que era o "tio de Yokohama", e o caçula, com uma grande diferença de idade em relação a Noriko. A tia ficou um pouco desconcertada com a presença da sobrinha, mas por terem rostos parecidos passou a tratá-la como se fosse sua filha. O marido da tia, o "vovô de Yokohama", tinha a despreocupação típica dos homens e recebeu a visita inesperada de braços abertos.

Noriko, em um piscar de olhos, adotou a atitude de "filha dos Yokohama" e desenvolveu seus talentos.

Os dois anos que viveu com os Yokohama devem ter sido como um doce sonho.

Embora, ao mesmo tempo, tenham sido amargos.

O velho álbum de fotos da mãe guardava com cuidado algumas fotos antigas do primo, o "tio de Yokohama". Ele tinha feições de jovem aristocrata e as fotos pareciam imagens promocionais de um ator de cinema. Depois de estudar piano na Escola de Música de Tóquio, hoje Universidade de Artes de Tóquio, ele atuou como pianista por algum tempo. Nas fotografias tiradas após as apresentações, ele vestia um smoking preto e camisa alvíssima, cercado por muitos buquês de rosas. Por ser alvo de admiração de muitas moças que praticavam piano, os buquês de rosas pareciam ter sido enviados por elas.

Noriko, naturalmente, era ignorada.

Por fim, o primo arrumou uma noiva. Ela tinha tudo o que Noriko não tinha. Filha de um renomado professor universitário, a quantidade de parentes ilustres também era impressionante. Além disso, cursou canto na mesma Universidade de Artes de Tóquio e já tinha um futuro promissor como soprano. Posteriormente, sua carreira alcançou grande sucesso e, quando a primeira companhia de ópera do Japão, a Fujiwara Opera, fez a primeira apresentação internacional em Nova York, ela atuou como a protagonista, Madame Butterfly. Noriko também era boa em canto, mas os pais nunca pagaram aulas para que ela aprendesse formalmente. Seu pequeno orgulho foi ter cantado como representante das formandas na escola feminina. O contraste com a noiva do primo era cruel.

O casamento do primo que admirava deve ter sido uma lembrança triste na vida da mãe, pensou Mitsuki, mas não deve ter sido uma ferida profunda. Ele nunca lhe dera muita atenção desde a infância. Para Noriko, parecia ser uma existência inalcançável, e ficava satisfeita apenas em polir o piano de cauda quando ele não estava em casa. Quando o primo se casou com a Madame Butterfly em uma grande cerimônia de casamento no

Hotel New Grand de Yokohama, o que Noriko sentiu, mais do que inveja, foi um encantamento com a própria imagem da sua juventude em flor vestindo um quimono formal. Dizem que ela pulou de alegria ao saber que um dos convidados perguntou se era a bisneta de um aristocrata.

De todo modo, foram dias inacreditáveis.

Ela ganhou quimonos a cada mudança de estação. Também frequentou aulas de cerimônia do chá e *ikebana*. Participou do coral da igreja e, por meio de amigas desse grupo, conheceu a "titia" e se tornaram amigas íntimas, a ponto de serem confundidas com irmãs. Também recebia uma mesada para sair com as amigas. Noriko não soube da origem desse dinheiro, mas, se a tia dava uma quantia, o pai, por morar distante, também contribuiria em consideração à irmã.

Era como se a garota miserável, que dormia no tatame áspero da casa em Osaka, tivesse virado fumaça e desaparecido da superfície terrestre.

Porém a realidade não era tão simples.

A tia deve ter ficado consternada diante da sobrinha encantada com a própria transformação. Ser encarregada de cuidar de uma moça em idade para se casar significava aceitar a função de procurar por um pretendente, mas, quando as circunstâncias se tornaram propícias, o fato de ser filha ilegítima virou um empecilho. A tarefa ficava ainda mais difícil quando precisava encontrar um candidato que aceitasse morar com a sogra, a mesma pessoa cuja entrada era proibida na casa dos Yokohama.

Noriko se comportava como filha da família e atraía a atenção das pessoas. Nessa época, começou um relacionamento amoroso com um tenor que frequentava a casa dos Yokohama.

Sì. Mi chiamano Mimì.

Desde que Mitsuki era pequena, ecoava pela casa em Chitose Funabashi a voz soprano da mãe, que aprendera algumas árias com esse tenor.

Era alguém de boa família, que não ficava atrás da Madame Butterfly. Noriko sabia que eles não podiam se ver publicamente, porém usavam como pretexto os horários das aulas de cerimônia do chá e de *ikebana* para se encontrarem. Ele disse que convenceria os pais a aceitarem o relacionamento, mas quem financiava seus estudos de música eram eles, que também pagariam pelo intercâmbio na Alemanha. Assim que contou entusiasmado sobre o relacionamento com Noriko, foi logo enviado para o porto de Yokohama, partindo para a Europa.

Aos Yokohama, acusados de falhar em supervisionar a moça, restou apenas pedir sinceras desculpas.

A "pobre Nonko" se tornou a "desavergonhada Nonko".

16. Registro familiar

Era preciso dar um jeito o mais rápido possível na "desavergonhada Nonko". Assim decidido, a tia, com a vitalidade também herdada por Noriko, pegou uma foto da sobrinha com a finalidade de lhe arrumar um casamento. Enviou a fotografia para além do círculo de pessoas que frequentavam a casa dos Yokohama, para garantir que chegasse a todas as famílias que tivessem um potencial pretendente. A beleza da mãe dizia tudo. Pessoalmente, sua inteligência era encantadora. Logo surgiu um pretendente que poderia satisfazer Noriko.

Ele não era rico, mas vinha de uma família de samurais, assim como a família paterna dela. O pai era formado na universidade, assim como o pretendente. Sete anos mais velho, já tinha como se sustentar. Além disso, era um belo rapaz. Por ser o segundo filho da família, a futura nora não precisaria cuidar dos sogros, e o rapaz estava disposto a acolher a sogra. Todos podiam ver que ele era um pretendente mais do que excelente para alguém como Noriko.

A tia estava satisfeita com suas habilidades de casamenteira. O pai também estava grato à irmã. A mãe, envergonhada por deixar a filha aos cuidados de parentes, poderia enfim morar com ela após o casamento e estava feliz com a resolução dos problemas. O "vovô de Yokohama", com quem Noriko tinha mais familiaridade, também acreditava que o rapaz era um bom pretendente. Aos 19 anos, a "desavergonhada Nonko" sentia a pressão para se casar, por isso deveria ficar aliviada.

O casamento foi decidido.

Para o casamento, o pai de Noriko, que já tinha outra família, gastou uma quantia impensável, considerando a vida frugal que levava até então. O enxoval da noiva consistia em duas cômodas de kiri-japonês maciço de Kawagoe, uma penteadeira com entalhes de Kamakura e um futon de cetim de seda, de Quioto. Era uma forma de compensar a filha por ela ter de carregar o fardo de cuidar da mãe. Mas com certeza ninguém imaginou que, anos depois, Noriko fugiria de casa com outro homem – o pai de Natsuki e Mitsuki.

— Se não fosse pela guerra, eu não conseguiria me casar com seu pai. Afinal, os Katsura eram uma família tradicional.

As irmãs ouviram essa frase muitas vezes quando eram pequenas. Mas, sem conhecer o passado da mãe, não compreendiam o significado disso. Elas perguntaram por que os pais não tinham fotos da cerimônia de casamento e a mãe respondeu:

— Porque foi logo depois da guerra.

As irmãs se convenceram, sem entender bem que a palavra "guerra" significava um grande caos.

A verdadeira história foi revelada quando Mitsuki cursava a universidade, no dia em que a mãe, por algum motivo, foi buscar o registro familiar em Itabashi, onde antigamente ficava a clínica dos Katsura.

O pai não estava e, quando as três mulheres terminaram de limpar a cozinha após o jantar, a mãe falou, segurando um envelope de papel pardo:

— Natsuki, Mitsuki. Sentem-se aqui um pouco.

Sua voz carregava a tensão característica de quando decidia fazer algo; as irmãs se entreolharam e sentaram-se.

— Sabe, eu examinei o registro familiar.

E daí?, as irmãs disseram com o olhar.

A mãe fez uma pausa e falou:

— A mamãe se casou uma vez antes, mas não encontrei o registro aqui.

Como Natsuki e Mitsuki já eram adultas, o choque não foi tão impactante. A mãe estava agitada. Queria criar as filhas como crianças normais, por isso o silêncio, no entanto esse era o seu segundo matrimônio. A lei de registro familiar havia sido bastante alterada após a Segunda Guerra Mundial, e agora focava na família nuclear. Ao ouvir falar disso, a mãe achou que seu registro como filha ilegítima tivesse desaparecido. Mas, como o divórcio ocorrera depois da guerra, o registro ainda existia e ela pensou por anos que o fato viria a afetar o casamento das filhas. Ainda era uma época em que se dava importância a esses assuntos.

Ela estendeu o papel azulado e prosseguiu contente:

— Também não tem o registro do casamento anterior do seu pai.

— Ele também foi casado antes?

— Claro que sim.

Mitsuki e Natsuki ficaram um pouco surpresas. Elas achavam que alguém como a mãe seria capaz de se divorciar e se casar de novo, mas o pai ter feito algo tão ousado foi inesperado.

— Por que alguém como o papai se divorciou? – Natsuki perguntou.

— A primeira esposa era uma pessoa muito séria e nada divertida. E não era bonita.

A resposta foi simples e precisa, e ecoava superioridade.

Foi só anos depois que as irmãs descobriram que a ex-esposa do pai era, na verdade, uma pessoa adorável. A mãe invadiu a casa do pai, afastou a esposa, que lhe agarrava as mangas do quimono aos prantos, e levou o pai à força. Como a fonte eram os parentes paternos que não gostavam de Noriko, não se sabia se os fatos foram realmente assim, mas conhecendo a mãe havia alguma credibilidade naquela história. Parece que a ex-esposa, recém-casada e sem filhos, voltou para a casa dos pais e se casou com outra pessoa.

Mitsuki ficou um pouco insegura.

— A senhora teve filhos desse casamento, mamãe?

— Apenas uma menina. – E acrescentou um pouco hesitante: — Mas ela morreu logo depois.

Disse que a deixou com 5 anos. Quando Noriko fugiu de casa, a filha ficou aos cuidados da madrasta e ganhou um meio-irmão; no entanto, aos 12 anos parece que ela morreu afogada em um lago. As irmãs ouviram caladas a história da mãe.

Ainda por cima, Noriko se gabou:

— Ela era muito linda.

Imaginando o caixão de uma menina de 12 anos, Natsuki e Mitsuki foram tomadas por tristeza pela irmã mais velha que nunca conheceram.

Sobre o motivo do divórcio, fosse por culpa, por ter abandonado o marido ou por vergonha de ter fugido, ela não falou muito.

— É porque seu pai tem um ar de intelectual – disse, como se fosse explicação suficiente.

Quando falou do divórcio, o avô ficou furioso e parece que rompeu os laços de parentesco com a mãe. Era natural que reagisse assim, já que tivera tantos gastos com o casamento. Porém, por ela ser filha única, com o passar do tempo ele cedeu e parece ter reatado a relação familiar. Quando Mitsuki tinha idade suficiente para se lembrar das coisas, ela já sabia da existência do vovô de Quioto. Felizmente – embora seja rude falar dessa maneira –, a tia teve um AVC e faleceu antes de saber que seu esforço havia sido em vão. O "vovô de Yokohama", com quem não tinha parentesco de sangue, foi generoso e permitiu as visitas, embora ele pudesse proibir a presença dela em sua casa.

— Por que será que não está no registro familiar? – a mãe disse para si enquanto guardava cuidadosamente o papel azulado no envelope pardo.

Esse registro apareceria outra vez quando Natsuki foi trazida de volta do intercâmbio na Alemanha.

A mãe era capaz de fazer cálculos, mas não era uma pessoa calculista. Quando mandou Natsuki, recém-chegada de Freiburg, fazer o acompanhamento musical das aulas que Madame Butterfly dava em casa, ela apenas seguiu o habitual desejo de inserir a filha nesse meio, para que frequentasse novamente a casa dos Yokohama e tivesse contato com o círculo de pessoas que mantinha relações com a família – o mesmo círculo no qual ela não conseguira entrar quando morou lá. Não pensava que com isso fosse arrumar um bom casamento para Natsuki. Ela nem sequer imaginou que uma proposta de casamento como aquela surgiria.

Nessa época, Madame Butterfly tinha uma aluna, filha de um homem rico com conexões com políticos. Depois de se formar em canto na escola de música em que o "tio de Yokohama" dava aulas, ela se casou com um herdeiro de uma clínica em Daikanyama e continuava a treinar canto enquanto cuidava do filho. Os Yokohama a tratavam muito bem.

O irmão mais novo dessa moça era um violoncelista chamado Yuji Shimazaki.

Tudo começou quando ele saiu com amigos para comer no bairro chinês e, na volta, passou na casa dos Yokohama para pegar a irmã. Ele acabou conhecendo Natsuki. Embora fosse um rapaz calmo, Yuji tomou a iniciativa e, toda vez que Natsuki ia para a casa dos Yokohama, ele arrumava um pretexto qualquer para aparecer. Em pouco tempo, ele a convidou para um encontro.

Ao ouvir isso, a mãe logo foi para a casa dos Yokohama. Na bolsa, guardava uma cópia do registro familiar. Ela pediu, caso os Shimazaki perguntassem sobre a família de Natsuki, que não contassem que os pais eram divorciados, a não ser que fosse necessário.

Os Yokohama devem ter ficado perplexos, pois não compreendiam o que se passava na mente da mãe, criada sob a pressão exercida pela lei de registro familiar do pré-guerra – documento que registrava a classe social a que pertencia e todos os eventos ocorridos em uma família e seus antepassados: nascimentos, adoções, casamentos, divórcios e óbitos.

A mãe foi filha ilegítima, embora reconhecida pelo pai.

A avó foi filha ilegítima, mas não foi reconhecida pelo pai.

Como a bisavó também fora gueixa, talvez tivesse sido filha ilegítima e não reconhecida também.

Era uma genealogia materna da qual não se podia orgulhar. Natsuki seria a primeira dessa linhagem de mulheres a se casar como filha legítima, de cabeça erguida. Naquele dia, a mãe sem dúvida agiu motivada pelo verdadeiro amor materno, para que seu divórcio não prejudicasse o casamento da filha.

Yuji era três anos mais velho que Natsuki e tinha acabado de retornar de Nova York após um mestrado na Juilliard School. Diferentemente da Europa, em que as aulas da universidade eram pagas com bolsas oferecidas pelo governo, estudar nos Estados Unidos era caro. Por vir de uma família rica, conseguira fazer esse intercâmbio. Na época em que conheceu Natsuki, procurava emprego em uma orquestra e uma esposa.

Ele gostou que Natsuki era um pouco diferente das moças que conhecia. Seu ar de desinteresse por ele também o encantou. Quando a levou para casa, dizem que seu pai repetia:

— Que moça linda, você teve sorte em encontrá-la.

Natsuki estava no auge da beleza.

O fato de o pai de Natsuki ser um simples assalariado deve ter sido um problema para os Shimazaki, mas Yuji e o pai certamente se esforçaram para resolver a questão. O pai de Yuji, que entrara na família assumindo o sobrenome da esposa, aumentou ainda mais a fortuna dos Shimazaki com suas habilidades, por isso tinha direito de fala. O fato de Natsuki ter voltado recentemente de um intercâmbio deve ter criado uma boa imagem de sua família. No momento de decidir o casamento, enfatizar o lado paterno da família foi de grande ajuda. Como o fato prejudicaria os Yokohama, eles não disseram nada sobre a origem da mãe.

Os Katsura sabiam que os Shimazaki eram mais ricos. Assim que souberam tratar-se de uma tradicional família rica, ficaram contentes. Depois, um pouco apreensivos.

O que se passava na cabeça de Natsuki?

Talvez tivesse sido levada pelo entusiasmo do pretendente. Ninguém se sentiria mal com a proposta de alguém tão dedicado. Ela sabia que a mãe ficaria furiosa se rejeitasse um pedido de casamento dele.

Os Yokohama, servindo de intermediários, carregavam um olhar de triunfo. Uma proposta dessas ser feita à filha da "pobre Nonko" – da "desavergonhada Nonko"... Eles devem ter ficado um pouco admirados por saber que Natsuki se tornaria mais rica do que eles, mas a família não tinha uma filha. Assim como na geração anterior, eram apenas dois filhos. Ao ver o rosto triunfante dos Yokohama, a mãe deve ter se lembrado da expressão desesperada da tia quando o romance com o tenor foi descoberto. Uma intensa emoção agridoce deve tê-la invadido ao se ver casando a filha com alguém do mesmo círculo dos Yokohama.

17. Uma palavra de agradecimento

Casar-se com alguém de uma família rica era uma tarefa árdua.

Primeiro, antes da cerimônia, as famílias dos noivos, acompanhadas pelos Yokohama, se encontraram em um jantar formal no Hotel New Grand. Mitsuki também fora convidada. Entre as figuras distintas, o único que sobressaía era o pai de Yuji, um homem enérgico, ousado e independente. A mãe se preocupava em manter as aparências, mas não resistiu e simpatizou com ele. Do lado dos Shimazaki, foram citados nomes ilustres e a relação deles com a família; aos Katsura só restou o embaraço.

A família se desesperou quando soube que os pais de Yuji viriam para Chitose Funabashi realizar a cerimônia de troca de presentes de noivado. Os Yokohama se retiraram e disseram que a presença do intermediário era desnecessária; no entanto, por herdar a formalidade de uma família de burocratas, a mãe de Yuji queria seguir todos os ritos. Yuji já tinha visitado a casa, e a família estava preparada para receber os Shimazaki caso fossem observar como eles moravam, mas o evento tão pomposo foi inesperado. Ainda mais depois de se conhecerem no jantar. Os Katsura não conseguiam associar o casamento entre músicos da cultura ocidental com um evento tradicionalmente japonês como a troca de presentes de noivado. Foi o primeiro conflito que os Katsura sentiram em relação aos Shimazaki.

A mãe e as filhas ficaram aliviadas pelas obras na casa de Chitose Funabashi. Natsuki, que visitara muitas vezes a casa dos

Shimazaki no bairro de Shoto, tinha sua própria opinião sobre a falta de espaço das casas japonesas por ter morado na Alemanha. Ela declarava com orgulho que a casa da outra família estava muito longe de ser chamada de mansão, mas nem por isso sua casa em Chitose Funabashi seria considerada admirável. Disse que a casa dos Shimazaki era repleta de antiguidades. O terreno tinha cerca de mil metros quadrados e abrigava uma sala de chá que, trazida de Matsue, pertencera a um nobre feudal famoso por apreciar a cerimônia do chá.

Mãe e filhas examinaram a casa recém-construída pela perspectiva dos Shimazaki, se desesperaram e pensaram em muitas ideias. Seria tolice demais comprar outra mesa de jantar e outro sofá apenas para uma visita única. A conclusão foi trocar a cortina da sala por um tecido um pouco mais grosso, que passaria uma impressão de luxuosidade. Além de não terem dinheiro nem tempo para encomendar a cortina, as três decidiram costurar. Com o mesmo tecido, fizeram almofadas com bordas e espalharam pelo sofá.

Mãe e filhas uniram forças e trabalharam dia e noite.

Certo dia, a mãe disse, mexendo na máquina de costura:

— Nossa, se nesse dia jogarem adubo, será o fim.

A casa vizinha ainda mantinha uma horta. Como adubavam o solo ocasionalmente, o fedor entrava na casa, mesmo com as janelas fechadas. Embora tivessem substituído fezes humanas por adubo químico, o cheiro estranho pairava no ar.

Mitsuki, a mais próxima da família de agricultores, atravessou a horta para visitar os vizinhos e explicou a situação, pedindo que não espalhassem adubo no dia da visita.

— Natsuki vai se casar?

Mitsuki assentiu. Quando pequena, o vizinho ia à sua casa com um balde para recolher os dejetos da família Katsura com uma concha. Pensando agora, o cheiro de esterco que a fazia franzir as sobrancelhas também era de seu próprio excremento.

— Quem é o noivo?

— Um músico, muito mais rico do que nós.

Como possuía vários terrenos de cultivo espalhados em Chitose Funabashi, o agricultor de chapéu de palha com uma toalhinha amarrada ao pescoço também devia ser alguém muito rico.

— Oh, que bom ouvir isso. Parabéns! – O vizinho acrescentou: — Será uma pena não ouvir mais o som do piano.

Quando crianças, as três filhas dessa família ficavam na janela mais próxima da horta observando Natsuki tocar piano.

Para o dia da visita, foram compradas pantufas novas para os convidados. Também foi servido o auspicioso chá com flor de cerejeira curtida em sal. Os presentes de noivado, que incluem produtos inusitados e carregados de significado no xintoísmo, como alga, lula, abalone e peixes secos, acondicionados em embalagens ricamente decoradas, foram dispostos sobre uma bandeja de madeira crua. Tamanha formalidade dava aos Katsura a estranha impressão de que se juntariam à família imperial. O pai, que costumava desdenhar dos costumes antigos japoneses e os chamar de formalidades vazias, nesse dia aceitou a bandeja com uma expressão solene.

Chegou o dia do casamento. Mesmo sendo o segundo filho, Yuji pertencia a uma família rica. A extravagância não se limitou à cerimônia de casamento no Hotel Imperial. A família Shimazaki preparara uma residência para os recém-casados no bairro de Kamiyama, vizinho a Shoto. Era impensável levar um piano vertical velho e descascado para um lugar como aquele, então a família Katsura enviou, como parte do enxoval da noiva, um piano de cauda da Yamaha. Como era difícil imaginar que num futuro próximo os japoneses deixariam de vestir o quimono, pelo menos em ocasiões formais, a família encomendou um conjunto de quimono formal, outro de visita, além dos quimonos de luto – não se escolhe a hora de morrer –, um feito de seda *habutae* e outro de gaze de seda, com as respectivas faixas *obi*. A cerimônia de casamento, para se adequar à opulência da ocasião, incluiu duas trocas de quimono. Numa delas, Natsuki vestiu um quimono de mangas longas, com bordados resplandecentes em dourado e prata, tomado emprestado da filha da "titia", Satsuki. Os Katsura não conseguiram reunir nem metade do número de convidados da família Shimazaki, mas, para manter as aparências e não causar embaraço à família do noivo, imploraram a presença de parentes distantes do lado paterno, um tanto arrogantes.

A família Katsura acreditava que não se devia gastar com obrigações sociais, contudo não puderam fazer nada em relação ao casamento de Natsuki.

Após o evento, não se sabia quanto restou até mesmo dos fundos de investimentos que a "titia" aconselhara jamais gastar.

Em meio à alegre e ensolarada primavera, Mitsuki dobrava as roupas com a mãe em silêncio. Então repetiu:

— A família Katsura não tem um centavo.

Cabisbaixa, ela organizava os pares de meia do pai: marrom, azul-escuro, cinza.

Nesse momento, a voz resoluta da mãe ecoou do outro lado da mesa de jantar:

— Eu vou pedir um empréstimo à titia. Viagens internacionais não são tão caras como antigamente, devolverei logo.

A mãe rapidamente fez os cálculos de cabeça. Depois do fracasso do pai na empresa de comércio exterior, uma companhia conhecida o contratara, por causa de sua fluência em inglês. Apesar de não ser um falante nativo, recebia um salário alto. A mãe ainda trabalhava para a "titia", mesmo com a queda nas vendas de quimono e a atividade prestes a desaparecer, pois o valor que entrava mensalmente até que era considerável.

Mitsuki levantou o rosto e a mãe adicionou:

— Você ficará apenas um ano. Tem que pensar na sua idade.

Ela estava acostumada ao tratamento injusto. Ainda assim, era inacreditável que a mãe se dispusesse a pagar um intercâmbio. Vendo a filha calada, disse com franqueza:

— Não pode estudar canto. Serei honesta, você não tem futuro nessa área. Se for para estudar fora, estude francês.

— Posso mesmo ir?

A própria Mitsuki não achava o canto uma área promissora. Sentia que cantava apenas levada pela alegria de ser uma "coisa linda". A mãe tinha muito mais projeção de voz.

Depois de assentir com a cabeça, a mãe continuou:

— Se dominar o francês, pode conseguir algum dinheiro com traduções. Até para revistas de moda. – Vendo a filha pouco entusiasmada, ela disse: — Pode traduzir romances também.

— Talvez num futuro distante – Mitsuki respondeu com um sorriso forçado e ficou cabisbaixa.

Ela começou a enrolar as meias e foi tomada por um sentimento de gratidão, pois a mãe fizera uma promessa generosa sem nem consultar o pai. A palavra "obrigada" subiu até a garganta, mas Mitsuki a engoliu. Ao mesmo tempo que seu peito era tomado por um sentimento sincero, voltou a se ressentir dos longos anos de diferença de tratamento. Natsuki, com quem os pais gastaram uma fortuna, nunca disse uma palavra de agradecimento. Ela achou estranho ser a única a dizer obrigada: não era uma criança adotada que devia mostrar gratidão.

Mitsuki continuou seu trabalho.

— Você sempre faz as coisas sozinha, não é? Sem reclamar – disse a mãe.

A filha continuou calada.

— Por isso, acabou ficando para depois.

A justificativa da mãe despertou a maldade em Mitsuki. O baú de memórias se abriu, fazendo surgir lembranças fragmentadas da infância, uma após a outra. Ela queria agradecer, mas sem querer foi sarcástica e disse "está tudo bem, estou acostumada". Instigada pelas próprias palavras, a indignação se intensificou, e ela continuou a enrolar as meias, ainda cabisbaixa.

— Desculpe, Mitsuki – a mãe murmurou.

Então, pela primeira vez, a mãe parece ter considerado compensar o tratamento injusto. Enquanto Natsuki encomendava o vestido de casamento numa famosa loja de noivas em Aoyama, Mitsuki estendia na máquina de costura o tecido comprado na loja de costura Yuzawaya de Shinjuku e, com movimentos desajeitados, criava um figurino para se apresentar no *chansonnier*. Na grande cerimônia de casamento da irmã, ela usou um quimono formal de mangas médias que pertencera a Natsuki.

Por ter sido ignorada pela mãe, Mitsuki entrou no mundo dos adultos por conta própria, sentindo-se satisfeita por ser apreciada como uma jovem mulher. O pai, apesar de haver sido obrigado a trabalhar como assalariado numa empresa, era o típico literato: detestava formalidades e era da opinião de que as artes eram o melhor para as filhas. Foi por ter uma família assim que se sentia grata pela liberdade que recebera. Ela sabia que, aos olhos dos outros, tivera uma educação privilegiada. Mesmo assim, foi a primeira vez que sentiu nitidamente a insatisfação pela diferença de tratamento com a irmã.

Esse sentimento, inesperadamente, a levou a se casar com Tetsuo em Paris. Mas Mitsuki não tinha como saber disso naquela época. Ainda cabisbaixa, tentou esconder da mãe o sentimento de indignação.

— Você sabe como a Natsuki é – continuou a mãe, que fingiu não ver seus próprios sentimentos trágicos, que carregaria por toda a vida, influenciarem a criação da filha mais velha.

A mãe deve ter concordado com a ida de Mitsuki a Paris porque o intercâmbio de Natsuki na Alemanha não fora de todo inútil. O pai logo concordou, pois estava preocupado com o futuro da filha mais nova. Para impedir o mesmo erro, não permitiram que ela morasse num dormitório escolar nem sozinha. Ela ficou aos cuidados de uma família francesa respeitável. O pai conversou com um americano de quem se tornara próximo quando tinha o próprio negócio. Talvez por ser naturalmente bom em vendas ou pelo hábito de exagerar, o amigo explicou a situação a um conhecido francês, como se a família Katsura fosse muito importante e a empresa falida fosse uma grande companhia. Esse francês, por sua vez, exagerou ainda mais as circunstâncias e, como um telefone sem fio, a conversa tomou grandes proporções. Sem muita demora, uma família francesa se ofereceu para hospedar uma moça tão digna. Disseram que tinham uma filha tímida, que passava o tempo todo lendo livros. Eles não cobrariam pela hospedagem, mas os pais de Mitsuki insistiram em custear a alimentação. A família morava do outro lado da margem do rio Sena, a oeste de Paris. Só depois de chegar à França Mitsuki soube que essa comuna, chamada Saint-Cloud, era uma região nobre.

— Que inveja – disse Natsuki, enquanto via a irmã arrumar as malas. — Na verdade, eu queria ter feito intercâmbio em Paris.

Ao ouvir a irmã, Mitsuki estranhou o contentamento que sentiu, como se tivesse obtido vantagem em algo.

A mãe disse, pelas costas de Natsuki:

— Se tiver um relacionamento, que seja com alguém que possa se casar. Ah, e escolha um japonês. Não sei falar outro idioma.

Para a mãe, os ocidentais se limitavam ao mundo dos filmes. Mitsuki virou o rosto e ignorou o comentário estereotipado. Ela jamais imaginou que aconteceria como a mãe disse.

Sob o céu de outono, ela partiu para Paris.

18. Mudança de ares

Mitsuki se surpreendeu quando chegou à capital francesa.

Não foi apenas pela beleza da cidade cinzenta, com suas construções de arenito sujas, mas porque a cidade tinha mudado por completo, bem diferente das descrições em obras da literatura moderna japonesa, escritas por japoneses ilustres com títulos nobiliárquicos que foram a Paris para estudar.

Na época, os asiáticos vistos na cidade eram, antes de tudo, vietnamitas da colônia francesa. E também chineses que tinham se dispersado por todos os lugares do mundo. Muitos trabalhavam em restaurantes da culinária de seus países. Quando se tratava de asiáticos vindos do Extremo Oriente para visitar Paris, a maioria era de japoneses – poucos de famílias ricas, no entanto. A Avenue de l'Opéra, na margem direita do rio Sena, ficava tomada por grupos de turistas ocupados em fazer compras, a ponto de ser chamada de "avenida dos japoneses". Na margem esquerda, moravam estudantes de intercâmbio e estudantes estrangeiros. A maioria vinha de famílias menos abastadas do que a de Mitsuki.

Havia também filhos de funcionários locais, de professores e de donos de pequenas lojas. Essa mudança se devia ao fato de o Japão ter se tornado um país próspero um pouco antes dos demais países do Leste Asiático, e porque o preço das passagens aéreas se tornava mais acessível a cada ano. Além disso, um intercâmbio de música era diferente de um intercâmbio de idioma. O primeiro exigia uma educação musical formal desde a infância, enquanto para o segundo não havia tal barreira.

Parece que muitos pais passavam por dificuldades para enviar dinheiro aos filhos, mas os japoneses viviam uma época em que até as famílias de condições financeiras modestas podiam enviar seus filhos para estudar no exterior.

Já se fora o tempo em que, nas palavras de um poeta, a França era tão distante.

— Senhorita.

Terminada a aula em seu primeiro dia na Alliance Française, Mitsuki ouviu alguém a abordar em japonês.

— Você acabou de chegar, não é? – disse um rapaz no dialeto de Kansai.

Um pouco surpresa por ter sido chamada de "senhorita", forma de tratamento que não estava habituada a ouvir, ela acompanhou o rapaz até a cafeteria da escola, atraída por seu ar brincalhão. Viu que alguns estudantes japoneses formavam uma roda e sentiu a fumaça do cigarro barato Gauloises penetrar em seus olhos e narinas. Não havia a tensão que ela sentia no *chansonnier*; pareciam pessoas que não sabiam como passar o tempo que tinham de sobra. Além do mais, a maioria dos estudantes era do sexo masculino. Ela não sabia o motivo; talvez por muitas famílias não serem ricas o bastante para enviar as filhas ao exterior, ou por preocupação. Nessa roda de pessoas que pareciam descontraídas, Mitsuki era a única a ficar inquieta.

— Ela disse que se chama Mitsuki Katsura.

Assim que foi apresentada pela pessoa que a convidara, outro rapaz comentou:

— Que nome bonito.

— De onde você vem? – perguntou o que a convidara.

— De Tóquio.

— De que lugar de Tóquio?

— Chitose Funabashi.

— Como? Funabashi não fica em Chiba?

Mitsuki, sorrindo, respondeu:

— Não, fica no distrito de Setagaya.

Todos começaram a falar ao mesmo tempo, como se estivessem num esquete.

— Uau, em Setagaya?

— Por falar em Setagaya, não é lá que moram políticos, donos de empresas e celebridades?

— Como imaginei!

Depois de se formar no ensino fundamental em Chitose Funabashi, Mitsuki, assim como a irmã mais velha, seguiu para uma escola feminina particular ao longo da linha férrea Odakyu. Depois estudou com muitas moças que foram criadas em circunstâncias parecidas, até mesmo na universidade em Aoyama, que passou a cursar. Suas amigas não diziam Setagaya, mas citavam bairros desse distrito, como Kaminoge, Fukasawa ou Kyodo. Também sabia que, comparado a esses bairros, Chitose Funabashi não passava uma boa impressão. Até os frequentadores do *chansonnier*, mesmo não sendo naturais de Tóquio, já tinham se familiarizado com a capital e seu entorno.

Com o intercâmbio em Paris, Mitsuki queria sentir que realmente havia deixado Tóquio.

Desde o primeiro dia, ela foi vista como uma "moça refinada". Até o dia anterior, mãe e filhas viviam um cotidiano de desespero, fazendo de tudo para manter as aparências aos olhos dos Shimazaki. Com a mudança de ares, Mitsuki se tornou outra pessoa.

O fato de morar com uma família de franceses em Saint-Cloud reforçou essa ideia. A família era próspera, mas não a ponto de ser considerada rica; a casa era pequena comparada a outras da comuna. No entanto, para uma japonesa como Mitsuki, a casa era definitivamente luxuosa. Na sala de visitas, a magnífica *bay window* era ampla e profunda, diferente da modesta janela de sua casa em Chitose Funabashi. Mitsuki se sentiu uma princesa de conto de fadas. Enquanto a maioria dos estudantes japoneses morava em pequenos *appartements* no sótão, tremendo de frio ao tomar banho em chuveiros compartilhados e com pouca água, Mitsuki tinha um grande banheiro de uso exclusivo, onde aquecia seu corpo na banheira, grande o suficiente para mergulhar e para brincar com as nuvens de espuma, como numa cena de filme. Com o pôr do sol, os demais estudantes encolhiam os ombros em meio ao vento gelado e se dirigiam ao trivial refeitório ou voltavam para suas tocas escuras e cozinhavam uma refeição qualquer. Mitsuki, na sala de jantar iluminada por um lustre, apreciava a refeição usual de uma família francesa, servida do *hors-d'œuvre* à sobremesa, com um guardanapo de tecido no colo.

A diferença no estilo de vida era evidente.

Na hora do jantar, deixava os estudantes – que continuavam conversando – para voltar para casa, como uma moça protegida seguindo um toque de recolher. Também parecia um luxo viajar de carro e desfrutar com a família, de origem bretã, um fim de semana na casa de veraneio com vista para o mar do Norte.

Mesmo explicando que sua estadia era um favor e que pagava apenas os custos com a alimentação, os estudantes japoneses não compreendiam e preferiam ver Mitsuki sob um olhar preconceituoso de classe.

Foi então que Natsuki, acompanhada de Yuji, foi visitá-la.

Para os olhos de qualquer pessoa, eles eram um casal rico.

Além disso, quando indagada sobre o que faria depois de se formar na universidade, ela respondia com hesitação – e corriam boatos de que ela era uma atriz de teatro ou cantora. Como esperado, não diziam que era atriz de cinema – para isso, precisava ser uma beldade. Ela não podia deixar de esboçar um sorriso irônico: parece que até para as fofocas há um limite para a imaginação.

Porém, apesar de não ser uma beldade e já estar prestes a completar 25 anos – idade que, para os padrões japoneses da época, tinha passado da ideal para o casamento –, uma série de coincidências convergiu para que, na capital mais bela do mundo, o tempo das cerejas chegasse para Mitsuki. Muitos rapazes japoneses a rodeavam, como se fosse um crime não viver um amor na romântica Paris. Eles disputavam para levá-la até a estação, no caminho de volta.

E então, mamãe?

Mitsuki queria mostrar à mãe, que ousava sentir pena da aparência da filha, as expressões apaixonadas desses rapazes.

Uma jovem encantada consigo mesma emana uma atmosfera que atrai os homens, independentemente da nacionalidade. Ela atraía olhares. Quando Mitsuki deixou de ter o característico ar de alguém de fora, típico de turistas, os rapazes começaram a puxar conversa com ela quando andava na rua. Ela disfarçava sua alegria com uma expressão séria e passava por eles com passos apressados. A cidade de Paris parecia sussurrar em seu ouvido "Apaixone-se, apaixone-se", e era como se ela dançasse nas nuvens. Logo começou a se sentir incomodada com a atenção e passou a hesitar em ir sozinha aos cafés.

Quando chegar o tempo das cerejas, as "coisas lindas" serão inebriadas pela loucura.

De fato, Mitsuki estava inebriada consigo mesma.

Por isso, prestes a completar 25 anos, ela não era mais uma jovem "coisa linda".

Certo dia, quando virou de lado na cama, passou a mão direita pelo ventre e sentiu que o umbigo não estava no centro da barriga. O peso que se acumulou na barriga obedecia à lei da gravidade e o umbigo tinha uma leve inclinação para baixo. Ela experimentou virar do outro lado e, dessa vez, o umbigo inclinou-se para o lado oposto. A expressão "perder a forma física" lhe veio à cabeça vividamente.

Essa triste descoberta indicava que a mente de Mitsuki não estava mais tomada pelo pensamento inseguro de uma "coisa linda" e que, até certo ponto, ela havia amadurecido.

Mitsuki não estava mais inebriada apenas consigo. A própria cidade se tornara uma revelação, para ela e para as inúmeras pessoas de sua nacionalidade que visitaram a capital francesa desde a abertura dos portos japoneses. Começou a pensar em Paris – quando andava de trem, ônibus ou metrô sozinha, quando frequentava um café ou quando caminhava. Por fim, pensava em como fazer para continuar a morar por mais tempo naquela linda cidade. Foi nesse momento que, pela primeira vez, Mitsuki percebeu que não se sustentava sozinha.

O outono terminou e era início do inverno. Começara a conversar a sós na cafeteria com um jovem japonês.

Era Tetsuo.

— Algumas garotas se prostituem às escondidas, sabia? Porque não querem voltar ao Japão.

Mitsuki arregalou os olhos quando ouviu o que ele disse.

— Prostitutas?

— Isso mesmo.

— Se for para fazer algo assim, não é melhor voltar ao Japão?

— Mas elas não querem voltar. Além disso, é muito difícil conseguir se sustentar sozinha no Japão.

Foi então que começaram a conversar sobre maneiras de uma pessoa como Mitsuki continuar a morar em Paris, ou como conquistar a independência financeira.

Diante de Mitsuki havia um bule de chá de verbena. Quando soube que esse era o chá citado nos romances que lera e tentava imaginar seu sabor, passou a gostar ainda mais da bebida, e sempre o pedia quando ia ao café. Diante de Tetsuo havia uma pequena xícara de expresso.

Expresso era a bebida mais barata do cardápio.

— Além disso, os japoneses ainda têm um país para voltar, mas algumas pessoas não têm para onde ir – disse Tetsuo e concluiu: — Mitsuki, você não conhece nada sobre o mundo. Ainda tem muito a aprender.

Tetsuo fumava Gauloises.

Os dias eram curtos no inverno parisiense, e ainda estava escuro, mesmo às oito da manhã. Por volta das três da tarde, a escuridão logo voltava. Os dias se seguiam como se, pendurada no céu, houvesse uma grossa cortina cinza. Era cortante o frio do inverno praticamente sem sol.

19. Cidade milagrosa

— Ainda tem muito a aprender.

Tetsuo repetia essa frase toda vez que encontrava Mitsuki. Na época, quando o ouvia dizer isso, ela honestamente – e agora se dava conta do nível estúpido de honestidade – sentia vergonha de sua ignorância.

Antes de o inverno se tornar rigoroso, Mitsuki pediu transferência da escola de idiomas para a Sorbonne. Fez amizade com Masako, bolsista do Rotary Club que tinha cabelos curtinhos e aparência de garoto, e as duas iam ao café com frequência para conversar. Era raro Mitsuki ficar a sós com os intercambistas. Eles a acompanhavam quando ela estava com Masako, e Mitsuki se sentia mais confortável dessa forma. Só após o início do ano percebeu que estava conversando a sós apenas com Tetsuo.

Dois anos mais velho, Tetsuo era um *boursier*, ou seja, um bolsista custeado pelo governo francês, e era seu terceiro ano em Paris.

Os estudantes japoneses na França eram, em sua maioria, de dois tipos: os que vinham com recursos próprios e os poucos *boursiers*. Esses dois grupos dificilmente se misturavam. Entre os estudantes custeados com recursos próprios, havia os que não sabiam nem o francês básico. Os ambiciosos *boursiers* passavam por um rigoroso processo de seleção e eram claramente distintos dos intercambistas que vinham por conta própria.

Boursiers se tornariam professores universitários.

Entre eles, Tetsuo era um tanto diferente. Embora a maioria dos bolsistas morasse em Paris, a cidade milagrosa, eles se limitavam ao trajeto de ida e volta da biblioteca ao *appartement*. Apesar de jovens, pensavam apenas em estudar e muitos não aproveitavam a cidade. Tetsuo era diferente: aproveitava Paris ao máximo.

Paris tinha várias faces.

Para a cigana coberta com um lenço, que carregava um bebê num dos braços e pedia dinheiro com a outra mão, não era uma cidade acolhedora. As janelas dos ônibus lotados exibiam rostos exaustos, de pele escura, e, para esses trabalhadores imigrantes que voltavam para sua pequena toca na periferia a leste de Paris, a cidade também não era gentil. Ainda sendo o idioma predominante na época, a cidade tampouco era amável com os viajantes que não falavam a língua francesa.

Parisiens e *parisiennes* transitavam ocupados, com uma expressão descontente. O metrô era escuro e sujo e, toda vez que passava pelos túneis labirínticos para fazer uma baldeação, as narinas da pessoa eram atacadas pelo cheiro de amônia, exalado da urina ali concentrada. Se a pessoa se afastasse um pouco da região central, a arquitetura moderna e de linhas retas exibia sua forma solitária e degradada, sem relação alguma com o charme da passagem do tempo.

A feiura característica da paisagem urbana podia ser vista por toda parte.

Porém, vivendo como uma princesa de conto de fadas numa área residencial de luxo em Paris, Mitsuki via a face mais bela da cidade.

Em grande parte, isso se devia à generosa atenção da família francesa com quem ela morava. Cada membro da família a tratava com gentileza: o rechonchudo pai, com seu silêncio, e a rechonchuda mãe, que chamava Mitsuki de *ma petite japonaise* e conversava bastante com ela, eram sempre amáveis. A filha, leitora voraz, a ajudou a memorizar poemas de Apollinaire.

Sous le pont Mirabeau coule la Seine.

Na prática, a uma distância que podia ser percorrida a pé, ficava o rio Sena, que serpenteava pelo lado oeste de Paris.

Ao longe se via a torre Eiffel.

O que Mitsuki mais gostou foi do estilo de vida da família, que tinha uma ligação profunda com o passado. A casa era nova, construída depois da guerra, mas a inspiração do projeto fora a arquitetura tradicional francesa: as curvas graciosas nas pontas do corrimão da escadaria da sala de entrada, a entrada em arco para a sala de visitas e a lareira antiga com um grande espelho de moldura dourada no canto do aposento. Os objetos da casa exalavam história. Os móveis do quarto de Mitsuki eram simples, porém a textura da madeira dizia que a cama, a escrivaninha e o guarda-roupa eram centenários, trazidos da casa do interior. Nesse espaço, a vida da família mantinha os laços com os antepassados. Nos jantares com convidados, punham velas na mesa e, ligeiramente embriagados após umas taças de vinho, não se podia distinguir se estavam no presente ou cem anos antes, no século XIX. Como a filha tinha um gosto moderno, havia acessórios nesse estilo, mas sutilmente integrados ao espaço tradicional, conferindo elegância.

Ela também nutria essas emoções profundas pela cidade.

A Paris que Mitsuki descobriu era diferente da Paris que imaginara pelas *chansons*. Com o entardecer, as luzes da ponte Alexandre III começavam a acender, como se um palácio reluzente emergisse do nada; a catedral de Notre-Dame era grandiosa ao longe e delicada de perto; a paisagem noturna vista da colina de Montmartre passava a impressão de que a preciosa capital tinha sido agraciada pelos céus com uma chuva de estrelas. Mas o que existe sob a superfície romântica de Paris é algo puramente trivial. Mais do que trivial, é uma cidade firme e sólida, tomada por prédios de arenito.

O mundo das *chansons* era repleto de histórias sobre amantes que viviam o amor recíproco ou cometiam duplo suicídio; poetas sem nome, jovens costureiras, prostitutas que circulavam pelo porto, delinquentes e mendigos que dormiam embaixo da ponte. A propósito, na Paris real, mais do que sentir vivamente essas figuras romantizadas das canções, notavam-se os vestígios das ideias discutidas por burocratas com expressões sérias e responsáveis por planejar a reforma da cidade. Dizem que os moradores lamentaram o desaparecimento da cidade medieval, com suas ruelas tortuosas que seguiam por todas as direções. Mas o resultado foi uma cidade que não demoliu indiscriminadamente o passado: o que deveria ser mantido foi mantido, o que deveria ser construído foi construído. Quando a humanidade utiliza seus conhecimentos e aproveita a experiência do passado, incluindo os repetidos derramamentos de sangue, é capaz de construir uma cidade milagrosa – como prova disso, expressões que para Mitsuki pareciam distantes, como "história", "cultura" e "conhecimentos acumulados", se tornaram visíveis, adquirindo um significado material, como se pudesse tocá-las e sentir seu cheiro.

Sorte Paris não ser uma cidade do Extremo Oriente, pensou Mitsuki, e não ter passado por um processo de choque cultural, como aconteceu com os países asiáticos ao deparar com o Ocidente.

Desde a abertura dos portos do Japão, quantos japoneses visitaram Paris e voltaram para seu isolado arquipélago carregando lembranças doces e amargas?

Entre os intercambistas japoneses, fossem eles estudantes bancando suas despesas ou *boursiers*, havia alguns que se rebelavam contra Paris e tinham como passatempo desprezá-la.

— É uma prisão de pedra.

— É tão fria quanto as pessoas daqui.

— É uma cidade artificial e opressiva. Não dá para sentir o cheiro de terra.

Tetsuo era diferente.

Ele gostava de Paris. E passou por uma transformação física natural, tornando-se uma pessoa em sintonia com a cidade. Era atento ao que vestia e, assim como os estudantes franceses, despretensiosamente usava um cachecol estreito no pescoço e carregava uma bolsa de couro marrom. Além do mais, sua altura e suas feições combinavam com esse estilo. Ciente disso, longe de parecer algo desagradável, essas características o tornavam ainda mais bem-apessoado.

Quando foi que começou?

Antes que Mitsuki percebesse, Tetsuo estava sempre por perto. No começo ele se sentava num lugar discreto quando todos iam ao café, mas passou a se sentar perto dela e, logo, ao seu lado. À diferença dos outros *boursiers*, ele não era orgulhoso a ponto de não interagir com os outros estudantes e parecia que sempre tinha tempo de sobra. Pensando agora, isso significava que o tempo que Tetsuo passava na biblioteca, comparado aos outros *boursiers*, era menor, porém naquela época Mitsuki não percebia algo tão óbvio.

Tetsuo a convidou para passear. Mesmo caminhando por ali quase todos os dias, ela nunca se cansou de passar pelas ruelas ao norte do Boulevard Saint-Germain. Rue Jacob. Rue de Furstemberg. Rue Bonaparte...

Para sua surpresa, havia poucos turistas.

Assim como uma maré que se retrai, os estudantes deixaram de acompanhar Mitsuki, restando apenas Masako, a amiga com aparência de garoto. Às vezes, ela saía e avisava a família francesa que não voltaria para o jantar. Um dia, ela foi à mansarda onde Tetsuo morava. Usando um grande pano de prato na cintura como avental, ele lhe preparou uma refeição. O sótão de teto inclinado e com janela de ventilação fora antigamente habitado por empregados da casa, até ser transformado em quartos alugados por artistas e estudantes pobres. Como no Quartier Latin, o bairro de estudantes, os aluguéis estavam além do que ele podia pagar, o rapaz ocupava um quarto no sótão de um *appartement* velho e afastado do centro.

Com as visitas a Tetsuo, naturalmente eles deixaram de apenas conversar. Ele não foi o primeiro namorado de Mitsuki, mas era experiente e parecia ter aprendido bastante com umas namoradas mais velhas. Quando ela se mostrou surpresa, ele disse em tom de brincadeira:

— Mitsuki ainda tem muito a aprender.

Ela começou a gargalhar na cama estreita.

Para alguém que passava sermões, Tetsuo não agia como o poema *tanka* de certa poeta: Não se sente solitário em falar sobre a vida sem ter tocado a pele macia e quente de uma mulher? Até esse fato banal se tornou objeto de sua admiração.

Subir a escadaria para o velho *appartement* de Tetsuo era seu momento predileto. Mal iluminado inclusive durante o dia, os degraus seguiam até o sótão, no sexto andar. Franceses eram tão frugais que, mesmo ao acender a luz da escadaria, ela se apagava automaticamente quando a pessoa alcançava o próximo andar. Mitsuki apertava o interruptor de novo e subia mais um lance de escadas. Enquanto subia a escadaria parcialmente envolta pela escuridão, o som dos passos ecoava nos degraus de pedra e Mitsuki era tomada por uma sensação indescritível de excitação. Morar num andar mais alto significava que seus moradores tinham menos dinheiro, porém estavam mais próximos das estrelas. Quanto mais próximos das estrelas, maiores deviam ser seus sonhos.

Essa era a impressão de Mitsuki.

Sì. Mi chiamano Mimì – ela já cantou aos sussurros, imitando a mãe.

Embora aos olhos dos outros Mitsuki não passasse de uma asiática de feições comuns vinda do Extremo Oriente, ela se sentia como uma costureira parisiense de um século atrás.

— Me sinto como Mimì.

Quando disse isso na primeira visita a Tetsuo, foi ela quem lhe ensinou sobre a ópera de Puccini, *La Bohème*. Disse também que a história se passava num sótão do Quartier Latin, onde moravam pintores, músicos e filósofos pobres, que mesmo sem dinheiro para pagar o aluguel estavam o tempo todo construindo castelos de areia. Que Rodolfo, namorado de Mimì, embora fosse um poeta sem um tostão, tinha a alma de um milionário.

E, como as velas eram acessórios importantes para o encontro do casal de personagens, Tetsuo e Mitsuki combinaram uma refeição à luz de velas para celebrar o aniversário dela.

O aniversário de 25 anos veio com a chegada da primavera.

20. Confissão no sótão

Mitsuki não contou que era seu aniversário para a família com quem morava. Eles a tratavam tão bem que se sentia culpada até em dizer que não voltaria para jantar. Seria difícil falar que comemoraria o aniversário fora de casa. Ela saiu, sem saber que a confissão de Tetsuo a aguardava.

Não era tarefa simples nem para a jovem Mitsuki subir os seis lances de escadas usando botas com salto, mas a imagem de uma mesa à luz de velas a deixou tão feliz que era como se estivesse subindo até as estrelas.

Algum tempo depois de bater à porta, ela se abriu. Mitsuki foi tomada pela surpresa. Ela imaginava uma única vela sobre a pequena mesa de refeições, mas havia velas espalhadas por todo o quarto: no chão, no peitoril da janela, na estante de livros. As pequenas chamas oscilavam como se flutuassem no ar. Ela ficou atordoada pela cena mágica. Tetsuo só abriu a porta depois de apagar as luzes.

Mitsuki ainda se sentia num sonho durante a refeição, e quando ele lhe serviu o chá de verbena ela não fazia a menor ideia de que estaria diante de uma decisão que mudaria sua vida.

Começou com a expressão séria de Tetsuo.

— Na verdade, recebi uma proposta de emprego no Japão. – Ele olhou fixamente para Mitsuki enquanto acendia o Gauloise com a chama da vela. — Em Tóquio.

Nesse momento, ela percebeu que Tetsuo estava mais calado do que de costume.

— Para começar quando?

— No outono.

Mitsuki sentiu alívio. Se fosse a partir do outono, seria na mesma época de seu retorno. Isso se eu voltar, ela acrescentou em pensamento.

— O que você está pensando em fazer, Tetsuo?

— Acho que vou aceitar – respondeu olhando para o rosto de Mitsuki.

Ela não sabia o que dizer. Tinha vagamente imaginado que se casaria com ele. Mas achou que moraria por mais algum tempo em Paris. Se dividissem a estreita cama desse quarto de sótão e levassem uma vida simples, comendo baguete e queijo, ela poderia se sustentar com apenas metade do dinheiro que recebia. Seus pais não recusariam enviar essa quantia para a filha, sabendo que se casou com um estudioso japonês. Porém, agora que Tetsuo conseguiu um emprego no Japão, casar-se com ele significava deixar Paris.

A vontade de não se separar dele era forte, mas também queria ficar.

Diante de uma Mitsuki indecisa, Tetsuo começou a explicar.

Recebera uma carta enviada por um professor que ele conhecia bem, cujo nome Mitsuki já tinha ouvido algumas vezes. Uma figura um tanto famosa, que costumava aparecer na mídia. No fim de março, ele deixaria seu cargo numa universidade nacional para, no ano letivo seguinte, criar uma faculdade de Estudos Internacionais para uma universidade privada, sendo encarregado de organizar o curso. Sua primeira tarefa seria contratar os professores. Embora não estivesse claro como seria o curso, Tetsuo provavelmente ensinaria francês – o idioma, e não literatura francesa. Caso não se importasse com essa condição, ele perguntou se Tetsuo estaria interessado na vaga. No início, seria contratado como professor assistente, mas logo trabalharia em tempo integral, até a aposentadoria.

Pensando bem agora, esse professor devia conhecer a personalidade de seu aluno muito melhor do que Mitsuki. Tetsuo não era um estudante dedicado à pesquisa científica e não se imaginava estudando o resto da vida apenas um assunto, como literatura francesa. Além disso, essa flexibilidade seria bem valorizada no início da nova faculdade.

Era uma época em que muitas universidades começavam a fundar o curso de Estudos Internacionais.

Depois de pensar um pouco, ela simplesmente perguntou:

— Não seria melhor continuar e ter um doutorado?

Mitsuki se lembrou do pai, que teria sido um estudioso se os negócios da família não tivessem falido.

— Não – Tetsuo respondeu num tom firme. — Estou no terceiro ano e minha tese está completamente estagnada.

Mitsuki supôs que ele não lhe falava sobre a tese porque o assunto estaria além de seus conhecimentos. Não era de admirar que tivesse tanto tempo livre para passar com ela.

— Além disso, um doutorado não é garantia de emprego em Tóquio. – Ele desviou o olhar para a mesa, apagou o cigarro e disse em voz baixa: — Se eu não conseguir um emprego em Tóquio, você não vai se casar comigo, não é?

Foi a primeira vez que ele mencionou a palavra "casamento". O coração de Mitsuki se acelerou, mas ela não sabia o que responder. Houve um longo silêncio e as inúmeras chamas oscilavam, desenhando sombras na parede e marcando esse momento reticente.

Por fim, Tetsuo levantou o rosto e disse abruptamente:

— Minha família não tem boas condições financeiras.

Mitsuki se surpreendeu com o tom depressivo.

O rosto mal iluminado pelas velas parecia triste e melancólico.

— Eu já disse que minha família não é rica – Mitsuki respondeu num tom despretensioso.

Ela sempre repetia a Masako e Tetsuo que os Katsura não eram ricos, que foi mero acaso morar com aquela família francesa e Natsuki se casar com um homem abastado. Ela não queria um mal-entendido com as duas pessoas com quem tinha mais proximidade, mas não sabia até que ponto eles compreendiam a situação.

— Não é essa a questão – Tetsuo respondeu com uma voz irritada.

— Você disse que a sua família também era de assalariados, não é?

— Eu exagerei. – Com um leve sorriso, ele continuou num tom de chacota: — Não queria que você me detestasse.

— Eles não são assalariados?

Tetsuo contou que o pai era o terceiro filho de uma família pobre de agricultores. Como trabalhava como contador na empresa do tio, até poderia ser considerado um assalariado, mas era bem diferente de ser funcionário de uma grande companhia. Tanto o tio quanto o pai não tinham traquejo para os negócios e, apesar de o Japão estar no início do seu rápido crescimento econômico, eles ficaram para trás e continuaram pobres.

— Minha mãe sempre foi muito magra.

À mesa, sua refeição se limitava a uma tigela com meia porção de arroz. O restante da comida ela separava para o marido e os dois filhos em fase de crescimento. Ela reformava as roupas velhas e as usava como roupa íntima, a fim de manter todos com uma aparência decente: o marido, que saía para trabalhar, e os filhos, que cresciam cada vez mais. Com boas notas, Tetsuo conseguiu entrar no ensino médio de uma escola preparatória, graças à recomendação do professor, mas muitos de seus colegas eram de famílias de certo poder aquisitivo. A mãe chorava ao pensar no vexame que Tetsuo passaria por ela não ter o que vestir na reunião de pais. A família da mãe também era de agricultores pobres e, por ela ser a filha mais velha, houve uma época em que ela teve de abrigar os irmãos mais novos. Numa típica história de pobreza do período Showa, Tetsuo precisou acomodar sua escrivaninha no corredor da casa para poder estudar.

Ele continuava a falar com indiferença.

Quando estava no fim do ensino médio, a empresa do tio conseguiu enfim surfar na onda do rápido crescimento econômico do país. Depois, tudo prosseguiu bem. Sobrava algum dinheiro. A mãe se alimentava bem e conseguiram reconstruir a casa. Mas, com exceção de Tetsuo, ninguém da família tinha ido à universidade e, quando ele voltava para fazer visitas, embora a paisagem mudasse a cada ano, as conversas eram as mesmas: a ordem dos assentos para os parentes no funeral, as fofocas da vizinhança, a torcida para o time de beisebol da escola local. Os assuntos limitados o sufocavam e intensificaram seu desespero em fugir para longe daquele mundo.

O pai tinha frequentado apenas o ensino fundamental do antigo sistema. A mãe avançara um pouco mais nos estudos, gostava de ler e queria que o filho fosse para a universidade, mas a reação do pai não foi nada entusiasmada. Tetsuo, reprovado na Universidade de Tóquio por não ser bom em matemática, se matriculou na segunda opção, numa não menos prestigiada universidade nacional especializada em idiomas, por medo de o pai impedir que ele tentasse de novo o vestibular. Houve um pequeno conflito quando Tetsuo declarou que queria prosseguir na pós-graduação. O irmão, um ano mais novo, terminara a escola técnica e já ganhava um salário na empresa do tio. No início, o pai, uma pessoa calma, foi contra, dizendo que Tetsuo queria manter a boa vida de estudante mesmo depois de formado. Graças às súplicas da mãe, regadas a lágrimas, Tetsuo conseguiu entrar na pós-graduação — e decidiu que precisava fazer um enorme avanço para se libertar daquele mundo.

— Depois de entrar na pós, estudei como um louco para me tornar um *boursier*.

Graças a esse esforço, no segundo ano da pós-graduação ele conseguiu a aprovação, ainda sem terminar o mestrado, e foi para Paris no terceiro ano.

Mitsuki encarava Tetsuo, que continuava a falar.

Diante dela estava um Tetsuo diferente do que conhecia. Em geral, ele era condescendente com Mitsuki, mas dessa vez abandonara esse comportamento e exibia um rosto pálido. Eram visíveis os espasmos nas bochechas rígidas.

Tetsuo jurou, numa voz quase imperceptível, que se Mitsuki se casasse com ele, independentemente do que houvesse, ele não a deixaria passar necessidade. Embora fosse o filho mais velho, ele não a obrigaria a cuidar dos sogros na velhice. Se houvesse qualquer crítica dos parentes do interior, ele a defenderia. Se Mitsuki quisesse cursar a pós-graduação, ele não mediria esforços para ajudá-la, tanto financeira quanto emocionalmente. Tetsuo sabia que ela considerava seguir para a pós-graduação ao dizer que ela ainda tinha muito a aprender.

Naquele dia, ele estava sinceramente apaixonado por Mitsuki. Até então, ela nem sequer imaginava que fosse tão amada. Naquele dia, acabou se apaixonando a ponto de se sentir nos céus. E prometeu que se casaria com ele.

Tetsuo, com um rosto pálido, reforçou:

— Tem certeza de que quer se casar com alguém como eu?

Quando respondeu, as bochechas de Mitsuki estavam rosadas:

— Tenho certeza. Você é o suficiente para mim.

Ela teve a impressão de que as velas cintilantes começaram a entoar "L'Hymne à l'amour".

21. Diferença entre as irmãs

Naquela noite, Tetsuo a acompanhou até o portão de casa, mesmo correndo o risco de perder o último trem de volta. A mãe francesa notou as bochechas rosadas de Mitsuki e exclamou um alegre "ulalá!". Uma grande agitação tomou conta da família. O pai francês trouxe uma garrafa de champanhe da adega subterrânea, fazendo um brinde depois de gelar a garrafa às pressas.

Depois disso, as coisas avançaram rapidamente.

Parece que Mitsuki herdou a proatividade da mãe. Ela logo escreveu aos pais uma carta de várias páginas. Explicou em detalhes a situação familiar de Tetsuo. Reforçou que o irmão mais novo trabalhava na mesma empresa que o pai e o tio e morava com os pais como o costume antigo, por isso ela não precisaria cuidar dos sogros na velhice.

"Se papai e mamãe concordarem, quero registrar a certidão de casamento na embaixada japonesa em Paris."

Ao escrever isso, Mitsuki se sentia orgulhosa a ponto de dançar e rodopiar na ponta dos pés.

As lembranças do grande tumulto que o casamento da irmã causara ainda eram recentes.

Especialmente aquela estranha proximidade entre a mãe e Natsuki.

Como se a expressão emburrada da irmã ao voltar de Freiburg tivesse sido uma ilusão, as duas foram de bom grado à loja de departamentos para comprar o enxoval. Mitsuki, recrutada ocasionalmente para carregar as compras, estava eufórica pela irmã se casar com um homem rico. No entanto, ao ver a mãe examinar o brilho da bolsa de fios dourados, exibida com reverência pela vendedora uniformizada da seção de quimonos, e observar de soslaio a etiqueta de preço, esquecendo-se completamente da presença da caçula, Mitsuki sentia as sacolas de papel da loja de departamentos pesarem ainda mais em ambos os braços. Velhas feridas do passado surgiam, acompanhadas da determinação de que não seria assim no seu casamento. Foi apenas uma pequena resistência, mas no fim das contas experimentou uma sensação de estranhamento por Natsuki trilhar uma vida levada pelo entusiasmo da mãe.

Talvez até a tivesse ridicularizado um pouco.

A carta que enviou aos pais emanava o fervor de que, diferentemente de Natsuki, ela tinha escolhido sua vida por conta própria.

A mãe respondeu em seguida:

"Você é uma boa menina, por isso o papai e a mamãe confiam em seu julgamento."

Em junho, com Masako como testemunha, ela registrou a certidão de casamento na embaixada japonesa em Paris. Depois, usou o dinheiro enviado como compensação pela festa de casamento para fazer uma viagem modesta pela Europa e retornou ao Japão, levando Tetsuo como *souvenir* de Paris. Mitsuki não fazia ideia do que Tetsuo pensou ao saber que a família Katsura não era rica, como ela repetiu tantas vezes. A família Katsura aprovou o rapaz.

— Não é maravilhoso? Ele é bonito também.

Nem o pai nem a mãe se importaram com o histórico familiar de Tetsuo. Como alguém de pensamento progressista, o pai não achava certo se apegar à origem das pessoas. Já a mãe estava farta de lidar com sogros extravagantes, tanto em termos financeiros quanto emocionais. Além disso, os pais achavam que, mesmo que a família do genro não fosse próspera, devia ter pelo menos boas condições financeiras para enviá-lo a Paris. Na prática, ele tinha boas maneiras: tomava sopa silenciosamente e manejava o garfo com destreza ao enrolar o macarrão.

Quando conheceram a família de Tetsuo, Mitsuki e seus pais pareceram um pouco surpresos. "É ele quem importa", disseram depois. Foram poucas as ocasiões em que as famílias se encontraram, e, caso estivessem em algum evento, parentes do lado Katsura comentavam com reservas: "Não são sofisticados como as pessoas da cidade...". Ao receber presentes, alguém reclamou "isso não é muito adequado". Mas ninguém fez crítica alguma ao genro, nem mesmo a mãe da noiva.

Na primavera seguinte, Mitsuki começou a frequentar a pós-graduação. Era no departamento de literatura francesa de uma universidade particular mista, famosa pela liberdade de seus estudantes. Ela não alimentava a ambição de se tornar pesquisadora, apenas nutria a vontade de alcançar o mesmo patamar que Tetsuo, pois passara seus 25 anos cantando sem compromisso ou lendo romances que viesse a obter ao acaso. Além disso, o domínio do idioma francês poderia ajudar no orçamento da família no futuro. Poderia pagar a universidade com o que ganhasse como professora particular de inglês para vestibulandos e, como recebia as roupas usadas da mãe e da irmã, não precisaria ter mais esse gasto.

— Que inveja – disse Natsuki na época, quando viu os livros de francês no apartamento alugado de Mitsuki.

— Inveja? Como pode ver, vivemos na pobreza.

Mitsuki era ótima em dar esse tipo de resposta. O tempo das cerejas teve um final feliz – mas o "tempo" da vida continuava a fluir...

Problemas familiares logo se intrometeram em sua vida idílica. No começo, Natsuki não agia de modo normal. Ela parecia contente com o retorno de Mitsuki, mas seu rosto, que sempre transparecia suas emoções, era de insatisfação com a vida de casada. Yuji conseguira uma vaga na melhor orquestra sinfônica do Japão. A primeira filha, Jun, nasceu logo depois. O jovem casal e a bebê moravam perto da casa dos pais de Yuji, mas não com eles. Ninguém criticaria Natsuki por comprar comida pronta todas as noites de restaurantes famosos de Quioto no subsolo da Tokkyu de Shibuya. Como também dava aulas de piano, podia dizer que era professora. Levava uma vida que parecia elegante e tranquila, porém não era feliz.

Natsuki se sentia isolada na família Shimazaki.

Não era apenas por darem grande valor às funções sociais de formalidade, como não se esquecer dos presentes de agradecimento no meio e no fim do ano ou ir religiosamente visitar o túmulo da família em ocasiões apropriadas. E não era porque toda a família gostava de golfe. Nem porque a família inteira passava o último dia do ano assistindo por praticamente toda a noite ao programa musical *Kohaku Utagassen*, do início ao fim. A família Shimazaki, porém, incluindo o espirituoso sogro, era um grupo sem relação alguma com a "cultura erudita", da qual a mãe de Natsuki falava com um olhar reluzente e de admiração eterna.

Eles não viam filmes novos e, naturalmente, nem os antigos. A televisão estava sempre ligada, mas ninguém ouvia música. Liam revistas, mas não livros. A irmã mais velha de Yuji escolhera canto na universidade de música só porque não se dedicara aos exercícios de piano durante o ensino médio. Uma família assim deu vida a um violoncelista como Yuji porque o avô materno, patriarca da família e então falecido, era um grande admirador de música ocidental. Ele havia decidido que o segundo filho, que não precisava cuidar dos negócios da família, seria violoncelista. Era uma pessoa com muitos hobbies e adquiriu as antiguidades exibidas na casa da família – como vários itens para a cerimônia do chá, dos rústicos potes em *raku* e *hagi* às coloridas vasilhas em *kutani* –, testemunhas da sua tendência artística, que ninguém mais parecia ter herdado. Seria ironia do destino? Esses interesses não foram herdados por sua única filha, mãe de Yuji.

Era uma família muito distante do mundo com que Natsuki passara a inconscientemente se sentir confortável e que estava gravado no coração da mãe, o mundo dos Yokohama. Como o Yuji que assistia ao programa de comédia na televisão às gargalhadas era o mesmo Yuji que saía para os ensaios regularmente, carregando seu violoncelo italiano antigo? Só podia imaginar que eram pessoas diferentes.

Natsuki passou a visitar a casa da mãe com Jun, para reclamar da família Shimazaki. A mãe logo se juntou à filha, zombando deles. Ela devia se sentir feliz por rir da mediocridade daquela família, depois de se sentir tão intimidada.

Natsuki não parou por aí.

Sem dúvida encorajada pela atitude da mãe, ela se apaixonou por um arquiteto magricela que tinha uma franja penteada de lado. Parece que tudo começou quando ela passeava com Jun no parque Yoyogi. Estava sentada num banco, vestindo jeans e fumando, quando ele puxou conversa.

— Acho melhor vir durante o dia. É repugnante ver as pessoas bebendo ou comendo qualquer coisa, fazendo arruaça à noite, não acha?

Ali na frente dos dois, as pessoas estavam reservando espaços para fazer um piquenique noturno e apreciar as flores de cerejeira. Ele tinha uma franja de lado e se dizia niilista, por ver o mundo de uma perspectiva diferente. O mais ridículo foi que Natsuki apareceu certo dia com esse homem e disse à mãe que queria se divorciar.

A mãe, surpresa, não teve uma boa impressão do homem.

— Ele não parece saudável. Tem um rosto pálido.

Com um sorriso vago, o arquiteto se manteve calado o tempo todo. Segundo a mãe, Natsuki "tagarelou" sem parar. O homem, que trabalhava num pequeno escritório de arquitetura, tinha a intenção de abrir seu próprio escritório um dia. Morava com os pais porque seu salário era muito baixo, mas como tinha um emprego estável ele se mudaria para um apartamento barato e começaria uma vida com Natsuki. Sua família até que era de comerciantes prósperos, mas ele não se dava bem com a madrasta e não podia contar com ajuda financeira. Natsuki ajudaria no orçamento dando aulas de piano, porém, como isso era impossível num apartamento barato, ela pediu permissão para usar a casa em Chitose Funabashi.

— Eu pretendo ficar com Jun. Ele concordou com a ideia – Natsuki acrescentou com certo orgulho. Disse também que o homem de franja caída na testa acreditava ser um gênio e que um dia se tornaria um "arquiteto de renome mundial".

Por toda a vida, a filha mais velha recebeu tudo da mãe. Não havia nada que ela desejasse e que a mãe recusasse. A exceção foi quando a trouxeram de volta da Alemanha. No dia em que ela apareceu com o arquiteto, pressentiu que não seria fácil a mãe concordar – mas Natsuki estava tão acostumada a obter tudo o que queria que perdera a noção do limite.

Enquanto ouvia o que Natsuki tinha a dizer, a mãe disse haver sido acometida por uma vertigem e quase desmaiou na cadeira. Como o homem estava presente, primeiro ela pediu que fossem embora. Depois, passaram-se alguns meses em que a mãe e Natsuki continuaram em conflito. Foi uma bênção divina que Jun, testemunha das brigas entre a avó e a mãe, ainda fosse nova demais para entender o que estava acontecendo.

O que a mãe mais temia era que a filha fosse até Yuji pedir o divórcio. Natsuki sabia que, se agisse dessa maneira, corria o risco de perder o apoio financeiro da família, por isso ela admiravelmente agiu com cautela. O caso deu voltas e mais voltas.

— A senhora fez a mesma coisa.

— Não foi a mesma coisa.

— Ora, a senhora abandonou o marido que os Yokohama escolheram, não foi?

— Eu me casei com ele porque não tinha outra escolha.

— Eu também me casei com Yuji por não ter outra escolha.

— Mas que ousadia. Como você tem coragem de dizer uma coisa dessas para a sua mãe!

— Porque é a verdade!

Depois disso, seguiram-se gritos e choros das duas. Até que o arquiteto se cansou da situação e foi embora. Talvez a peculiar proximidade entre Natsuki e a mãe o tenha feito recuar.

A tentativa encenada de suicídio veio logo em seguida.

Avisada por telefone, quando Mitsuki chegou ao hospital, a mãe exclamou com desgosto:

— Ela agiu como uma personagem de romance barato!

Afinal, no que Natsuki estava pensando? Será que o ressentimento por seguir uma vida à sombra da paixão da mãe tinha atingido o limite? Ou teria sido uma simples punição à mãe por não ter realizado seu desejo?

22. O colapso da família Katsura

Depois daquele dia, a relação entre Natsuki e a mãe se rompeu definitivamente. Como que possuída por algum espírito, ela passou a ver a filha mais velha com frieza. A filha criada à sua imagem não conseguia compreender como a mãe se sentia. Nascida de pais que fugiram de um relacionamento decente, Natsuki não fazia ideia do que a mãe vivera e do que enfrentara para criar a filha.

Desde então, ela praticamente abandonou Natsuki em termos emocionais, mas isso não significava que as relações antes tão profundas fossem de todo cortadas. Elas passaram a demonstrar o ressentimento de uma pela outra, com Mitsuki assumindo o papel de ouvir as queixas da mãe e da irmã.

Natsuki idealizava o casamento da irmã mais nova, porque desde a infância ela reconhecia o forte espírito independente de Mitsuki.

— Você consegue ter conversas intelectuais com Tetsuo?

— Mais ou menos.

— Deve ser bom – dizia com certa inveja, apesar de um pouco emburrada.

Depois disso, Natsuki viveu sem grandes tumultos. Logo nasceu o filho, Ken. Com sua natureza impulsiva e boa aparência, parece que ela mantinha um namorado, mas não causou mais problemas. Levava uma vida tranquila, encenando uma dona de casa afortunada.

Talvez para preencher a sensação de isolamento, ela adotou um par de gatos, um macho e uma fêmea. Ela também se tornou cada vez mais dependente de Mitsuki.

A partir daquele dia, a mãe se aproximou de Mitsuki e a relação entre a mãe e as duas filhas mudou. Se a família Katsura estivesse em paz naquela época, talvez o casamento de Mitsuki tivesse sido diferente.

Embora o casamento com Tetsuo fosse uma reação contra o tratamento desigual recebido desde a infância, não havia como Mitsuki se libertar do peso da família. A questão era como o problema se desenvolveria. Se após o pequeno deslize de Natsuki a família Katsura estivesse em paz, o casamento de Mitsuki, ou melhor, sua vida teria sido diferente.

Sim. Se ela não tivesse acompanhado a loucura da mãe – se não tivesse sua vitalidade sugada e, além disso, não tivesse passado anos mergulhada em tristeza…

Pensando bem, Aquele Homem surgiu na vida da mãe logo após o desentendimento com Natsuki.

A mãe perdeu o antigo encanto pelos Yokohama. O "vovô de Yokohama", que mimava a mãe, havia falecido bastante tempo antes, e o "tio de Yokohama", que a mãe admirava, estava aposentado da universidade e sua aparência jovem e nobre tinha declinado, carregando agora uma barriga saliente. A Madame Butterfly já não tinha o esplendor e o destaque nos palcos. A prosperidade na vida dos japoneses trouxe a modernização e a ocidentalização, o que esvaziou a fascinação pelo Ocidente. Foi o que ocorreu também com a mãe. Mesmo assim, os anseios indescritíveis que sentia continuaram a motivá-la. Ela ajudou a "titia" a encerrar o negócio e agora tinha tempo de sobra, precisava de outro meio para satisfazer sua motivação. O casamento de quase trinta anos tinha esfriado havia muito tempo.

Com cerca de 55 anos, começou a frequentar aulas de *chanson* e passou a se arrumar. Fazia algum tempo que não vestia mais quimonos, passando a usar roupas ocidentais, mas parece que a qualidade dos tecidos decaíra em comparação com a época em que trabalhava com a elegante "titia". No início, disse às filhas que fossem assistir aos recitais e elas notaram que, além de as demais alunas serem mais novas do que a mãe, muitas eram "senhoras espalhafatosas", do tipo que a mãe certamente zombaria. Não havia nelas o ar de "cultura erudita"; parecia mais uma forma de matar o tempo para mulheres que deixaram de ser jovens.

A gota d'água foi Aquele Homem.

Entrou no camarim um homem de seus 40 e poucos anos, vestindo um terno branco – a imagem da afetação. Tinha o hábito de mexer os longos cabelos com a mão direita e estava cercado por mulheres de várias idades. Uma delas era a mãe, que se destacava pela altura e por usar um vestido longo.

— Não me diga que ele é o professor?

— Só pode ser ele.

— Inacreditável.

O homem era não só afetado, mas sua expressão tinha um quê de decadente, como se no passado tivesse sido músico nas ruas de Shinjuku, tocando violão. Mesmo assim, não tinha o ímpeto e a cordialidade emanados por pessoas que conheceram o fundo do poço. Talvez soasse presunçoso, mas Mitsuki tinha a impressão de que ele via a vida com desdém.

— Não posso mostrar aquilo para o Yuji – a voz de Natsuki era séria.

Após o recital, Mitsuki perguntou à mãe, por telefone:

— Já que vai frequentar aulas de canto, por que não estudar mais a sério?

Antigamente, a mãe alcançava até o lá maior como soprano.

— Ora, com a minha idade, não tenho mais voz para cantar. Quando jovem, não tive aulas formais, por isso a *chanson* é mais apropriada.

A resposta da mãe fazia sentido, mas incomodou Mitsuki. Depois de abrir mão de Natsuki, teve a impressão de que a mãe anunciava ao mundo que a havia substituído. Quando ela perguntava o significado da letra das músicas em francês, Mitsuki não explicava e dizia:

— Muitas vezes, as traduções para o japonês são melhores.

Comparando-se o termo japonês *sakuranbo* com o francês *cerise*, que significavam "cereja", o primeiro era muito mais sugestivo da doçura e do corpo rechonchudo de uma garota.

Se a mãe não se importava em estudar com um homem como aquele, quer dizer que os anseios da mãe haviam perdido o brilho de vez. Além disso, as aulas tinham *chanson* apenas no nome, pois a admiração que os japoneses nutriam pela França parecia ter se dispersado. Atendendo às demandas das alunas, ele ensinava canções de musicais americanos e até canções populares japonesas.

C'est Si Bon, esse era o nome do estúdio, que ficava em Kyodo, na estação vizinha a Chitose Funabashi, na direção de Shinjuku. O homem morava com a esposa e os filhos em Noborito, seis estações depois de Chitose Funabashi, no sentido oposto da linha.

Logo depois, a mãe passou a fazer trabalhos administrativos do estúdio em vários dias da semana. Para ela, que adorava sair, não seria um mau negócio receber algum salário e ter um lugar para frequentar. Inicialmente, era o que Mitsuki pensava. No entanto, quando visitava a casa dos pais em Chitose Funabashi, era como se a casa estivesse fora de ordem. Por fim, percebeu que a mãe parecia apaixonada pelo professor de *chanson* – não havia nada mais comum do que uma mulher mais velha se apaixonar por qualquer pessoa que fosse chamada de "professor". Como a família passara por eventos como fuga de casa, divórcio e tentativa de suicídio, não adiantava repreendê-la por algo desse tipo.

Anos já haviam passado quando ficou evidente para Mitsuki que a mãe estava mais envolvida do que imaginava com Aquele Homem, ao mesmo tempo que a diabetes do pai se agravava. Alguém da empresa do pai telefonou para a casa de Mitsuki à noite, depois das oito. Disse que ele desmaiara após passar mal e fora levado ao hospital de ambulância. Desidratado, ficou em coma por algum tempo, mas o quadro era estável. Após o desmaio, tanto a empresa quanto o hospital tentaram contato com o telefone residencial, mas ninguém atendera. Sem outra opção, a pessoa consultou a agenda do pai e viu o nome Mitsuki Hirayama. Lembrou que uma das filhas tinha esse nome e tentou ligar.

Sozinha, Mitsuki pegou o metrô e foi às pressas para o hospital, no centro. Ela telefonou para Natsuki, que na época cuidava de duas crianças pequenas. Como o quadro do pai era estável, elas concordaram que Natsuki não precisava ir. Enquanto sentia o balanço do corpo no metrô, teve o pressentimento de que a partir daquele momento sua vida seria uma repetição desse evento – embora tivesse sido deixada de lado desde a infância, criada como uma criança abandonada, sentia que os problemas da família Katsura recairiam sobre seus ombros. Não achou coincidência que seu telefone houvesse sido encontrado antes do de Natsuki.

O pai reconheceu o rosto de Mitsuki. "E a sua mãe?" Ele não fez a pergunta porque, pensando agora, sua dignidade o impediu de indagar a filha. Mas estava acostumado com a esposa chegando em casa tarde da noite. Mitsuki continuou a telefonar para a casa dos pais e lembrou que a mãe talvez ainda estivesse na aula de *chanson*. Foi quando teve a revelação de que um drama de mau gosto estava em curso. Numa época em que ainda se usava a lista telefônica, ela logo encontrou o número pelo tipo de atividade comercial. Foi o homem que atendeu.

— Sou Mitsuki, filha de Noriko Katsura. Ela ainda está aí?

Ela ouviu o homem dizer que era a filha e percebeu o telefone sendo passado para a mãe. O relógio indicava dez horas.

— Mitsuki, o que foi? – a voz da mãe tinha um tom irritado e desafiador.

A filha se lembrou de que telefonava para a mãe apenas nos dias em que não tinha aula de *chanson*, por isso não sabia que ela ficava fora de casa até tarde da noite.

23. Homem sem graça

A mãe que frequentava contente a casa dos Yokohama não lhe desagradava. Tampouco a mãe que se esqueceu completamente da existência da filha mais nova antes do casamento de Natsuki. Quando podia, Mitsuki também pedia ajuda a ela. Porém a mãe depois de conhecer Aquele Homem era repugnante. Desde então, tinha a impressão de que o corpo dela emanava um leve cheiro de veneno.

A diabetes do pai se agravou e ele foi obrigado a sair do emprego que conseguira na filial de uma empresa. Quando visitava a casa em Chitose Funabashi, via o pai com um olhar vazio, sozinho e abandonado na residência, que começou a acumular teias de aranha. Por fim, ele passou por uma cirurgia nos olhos e, talvez como reação da anestesia, sua mente ficou confusa. Outras doenças não relacionadas com a diabetes se manifestaram e ele foi hospitalizado várias vezes.

Depois de quase um mês no hospital, o médico responsável chamou a mãe, quando estava prestes a dar alta. Ela pediu que as filhas também estivessem presentes. O médico explicou que, dali em diante, a família precisava dedicar mais atenção aos cuidados com o pai, em casa. O paciente seguiria uma dieta diária adequada a diabéticos, além de aplicações de insulina e remédios regularmente de manhã, tarde, noite e antes de dormir. Também precisaria de ajuda com a higiene pessoal, pois sua visão gradualmente pioraria.

A mãe franziu a testa.

Houve um breve silêncio antes de o médico dizer com uma ligeira desaprovação:

— Naturalmente, vocês também podem deixá-lo aos cuidados de uma clínica. – Talvez ele tenha prosseguido por ver a expressão contente da mãe com a sugestão. — Se a família não tiver condições de cuidar do paciente, pode ser a melhor alternativa.

Diante das filhas, a mãe usou as palavras do médico como um pretexto nobre:

— Para o papai também seria benéfico, foi o que o médico disse.

Ela nem sequer deu ouvidos à oferta das filhas em ir regularmente a Chitose Funabashi para ajudá-la a cuidar do pai.

— E você está doente – a mãe disse a Natsuki.

Desde a tentativa de suicídio, Natsuki nunca mais recuperou a força física de antes, mas seus filhos já não precisavam de tanta atenção. Ela poderia muito bem cuidar do pai idoso. No entanto, praticamente ao mesmo tempo que o pai perdeu a visão, Natsuki contraiu uveíte, uma inflamação ocular sem cura. Não se descobriu a causa, mesmo com vários exames. Era como se ela tivesse acompanhado o pai em seu problema nos olhos. O único tratamento era o uso de uma alta dosagem de esteroides, mas como efeito colateral seu rosto, pescoço e corpo inchariam como uma cantora de ópera dos tempos antigos. Se parasse de tomar o medicamento, o corpo voltaria aos poucos ao normal. Depois de repetir esse ciclo várias vezes, ela se cansava ao fazer o menor esforço e ficava deitada com frequência.

— E você sempre teve uma constituição fraca, além de agora ter um trabalho – a mãe disse a Mitsuki.

O médico responsável encontrou uma clínica em Saitama que aceitaria o paciente e escreveu uma carta de apresentação. Na ala de recuperação, não havia quartos para duas pessoas, muito menos para quatro. Era uma época em que ainda não existia no Japão um generoso seguro de cuidados de enfermagem para idosos e as casas de repouso particulares não eram acessíveis a um assalariado. Com exceção das instituições de bairro ou da capital, em que a vaga não era garantida com a inscrição, existiam apenas casas de repouso de luxo, parecidas com hotéis, que deixavam qualquer pessoa atordoada com a existência de tantos milionários no mundo. Mesmo que vendessem a casa em Chitose Funabashi e encontrassem uma casa de repouso relativamente barata, era preciso considerar também a situação da mãe. Mitsuki estava perplexa. Por um breve momento, considerou levar o pai para morar com ela, mas seu apartamento tinha apenas uns 60 metros quadrados e na época Tetsuo trabalhava em casa com frequência. Se tivessem uma pessoa doente para cuidar, eles não teriam uma vida normal. Ela logo abandonou a ideia com um sentimento de culpa. Natsuki, exausta pela doença e cada vez mais desconfortável com a família Shimazaki, também não poderia assumir essa função.

— Ah, se tivéssemos pelo menos um décimo do dinheiro dos Shimazaki...

— Verdade.

— Não posso contar ao Yuji sobre o tipo de lugar para onde vão levar o papai.

Natsuki contara vagamente ao marido sobre a mãe e Aquele Homem.

Assim, depois de ter alta do hospital universitário no centro da capital, o pai não retornou a Chitose Funabashi, mas foi levado a uma clínica distante. Ele trocou o pijama por um terno dentro do táxi, durante o percurso de uma hora e meia. Mitsuki e a mãe o acompanharam. Ele pensava que voltaria para casa depois de uma curta estadia no hospital. No táxi que se afastava cada vez mais da cidade, Mitsuki afagou o braço do pai, mas não lhe contou sobre o destino que o aguardava.

Quando ela o visitou no dia seguinte, prendeu nas paredes do quarto, com percevejos, várias imagens dos nenúfares de Monet.

Sem alternativa, a mãe se revezou com a filha nas visitas durante os primeiros dois ou três anos, mas gradualmente diminuiu a frequência, sempre tomando o cuidado de perguntar a Mitsuki. A mãe também devia sentir culpa. Já para Natsuki, o período em que o pai ficou internado na clínica para idosos coincidiu com a pior época da sua doença.

A responsabilidade continuou a aumentar para Mitsuki, agora na meia-idade. Para voltar a tempo de preparar o jantar para Tetsuo, ela ia à clínica nos dias em que não tinha aulas na universidade. Apesar do cansaço físico, o que mais a sobrecarregava era o sentimento constante de pena do pai. Era doloroso manter uma relação normal com a mãe, como uma "filha compreensiva". Assim que Mitsuki tentava se distanciar um pouco, a mãe pressentia rapidamente e, para não ser abandonada, agia conforme a situação, adotando uma voz chorosa e um arrependimento temporário, fazendo visitas ao marido com regularidade, como uma esposa exemplar.

— Eu fui ontem também. Ele estava bem.

Ela fazia questão de reportar a visita.

Com a situação durando alguns anos, a mãe deu sua cartada final. Disse que Aquele Homem prometeu que cuidaria dela na velhice. Desde então, praticamente cessou as visitas à clínica. Como o pai viveu mais do que o esperado, devia ser uma agonia vê-lo – ou talvez ela se irritasse com ele. Mitsuki, apesar de duvidar do que Aquele Homem prometera, achou que estava tudo bem eles ficarem juntos se ela não tivesse de cuidar da mãe.

Mitsuki passou a desejar a morte da mãe quando o pai teve uma pneumonia. Foi logo depois que Mitsuki e Tetsuo voltaram da Califórnia, no primeiro período sabático. Felizmente, as aulas na universidade ainda não tinham começado, por isso ela ficou num hotel simples próximo e ia todos os dias à clínica. Seguindo as instruções da enfermeira, quando o pai estava acordado, ela levantava um pouco seu corpo e lhe dava a sopa, em colheradas. À noite, voltava para o hotel de táxi, lia distraidamente um livro ou via televisão. Com a saúde debilitada, Natsuki telefonava para o hotel todas as noites e, com uma voz tímida, perguntava sobre a condição do pai. Mitsuki respondia com certo tom insinuativo. Ela ficava em longos telefonemas com Tetsuo praticamente todos os dias. Isso foi antes de descobrir o primeiro caso de traição, quando buscava consolo no marido e despejava nas conversas toda a raiva que sentia da mãe.

Na primeira noite que passou no hotel, Mitsuki telefonou para a mãe. Ela parecia confusa, mas disse em uma voz agradável:

— Seu pai é sortudo por ter uma filha tão gentil. A mamãe vai pagar a conta do hotel, está bem?

Depois de dias sem contato, certa noite Mitsuki recebeu um telefonema da mãe.

— Como seu pai está?

— Difícil dizer. O médico também não sabe.

Na verdade, ele já estava fora de perigo, mas o ressentimento a fez responder dessa forma.

— Ah, é?

Houve um silêncio. Mitsuki também ficou calada. Parece que a mãe decidiu ignorar a reação fria da filha.

— Bom, Mitsuki – disse com o tom de voz que usava quando decidia algo. Mas em seguida mudou para um tom bajulador, de quem deseja pedir algo. — Na verdade, estava pensando há algum tempo. Quando tudo estiver mais calmo, vamos para a Europa? Eu pago as despesas. Até lá, terei o dinheiro do seguro de vida do seu pai.

Com o absurdo da situação, Mitsuki sentiu o quarto girar.

— Quero ver Paris mais uma vez antes de morrer – a mãe continuou.

Sua voz ecoava a alegria indescritível e imprudente dos tempos de juventude.

Segurando firme o telefone, Mitsuki ficou sem palavras por algum tempo, até responder friamente:

— Que tal ir com aquele professor? Afinal, o dinheiro é seu.

Era o máximo de sarcasmo que Mitsuki poderia dizer ao telefone. Ela acompanhara a mãe por duas vezes à Europa, na época da pós-graduação e alguns anos depois. Tetsuo foi com elas na primeira viagem. Quem pagou as despesas nas duas vezes foi a família Katsura. E alguns anos antes houve uma terceira viagem: a mãe deve ter ido com Aquele Homem, em um passeio com as alunas da escola de *chanson*.

A mãe respondeu:

— Na verdade, indo com ele, não sinto que estou num país estrangeiro. Ele fala francês com sotaque japonês, foi educado dessa forma. Uma vez foi o bastante.

Mitsuki não se recordava mais do que a mãe respondera naquele dia. Só se lembrava de que, pela primeira vez, teve um desejo claro e ardente: de que a mãe morresse logo. Naquela noite, antes de dormir, Mitsuki disse para si mesma, na escuridão:

— Mamãe morreu hoje.

Desde então, ela aguardou, desesperadamente, pelo dia em que essas palavras fossem verdadeiras.

Mitsuki sempre achou uma combinação estranha. Aquele homem não era o tipo de parceiro que a mãe de fato procurava, era um "passatempo" para preencher o desejo de seus impulsos. Tingir os cabelos brancos de preto; ignorar que passou dos 70 anos; arrumar-se para ir a um restaurante bom, onde, embora não bebesse nada alcoólico, faria um brinde pretensioso com a taça de vinho, com o dedinho levantado. Era tudo um "passatempo". O pai estava vivo, mesmo com sua dignidade humana roubada, e a filha, exausta e envolta por um fio pesado e pegajoso, não pôde aproveitar a juventude da meia-idade – mulheres de meia-idade ainda são jovens – em sua plenitude, tudo porque a mãe se apegara ao seu "passatempo". A mãe sabia que Aquele Homem era uma mera "distração" e dançava sozinha no palco da vida, toda espalhafatosa, tentando transformar o pouco tempo restante em algo esplendoroso ao lado de seu parceiro de dança.

Por causa do valor alto dos ingressos, ela ia esporadicamente ver espetáculos com ele. Mas, quando vinham companhias estrangeiras de balé ou ópera, era a presença de Natsuki ou Mitsuki que a mãe desejava, porque Aquele Homem não correspondia à atmosfera do evento.

Será que apenas homens sem graça queriam o afeto de uma senhora idosa que vivia de suas pequenas economias? Em vez de se envolver com um homem assim, por que a mãe não se mostrava mais determinada a perseguir seus sonhos tão almejados? Então, Aquele Homem era um meio para escapar do marido doente e acometido por um infortúnio da vida chamado velhice?

24. As quatro estações da vida

Depois que o pai se recuperou da pneumonia, Mitsuki voltou para casa e passou dois dias diante do computador para redigir uma carta de oito páginas endereçada à mãe. Dessa vez, ela falava sério. Se a mãe quisesse continuar o relacionamento com Aquele Homem, as filhas cuidariam do pai, mas cortariam relações com ela.

"Responda por carta, não por telefone."

Dois dias depois, Mitsuki ouviu a voz estridente da mãe.

— Como pode escrever uma carta daquelas para a sua mãe?! Quase tive um ataque cardíaco.

Naquela tarde, a mãe fora atropelada por uma bicicleta e fraturou o colo femoral. Talvez caminhasse distraída, ainda em choque pelo conteúdo da carta. Passou por uma longa cirurgia e ficou internada por quarenta dias. Depois de ter alta, durante algum tempo mal conseguia ficar de pé para cozinhar. Aquele Homem não seria capaz de lidar com a situação, ainda mais com trabalho e família. Natsuki foi convocada e ajudou a irmã com uma cara feia. Não se tomou nenhuma providência quanto à carta de Mitsuki, e o homem acabou desaparecendo.

Apesar de ter pouco mais de 70 anos, a mãe de aparência assustadoramente jovem se tornou, depois do acidente, uma idosa de coluna curvada e cheia de rugas, como se um feitiço tivesse se desfeito. Desde então, não tingia mais os cabelos brancos.

Na primeira vez que saiu de casa usando uma bengala, ela disse enquanto dava passos cambaleantes:

— Fui castigada com esse infortúnio.

Isso mesmo, foi castigada – era o que Mitsuki queria responder, mas não conseguiu. Se fosse falar algo, seria apenas "pare de brincadeiras". Na prática, não tinha a menor graça. A mãe usaria a bengala, mas quem cuidaria dela seriam as filhas, não Aquele Homem. Principalmente Mitsuki. Por que o infortúnio da mãe recaiu nela?

Enquanto pensava nisso, Mitsuki se manteve calada, carregando num ombro sua bolsa e a da mãe e segurando com as duas mãos as sacolas de compras. Naturalmente, não foi por pena da mãe, apoiada na bengala e caminhando com passos incertos, que Mitsuki não insinuou nada sobre o fim da promessa entre a mãe e Aquele Homem. Ela sabia que o comentário não mudaria em nada aquela situação.

Aquele Homem nunca mais foi citado nas conversas.

O pai morreu um ano depois. Quando a mãe recebeu o dinheiro do seguro de vida, os planos de viajar para a Europa foram cancelados pela dificuldade de locomoção. Mitsuki via o mesmo sonho, despertando quando pensava: "Se papai está bem de saúde, posso cuidar dele em casa". Sentia pena do pai falecido, ainda mais diante do ressentimento de uma vida agora dedicada aos cuidados com a mãe. A tristeza pelo destino do pai se tornou uma espécie de nódulo de uma doença incurável, por causa da situação absurda de ser obrigada a cuidar da mãe.

O mais surpreendente é que, mesmo depois que Aquele Homem desapareceu, a ferocidade dos sentimentos da mãe não mudou. Ou melhor, desde que passara a usar bengala, talvez para esconder o remorso ou pela desinibição decorrente do choque físico e psicológico, ela voltou a se maquiar impecavelmente, tornando-se mais egocêntrica do que nunca. Mitsuki não conseguia cortar relações com a mãe por ser japonesa? Será que estava sendo influenciada pela natureza espiritual do Japão, que mede a virtude feminina pela intensidade com que a mulher se dedica a outras pessoas? Ou ela não tinha forças para romper relações porque a mãe era daquele jeito? Talvez Mitsuki soubesse que, se tentasse cortar relações com ela, toda a sua energia vital seria sugada, a mãe choraria e gritaria a ponto de ficar rouca, para no fim sentir pena e acabar desistindo da ideia. Ainda sem compreender seus sentimentos, Mitsuki tomou as rédeas da situação. A irmã e ela prosseguiram nos cuidados com a mãe.

Sem Aquele Homem, a mãe foi aos poucos perdendo os traços de vulgaridade, e o único consolo de Mitsuki foi vê-la voltar a ser como antes.

Primeiro, ela queria continuar a sair sozinha. Para isso, pediu à tal acupunturista, que a tratara no passado, umas sessões semanais em casa, durante um ano. Motivada talvez pelo entusiasmo da mãe, a acupunturista se empenhou em tratá-la. Graças a isso, ela voltou a andar de trem sozinha, apesar da grande fratura aos 70 e poucos anos, embora ainda tenha precisado da bengala por algum tempo. Também passou a frequentar o cinema para assistir a filmes ocidentais – nas palavras da mãe, não conseguiria viver sem eles. Contudo, ninguém pode impedir o envelhecimento.

A mãe não era uma pessoa que desistia facilmente.

Quando ela não conseguia mais ir ao cinema sozinha, Mitsuki comprou um videocassete, que evitara até então pela incapacidade da mãe em lidar com aparelhos eletrônicos. As irmãs explicaram, aos berros, o funcionamento do controle remoto e escreveram o passo a passo com letras grandes, legíveis até para uma criança do jardim de infância. Ela conseguia usar o aparelho lendo as instruções no papel. Mitsuki precisava alugar na locadora filmes e mais filmes que agradassem à mãe. Também precisava comprar mais livros, lidos com o ímpeto de uma cabra que devora papel. Mesmo que não conseguisse mais sair sozinha, queria ir ao teatro. Fazer compras na loja de departamentos. Comer em restaurantes. Mas para isso precisava da ajuda das filhas. Separadamente, acompanhar a mãe era muito cansativo para as irmãs. Dessa forma, para unir recursos e evitar a exaustão, quando possível iam as duas.

"Vamos?", vinha a voz bajuladora do outro lado da linha. Mitsuki recusava quase todas as tentativas, mas no fim acabava sentindo pena. Quando a mãe queria ir ao teatro, as irmãs ocasionalmente aceitavam, pois elas também compartilhavam esse interesse. Mas o trabalho que tinham para sair com a mãe nessas ocasiões acabava com a diversão.

Ela sofria de polaciúria, o que causava ainda mais ansiedade de saber se conseguiria segurar até chegar ao banheiro ou não. Quando iam pegá-la na casa de Chitose Funabashi, a mãe, toda maquiada e usando uma echarpe, já as aguardava, dispondo sobre a mesa os objetos necessários para assistir ao espetáculo. Pela dificuldade para ver o palco por causa da fratura de compressão, levava duas almofadas dobráveis de um material leve, novo, para colocar no assento. Como sentia frio, separava uma manta quentinha. Para não sentir sede, carregava uma garrafinha de chá na bolsa de ombro. Enquanto as irmãs dividiam os objetos para levar nas respectivas bolsas de mão, a mãe foi ao banheiro de nervosismo. Antes de saírem de casa, ela despiu o casaco que tinha acabado de vestir – com movimentos lentos pela idade, deixando impaciente quem fica à espera –, para ir outra vez ao banheiro, "só por precaução".

Assim que o táxi chegou ao teatro, foi mais uma vez. Se tivesse tempo até o início do espetáculo, iria outra vez. Durante o intervalo, ia de novo. Como seus movimentos eram lentos, levava mais tempo e, pedindo desculpas para as pessoas já sentadas, chegava ao seu assento momentos antes de o espetáculo recomeçar. Assim que terminava, naturalmente ia mais uma vez...

Certa noite, depois de verem *La Bohème* e voltarem para casa, a mãe declarou:

— A mamãe vai desistir de ir ao teatro.

Ela era uma pessoa determinada. Mas, em essência, alguém incapaz de desistir. Reduziria um pouco o alvo de sua ambição, porém sempre se mantendo um pouco acima do que conseguia fazer sozinha. Ou seja, o trabalho para as filhas não diminuiu.

Mitsuki evitava falar para a mãe sobre o modo como ela tratou o pai. Mas certo dia, diante de tantas demandas, não aguentou mais. Segurando a raiva, disse baixinho:

— Papai ficou tantos anos naquele lugar, a senhora não tem o direito de exigir tanto.

Foi então que a mãe gritou:

— Você quer falar daquela época a esta altura?!

Com apenas essas palavras, Mitsuki soube que a mãe, com a memória falhando, ainda se lembrava do que fizera. Além disso, ficou aliviada ao perceber que a mãe sabia que Mitsuki não a perdoava.

A vida das pessoas tem suas estações. Da primavera ao auge do verão, a intensa ambição da mãe deu um futuro a ela e às filhas. No outono, porém, a força dessa ambição se tornou algo frustrante. Durante o rigoroso inverno, era estranho ver a mãe ainda resistindo – não só estranho, era tragicômico, como as tragédias da vida costumam ser.

Certa manhã, Mitsuki recebeu um telefonema da mãe.

Sentindo pena da aparência da mãe, que perdia vitalidade com o passar dos anos, Mitsuki desenvolvera o hábito de telefonar todas as noites, às oito horas, para perguntar como tinha passado o dia. Natsuki também telefonava a cada tantos dias, com relutância. Geralmente, por consideração pela filha, a mãe esperava Mitsuki telefonar no horário determinado. Por isso, quando ouviu aquele "alô" com uma voz matutina, Mitsuki se preparou para ouvir o que a mãe tinha a dizer.

— Adivinha o que a mamãe fez depois da nossa conversa de ontem à noite?

Com a passagem do tufão, caíra uma tempestade a noite inteira. O telefonema da noite se encerrara com Mitsuki dizendo "tome cuidado e vá dormir", enquanto a mãe respondera "sim, vou preparar uma vela". Enquanto achava graça dos hábitos antiquados da mãe, pois seria melhor usar uma lanterna, ela desligou o telefone.

A voz matutina da mãe tinha um traço de excitação.

— O que a senhora fez?

A mãe riu como as mulheres ricas de antigamente.

— Apaguei as luzes da casa, acendi uma vela e comecei a cantar alto todas as músicas que eu conhecia. Com aquela tempestade, os vizinhos não iam ouvir, não é?

Mitsuki ficou sem palavras.

À noite, em meio à chuva torrencial e à ventania, Mitsuki imaginou uma idosa de cabelos brancos cantando alto, à luz de uma única vela, enquanto as casas da vizinhança mergulhavam na escuridão. A expressão "ser horripilante como um demônio" teria sido criada para uma cena assim?

— A voz não saía e eu sei que estava desafinada.

— Ah, é...

— Já chegou o fim da Noriko!

Pouco depois, Mitsuki recebeu o aviso de falecimento da mãe francesa, uma mulher mais jovem que sua mãe.

O tempo das cerejas tinha acabado muito tempo antes e as irmãs envelheciam, cada uma com as próprias ideias.

Até mesmo a memória da primeira traição de Tetsuo havia se tornado algo distante.

O choque naquela época foi grande. Mitsuki não imaginou que o jovem com espasmos na bochecha de tanto nervosismo – aquele jovem de rosto pálido que se rendeu a ela naquele sótão em Paris, à luz de velas – seria capaz de algo assim. O choque foi tão grande que não sentiu praticamente nada na segunda vez. Desde então, desligara um pedaço de sua mente. Na vida, envelhecer significava descobrir a infelicidade? Parte de seu ser concordava, mas outra discordava desse pensamento. De saúde frágil desde criança, logo Mitsuki adoeceu. As reclamações de mal-estar sem causa definida indicavam que tinha começado a trilhar o processo de envelhecimento, no entanto Mitsuki não queria pensar nisso. Desejando se recuperar de alguma forma e esperando que a mãe não se tornasse um peso maior, ela vivia cada dia de uma vez.

Foi então que aconteceu o acidente da mãe, no fim do ano.

Foi então que ela descobriu os e-mails trocados entre Tetsuo e a mulher jovem.

Mitsuki foi impactada de uma forma completamente diferente por aqueles e-mails. Não era apenas o choque de saber que ele planejava abandoná-la. Era o choque de saber, como as pessoas dizem, que não era mais considerada uma mulher – o choque de saber que tinha dado um passo em direção à velhice. O fato cruel, que ela evitava e escondia sob o pretexto da vida atribulada, surgiu implacavelmente diante de si.

Ela só chorou na madrugada em que passara lendo os e-mails. Depois, evitou pensar em Tetsuo, mesmo antes de ir dormir. Primeiro, ela precisava ajudar a mãe a sair da clínica de reabilitação e se acomodar na casa de repouso. Enquanto repetia isso para si, ao fechar os olhos na escuridão, via a imagem da mãe sozinha naquele grande refeitório, encarando o vazio com uma expressão rígida. Pela manhã, ela suspirou ao pensar que a veria de novo naquele estado. A mãe agia como sempre quando Mitsuki chegava ao hospital. Era como se estivesse sentada num campo deserto, com o vento gélido a soprar as folhas secas dançando silenciosamente ao seu redor.

25. Palavras de agradecimento

Quando a mãe saiu da clínica de reabilitação, os botões de cerejeira haviam florescido.

Com as cerejeiras em flor, tinha início um novo semestre escolar.

Mitsuki decidiu trabalhar apenas com tradução de patentes, que podia fazer em casa. A partir da primavera ficaria um ano afastada de seu trabalho de meio período como professora. Ela não tinha mais força física nem mental. Uma pessoa que poderia substituí-la como professora era Masako, amiga que conhecera em Paris, mas ela já dava aulas como professora de meio período em outra universidade. Assim como Mitsuki, no início ela lecionava francês, e também como a amiga, quando não havia mais a exigência de aprender um segundo idioma, ela passou a dar aulas de inglês. Além de ser uma pessoa em quem confiava, Masako passava por dificuldades financeiras por causa do divórcio e, felizmente, tinha boa saúde. Aceitara de bom grado substituir Mitsuki quando ela acompanhou Tetsuo no período sabático. Se não pudesse ir por conflito de agenda, Masako procuraria alguém para substituí-la.

Por telefone, Mitsuki explicou que dessa vez não seria para acompanhar Tetsuo, mas por causa da mãe.

— Sinto muito. Já a minha mãe está bem e ainda ajuda as pessoas da vizinhança. Ela conversa e anda bem – disse Masako do outro lado da linha.

Seria hereditário? Masako, com boa disposição física, tinha músculos torneados, e suas pernas costumavam chamar atenção.

— Tenho inveja de você.
— Mitsuki, você parece desanimada.

Por causa da questão com Tetsuo, era óbvio que sim.

Como ambas não tinham muito tempo, encerraram a conversa.

Quando estavam na casa dos 30 anos, a amiga, que tinha se tornado dona de casa, aparentava ser mais velha. Em conversas, Mitsuki e Masako se gabavam, dizendo que quem não usa o cérebro acaba envelhecendo. Mas, por volta dos 50, as mulheres que trabalham é que acabam envelhecendo mais rápido, no embate entre resistência física e dias atarefados. A situação é trágica para as mulheres que trabalham e têm pais idosos para cuidar.

O dia em que a mãe saiu da clínica de reabilitação e se mudou para a Golden coincidiu com o dia em que as cerejeiras em Tóquio estavam todas em flor. Foi um dia memorável, pois a mãe, cuja loucura e demência avançavam, recuperou, apenas nesse dia, o comportamento de antigamente. Talvez por reflexo, o sentimento de que começaria uma nova vida teria acendido a última chama de sua alma, que ainda perseguia seu sonho.

Na van, acomodada na cadeira de rodas, a mãe mostrou interesse pela paisagem, esticando o pescoço para observar pela janela. Era a primeira vez desde as fraturas no fim do ano anterior. E, como havia muito tempo não fazia, comentou com um brilho nos olhos pretos:

— Oh, as cerejeiras estão floridas. O tempo passou, estamos na primavera, não é?

De fato, as cerejeiras surgiam inesperadamente em vários pontos do bairro, com suas pétalas flutuando no ar como nuvens brancas, anunciando a primavera e cantando a alegria da vida. Nem a mãe nem Mitsuki sabiam que seriam as últimas flores de cerejeira que a mãe veria.

Quando ela entrou em seu quarto, decorado com belos objetos, um sorriso autêntico se espalhou pelo rosto, deixando escapar uma alegre exclamação. Ela viu o grande vaso vermelho-escuro de vidro lapidado, no estilo Edo, presenteado pelo "vovô de Yokohama", com flores artificiais caras. Viu também a cortina de renda que tomava a parede e a janela. A cama estava coberta com o lençol de casa. A prateleira, decorada com objetos de que ela gostava. A mãe notou que tudo tinha sido feito para agradá-la. Enquanto girava lentamente a cadeira de rodas, ela olhou para cada canto do quarto, até se virar para Mitsuki. Natsuki não tinha vindo. Desde o acidente, as irmãs se revezavam para cuidar da mãe, mas havia um entendimento tácito de que Mitsuki acompanharia a mãe em dias importantes.

— Mitsuki, sente-se.

O tom da voz indicava que começaria um sermão.

Ela olhava para a filha com olhos de um brilho intenso.

— O que foi agora? – Mitsuki, que desfazia as malas, respondeu com irritação.

— A mamãe quer te agradecer. Sente-se.

Quando Mitsuki se sentou, a mãe fez uma reverência.

— Mitsuki, muito obrigada por cuidar de tudo, até nos mínimos detalhes.

A voz estava embargada pelas lágrimas.

A mãe sempre fora inteligente. Ela sabia que a filha não desejava que vivesse por muito tempo. Sabia também que Mitsuki se esforçava, à medida que envelhecia, para que ela não fosse infeliz em seus últimos dias de vida. As palavras de agradecimento eram por esse esforço.

— Muito obrigada, de verdade.

Ela derramava lágrimas sinceras.

As palavras de agradecimento da mãe emocionaram Mitsuki.

— Será inconveniente, mas aguente firme, tá? – disse a filha, do fundo do coração.

Foi a última vez que conversou com a mãe que conhecia.

A degeneração do lobo frontal se agravou ainda mais.

Depois de mudar para a Golden, a mãe não socializou com as pessoas de seu entorno. Mesmo que noventa por cento fossem residentes com demência mais avançada do que a dela, havia umas dez por cento lúcidas. Mas ela não tentou fazer parte desse círculo. Orgulhosa e um pouco surda, era um sofrimento ter uma conversa normal. Talvez ela soubesse que estava ficando senil, porém, como sempre, manteve o isolamento. Naturalmente, ela ouvia boatos sobre as residentes, muitas eram idosas com boa condição financeira, incomparável com a dela. Uma delas dizia palavras incoerentes numa linguagem rebuscada. Em meio a essa situação, a mãe assumia uma atitude de superioridade, que beirava o cômico, mantendo-se infeliz e sozinha.

No quarto, a mãe se virou para a filha, prestes a chorar.

— Mitsuki, eu sonhei de novo ontem à noite.

— Que sonho?

— Eu corria e saltitava por aí.

No rosto choroso, apenas seus olhos brilhavam.

Não poder mais andar parecia ter despertado nela a sensação corporal da época da escola feminina. Ela repetiu a mesma conversa diversas vezes.

A sra. Kiyokawa, responsável pela Golden, era o tipo de pessoa que não considerava essas questões um problema e suportou os caprichos da mãe. Parecia ser da mesma geração que Mitsuki, o que tranquilizou a filha. Os outros funcionários também eram gentis e as refeições não eram ruins. A mãe repetia, da boca para fora, que estava muito feliz. Como uma punição por ter desejado demais as alegrias da vida, seu psicológico foi amaldiçoado pela infelicidade.

Em busca de salvação, as mãos da mãe sempre recorriam aos fragmentos brancos de Depas. Mitsuki finalmente conseguira deixar aos cuidados da Golden o sonífero e o remédio para prisão de ventre, aos quais a mãe era tão apegada, mas o ansiolítico Depas ela não tivera êxito em tomar de suas mãos. A mãe ficou mais sonolenta do que na época da clínica de reabilitação, por isso caiu duas vezes da cadeira de rodas, sendo levada ao hospital para tirar radiografias. Na primeira vez, Mitsuki a acompanhou; na segunda, ela não pode ir e Natsuki foi chamada.

Naturalmente, a Golden começou a insistir que a casa de repouso deveria administrar o Depas, assim como os demais medicamentos. Mas Mitsuki sabia que, se pegassem aquele potinho que a mãe guardava como um amuleto, ela enlouqueceria ainda mais. Pensou em trocar o conteúdo do vidrinho por placebo.

Segundo uma enfermeira da Golden, no dispensário havia apenas placebo em pó. Mitsuki passou então na farmácia em frente à estação e comprou suplementos variados de cor branca, cortou em pequenos pedaços com a faca e passou a tomar, para testar o cheiro, o sabor e a textura. Por fim, escolheu o cálcio mastigável, que também era o seu favorito. Tinha quase o tamanho de uma moeda de 100 ienes e podia ser cortado em pequenos fragmentos. A textura na língua era rígida, mas Mitsuki trocou o conteúdo do potinho pelo suplemento, rezando para que a mãe não percebesse a diferença.

— O Depas mudou, ficou um pouco mais duro.

— Ah, é? – a mãe respondeu, sem suspeitar das palavras da filha, e levou o fragmento de cálcio à boca.

A demência da mãe se manifestava sob várias formas.

Quando tinha uma visita, mesmo que ela soubesse quem era, não conseguia lhe fazer perguntas. O ritual que se manteve por cerca de dez anos, de Mitsuki ligar às oito da noite, foi retomado quando a mãe se mudou para a Golden. Como se quisesse provar que não estava demente, a mãe atendia com uma voz afetada, mas não conseguia relatar o que tinha acontecido durante o dia e repetia "aquilo, aquilo". Ela sabia vagamente que Tetsuo não estava no Japão. Mitsuki retomou o aluguel de DVDs de filmes ocidentais no Posren, mas, mesmo ensinando aos gritos como usar o controle remoto, a mãe já não conseguia acompanhar a história do filme. Começava a assistir e perdia o interesse, dizendo que era chato. Fazia uma carranca e mudava para um novo DVD após alguns minutos. Como acreditava que seu verdadeiro eu era aficionado por filmes ocidentais, abraçava os DVDs como uma velha donzela e dizia:

— Eu não consigo viver sem eles.

Na época em que fazia calor demais, Mitsuki tinha dificuldade em ir à Golden de ônibus, mas a mãe não sabia se sentia calor ou frio.

— Mitsuki, mamãe está quente? Ou fria?

Quando ela telefonava com voz chorosa, Mitsuki é que tinha vontade de chorar. A pedido da mãe, comprou camisetes de manga comprida, três-quartos e meia manga – um esforço inútil.

No início, Natsuki e Mitsuki se revezavam para visitar a mãe todos os dias, até que passaram a visitar a cada um ou dois dias. Reduzir a frequência era impossível. Não por sentirem pena da mãe, mas porque a velocidade com que a mãe definhava não lhes permitia ficar longe por mais de dois dias. Elas sempre conversavam com a sra. Kiyokawa, responsável pela Golden, para pensar em novos meios de lidar com a situação.

Os nervos de Mitsuki não tinham descanso.

Ela não tinha condições psicológicas de pensar em Tetsuo. Deitada em meio à escuridão, às vezes se lembrava dos e-mails trocados com a mulher, ficava sem ar de tanta humilhação e cobria o rosto com as mãos. Mas, à luz do dia, o fato de uma jovem estar prestes a roubar seu marido era ridículo e ela não acreditava que algo assim estivesse acontecendo. Encarava a questão até com certo desdém.

Tetsuo telefonou de novo, porém ela respondeu com poucas palavras.

— E a mamãe?

— A demência está avançando rapidamente.

26. Sashimi mortal

A obsessão alimentar, típica de idosos com demência, começou a se manifestar na mãe.

Por ficar isolada dos outros pacientes, ela queria que as filhas fossem na hora do jantar, e a casa de repouso permitiu que as refeições fossem feitas no quarto, desde que acompanhadas pelas filhas. Vendo como ela tinha emagrecido, as irmãs trouxeram seu sashimi favorito, de peixe branco. Então, ela esperava que levassem sashimi todas as vezes. Nos últimos anos, a mãe havia começado a se engasgar com frequência durante as refeições, e a Golden passou a servir alimentos cortados em pequenos pedaços. Por isso, para que a mãe pudesse comer, Mitsuki retalhava com uma tesoura culinária as fatias que comprava no supermercado, dispostas artisticamente em bandejas. Embora os pedaços de sashimi não parecessem tão apetitosos como antes, a mãe comia avidamente. Em consideração aos funcionários da cozinha, Mitsuki acondicionava as sobras num pote para descartar em casa. Sozinha em seu apartamento, ela não tinha a menor vontade de comer essas sobras picadinhas.

Depois de degustar o sashimi, a mãe pediu bolo como sobremesa.

Como ela já não tinha outra alegria além de comer, Mitsuki passou a comprar, em pâtisseries chiques, bolos de nomes elaborados, daqueles que costumam ser servidos para as visitas.

Depois da sobremesa, ela pediu alguns beliscos para comer à tarde.

A filha disse para comer apenas um por dia e deixou na gaveta dois ou três pacotes numa sacola de plástico. Inicialmente, a mãe obedeceu à filha, mas depois passou a comer tudo de uma vez. Para evitar que ela pulasse as refeições, Mitsuki deixou os lanchinhos com os funcionários, contudo a mãe passou a chamá-los muitas vezes. Os funcionários se queixaram. As irmãs passaram a levar lanchinhos menores, mas isso não resolveu o problema. Pediram então que os funcionários ignorassem alguns dos pedidos da mãe, dois a cada três, e procuraram em várias lojas por tipos de biscoitos pequenos, separando-os em pacotinhos.

Indiferente ao esforço das filhas, a mãe carregava uma expressão de infelicidade enlouquecida.

"Algumas pessoas levam até um ano para se acostumar", a sra. Kiyokawa tentou consolar as irmãs, abatidas.

Um dia, carregando sacolas com sashimi, bolo e biscoitos, ao entrarem no quarto a primeira coisa que as irmãs viram foram as pequenas costas curvadas totalmente afundadas na cadeira de rodas. A mãe era uma massa de frustração e tristeza, que nem ela conseguia compreender. Se pudesse se transformar em um simples bloco de carne, seria um alívio para a mãe. Logo as filhas passaram a desejar que ela perdesse a lucidez. Se ficasse completamente fora de si e não conseguisse mais reconhecer as filhas, talvez a alegria e a infelicidade também desaparecessem.

Entretanto, pensando no longo caminho que teriam e na exaustão, elas se sentiam sugadas para um pântano sem fundo.

Jamais imaginaram que a vida da mãe na Golden seria interrompida tão rapidamente.

No auge do verão, Mitsuki recebeu uma ligação da sra. Kiyokawa, por volta das nove da noite. Podia ouvir as vibrações da ambulância do outro lado da linha. A mãe tivera febre e, como aumentou, ela achou melhor levá-la ao hospital, mas os hospitais de emergência para onde a mãe costumava ir estavam lotados, por isso recusaram o atendimento. Um terceiro hospital aceitou atendê-la e a sra. Kiyokawa pedia permissão da família para levá-la.

— A questão é que quase todos os quartos desse hospital são particulares – disse num tom de desculpas.

Mitsuki, sem titubear, deu permissão. Não havia mais por que sofrer por pagar um quarto particular para a mãe. Telefonou para Natsuki e disse que, como estava tarde, iria sozinha para ver a mãe. Checou o endereço do hospital pela internet, passou um batom, pegou a bolsa de ombro – com seus sete itens essenciais para se proteger do ar-condicionado – e apanhou um táxi na rua. No banco do carro, vestiu o chapéu, o cardigã e a echarpe e cobriu as pernas com uma manta. Lembrou que recentemente tinha saído às pressas dessa maneira, quando a mãe caíra da cadeira de rodas e fora levada ao hospital. "De novo?", pensou. "Afinal, quantas vezes isso se repetirá agora?" Do lado de fora se estendia a paisagem noturna da avenida Circular 7, que Mitsuki costumava observar da janela do ônibus.

Uma paisagem que só poderia ser de uma cidade do Extremo Oriente, com aquela miscelânea de edifícios espremidos. Poderia ser Seul ou Taipei. A cultura totalmente apagada, apenas pobreza e desolação.

A sra. Kiyokawa tinha acabado de sair do elevador e esperava por Mitsuki. O rosto habitualmente jovem parecia envelhecido pela tensão. No quarto do hospital, a mãe usava uma máscara de oxigênio e estava deitada, com os olhos pretos arregalados. Fazia tempo que Mitsuki via a mãe deitada, e não mais sentada na cadeira de rodas. Os lanchinhos que ela pedia com insistência não a fizeram ganhar peso? O que havia embaixo da manta fina já não podia ser chamado de corpo físico, era reto como uma tábua.

Com a máscara de oxigênio, seus olhos pretos se destacavam ainda mais no rosto. Bem abertos, olhavam para o teto, mas não emitiam o brilho intenso de sempre; estavam opacos, pareciam cobertos por uma fina membrana. Seus lábios arroxeados entreabriam com dificuldade para respirar. Por algum motivo, a língua estava dobrada para o lado. O catarro que não conseguia expelir fazia a traqueia emitir um estranho som gorgolejante.

A mãe, entretanto, estava consciente. Assim que viu o rosto de Mitsuki, estendeu a mão esquerda, que se tornara predominante desde o fim do ano. A filha segurou sua mão de leve, mas ela a apertou com uma força impressionante.

As pontas daqueles dedos ossudos estavam quentes ao toque.

O médico do turno da noite chegou. Disse que não podia afirmar com certeza, pois sua especialidade era gastroenterologia, mas ele suspeitava de pneumonia aspirativa. Mesmo que os antibióticos surtissem efeito, seria um tratamento longo. Em seguida, fez uma expressão séria.

— Seja como for, a recuperação deve ser difícil por causa da idade, por isso os familiares devem estar preparados.

Preparados?

Surpresa, Mitsuki olhou para o rosto inexpressivo do médico, como se ele tivesse falado algo óbvio. A sra. Kiyokawa ainda se mantinha tensa, mas não parecia surpresa. Mitsuki fez uma reverência ao médico em agradecimento. Depois acompanhou a sra. Kiyokawa até o elevador.

Estava atordoada. Quando o pai teve pneumonia, ela não se lembrava de o médico ter dito para os familiares estarem preparados. No hospital, Mitsuki não podia usar o celular, então perguntou na enfermaria onde havia um telefone público e foi para uma sala de telefones no andar de baixo. Ainda em choque, Mitsuki desceu as escadas no escuro.

Ela contou o que o médico disse e Natsuki respondeu:

— Com isso, é o fim daquela pessoa, não é?

Sua voz não tinha o sarcasmo de sempre. Pelo contrário, era uma voz tranquila profundamente comovida. Com a voz calma da irmã mais velha, Mitsuki começou a compreender aos poucos a situação.

Ao voltar para o quarto, viu a mãe com os grandes olhos ainda arregalados e respirando com dificuldade. Mitsuki se agachou perto da cama e, acariciando o braço que era agora apenas pele e osso, disse lentamente em voz alta para que a mãe entendesse: estava com febre alta por causa da pneumonia e precisava ficar internada por algum tempo, para que os antibióticos fizessem efeito e a curassem.

A mãe assentiu com a cabeça, como uma criança.

Com o cardigã sobre os ombros, Mitsuki continuou acariciando o braço da mãe, que respirava com dificuldade, abrindo e fechando os olhos. Mitsuki estava agitada, lutando contra a exaustão.

Foi então que a mãe disse:

— Você deve estar ocupada, pode ir embora.

A voz saía rouca por causa do catarro e era difícil de entender, mas foi o que ela realmente disse. Surpresa pelas palavras de consideração da mãe, Mitsuki aproveitou a oportunidade e se levantou, depois de apertar a mão quente dela.

— Amanhã eu volto, tá?

Ao se virar e observar da porta, viu a mãe de olhos fechados e pensou que talvez estivesse dormindo.

Não havia mais ônibus em circulação. Mitsuki entrou em outro táxi, vestiu o cardigã que tirara antes de entrar no hospital, colocou o chapéu e a echarpe e cobriu as pernas com a manta. Enquanto observava a mesma paisagem noturna da ida pela janela do táxi, ela pensou no sashimi da noite anterior.

Ela tinha feito outro caminho e ido a um supermercado diferente. Uma bandeja com cinco fatias de linguado, o peixe preferido da mãe, era de uma beleza translúcida de tão fininhas, e custava pouco mais de mil ienes. Por sua vez, o combinado de sashimi de vieiras, salmão e lírio tinha uma quantidade mais generosa de fatias e custava 600 ienes. Mitsuki usava o dinheiro da mãe para essas compras e, como gozava de uma situação financeira confortável agora, poderia ter comprado o linguado, mas a preocupação com o dinheiro da mãe tinha se tornado um hábito. Seu instinto lhe dizia que pagar mil ienes por cinco fatias finíssimas de sashimi era caro demais.

Como sempre, ela usou a tesoura culinária do quarto da mãe para cortar o sashimi em pedaços menores, porém, como havia muito peixe, acabou retalhando de qualquer jeito. Especialmente o salmão, que teve dificuldade em cortar por causa da textura firme da carne. Ela deveria ter observado a mãe ingerir a refeição, mas acabou só olhando de relance para suas costas curvadas, enquanto separava em cima da gaveta os pequenos biscoitos em saquinhos para deixar com os funcionários.

A mãe devorava a comida como se fosse um demônio faminto. As costas encurvadas mostravam o modo vergonhoso como comia – tão vergonhoso que era difícil acreditar que fosse sua mãe, o que fez Mitsuki desviar o olhar sem querer.

Durante as refeições, a mãe sempre teve o cuidado de comer com modos diante das filhas, mas infelizmente ela perdera essa consciência. Depois de devorar o sashimi, a mãe começou a tossir. Mitsuki correu para perto dela e viu uma substância pegajosa e translúcida fluir sem parar da garganta. Ela não conseguia limpar tudo, por mais lenços de papel que usasse. Não sabia de onde fluía um volume tão grande de catarro. Envergonhada pela aparência horrível, a mãe percebeu o que fez e pediu desculpas, enquanto limpava a boca. Depois de uns dez minutos, o acesso de tosse parou.

No dia seguinte, a mãe começou a tossir após o almoço e Mitsuki recebeu um telefonema da Golden, avisando que decidiram observar a situação por algum tempo. Mas à noite a febre aumentou de repente.

As palavras do médico ecoavam nos ouvidos de Mitsuki. Seria impensável aquela mãe morrer tão facilmente — algo assim não aconteceria. Se ela morresse, seria por Mitsuki ter escolhido o sashimi mais barato na noite anterior? Além disso, ela não cortou direito os pedaços da comida. Teria assassinado a mãe?

Quando percebeu, estava perto do templo Myohoji.

Mitsuki desceu do táxi, correu para a entrada do apartamento e, assim que tirou os sapatos, foi para a escrivaninha do quarto. Ligou o computador e pesquisou informações sobre pneumonia aspirativa. Soube que era uma das grandes causas de morte de idosos. Não era algo que acontecia isoladamente; com o comprometimento da deglutição aliado à demência, parece que a pessoa não consegue engolir direito e a comida acaba entrando no pulmão. Também descobriu que, por não conseguir expelir o catarro durante o sono, a pneumonia aspirativa se desenvolve à noite.

Mesmo que a mãe morresse, ela, Mitsuki, não seria uma assassina. Mas sem dúvida ela acabou reduzindo seu tempo de vida.

Quando se deitou, Mitsuki já pensava de outra forma.

Não se importava em ter reduzido o tempo de vida da mãe. A mãe não se queixaria se pudesse morrer antes de se tornar uma pessoa diferente do que sempre fora. Enfim, todos seriam libertos dela, incluindo a própria mãe — essa ideia passou pela mente de Mitsuki, acompanhada do rosto da mãe marcado pela morte. Como era madrugada, não telefonou para Natsuki, mas com certeza a irmã estaria acordada devido à agitação. Enquanto observava a escuridão, o rosto de Tetsuo, ignorante dos fatos, surgiu em sua mente.

27. Soro de baixa caloria

No dia seguinte, Mitsuki encontrou-se com Natsuki e as irmãs entraram no quarto juntas.

A mãe dormia e a máscara de oxigênio tinha saído do lugar. A boca aberta em busca de oxigênio era como um buraco negro, parecia uma caverna. A língua continuava dobrada para o lado e ela respirava com dificuldade. Não só os lábios estavam arroxeados; sob a luz do sol via-se que todo o corpo estava coberto de pontos roxos. Mitsuki recolocou a máscara de oxigênio e tocou levemente no ombro, dizendo:

— Mamãe.

Seus dedos sentiram apenas o osso – ou melhor, como era o ombro direito, apenas o osso artificial.

A mãe não parecia estar dormindo e arregalou os olhos no mesmo instante, reconhecendo as filhas.

— Natsuki também está aqui?

A língua não se mexia e não era possível entender o que dizia.

— Isso mesmo. Aqui está a maravilhosa Natsuki – disse a filha mais velha apontando para si com graça. A mãe, mesmo no estado em que se encontrava, mostrou um meio sorriso carrancudo e comentou:

— Que besteira... – Depois disso, olhou para Mitsuki. — Onde estou?

Mesmo que pudesse dar respostas ousadas, sua capacidade de compreensão estava comprometida. Mitsuki se agachou, aproximou-se da cabeça da mãe e explicou devagar o que havia dito na noite anterior. A mãe, outra vez, assentiu com a cabeça, como uma criança.

Depois, disse de repente:

— Estou com fome.

Ultimamente, a mãe sempre dizia que estava com fome, por isso não se sabia se ela sentia mesmo fome. Mas, como o médico dissera na noite anterior, havia a possibilidade de que ela morresse em breve – e assim desejava Mitsuki. Seu coração era corroído pela culpa por não desejar que a mãe se recuperasse logo para voltar a comer.

Ainda agachada, a filha respondeu que ela não podia comer nada no momento e a tranquilizou, apontando para a bolsa de soro contendo nutrientes.

Na verdade, esse soro de baixa caloria não era suficiente para sustentá-la por um tempo mais longo.

A mãe olhou para a bolsa de soro e perguntou com uma voz quase incompreensível:

— Nem um doce?

— Nem um doce.

— Que chato.

As filhas não responderam.

— Que chato!

A mãe repetiu com a língua paralisada. Foi um pouco mais alto do que antes. Como a boca ficava aberta em busca de oxigênio, devia estar seca.

Mitsuki disse com a voz mais gentil possível:

— Mamãe, não há o que fazer. Precisa aguentar por algum tempo.

Usando a máscara de oxigênio, a mãe respondeu, com uma voz rouca e baixa, como a de um homem. Não parecia ser sua voz, mas suas palavras não deixaram dúvida:

— Já estou farta. Do que adianta viver desse... desse jeito?

"Ela disse a mesma coisa antes", a irmã cochichou a Mitsuki, que, apesar da gravidade da situação, estava prestes a rir quando o médico responsável apareceu.

Tinha um físico mediano e um rosto bonito. Devia estar na casa dos 40 anos. Uma expressão gentil sob cabelos sedosos e um jeito sincero, mas parecia um filhinho de papai que nunca havia passado por dificuldades na vida. Graças à mãe, as filhas conheceram vários tipos de médico e, mesmo cientes de que era rude, avaliavam secretamente a aparência deles, exibindo o rosto dócil que se espera das filhas de uma paciente.

— Primeiro, vamos ver se esse antibiótico surte efeito.

— Sim...

— Por causa da idade, a recuperação pode ser difícil, então vocês precisam compreender a situação. – Era praticamente a mesma coisa dita no dia anterior. — E também, à noite, se ela tirar o soro, teremos que prender os braços dela. Tudo bem?

As duas concordaram e, depois de fazerem uma grande reverência e acompanharem o médico até a porta, Mitsuki se lembrou de algo importante.

— Ah, ele precisa ver aquele documento.

— Que documento?

— A declaração da Sociedade para uma Morte Digna. É uma cópia, mas a mamãe sempre insistiu nisso. Que era para mostrar, caso fosse trazida de ambulância.

Mitsuki saiu do quarto e viu no corredor alguém de jaleco branco. Enquanto mostrava o papel ao médico, explicou, com um tom gentil, mas firme, que a mãe tinha se associado logo que completou 60 anos e que, toda vez que era examinada por um médico, pedia para evitar tratamentos que prolongassem a vida. Nos últimos anos, Mitsuki carregava na bolsa de mão a declaração da Sociedade para uma Morte Digna da mãe, juntamente com uma etiqueta de roupa íntima que era difícil de encontrar em lojas de departamentos, embora a mãe as apreciasse – tinha o fabricante, o nome do produto e o tamanho. Embora ela tivesse ouvido que havia cada vez menos médicos contrários a uma morte digna, a probabilidade de esse profissional na casa dos 40 anos se opor firmemente à prática não era nula. O médico leu com rapidez o documento e disse que tinha compreendido.

Por via das dúvidas, Mitsuki avançou um passo e acrescentou que, caso a mãe não conseguisse mais ingerir alimentos, a família gostaria de respeitar a decisão dela de não usar uma sonda nasogástrica ou de gastrostomia. A sonda nasogástrica é um tubo fino inserido pela narina do paciente para enviar nutrientes. No caso da sonda de gastrostomia, faz-se uma cirurgia para implantar um pequeno tubo por uma abertura no abdômen para enviar os nutrientes diretamente ao estômago.

Eram palavras que Mitsuki nunca havia ouvido até ter de cuidar dos pais idosos – mesmo assim, ela aprendeu que seria melhor se nunca as tivesse ouvido.

Era uma experiência muito triste.

Quando pequena, ela naturalmente aprendeu algumas palavras por meio dos livros. Na casa em Chitose Funabashi, que abrigava resquícios da pobreza do pós-guerra, os romances para meninas ocidentais traziam a magia de algumas palavras: abeto, moinho, lareira, carruagem puxada por quatro cavalos, fadas. As ilustrações também eram lindas, mas nas palavras traduzidas que ela desconhecia habitava um encanto indescritível, como se as palavras a levassem para um mundo de névoa densa, que existia e ao mesmo tempo inexistia neste mundo. Na adolescência, as novelas que Mitsuki lia eram repletas de palavras que faziam as garotas sonharem com o dia em que se tornariam mulheres adultas: o cheiro dos cosméticos, meias de seda, luvas de renda preta, manto de veludo, batom, faixa *obi* de cetim preto.

Ela estava ansiosa pela vida que a aguardava.

Mas, a partir de certa época, a vida a obrigou a aprender palavras que não carregavam nada de poético. Ela conheceu o termo "colo femoral" alguns anos antes, com a fratura da mãe. Termos como "disfagia", "sonda nasogástrica" e "sonda de gastrostomia" lhe eram desconhecidos até recentemente, porém agora essas palavras saíam de sua boca com fluência, como se as conhecesse desde sempre. E agora ela podia incluir "pneumonia aspirativa" na lista.

— Sim, é claro, compreendo – disse o médico assentindo com a cabeça.

Quando voltou ao quarto da mãe, Natsuki perguntou:

— Então?

— Ele disse que compreende.

— De verdade?

A voz de Natsuki carregava certa desconfiança, ao mesmo tempo que parecia aliviada.

A partir desse dia, as irmãs voltaram a se revezar nas visitas à mãe. E sempre levavam flores. Até então, evitaram levar flores aos hospitais e à casa de repouso para não incomodar os funcionários com trabalho extra. Mas dessa vez acharam que a internação da mãe era diferente. Visitar a mãe todos os dias significava que cuidariam pessoalmente das flores.

O antibiótico não surtiu efeito.

Era difícil frequentar o hospital no verão, com o ar-condicionado em toda a sua potência, no entanto Mitsuki achou as visitas mais tranquilas do que antes, pois a mãe passava quase todo o tempo dormindo e não falava, portanto não era preciso interagir com ela. Recebendo apenas o soro de baixa caloria e ainda com a boca cavernosa, a mãe emagrecia cada vez mais. Mitsuki levou escova e pasta de dente, conforme as instruções do guia de internação, mas havia o risco fatal de a mãe se engasgar com a água, mesmo com uma gota, por isso ela não se preocupou em escovar os dentes. A enfermeira, usando luvas de borracha, apenas limpava o interior da boca com uma gaze úmida, enxugava e retirava com cuidado o catarro duro que tinha secado e escurecido, além de eliminar a saburra da língua. Os dentes da frente começaram a amolecer e, como seria perigoso se engolisse, extraíram um e, dois dias depois, extraíram o outro. Agora havia uma lacuna na boca cavernosa da mãe. Quando ela estava acordada, a enfermeira fazia o procedimento de sucção, inserindo um tubo fino pelas narinas para retirar o catarro acumulado. Parecia sufocante, e a mãe tentava retirar o tubo com as duas mãos. Mitsuki ajudava a enfermeira, segurando as mãos da mãe. Era doloroso vê-la se contorcer e resistir, mas após a sucção a mãe conseguia respirar com um pouco mais de facilidade.

Passaram-se dois, três, quatro dias em paz. As irmãs conversavam por telefone enquanto se revezavam nas visitas. Trocavam as flores murchas por frescas. Mitsuki levava o laptop para fazer as traduções. Às vezes, erguia a cabeça e observava a bolsa com o líquido leitoso pendurado sobre a cabeça da mãe.

— Quero um doce – dizia a mãe quando estava consciente.

Ela não lembrava mais que tinha se mudado para a casa de repouso, mas parece que conseguia reconhecer a filha. Quando abriu os olhos e viu Mitsuki, ela estendeu a mão e chamou:

— Mitsuki.

Na primeira semana, as filhas começaram a se permitir pensar que a mãe estava morrendo. Como nunca tinham esperado que esse dia de fato chegaria – ou tentaram não pensar nisso –, parecia que estavam em um sonho. Apesar de sentirem pena da mãe por outras pessoas a verem naquele estado, no dia seguinte elas se dividiram para contatar as poucas pessoas que deveriam ver a mãe antes da morte. Na manhã seguinte, o médico solicitou a presença dos familiares. Quando as irmãs chegaram, ele perguntou se, caso o antibiótico não fizesse efeito, poderia continuar com o soro de baixa caloria. As duas responderam que sim. Esperavam que a resposta não tivesse soado muito direta, expondo ao médico seus verdadeiros sentimentos. Continuar a administrar o soro de baixa caloria significava que a mãe morreria algumas semanas depois.

Esse dia finalmente chegou.

As irmãs, comendo o almoço tardio, não conseguiam esconder a euforia.

— Inacreditável.

— Inacreditável.

Elas não imaginavam que o médico entraria em contato de novo no dia seguinte.

28. Adiamento da morte

— Afinal, ela está se recuperando da pneumonia aos poucos, com as próprias forças – foi o que o médico disse assim que saiu o resultado do exame. Ele continuou do outro lado da linha: — Parece que não será dessa vez.

Mitsuki teve a impressão de que ele foi sarcástico.

O médico disse que tinha algo a discutir com a família, e como era muito cedo Mitsuki pensou em falar com Natsuki depois de saber os detalhes. Foi sozinha às pressas ao hospital e viu o médico na enfermaria, com uma expressão serena, olhando para o computador. Depois que Mitsuki o cumprimentou, ele disse que gostaria de mudar o soro de baixa caloria para o de alta caloria.

— Isso aumentaria as chances de recuperação. Curada, ela pode começar os exercícios de deglutição.

O médico explicou que no momento a mãe recebia soro periférico, enviando uma pequena quantidade de nutrientes pelas veias dos braços e pernas. O soro de alta caloria, chamado de infusão venosa central, levava nutrientes diretamente às principais artérias, permitindo a absorção de uma quantidade mais concentrada de glicose.

Era mais uma lista de termos que Mitsuki não queria ter aprendido.

— Por enquanto, acredito que 700 calorias por dia seja o suficiente para o peso atual dela.

Para Mitsuki, aquele número não significava muita coisa.

A voz do médico se distanciou e ela sentiu algo negativo se espalhar pelo peito. A conversa não passou de um ou dois minutos, mas pareceu muito mais longa, como se o tempo tivesse sofrido uma distorção das leis da física. A voz que respondeu "pode prosseguir" não parecia ser a sua. Um mundo banhado pela luz parecia estar prestes a se abrir, porém de repente foi capturado pela escuridão.

A situação tinha mudado por completo em uma noite. Como Natsuki reagiria a esse choque? Mitsuki desceu lentamente as escadas em direção à sala de telefones. "A mãe não fez o favor de morrer." Quando percebeu, foram essas as palavras que disse. As lágrimas borravam sua visão dos degraus da escada. Felizmente, ela não encontrou ninguém pelo caminho e a sala onde ficava o telefone público estava vazia.

— Nãããão! – Natsuki exclamou e se calou por algum tempo. Pela ligação telefônica, sentiu que tinha empurrado a irmã mais velha do mundo da luz para o mundo da escuridão.

— Quer dizer que aquela pessoa não vai nos libertar, não é?

Era uma voz infinitamente depressiva.

Mitsuki logo ouviu soluços do outro lado da linha e soube que a irmã estava chorando. Por fim, Natsuki disse com voz entrecortada:

— Afinal, quando estaremos livres daquela pessoa? Vamos acabar morrendo antes dela. – E continuou: — Não é brincadeira, acho que vou morrer de verdade.

Mitsuki rebateu:

— Se alguém está prestes a morrer... sou eu.

A voz carregava um tom de hostilidade. Ao ouvir o exagero da irmã mais velha, surgiu de forma abrupta o ressentimento por ter sido tratada diferente pela mãe por tantos anos. Apesar de ter sido criada com todo o cuidado e grandes gastos, Natsuki não se envolveu diretamente nos cuidados da mãe idosa por ocasião da fratura no fim do ano. Com o rompimento das relações com a mãe, Natsuki se aproveitou da doença que a acometia e não dedicou nem um décimo do esforço de Mitsuki para cuidar dos pais idosos.

— Bom, eu sei que deve ter sido muito mais difícil para você. – Ela deu um suspiro e continuou. — Mas eu sofri um choque maior. Porque não pude viver a vida como queria.

De fato, Mitsuki escolheu como queria viver. E cometeu um erro. Ela imaginou Tetsuo na cozinha, com aquela mulher jovem. Como ele era resistente a bebida, podia beber uma garrafa de vinho enquanto cozinhava, como os ocidentais, e não ficava nem um pouco embriagado. Em um passado distante, esse mesmo Tetsuo cozinhou no sótão em Paris e ouviu uma Mitsuki encantada, envolta pelas inúmeras velas acesas, responder:

— Tenho certeza. Você é o suficiente para mim.

Natsuki não sabia que esse fora o início de sua ruína.

Ela mudou de assunto e disse, realista:

— Seja como for, ainda bem que temos como pagar. Ou não conseguiria manter a vaga na casa de repouso enquanto ela está internada num quarto particular desse hospital. Da outra vez, quando ela ficou num quarto com duas camas, eu ficava aflita todos os dias por causa das despesas.

— Tem razão. – Natsuki concordou com uma voz depressiva. Depois repetiu, num tom ainda mais sombrio: — Ela não vai mesmo nos libertar, não é?

Após desligar o telefone, Mitsuki almoçou fora do hospital e retornou. Tinha levado uma tradução para fazer, mas ficou apenas observando, atordoada, a mãe dormir. O som gorgolejante no peito continuava como antes.

Quando a mãe abriu os olhos, a filha disse em seu ouvido:

— Mamãe, disseram que a senhora está se recuperando da pneumonia.

Por baixo da máscara de oxigênio, a mãe arregalou os grandes olhos, que expressavam surpresa. Ela compreendeu que era um acontecimento alegre e esboçou um sorriso com a boca na qual faltavam dentes, mas até nessa hora surgiu o sorriso bajulador e artificial tão odiado pelas filhas. Enquanto sentia algo negativo se espalhar pelo peito, Mitsuki disse:

— Imagino que será difícil, mas agora que está se recuperando aguente firme, tá?

A mãe assentiu com a cabeça.

As irmãs continuaram a se revezar. Agora, as visitas haviam se tornado melancólicas. Porém, para sua surpresa, Mitsuki desejava que a mãe se recuperasse de verdade. Até meses atrás, ela sentia pena por ver a mãe na cadeira de rodas, mas agora, se fosse para continuar viva, que ela pelo menos voltasse a ser como era antes, na Golden. Apesar disso, o estado da mãe não parecia mudar. Com a boca cavernosa e os olhos vazios voltados para o teto, não parecia alguém se recuperando de uma pneumonia. Mesmo que melhorasse, seria improvável que voltasse a comer normalmente. Certo dia, Mitsuki indagou isso discretamente à enfermeira e ela respondeu que, mesmo curada da pneumonia, seria difícil que a paciente engolisse alimentos outra vez, por causa da idade avançada.

Quer dizer que ela morreria devagar, perfurada pela agulha do soro de alta caloria?

Em meio a essa situação, o médico sugeriu uma transfusão de sangue. O nível de hemoglobina no sangue estava anormalmente baixo, indicando uma possível hemorragia interna. O exame das fezes com sangue não apontava a origem. Na primeira tentativa, Mitsuki conversou com a irmã e, com muito pesar, recusou o procedimento. As duas concluíram que, se a hemorragia de causa desconhecida continuasse e a mãe morresse ainda se recuperando da pneumonia, esse seria seu destino. Porém a mãe era teimosa. A hemorragia cessou naturalmente e o nível de hemoglobina subiu. Na segunda vez, elas permitiram. Quando a hemorragia recomeçou algum tempo depois, a mãe estava quase recuperada da pneumonia. Por isso, o médico insistiu na transfusão de sangue. As filhas consentiram, mas continuavam céticas.

Por mais que a mãe estivesse se recuperando da pneumonia, enquanto a hemorragia de causa desconhecida continuasse, isso só a faria se distanciar do objetivo de voltar para a Golden.

Nesse dia, Mitsuki chegou ao hospital quando o sangue para a transfusão da mãe foi entregue. Uma minivan com os dizeres Cruz Vermelha do Japão estava parada no estacionamento para ambulâncias, e dois homens uniformizados entravam no hospital carregando uma caixa térmica metálica reluzente. Mitsuki se lembrou das pessoas que ficavam ao lado da Isetan de Shinjuku fazendo campanhas para doação de sangue. Em pé, seguravam numa das mãos uma placa indicando quantos mililitros precisavam de cada tipo sanguíneo e, com a outra, seguravam um megafone, pedindo, com voz rouca, colaboração para suprir o estoque de sangue. Aquele era o precioso sangue.

O médico disse que a mãe melhoraria com a transfusão, mas não foi o que aconteceu. Ela continuou na cama, respirando com dificuldade, como antes. Mitsuki segurava a mão da mãe quando ela a estendia e acariciava seu braço para tranquilizá-la.

— A mamãe está cansada – ela murmurava às vezes.

Mitsuki tinha vontade de dizer que sentia o mesmo.

Quando a mãe não estendia a mão, Mitsuki fazia as traduções ao lado da cama, como sempre. Também se lembrava vez ou outra do homem de terno escuro, tomado pela tragédia, que vira no hospital no fim do ano. O que aconteceu com Wakako Matsubara?

Mitsuki olhou para a mãe dormindo com a boca aberta.

Deve ter existido um momento em que a morte da mãe a faria sentir sua falta. Se houvesse morrido antes de Mitsuki se tornar adulta, ela sentiria falta da mãe por toda a vida, apesar de ter sido ignorada. Será que sua meia-irmã, que havia sido abandonada e morreu afogada no lago, terminou sua breve vida pensando na mãe que guardava nas memórias?

Será que existia um momento ideal para uma mãe desaparecer deste mundo?

Por fim, os exercícios de deglutição começaram com pompa, sob observação do médico, de um especialista em reabilitação e de uma enfermeira. Levantaram a parte superior do corpo na cama e, após uma massagem cuidadosa da garganta, ofereceram uma pequena colherada de um líquido viscoso. Com um estetoscópio, verificaram se ela conseguia engolir. Naturalmente, não conseguiu. Bactérias resistentes ao antibiótico apareceram em seus pulmões, prolongando a doença e impedindo a cura completa. Mitsuki deveria usar uma máscara quando entrasse no quarto e, quando saísse, tinha de lavar as mãos e desinfetá-las.

Com as bactérias resistentes, o objetivo de voltar à Golden se tornava ainda mais distante.

O verão parecia nunca chegar ao fim.

Mitsuki não pensava em nada, só ia e voltava do hospital para seu apartamento, o corpo exausto sob o sol escaldante. Natsuki ia para o norte de táxi pela avenida Circular 7, enquanto a irmã, na maioria das vezes, usava o ônibus para ir na direção sul. Nos dias em que não se sentia bem, ela pegava um táxi. A irmã mais velha dizia para pagar com o dinheiro da mãe, mas Mitsuki relutava em usar esse dinheiro para ir de táxi ao hospital.

No verão, o ar condicionado do ônibus era exageradamente gélido.

Mitsuki saía de casa vestindo uma segunda pele de inverno, mas ficava encharcada de suor no trajeto até o ponto de ônibus. Não tinha palavras para descrever a sensação que a tomava de súbito quando entrava no ônibus refrigerado. Ela tentou usar um lenço de cânhamo por baixo da roupa íntima, no peito e nas costas, e retirá-lo assim que entrasse no ônibus. Mesmo assim, até a roupa íntima ficava molhada por causa da transpiração. Passou a carregar uma muda de camisete e legging e trocar no banheiro quando chegava ao hospital. Os sete itens essenciais que usava para se proteger do frio aumentaram e agora tinha de carregar uma bolsa ainda mais pesada.

Logo que entrava no quarto da mãe e colocava a máscara, desligava o ar-condicionado, irritada. As enfermeiras e demais funcionários eram jovens e se movimentavam bastante, por isso não deviam sentir frio. A mãe desenvolveu o mal do ar-condicionado logo depois de Mitsuki, mas não mostrava sinais de estar com frio, talvez porque o soro mantivesse seu corpo quente ou por ela não ficar muito tempo acordada. Apenas dormia com a boca aberta.

29. Ossos sob a sepultura

As pessoas contatadas pelas irmãs, quando souberam que a mãe morreria em breve, visitavam o hospital em rápida sucessão.

Primeiro, foi Masako. Divorciada, ela criou sozinha uma filha, com muito esforço. Recentemente, essa filha desenvolvera um transtorno alimentar e mudava de emprego o tempo todo.

Nem Masako conseguia esconder o cansaço.

— Sua mãe me ajudou muito – disse colocando a máscara e olhando para a paciente.

Suas visitas a Chitose Funabashi eram frequentes e, quando houve o divórcio, ela morou na casa por algum tempo com a filha, em vez de voltar para a casa dos pais conservadores. A mãe tratava Masako com gentileza.

Um parente distante do pai também foi. Órfão desde pequeno, ele fora acolhido pela pobre família Katsura e chamava o pai delas, mesmo que não houvesse laços sanguíneos, de irmão. Naturalmente, ele não gostava da mulher com quem o irmão mais velho havia se casado, por causa do tratamento dado ao marido, mas era uma pessoa de princípios.

— Quando visitava meu irmão, ele dizia que as filhas o tratavam bem – e assim consolou Mitsuki e Natsuki.

O irmão mais novo do "tio de Yokohama" e a esposa também fizeram uma visita. O tempo é impiedoso: tanto o "tio de Yokohama" quanto a Madame Butterfly já tinham falecido. A mãe era uma das preciosas figuras de tempos idos que conheceram o passado glorioso daquela casa.

A visita seguinte foi Satsuki, filha da "titia". O nome das irmãs fora inspirado no dela. Na mesma época, a "titia" também se mudou para uma casa de repouso e levava uma vida na cadeira de rodas. Satsuki, que antes tinha cabelos naturalmente encaracolados, adoráveis como os de uma boneca, agora estava grisalha.

Além disso, uma mulher por volta dos 60 anos, colega da mãe nas aulas de *chanson*, também foi. As irmãs hesitaram em contatá-la, por não ser uma conhecida antiga, mas, depois que a mãe cortara relações com Aquele Homem, talvez por sentir pena do rápido envelhecimento que se seguiu, essa mulher foi atenciosa com ela. Além de telefonar de vez em quando, ia à casa em Chitose Funabashi e chegava até a cozinhar para a mãe delas.

Essa mulher sabia o que tinha acontecido com Aquele Homem.

— Ainda bem que a esposa se aposentou como professora do ensino fundamental. Parece que ele leva uma vida simples. Também tem netos e se tornou um típico vovô.

Por último, quem a visitou foi uma parente materna a quem, apesar da ligação familiar complexa, a mãe tratava simplesmente como sobrinha. Na verdade, ela também era neta da avó de Natsuki e Mitsuki. Era uma pessoa prática que parecia livre do "sangue de Omiya".

— Ela viveu como quis, acho que deve estar satisfeita – disse em voz alta, aos pés da cama.

Todos olhavam para a mãe deitada na cama e falavam, por educação, que estava bonita como sempre. As filhas acordavam a mãe toda vez que chegava uma visita e diziam em voz alta o nome da pessoa, perto do ouvido. A consciência da mãe despertava e, em pouco tempo, algo impressionante acontecia: ela conversava normalmente com as pessoas. Com uma voz um tanto fingida, ela cumprimentava com um "há quanto tempo" e, enxugando as lágrimas, até segurava a mão das visitas. Talvez ninguém tivesse percebido como a demência da mãe estava avançada.

A mãe não recuperou o vigor.

Como sempre, o catarro que ela não conseguia engolir nem expelir fazia um ruído no fundo da garganta.

Sem que ninguém percebesse, passou a soprar uma leve brisa de outono e, felizmente, o calor amainou, mas não houve descanso para Mitsuki, que cuidava da mãe entre a vida e a morte.

Certa tarde, para se distrair um pouco, ela saiu para passear na vizinhança, como fazia antes, até as proximidades do templo Myohoji. O templo existia desde o período Edo e acreditava-se que tinha o poder de afastar maus espíritos. Atendia a muitas dádivas: casamento, parto seguro, prosperidade nos negócios, cura de doenças, aprovação no vestibular, entre outras. Era comum ver, entre os idosos, jovens juntando as mãos e abaixando a cabeça para fazer seu pedido. Depois de passar pelo portal principal, protegido de ambos os lados por estátuas dos guardiões Nio, havia o grande salão do fundador da seita, localizado no centro do terreno sempre varrido, e, ao fundo, um pequeno salão principal. Atrás desse salão, grandes árvores que começavam a mostrar as cores do outono lançavam sombras escuras. Os pés de Mitsuki se dirigiram naturalmente para o cemitério além do pequeno portão, bem mais ao fundo. Os túmulos de tamanhos diversos e a sensação de paz proporcionada pelo cemitério repleto de estupas otoba costumavam consolar o coração de Mitsuki. Mas nesse dia os inúmeros ossos enterrados havia mais de trezentos anos pareciam emitir o som de chocalhos sob as lápides para assustá-la.

Por fim, a mãe recebeu a terceira transfusão de sangue.

Mitsuki achava que a mãe não conseguiria mais engolir alimentos. Mesmo que voltasse para a Golden, ela passaria os dias deitada, recebendo nutrição pela veia e esperando pela morte. Por quantos meses ou anos continuaria assim? Seria possível ela voltar a receber o soro de baixa caloria? O médico, com a expressão calma de sempre, olhava para o computador. Mitsuki hesitou se deveria ou não perguntar sobre a troca do soro.

Foi então que o médico, para horror de Mitsuki, sugeriu a gastrostomia. Foi numa sexta-feira, no início de outono. Ela foi chamada pelo médico quando chegou ao hospital e, como de costume, ele olhava para o computador. Como havia um limite para enviar nutrientes pelo tubo de infusão venosa central, ele achava melhor implantar uma sonda de gastrostomia.

Mitsuki não acreditou no que ouviu.

Além de ter mostrado o documento da Sociedade para uma Morte Digna, tanto a mãe quanto a família disseram expressamente que não queriam uma sonda nasogástrica nem uma sonda de gastrostomia. Ela ficou calada e encarou o médico, como se quisesse abrir um buraco no rosto que tinha diante de si. Naquele dia, o médico respondera "sim, é claro, compreendo".

Será que ele tinha perdido a memória? O médico ainda completou:

— Ela não se curou totalmente da pneumonia; além disso, na situação instável em que se encontra, com quedas repentinas no nível de hemoglobina, vai ser impossível ela voltar para a casa de repouso, mesmo usando a sonda de gastrostomia.

Observando o rosto do médico por algum tempo, Mitsuki se controlou para perguntar com um tom de voz normal:

— E para onde ela iria?

— Para um hospital de tratamento.

Nesse dia, o choque foi tão grande que as irmãs decidiram se encontrar em Shibuya para jantar juntas.

— Afinal, o que ele está pensando?

— A mamãe não consegue mais nem se levantar sozinha. E nem sabe disso. A hemorragia interna também não para. O que vai acontecer se abrirem um buraco no estômago para colocar a sonda?

— Além do mais, é ela quem não quer passar por isso.

O que veio à mente das irmãs foi a suíte de um hospital de tratamento no fim da linha Toyoko, onde uma pessoa ficou cerca de um ano acamada e imóvel, usando uma sonda nasogástrica.

Era o sogro de Natsuki, que completaria 92 anos naquele ano.

Aquele sogro enérgico, ousado e independente ficou vermelho pela febre como havia sido descrito o guerreiro Taira no Kiyomori. Todos achavam que ele morreria da mesma forma relatada em *A história dos Heike*: despejaram água gelada no enfermo febril, que se transformou em chamas, emanando uma fumaça preta que tomou todo o recinto. As chamas subiam em espiral.

O pai de Yuji sempre se deu bem com a mãe de Natsuki e tratava a nora com carinho desde o início e, por extensão, também a Mitsuki. Quando contava 80 e poucos anos, passou por uma cirurgia por causa do câncer de estômago e definhou rapidamente; sofreu dois AVCs graves e a demência avançou, enquanto vivia à base de uma dieta líquida, internado em uma casa de repouso de alto padrão, numa suíte especial que tinha até sala de visitas. Por fim, teve pneumonia aspirativa. Quando se recuperou da doença, não foi mais possível seguir a dieta líquida e, como não tinha estômago, estava fora de questão colocar uma sonda de gastrostomia, por isso foi usada a sonda nasogástrica.

A família Shimazaki foi chamada ao hospital e, quando a médica responsável declarou que os nutrientes seriam enviados por meio de um tubo no nariz, a irmã mais velha, sentada ao lado de Yuji, gritou inesperadamente:

— Não poderia deixá-lo dessa forma, sem tratamento?

Naturalmente, a esposa do irmão mais velho e a irmã e o marido também estavam presentes. Sendo apenas a esposa do segundo filho, Natsuki não tinha o direito de falar primeiro, mas não se conteve. O sogro, com olhar vago, foi colocado semissentado no leito para que a sonda de alimentação fosse inserida em sua narina. Se já era doloroso ver líquidos serem injetados na boca do sogro, pior ainda era ver esse tubo em alguém inconsciente.

Depois de falar, percebeu o que fez e olhou para os outros familiares; todos observavam a expressão da médica, segurando a respiração. Ela percebeu que pensavam a mesma coisa que Natsuki.

A médica, contudo, apenas disse friamente:

— Nesse caso, só resta levá-lo para casa. – Ela acrescentou, para se certificar da decisão: — Mas será difícil cuidar dele até o fim. Em muitos casos, o paciente acaba voltando para o hospital.

Foi assim que o sogro de Natsuki foi instalado numa suíte luxuosa de uma casa de repouso, inconsciente e com a sonda de alimentação nasogástrica; seu pescoço foi imobilizado e ele ficou deitado como uma múmia.

Depois, Natsuki se enfureceu quando conversou sobre o sogro com uma antiga colega da escola de música de Yokohama. A mãe dessa colega sofria de Alzheimer e desenvolveu pneumonia aspirativa; quando não conseguiu mais engolir os alimentos, o hospital de Sapporo, próximo à casa da família, concordou em deixá-la ter uma morte natural. A mãe morreu algumas semanas depois.

Natsuki despejou essa raiva em Mitsuki pelo telefone.

— Por que aquela médica arrogante não nos contou sobre essa opção? Ou que existem hospitais que permitem isso?

Como sempre, ela falava ao telefone trancada na sala de piano, acompanhada dos dois gatos.

Natsuki falava de suas frustrações para Mitsuki porque Yuji e a família dele não compartilhavam dessa indignação. Diferentemente da família Katsura, os Shimazaki, ricos por gerações, eram pessoas refinadas e gentis demais para questionar o sistema. O sogro, a única exceção, tornara-se um vegetal que apenas respirava, deitado na cama – não importando sua vontade. Recentemente, os nutrientes alcançavam todas as partes do corpo e o transformavam num grande bloco de carne.

Na época em que ouviu falar da situação do sogro de Natsuki, a mãe ainda conseguia andar sozinha, apoiada na bengala. Ela lamentou o ocorrido, com lágrimas:

— Coitadinho. Eu não quero viver nesse estado de jeito nenhum – disse enquanto assoava o nariz. — Eu peço, vocês precisam recusar, ouviram? Não quero que abram um buraco no meu estômago. Nem pensar. – E acrescentou: — Ele nem sabe o que está acontecendo. Não seria um desperdício de imposto? Além do mais, eu quero morrer do meu jeito. Conto com vocês para realizar isso.

Natsuki também se lembrava dessa conversa.

Elas se despediram, concordando em jamais permitir a implantação da sonda de gastrostomia na mãe. Mitsuki ficou deprimida, pois sabia que caberia a ela ter de pensar num pretexto.

30. Noite de insônia

Ao longo de todo o fim de semana, Mitsuki pesquisou no computador informações sobre gastrostomia, como se estivesse possuída por um espírito.

Do outro lado da janela, em meio aos raios de sol do outono, as folhas de hortênsia começavam a amarelar. Seis meses antes, essa mesma hortênsia mostrava tenros botões. Mitsuki estava como num transe, em frente ao computador, lendo os e-mails trocados entre Tetsuo e a jovem mulher.

Dessa vez, algo diferente a movia.

Era um choque além do pessoal.

Médicos recomendavam a gastrostomia para pessoas com a mesma condição da mãe, mesmo que os pacientes não quisessem. Até que ponto isso era uma prática comum no Japão? Até que ponto isso era uma prática comum em países desenvolvidos, com medicina avançada? Ela pesquisou sobre o assunto em japonês e em outros idiomas e descobriu que os tubos foram inventados como tratamento temporário, mas que nos últimos anos estavam apresentando uma nova questão ética aos que trabalham com cuidados paliativos. No passado, as pessoas que não conseguiam se alimentar morriam, porém não é o que ocorre nos dias de hoje. Embora o tratamento varie conforme o país, muitos países europeus, a começar pelos da Escandinávia, já não adotam métodos para prolongar a vida. Nos Estados Unidos, essa prática tem sido controversa. No entanto, no Japão, independentemente de ser certo ou errado, na maior parte das vezes se acaba prolongando a vida do paciente.

Era como imaginara, mas ainda ficou perplexa.

Mitsuki foi ao hospital na segunda-feira, falou com o médico e, de alguma forma, suplicou para que a mãe continuasse como estava por mais algum tempo. O médico consentiu, dizendo:

— Então vamos continuar um pouco mais.

No caminho de volta, o céu de outono era de um azul límpido. Mas a natureza parecia importar pouco a Mitsuki. Ela abriu a porta do prédio soltando um suspiro. Em seguida, entrou no apartamento.

Ela precisava encontrar o mais rápido possível um hospital que concordasse em deixar a mãe morrer naturalmente. Natsuki encarregou a irmã do assunto, mas a própria Mitsuki não tinha nenhuma ideia do que fazer. Ela largou a bolsa e se deitou por algum tempo na cama. Em alguns minutos, se levantou. Primeiro, pensou em telefonar para a Sociedade para uma Morte Digna. Quem atendeu foi uma mulher com fala suave e na casa dos 60 anos. Mitsuki contou a situação, e a mulher enviou por fax uma lista das instituições médicas próximas que atuavam de forma cooperativa com a sociedade.

Empática, ela acrescentou que os métodos para prolongar a vida geralmente se referem ao respirador e à massagem cardíaca. A inclusão de tubos de alimentação, como a sonda de gastrostomia, dependia do julgamento do médico.

Mesmo se telefonasse para cada hospital, como poderia encontrar um médico que respeitasse a vontade da mãe? Recepcionistas apressadas atendiam as ligações. Como explicaria a situação para uma pessoa assim? Afinal, como poderia frequentar o hospital e encontrar um médico que aceitasse o que a mãe queria?

— Cuide-se para não adoecer também – disse a mulher da Sociedade para uma Morte Digna, antes de desligar.

Mitsuki ficou sem palavras.

Nesse dia, ela analisou as várias páginas da lista de instituições, deitou-se na cama, cumpriu lentamente as tarefas domésticas acumuladas. Por fim, passou horas concentrada em frente ao computador, fazendo pesquisas até o anoitecer. Ela não sentia vontade nem de telefonar para Natsuki. Não adiantava nada as duas ficarem indignadas. Como não havia tempo, ela precisava tomar uma decisão e agir. Impedir a tragédia de colocarem uma sonda de gastrostomia na mãe queimava como uma chama em seu corpo gelado. Mesmo que abrissem um buraco no estômago da mãe, ela viveria apenas por mais alguns meses. Além disso, caso sobrevivesse mais, que tipo de vida seria?

Era sempre difícil falar com a mãe, que não compreendia por que não conseguia mais andar.

Nos dias em que estava bem, a mãe falava:

— Ah, Mitsuki, por que não posso caminhar? Queria ir para algum lugar. A mamãe está cansada de ficar o tempo todo deitada. Quero caminhar e ir para outro lugar. Quero sair.

— Mamãe, a senhora não se lembra de que antes de ficar doente não estava andando?

— É mesmo? Eu não conseguia?

— Não.

— Mesmo usando a bengala?

Como usou a bengala por muitos anos, ela ainda tinha memórias daquela época, mas não se lembrava do que acontecera depois que passou a usar a cadeira de rodas.

Uma vez, ela disse:

— Se tivesse um homem forte, ele poderia me carregar e levar para algum lugar, né? É chato viver desse jeito.

E repetia a mesma frase:

— A mamãe está cansada.

Nessa noite, quando se deitou na cama, Mitsuki chorou pela primeira vez – como conteve as lágrimas, saíram poucas, mas eram por pena da mãe.

A ideia de libertação das irmãs com a morte da mãe não estava mais em questão. Com o avanço da idade, a mãe encarava a própria morte com extrema racionalidade. No caderno de endereços, à esquerda da lista de nomes, havia marcas em caneta vermelha: um círculo duplo para as pessoas a quem deveriam telefonar caso ela morresse e um círculo simples para as pessoas que receberiam apenas o aviso de falecimento. Assim como o marido, ela decidiu não fazer um velório e suas cinzas seriam espalhadas. Com todos os problemas que a mãe havia causado, Mitsuki não sabia dizer se as mães ocidentais recorreriam às filhas na velhice depois de causar tantos problemas, mas a determinação da mãe a respeito do "princípio da autonomia" em como terminar a própria vida deixaria até os filósofos do Ocidente hesitantes. Ela não queria que a vida da mãe tivesse um fim que não desejava.

Na escuridão, Mitsuki refletia.

Felizmente, Tetsuo não está aqui agora. Se ela trouxesse a mãe para casa, a questão se encerraria. As pequenas letras da lista de instituições médicas enviadas pela Sociedade para uma Morte Digna dançavam diante de seus olhos, mas Mitsuki não tinha forças para procurar, a partir desses dados estéreis, por um médico que concordasse em deixar a mãe morrer. Afinal, não havia tempo. Ela pensou no hospital que permitiu a morte natural da mãe da amiga de Natsuki, porém duvidava que um táxi de cuidados médicos a levasse até Sapporo, um local tão distante.

Trazer a mãe para casa era a pior e a melhor ideia.

Como ela recusaria que a filha cuidasse de sua higiene pessoal, Mitsuki precisaria contratar cuidadoras para se revezarem em uma escala de 24 horas. Ela não sabia se continuariam a aspirar o catarro, mas seria melhor contratar alguém com qualificação em enfermagem. Se possível, a mãe não tomaria soro, apenas umedeceria a boca.

Por mais que a mãe sofresse, ela teria de aguentar.

Antes, as pessoas não morriam em casa?

Desde o fim do ano anterior, houve muitas noites de insônia, mas nenhuma delas se comparava a essa, em que a tensão psicológica lhe comprimia todo o corpo. As inúmeras situações que estariam por vir surgiram em sua mente. A mãe deitada na cama, a bomba de sucção de catarro no canto do quarto, as fraldas empilhadas como uma montanha… será que a mãe compreenderia a situação? Como ela poderia explicar?

Ao ver o dia amanhecer, lembrou-se de que as manhãs sempre geram alívio para as pessoas que sofrem à noite.

— Eu vou trazer a mamãe para casa.

Telefonou num horário apropriado e contou sua decisão a Natsuki. A irmã disse com uma voz desconfiada:

— Por que não conversa primeiro com a sra. Kiyokawa?

A sra. Kiyokawa, responsável pela Golden, ainda visitava a mãe de vez em quando com um buquê de flores.

— Tem razão.

Pela primeira vez, Mitsuki percebeu sua tolice e arrogância por ter passado a noite inteira se torturando, como se precisasse enfrentar o mundo. Parecia que Natsuki sabia desde o início que a irmã mais nova faria isso. Ela telefonou naquele instante para a sra. Kiyokawa, e a conversa fluiu como se o pesadelo da noite anterior tivesse sido uma ilusão.

A clínica administrada pelo médico que examinava a mãe uma vez por semana na Golden aceitaria a mãe nas condições que as filhas desejavam.

Sem querer, disse com uma voz contente:

— Sem o soro de alta caloria?

— Isso mesmo. – Levada pela voz alegre, a sra. Kiyokawa também respondeu num tom otimista. — Eles farão isso, caso a família assim queira.

Não levou nem uma semana para transferirem a mãe para a clínica. A confirmação do médico da clínica saiu depois de um dia, e na quinta-feira, quando Mitsuki foi ao hospital, a mãe recebia a última sessão dos tais exercícios de deglutição. Assim como antes, os exercícios eram acompanhados pelo médico, pelo especialista em reabilitação e pela enfermeira, mas fracassaram. Como esperado, o médico abordou novamente a colocação da sonda de gastrostomia. Mitsuki engoliu as palavras que lhe subiram até a garganta e disse que a Golden tinha uma clínica conhecida para onde, considerando as condições da mãe, ela pretendia transferi-la e então pensaria no que fazer dali em diante.

O médico mostrou uma expressão de alívio. Mitsuki não esperava por isso. Ela estava preparada para lidar com certa resistência, mas o rosto sincero, cujas sobrancelhas tinham relaxado, transparecia com honestidade exagerada o alívio de que a paciente problemática fosse embora. Para alguém que sempre estava na frente do computador, olhando apenas para números, será que alguma vez ele enxergou a mãe como um ser humano? Será que ele foi obrigado a agir dessa maneira pelo atual sistema médico japonês, para cumprir solenemente seu dever?

Será que ele foi obrigado a desistir de pensar?

O dia da transferência logo foi decidido.

Nesse dia, Yuji, marido de Natsuki, foi ajudar. A clínica instruiu que retirassem o soro antes do transporte e as irmãs observaram, emocionadas, quando a agulha foi retirada do corpo da mãe. Com isso, os nutrientes que obrigavam a mãe a viver nunca mais entrariam em seu corpo.

Talvez fosse um problema nos dias de hoje, em que as pessoas estão preocupadas com dietas, mas Mitsuki ofereceu uma grande caixa de biscoitos, embrulhada no típico estilo cerimonial, com a mensagem "em agradecimento". Depois de recusar uma vez, como formalidade, o médico aceitou e deixou o embrulho na enfermaria. Restava esperar que alguma das enfermeiras gostasse de doces. O médico e as enfermeiras se reuniram na entrada do hospital e observaram a paciente ser levada numa maca até o táxi especial de cuidados médicos, permanecendo ali até o carro desaparecer de vista. Confusas, as irmãs agradeceram com várias reverências. Mitsuki nunca soube o que o médico pensava da situação. Aquela expressão serena simbolizava os mistérios do sistema médico japonês.

A mãe balançava um pouco com a oscilação do carro. De olhos fechados, estava tão debilitada que não se sabia se estava dormindo. Ela perdera peso desde o fim do ano, agora era pele e osso.

Na clínica, o médico responsável se surpreendeu com a aparência da mãe depois de dois meses. Assim que terminou de cumprimentar a família, ele disse:

— Ela mudou completamente. Parece que nem se lembra mais de mim.

— Se o senhor puder cuidar de tudo para que ela não sofra...

Nesse dia, elas pediram a ajuda de Yuji, porque tinham aprendido a lição com o médico anterior. As irmãs conversaram e chegaram à conclusão de que nesses casos, por segurança, era melhor um homem abordar o assunto com o médico. Embora Yuji fosse violoncelista, ele se vestia como um assalariado. Naturalmente, não vestia a "camisa de intelectual". Mitsuki, com a idade, passou a apreciar o bom senso do cunhado.

Depois de assentir com a cabeça, o médico confortou as irmãs:

— É comum os familiares que visitam com frequência chegarem à mesma conclusão e desejarem que o paciente parta do modo menos doloroso.

Talvez fossem só palavras de consolo, mas eram gratificantes.

Depois disso, seguiram-se os dias de espera pela morte da mãe.

A pequena clínica era nova e limpa. No térreo, ficava a sala de consulta; no primeiro e segundo andares, os quartos particulares dos pacientes, seis quartos em cada lado do corredor. Metade estava vazia e o restante abrigava idosos, deitados na cama com a boca desdentada bem aberta e o queixo apontando para cima. Não havia a atmosfera sangrenta, típica dos hospitais de tratamento, nem a atmosfera estagnada dos hospitais de recuperação. O sol de outono entrava pela janela e o tempo passava tranquilamente.

O coração das filhas estava calmo. Visitavam a mãe com a certeza de que a morte seria iminente graças à decisão que tinham tomado.

Elas se sentiam à vontade por não haver nenhum enfermeiro homem.

Várias vezes por dia as funcionárias limpavam a boca da mãe, aspiravam o catarro e trocavam a fralda. Ela recebia duas bolsas de soro de baixa caloria por dia.

E não usava mais a máscara de oxigênio.

Como sempre, a boca escura como uma caverna ficava aberta.

Ao pensar na liberdade iminente, Mitsuki não tinha mais medo dessa cena.

Certo dia, ela sentiu com os dedos uns caroços duros nos dois lados da mandíbula da mãe. Era rigidez. Por respirar com a boca aberta em busca de oxigênio, formaram-se protuberâncias na base da mandíbula. Mitsuki se sentou numa cadeira e massageou esses caroços por algum tempo com a ponta dos dedos. Ao voltar para casa, contou o ocorrido à irmã, que no dia seguinte massageou o local por mais de uma hora. Nos últimos dias da mãe, talvez Natsuki, a mãe – e a própria Mitsuki – tenham buscado se reconciliar com o passado. Quando se tratava de usar as mãos, no trabalho que fosse, Natsuki sempre fora melhor e mais cuidadosa.

Foi nessa época que Mitsuki passou a abrir o arquivo embaixo da escrivaninha, pegar os documentos e calcular quanto do dinheiro da mãe ficaria para ela e Natsuki.

As irmãs também conversaram sobre a roupa que a mãe usaria depois de morta.

A primeira ideia foram os vestidos longos, feitos sob medida, usados nos recitais de *chanson*. Era um pouco repulsivo, porque lembravam Aquele Homem, mas como foram peças exorbitantemente caras Natsuki levou alguns desses vestidos para casa, por ter espaço para guardá-los. Havia um em seda preta que ficava especialmente bem na mãe, de alta estatura. Combinaria perfeitamente com a mãe despedir-se nessa roupa, cercada de cem rosas vermelhas.

Parecia até a roupa do funeral de uma atriz de cinema.

Ou de uma *hostess* de Ginza.

— Melhor não. – As duas chegaram à mesma conclusão, ao mesmo tempo.

Em compensação, escolheram um vestido longo de mohair cinza-claro. A leveza e a textura eram maravilhosas e lembravam uma nuvem fofinha. Mesmo depois de não conseguir mais vesti--lo por causa das costas curvadas, a mãe não teve coragem de se desfazer dele. Como o vestido não tomava muito espaço, Mitsuki levou para casa. No pescoço, enrolariam uma echarpe de seda fina levemente prateada, que a mãe usou com carinho até o fim.

Desistiram da ideia das rosas vermelhas e decidiram preencher o caixão da mãe com flores do campo. Elas esperavam que o grande carma que a mãe carregou desde o nascimento fosse purificado com flores simples e um manto parecido com o de uma donzela celestial. Quando a mãe partisse para o mundo dos mortos, as filhas queriam que ela fosse para um lugar puro, seja no paraíso budista ou no reino dos céus. Numa próxima encarnação, gostariam que a mãe carregasse um fardo menos pesado. Dessa forma, reduziria não só seu sofrimento, mas também o das pessoas ao redor.

A mãe, porém, não morreu pacificamente.

Cerca de uma semana depois, ao entrar no quarto para observar a mãe dormindo, como sempre fazia, Mitsuki viu que ela estava com os olhos pretos bem arregalados e estendia a mão, com o olhar fixo na filha.

Como um morto que tinha voltado à vida.

Mitsuki colocou a máscara cirúrgica antes de segurar a mão da mãe e, em seu ouvido, repetiu o que tinha dito no dia da transferência, dizendo que estavam num hospital com uma localização mais conveniente.

— Ah, é? Aqui é um hospital?

Ela não conseguia articular as palavras direito e a voz também não saía. Mitsuki achou que a mãe não entendia que tinha mudado de hospital, mas parecia que ela nem sequer se lembrava do hospital anterior.

A mãe olhou para o teto e disse de repente:

— Talvez aqui se torne o meu lugar de morte, não é?

Nesses momentos, o lado assustador da mãe a fazia soltar expressões detestáveis, que iam direto ao assunto.

— O quarto é bem limpo, não acha? Eu sou a Mitsuki, a senhora me reconhece?

— Claro que sim.

Sua língua podia não se mexer direito, mas o tom de voz era atrevido como o de sempre. "Ela continua sendo desagradável", pensou Mitsuki quando ouviu a mãe chamar seu nome e estender a mão. Quando a segurou, ela perguntou sobre a "titia". Na hora de ir embora, ela pediu um beijo – algo que nunca mais tinha feito, desde quando as filhas estavam no ensino fundamental. Com medo do contágio da bactéria resistente, Mitsuki encostou a bochecha e fingiu beijar, ainda usando a máscara, mesmo sabendo que soaria indiferente. No dia seguinte, recebeu um telefonema de Natsuki e soube que o médico responsável também parecia surpreso.

Praticamente em inanição, talvez seu corpo tivesse reunido as últimas forças.

Nessa noite, Mitsuki sonhou que alguém tinha trocado o soro da mãe por um de alta caloria. Ela acordou com o próprio grito no meio da noite.

A tagarelice anormal da mãe cessou em três dias, mas o estado de excitação psicológica se manteve: ficava mais tempo acordada e se queixando, com uma expressão mal-humorada, de dor.

— Dói, dói, dói.

— Aqui? Aqui? – Mitsuki perguntava enquanto massageava.

A enfermeira disse que era a sensibilidade, mas a mãe realmente reclamava de dor. Não podiam aplicar uma pequena dose de morfina? A enfermeira negou com a cabeça, com uma expressão preocupada. O corpo se aproximava da morte. Será que "dor" era seu modo de expressar a sensação horrível de ser tragada para o mundo dos mortos? A incapacidade de aliviar um pouco seu sofrimento somou-se às queixas de dor, o que a irritava.

Ela disse também aquilo que repetira tantas vezes desde o fim do ano:

— De que adianta viver desse jeito?

"Logo vai acabar, mamãe." Em vez de dizer isso, Mitsuki, ainda de máscara, pegou a mão da mãe e a acariciou. A pele estava coberta por manchas roxas e as veias azuis sobressaíam. Enquanto acariciava a mão que exalava o cheiro da morte, Mitsuki imaginou a vista solitária de um lago.

Era a paisagem que viu da janela do hotel em que se hospedou com a mãe depois do acidente com a bicicleta, alguns anos antes. O hotel fora construído no local que a avó tinha visitado havia um século. Talvez instigada pela transformação repentina em idosa, a mãe foi insistente e pediu várias vezes até que Mitsuki enfim a acompanhou, com o pretexto da recuperação do acidente.

Quando se libertasse da mãe, Mitsuki pensaria em voltar ao hotel. E, observando o lago, refletiria com calma sobre o que fazer com Tetsuo.

Mitsuki começou a recusar as traduções de patentes. Passava o tempo na clínica lendo o romance em francês que achou quando organizava o escritório para acomodar as coisas da mãe. Era *Madame Bovary*, de Flaubert. Por muitos anos, ela sentiu que esse livro lhe era proibido, mas agora, com a mãe à beira da morte, essa censura desapareceu. Ela lia algumas linhas e levantava a cabeça, suspirando enquanto observava a bolsa de soro.

Eram duas bolsas de 200 calorias por dia.

Certo dia, a enfermeira trocava a bolsa e disse gentilmente:

— Vamos, mais um pouco e a senhora ficará bem.

Acordada, a mãe mostrou o sorriso diplomático de sempre e mexeu os lábios.

— Sim, muito obrigada.

Assim que a enfermeira desapareceu do quarto, ela olhou furiosa para Mitsuki.

— Tem algo estranho.

Seu olhar apontava para a bolsa de soro.

— Algo suspeito está acontecendo. A enfermeira mentiu. Afinal, não sinto nenhuma melhora.

Mitsuki teve vontade de chorar. Por que tanta lucidez à beira da morte?

A mãe que voltou a falar era um incômodo psicológico. Ela beijava a mão da filha e logo depois queria ser carregada nos braços. Sempre dizia:

— Ah, como eu queria que alguém me carregasse e levasse para algum lugar.

A consternação dilacerava o peito de Mitsuki, mas a mãe reclamava tanto de dor que o sentimento se transformava em irritação.

Alguns dias se passaram desde que a mãe dissera "Tem algo estranho". Natsuki telefonou chorando e brava. Ela tentou pentear os cabelos da mãe como um gesto de carinho, porém a mãe disse "não me aborreça".

— Ela disse para eu não a aborrecer. Eu fiquei tão brava que joguei o pente e fui embora.

Mitsuki imaginou o rosto magoado da irmã quando eram crianças. Depois do desentendimento com a mãe, Natsuki frequentemente fazia essa expressão.

A mãe não dizia para Mitsuki não a aborrecer. À beira da morte, ela continuava hostil com a filha mais velha? Por que as duas brigavam até o fim?

Nessa noite, preocupada com a mãe, foi à clínica apesar do cansaço.

Quando Mitsuki tocou no ombro da mãe, ela abriu os olhos.

— Mamãe, não seja má com a Natsuki.

Parecia que a mãe não sabia do que ela estava falando.

Ela desistiu de explicar e disse em voz baixa, como se cochichasse sozinha:

— Não brigue com a Natsuki agora. Ela está se esforçando.

Foi então que algo na voz de Mitsuki fez a mãe reagir. De repente, ela perguntou:

— Mitsuki, você odeia a mamãe?

32. O sonho do campo deserto

"Eu te odeio muito! Te odeio muito, mamãe!"

Depois do que aconteceu com o pai, por muitos anos Mitsuki teve vontade de gritar essas palavras para a mãe.

Mas ficou calada. Era o máximo que conseguia fazer em consideração à mãe nesse momento.

— Mitsuki, você odeia a mamãe?

Para sua surpresa, a mãe insistiu na pergunta.

— Não estou cuidando de você, mamãe?

Ela não conseguiu ser gentil no tom de voz. A essa altura, estava irritada com a mãe e sua cabeça, confusa, perguntando algo que tocava diretamente na ferida. Ao mesmo tempo, era doloroso vê-la fazer esse tipo de pergunta. Talvez sentisse a morte próxima e houvesse aproveitado a demência para fazer a pergunta que a preocupou por anos e que não pôde expressar.

Essa foi a última conversa que teve com a mãe.

Nessa noite, Mitsuki se sentou à escrivaninha e ficou até a madrugada lidando novamente com os documentos. Recebeu um e-mail de Tetsuo depois de muito tempo, um lembrete de que ela não tinha contado nada sobre a internação da mãe. A mensagem terminava com palavras atenciosas: "Que bom que o verão terminou. Assim você não terá mais problemas com o ar-condicionado". Ele sempre tivera um lado amável.

Mitsuki queria escrever cem vezes a frase: "A mamãe não morre logo, a mamãe não morre logo, a mamãe...". Era tudo em que conseguia pensar. Ela imaginou vagamente o marido com a mulher jovem e obrigou sua mente prestes a enlouquecer a digitar: "Obrigada pelo e-mail. Aí deve estar quente como sempre, não é?". E logo voltou a lidar com os documentos da mãe.

Ela não conseguiu fazer nada.

Por volta da uma da manhã, Mitsuki desistiu e se levantou. Foi até a cozinha, abriu uma lata de cerveja e começou a assistir, distraída, ao noticiário na televisão. Ela não conseguia prestar atenção no conteúdo das notícias. Apesar do baixo teor de álcool, a bebida deixou seus nervos à flor da pele e um único pensamento passava por sua mente: a mãe não morreria tão cedo recebendo 400 calorias por dia. O que faria se ela continuasse a perguntar, por um ou dois meses: "Você odeia a mamãe?".

Ela não morre.

A mãe não vai morrer.

A casa estava repleta de poeira e uma montanha de roupas se acumulava para lavar. Mitsuki não tinha tempo nem para tingir com hena os cabelos brancos que despontavam do couro cabeludo e, apesar de viver exausta e tonta, a mãe não morria. Seu marido morava com uma mulher mais nova e ela precisava pensar nessa questão, mas a mãe não morria.

Mamãe, afinal, quando a senhora vai morrer?

Mitsuki não sabia dizer se tinha gritado a frase em sua mente ou em voz alta, porém os ecos da própria voz chamando pela mãe ressoavam em sua alma. Entrou cambaleante no quarto, vestiu o pijama, no banheiro escovou os dentes e lavou o rosto, em seguida tomou os vários remédios receitados pelo médico. A farmácia sempre alertava para não ingerir com álcool, mas fazia anos que ela engolia os comprimidos com cerveja. Mitsuki não se importava mais se acontecesse algo justamente nesse dia.

Quando percebeu, estava com o rosto molhado de lágrimas, como o de uma criança. Ela se deitou na cama, soluçando de choro, e se cobriu com o edredom de penas até o queixo. Foi nesse momento que o telefone tocou.

Era uma e meia da manhã.

Só poderia ser da clínica.

Era a enfermeira do turno da noite. Disse que a taxa de oxigênio no sangue da mãe tinha reduzido para 92 e perguntou se poderiam usar o respirador caso a taxa diminuísse mais.

Ela concordou.

Suprimindo os soluços causados pelo choro, Mitsuki disse que tinha acabado de tomar um remédio para dormir e perguntou:

— Ela está em estado crítico?

— Não, não é imediato. – Assim que respondeu, a enfermeira perguntou: — Em quanto tempo consegue chegar aqui?

Mitsuki respondeu que em menos de trinta minutos estaria na clínica. A resposta que recebeu foi de que se a taxa alcançasse 85 ela corria perigo, mas se continuasse como estava poderia chegar de manhã. Mitsuki ficou surpresa: as horas que levam uma pessoa à morte podiam ser medidas pela taxa de oxigênio no sangue. Avisou que dormiria um pouco e iria à clínica pela manhã. Telefonou para Natsuki. Ela não queria acordar a irmã, que, por causa dos efeitos colaterais dos esteroides, tinha uma resistência física mais frágil, mas Natsuki não chegara a tempo para acompanhar a morte do pai. Se acontecesse alguma coisa pela manhã e Mitsuki não pudesse avisá-la, ficaria o arrependimento.

— Ela vai aguentar até de manhã, não é? – Natsuki ainda tinha um tom de voz ressentido pelas palavras da mãe.

— Parece que sim. Disseram que avisariam imediatamente caso a taxa de oxigênio começasse a diminuir.

— Se é assim, eu também vou nesse horário.

Como Mitsuki previu, Natsuki sempre dizia que "eu também vou". Mas nessa noite isso não importava mais.

Pela manhã, Mitsuki tomou um banho para afastar a sonolência e comeu um bolinho de arroz congelado e aquecido no micro-ondas. Chegou por volta das oito horas na clínica. O monitor de LCD, instalado ao lado da enfermaria, mostrava dados da vida da mãe, que se esvaía. O pequeno símbolo de um coração rosa piscava com os batimentos cardíacos e emitia um bipe. Também se viam as ondas do que parecia ser um eletrocardiograma e números da pressão e taxa de oxigênio no sangue.

A mãe tinha os olhos pretos arregalados e respirava a intervalos curtos. Não parecia tão diferente dos outros dias em que não estava bem, mas quando Mitsuki espiou de cima viu que os olhos não se moviam. A superfície dos olhos estava mais opaca do que de costume, como de um peixe morto. Quando apertou suavemente a mão da mãe, teve a impressão de sentir um leve aperto de volta. Achando que a mãe ainda a ouvia, se aproximou do ouvido dela.

— Mamãe, é a Mitsuki. Ficarei no quarto o tempo todo, por isso não se preocupe – disse em alto volume.

Seria impressão? A mãe tinha feito um leve aceno com a cabeça. Os olhos pretos arregalados fitavam o teto.

Perto do travesseiro havia uma pequena máquina que mostrava a taxa de oxigênio no sangue, talvez para que a família acompanhasse. O número ainda estava na casa dos 90 e às vezes subia para 98.

Natsuki, encarregada de comprar o almoço quando as lojas abrissem, finalmente chegou. Ela disse que, como não sabiam quando seria a hora derradeira, Yuji e Jun tinham ido para o trabalho, mas que Natsuki avisaria, conforme a situação. Não era algo para chamar de volta o filho mais novo, Ken, que fazia pós-graduação nos Estados Unidos. Ela combinou com o marido e a filha para irem depois, não apenas por consideração à família, mas porque queria que apenas as irmãs acompanhassem, o máximo de tempo possível, a morte da mãe.

Depois, as irmãs apenas esperaram o momento chegar, até anoitecer. Para mulheres na casa dos 50 anos e indispostas fisicamente, era uma tortura ficarem sentadas em banquinhos que nem sequer tinham apoio para as costas. Toda vez que ia ao banheiro e passava pelo corredor, Mitsuki olhava para as camas dos quartos vazios. Enquanto resistiam ao ímpeto de se deitar na cama por dez minutos, as irmãs se revezavam: uma se sentava na cabeceira da cama e a outra, aos pés. Quem estivesse na cabeceira segurava por algum tempo as mãos da mãe, que procurava por algo no ar e dizia algumas palavras. Quem estivesse aos pés descansava, apoiando a cabeça na cama. Como usavam máscara, era difícil conversar, e as duas achavam que já tinham conversado tudo de que precisavam.

A mãe continuava a procurar algo com as mãos.

Os dedos emaciados desejavam alguma coisa e se movimentavam no espaço vazio. Que cenas se passavam na mente da mãe conforme as luzes se apagavam? Será que sua alma cheia de desejos ainda percorria o campo deserto em busca de um último brilho?

Mitsuki rezou, de todo o coração, para que a mãe soubesse que as filhas estavam ali, perto dela.

Depois das cinco da tarde, a taxa de oxigênio ficou abaixo dos 90 e Natsuki avisou Yuji e Jun pelo celular. Eles chegaram por volta das seis e meia. Quando a taxa de oxigênio chegou a 85, começou a diminuir rapidamente. As irmãs exibiam o cansaço no rosto de mulheres de meia-idade. Yuji, talvez por jogar golfe, tinha uma aparência saudável. Jun era simplesmente jovem. Quando Mitsuki se deu conta, o monitor havia sido levado para fora do quarto e dava para ouvir os bipes eletrônicos dos batimentos cardíacos da mãe.

A enfermeira trouxe uma gaze úmida dobrada e disse que os olhos ficavam secos, enquanto fechou gentilmente os olhos da mãe com a ponta dos dedos e depositou a gaze por cima, com gestos suaves. Quando terminou, Mitsuki percebeu que ela tinha feito isso para que a mãe morresse com os olhos fechados. Seria assustador ver o rosto sem vida da mãe com seus olhos pretos arregalados. As pessoas chamam de sono eterno, mas a morte é um fenômeno fisiológico completamente diferente do sono.

Eles foram para o corredor e viram que a porta de todos os quartos estava fechada, talvez para que os demais pacientes não vissem a movimentação quando alguém morria.

Nesse momento, o médico responsável apareceu no corredor com roupas casuais. Como a morte da paciente se aproximava, ele deve ter sido chamado em casa. Por fim, apareceu de novo no corredor, vestindo o jaleco branco. Aliás, talvez fosse o dia de folga do médico, por isso não o tinham visto nenhuma vez.

Tudo prosseguia surpreendentemente bem.

Mitsuki não sabia quantos pacientes morriam por mês naquela pequena clínica, mas parecia um teatro cuja peça era reencenada todos os dias. Embora Mitsuki e a família devessem ser os protagonistas, eles assistiam distraídos à peça avançar. Assim que percebeu, o monitor tinha sido levado para dentro do quarto. O médico, em consideração à família, estava do lado de fora. Toda vez que o coração da mãe batia, a marca rosa do coração piscava e ouvia-se o bipe eletrônico. O som soava a longos intervalos. Teve a impressão de que a respiração da mãe parara. Mesmo assim, o som agudo dos batimentos continuou por algum tempo. Dez segundos depois do que se pensava ser o último bipe, ele voltava a tocar de novo. Isso continuou por dois ou três minutos.

O médico entrou e disse:

— É o suficiente.

Ao ouvir isso, a enfermeira desligou o monitor. O médico fez uma profunda reverência.

— Ela faleceu.

Mitsuki e os outros também seguiram o gesto.

O médico olhou para o relógio e disse:

— Hora da morte: 7h23 da noite.

"É o suficiente": a frase do médico soou estranha e ficou marcada nos ouvidos de Mitsuki.

33. Menu da funerária

Mitsuki era grata e nutria admiração pela competência das enfermeiras especializadas em cuidados paliativos. Após a morte da mãe, elas se tornaram especialistas em outra área – purificar a falecida. Tinham um semblante sério e solene, carregado de uma dignidade que poderia ser considerada religiosa. A família foi levada para fora do quarto.

Depois de Yuji telefonar para uma funerária próxima, indicada pela clínica, a família aguardou no andar inferior, na sala de espera. Ele lia uma revista semanal. Jun, que sempre trabalhava até tarde na empresa, usou colírio e mexia no laptop. Natsuki e Mitsuki estavam em silêncio.

Em menos de uma hora, a enfermeira veio chamá-los.

A mãe encolhera mais de 10 centímetros, mas por estar deitada a roupa não parecia nem um pouco estranha. As enfermeiras tinham aplicado pó e batom. As irmãs pegaram suas nécessaires de maquiagem e desenharam suavemente as sobrancelhas, passando uma leve sombra cinza nas pálpebras, para combinar com a roupa e a echarpe. Com o lápis labial, queriam desenhar o contorno da boca de vermelho, mas se abstiveram.

— Ela não gostava dos dentes da frente aparecendo.

— Dizia que a boca era seu único defeito.

— Isso é que é ter autoestima!

Em seguida, vestiram as meias três-quartos que tinham preparado. A mãe de suas lembranças sempre usava meias finas quando vestia roupas ocidentais, em qualquer ocasião.

O arroxeado da cianose não apareceu muito, mas os pés delicados estavam inchados a ponto de ficarem irreconhecíveis.

Por fim, apareceram dois funcionários da funerária, de semblante solene e vestindo terno preto. Colocaram o corpo da mãe na minivan. A família foi na Mercedes-Benz de Yuji. Era uma funerária nova, de ar moderno, com um saguão que lembrava um hotel modesto, nem simples demais nem luxuoso. Lá, os funcionários aguardavam por Mitsuki e os outros. O cheiro de morte tinha sido removido por completo. Também não pairava o cheiro de incenso, que antigamente diziam acompanhar os mortos.

Assim que se sentaram no sofá do saguão, Mitsuki ouviu o cunhado mencionar que a família não pretendia fazer um velório. Mitsuki pediu ao cunhado que falasse com a funerária, porque ainda se lembrava da expressão insatisfeita do funcionário quando o pai faleceu. Mas vários anos haviam se passado e parecia que os tempos mudaram. O funcionário, com um tom que deixou Mitsuki e os outros desconcertados, disse:

— Se for esse o caso, temos este plano simples. – E mostrou um impresso com um Plano Tranquilidade.

Necrotério (por dia)	10.500 ienes
Caixão (de kiri-japonês)	63.000 ienes
Gelo seco (por dia)	8.400 ienes
Cesto de flores naturais (2 unidades)	31.500 ienes
Carro-dormitório (durante o dia, por 10 km)	12.600 ienes
Carro fúnebre (veículo comum)	18.900 ienes
Custos de cremação (melhor qualidade)	47.250 ienes
Urna para restos mortais (cerâmica de Seto)	10.500 ienes
Lençol impermeável	5.250 ienes
Custos de operação e gerenciamento	52.500 ienes
Total	260.400 ienes

A lista parecia o menu de um restaurante.

Além disso, havia despesas “opcionais”, como agradecimento ao operador do forno, taxas para obter o certificado de cremação, urna extra para o restante das cinzas, entre outras.

— Hoje em dia, muitas pessoas não fazem velório?

Para a pergunta de Mitsuki, impressionada com a rápida mudança dos tempos, o funcionário da funerária respondeu cordialmente:

— Digamos que está polarizado.

— Hã?

— Algumas famílias, como a da senhora, preferem abrir mão do velório, enquanto outras realizam a cerimônia com todas as pompas.

Ele soava como um analista do mercado. Seu comportamento devia variar conforme a atitude da família atendida. Será que manteria a solenidade requerida pela morte?

Avisaram que os preparativos tinham sido finalizados, e os familiares foram levados ao recinto onde estava a mãe. Diferentemente do que a aparência ocidentalizada da funerária indicava e para surpresa de Mitsuki, a mãe estava deitada num tatame, com o rosto coberto por um tecido branco e a cabeça na direção norte. A disposição do corpo seguia a tradição budista, a mesma direção para a qual a cabeça do Buda apontava quando morreu. Mitsuki não se lembrava de ter visto a mãe dormir num tatame, sempre usara cama. Era como se ela tivesse sido levada à força para suas origens, quando dormia e acordava em tatames surrados. Como se fosse uma forma de zombar de sua vida, movida por sonhos indescritíveis – ou, ainda, como um tipo de consolo.

Aujourd'hui, maman est morte.

Mitsuki voltou para casa e deitou-se após o longo telefonema com Natsuki. Depois de muitos anos, ela balbuciou essas palavras em francês. O tabu de não falar francês desapareceu. Tentou falar as palavras que por tantos anos não dizia.

Mamãe morreu hoje.

Depois de tomar os medicamentos de costume, dormiu a primeira noite sem a presença da pessoa que lhe dera a vida neste mundo.

O corpo da mãe foi cremado dois dias depois.

Quando o pai morreu, as irmãs estavam sufocadas de tanta raiva da mãe e escolheram, para a placa póstuma, um retrato em preto e branco da época da escola, antes de ele conhecer a mãe. Antes não apenas da mãe, mas também da primeira esposa. Era dolorosamente jovem: vestia o uniforme escolar de gola alta e usava óculos de aro redondo, conforme o estilo da época. Que futuro ele desejava para si? Aquela expressão, carregada de esperança e certa reserva, não se vê mais no Japão dos dias de hoje. No crematório, essa foto estranhamente se destacava.

Elas não tinham a intenção de escolher algo trivial para a placa da mãe, e, como ela tinha como hobby tirar fotos de si, as irmãs ficaram em dúvida diante da pilha de fotografias. Por fim, escolheram uma da mãe aos 30 anos, com ela segurando a mão das filhas; pareciam dançar uma roda que lembrava o desabrochar das flores. Era uma foto colorida, raridade na época. Como seu trabalho era vender o *chabaori* de lã, ela vestia um por cima do quimono. Com vestidos idênticos, as filhas também usavam cardigãs iguais. Foi um presente que o pai trouxera dos Estados Unidos. Tinham florzinhas de renda espalhadas pelo tecido branco e pequenas miçangas parecidas com pérolas.

Como uma mãe típica, ela segurava a mão das filhas e estava com a cabeça inclinada.

Podiam dizer que era uma foto encenada, mas as duas gostavam dela, pois a ausência do pai, autor da foto, só tornava sua afeição ainda mais intensa.

Mitsuki hesitou um pouco, por achá-la inapropriada para aquele fim, mas Natsuki não viu problemas.

— Não é uma boa foto? Essa é a imagem que queríamos da nossa mãe.

Essa indiferença pelas convenções às vezes surpreendia Mitsuki.

Surpreendentemente, o que saiu do forno foi uma quantidade insignificante de ossos. A ponto de ser estranho que sua dona fosse tão ousada nas palavras. Um funcionário de meia-idade passou um ímã para separar os parafusos de metal que haviam sustentado o corpo da mãe.

Os restos mortais ocuparam metade da urna. Mitsuki entrou no carro de Yuji carregando o embrulho. Ela sentiu o calor residual das cinzas aquecer seus joelhos gelados.

No dia seguinte, começou a lidar com os assuntos relacionados à pós-morte. Mitsuki não sabia se enviava um aviso de falecimento aos pais de Tetsuo. No caderno de endereços da mãe, naturalmente, havia um círculo duplo ao lado do nome dos pais dele. Ela se sentia culpada por não ter contado aos sogros e à família do cunhado, mas se ela os avisasse precisaria dizer que o marido não sabia de nada. Mitsuki decidiu não dizer nada por enquanto.

Exaustas, as irmãs decidiram fazer um encontro em memória da mãe depois do ano-novo, próximo ao aniversário dela e com poucos convidados. Nascida em 11 de fevereiro, a data era conhecida no período pré-guerra como Dia do Imperador. Também foi a inspiração para seu nome, Noriko, adotando o primeiro ideograma do nome do feriado. "Podiam ter dado um nome um pouco mais inspirador, como Kaoru ou Naomi, mas acabaram escolhendo um nome tão sério", reclamava a mãe. Quando pediram que os convidados da cerimônia budista viessem com trajes elegantes, as pessoas que conheciam bem a mãe riram do outro lado da linha. Algumas devem ter testemunhado o tratamento da mãe em relação ao pai, mas agiram como se nada tivesse acontecido.

Mitsuki planejava ir ao hotel com vista para o lago quando tudo estivesse organizado, e ao ouvir isso do outro lado da linha Natsuki também pareceu querer ir junto. Com uma voz um tanto desapontada, ela perguntou:

— Por quanto tempo vai ficar?

— Será uma estadia longa. Reservei por uns dez dias.

— Ah, é?

— Talvez apareça algum trabalho, então vou levar o laptop. Quero me isolar do mundo, então não vou levar o celular.

— Ah, é?

Pensando bem, Mitsuki também deveria se afastar por algum tempo da irmã. Precisava ficar sozinha agora. Mas provavelmente conversaria com Natsuki, trancada na sala de piano com seus dois gatos, pelo telefone do hotel.

Antes de partir, encontrou Masako num restaurante português em Yotsuya. A amiga, que dava aulas em vários locais nos dias úteis, tinha apenas a noite dos fins de semana para fazer uma refeição tranquila. Masako, usando óculos, afastou o cardápio enquanto dizia:

— Mitsuki, como você envelheceu.

Masako gostava de falar como um homem. Sempre usava calças e não se maquiava. Recentemente, Mitsuki passou a suspeitar que ela fosse lésbica.

Em meio ao som de um fado, Masako continuou:

— Envelhecer depois da menopausa também tem algo de especial. Não posso falar muito dos outros.

As duas se conheceram aos 20 e poucos anos e Masako foi a primeira a entrar na menopausa. Ao saber que Mitsuki passava pelo mesmo processo algum tempo depois, ela disse pelo telefone:

— A vida é triste... Até você entrou na menopausa, Mitsuki.

Ao conversar com a amiga, sem perceber, revelou que Tetsuo estava com uma mulher mais nova. Em outras palavras, o tom triste do canto e o som do violão, o corpo aquecido pela sopa de feijão, a embriaguez com o vinho tinto e ver um rosto conhecido como o de Masako – tudo isso a levou a contar o caso do marido.

— Como assim?

Surpresa, Masako arregalou os olhos. Mitsuki não contou que Tetsuo tivera dois casos no passado. Sentiu que, mesmo que a torturassem, ela não confessaria a suspeita de que ele tivera outros casos.

— Ele correu tanto atrás de você. É imperdoável – disse Masako, que conhecia bem a época em Paris.

— Como você disse, eu envelheci, por isso não há o que fazer.

— Do que está falando? E o que pretende fazer?

— Não sei. Quero ir para Hakone para pensar em várias coisas com calma. É um hotel com vista para o lago Ashinoko.

— Não se desespere, hein?

— Do que está falando?

— Não vá se suicidar no lago ou algo assim.

Levada pelas palavras de Masako, uma sombra negra que tinha esquecido até então voltou a cruzar seu inconsciente. Masako contara essa história quando estavam em Paris. Um professor universitário se envolveu com uma jovem e pediu o divórcio à esposa. No dia seguinte, ela foi encontrada embaixo da escada, enforcada. O que passou em sua mente foi a imagem dessa esposa, pendurada pelo pescoço. O professor se transferiu para outra universidade e ficou com a jovem. Fim da história.

— Que tolice.

Depois de ridicularizar a ideia, acrescentou:

— Sabe, se suicidar no lago tem um quê antiquado e fascinante. Antes, evitavam falar diretamente, diziam "entrar na água".

— Ah, é? Até que a expressão tem certo charme.

Mitsuki imaginou a solidão do lago no inverno, resplandecendo em tons de cinza.

Parte 2

34. Romancecar

Em meados de dezembro, Mitsuki embarcou no expresso Romancecar da linha Odakyu em direção a Hakone Yumoto.

Aliviada por partir enquanto ainda era dia, ela comprou chá da moça que circulava com o carrinho, bebeu um ou dois goles e soltou um suspiro. Olhou para fora e, para sua surpresa, viu que estavam em cima da avenida Circular 8. Sem perceber, tinha passado pela estação Chitose Funabashi. Antigamente, até da janela do Romancecar era possível ver a estação de relance, a mesma desde a sua infância; agora, com a implantação da ferrovia de quatro vias e a renovação das estações, era difícil perceber quando passava por ela.

A antiga estação de Chitose Funabashi guardava muitas memórias.

Algumas das quais Mitsuki nem sequer lembrava.

Quando tinha apenas 2 anos, ela acordava ainda de madrugada e entrava escondida no quarto de três tatames onde a avó dormia. Para não acordar o restante da família, a avó calçava os tamancos de madeira e saía da casa com Mitsuki nas costas. Iam até o cruzamento da ferrovia para observar os trens. A mãe lhe contou isso várias vezes, e a imagem de uma idosa com uma criança nas costas, no cruzamento da linha férrea, para mostrar à menina os trens passando revelava a pobreza do Japão da época e a tristeza da avó, que não tinha outra forma de distrair a criança. Toda vez que essa memória esquecida era trazida à tona, Mitsuki ficava nostálgica. Ainda mais porque, além da mãe, o pai também passou a dar mais atenção a Natsuki.

Aliás, o trem avançava rápido, cada vez mais para o oeste.

Do outro lado do corredor, havia um grupo de quatro homens grisalhos. Os que estavam sentados do lado da janela jogavam *shogi* num minitabuleiro. Todos bebiam cerveja em lata. Emanavam a animação e a tranquilidade de pessoas que tinham acabado de se aposentar.

À primeira vista, era uma cena descontraída. Porém a mente de Mitsuki sempre lançava uma sombra em tudo o que entrava em seu campo de visão, fazendo-a se perguntar que tipo de vida esses quatro levavam. Na infância, ela admirava todos os adultos e nunca lhe ocorrera que eles pudessem ter problemas na vida.

Mitsuki esvaziou a mente e ficou olhando pela janela.

A paisagem iluminada pelos poucos raios de sol era feia. Após a fileira de caixas quadradas de concreto que lembrava um condomínio público de antigamente, seguiam-se casas padronizadas e novas de um pequeno empreendimento. Todas elas, talvez por causa do direito à luz solar, tinham telhado com a mesma inclinação, o que era uma pena visualmente.

Quando percebeu, havia passado pela estação de Noborito, onde Aquele Homem vivia com a esposa como um "típico vovô".

No ensino fundamental, quando começou a ler obras da literatura japonesa moderna, Mitsuki ficou sabendo que essa área, chamada de Musashino, antes tinha um bosque verdejante, o que evocava a poesia das paisagens naturais. Mas saber isso não tornava mais belo o cenário de pequenas casas suburbanas tão apertadas onde mal se podia respirar.

Quando criança, ela nem sabia que existiam mais terras a oeste de onde morava.

Ela sempre pegava a linha Odakyu para ir a Shinjuku. Em dias especiais, quando usava um grande laço nos cabelos, a pequena Mitsuki e sua família faziam a baldeação para a linha de metrô Marunouchi para ir à área central, em Ginza. Ela nunca imaginou embarcar num trem da linha Odakyu para se afastar de Chitose Funabashi. Mitsuki sabia vagamente que havia outras estações adiante, mas, como a paisagem rural se estendia sem fim, sua impressão era que os trilhos de trem desapareceriam em meio à relva.

Essa visão de mundo foi abalada quando os vagões do Romancecar passaram por uma renovação e foram apresentados como o Trem Caixinha de Música. Ao brincar perto dos trilhos, ela ouvia o sinal melódico se aproximar e logo surgia a frente aerodinâmica do trem, algo como o nariz de um avião, seguida de vagões em vermelho e prata em alta velocidade no sentido contrário ao de Shinjuku. Eram tempos em que os japoneses sonhavam em viajar de avião para o exterior. Um trem em formato tão estiloso não poderia ter como destino um lugar interiorano desolado. Ele se afastaria suavemente da Terra, percorreria o cosmos como o Trem da Via Láctea, rumo a lugares maravilhosos. Com certeza, rumo ao futuro. O Trem Caixinha de Música era popular entre as crianças, mas as pessoas que moravam perto dos trilhos devem ter reclamado do barulho. Ele passou a correr a toda a velocidade, sem a melodia.

Mitsuki soube, depois de entrar no ensino fundamental, que a linha Odakyu ligava, por meio da estação Odawara, a uma das artérias da estrada Tokaido, existente desde o período Edo. Isso explicava o nome da companhia: Oda de Odawara, *kyuko* de expresso e *tetsudo* de ferrovia; ou seja, Ferrovia do Expresso Odawara.

Era a época dos dias mais curtos do ano, e o sol já estava se pondo. As luzes começavam a se acender nas casas ao longo do trajeto. Aos poucos, apareciam casas com jardim, mas a maioria era de casas de um estilo indefinido, nem ocidentais nem modernas. Casas com telhados tradicionais e portas de correr de papel, que permitiam a passagem de luz, eram raridade.

O céu era de um cinza melancólico, que transmitia o frio do inverno.

Depois de cruzar o rio Tamagawa, avistou as árvores verdes perenes na luz do entardecer. Ao passar pelo rio Tsurumigawa, viu mais verde. Por fim, a via férrea elevada terminou e o trem passou por estações antigas, com aspecto velho, mas que ainda tinham certo charme. Quando alcançou o rio Sagamigawa, o capim *miscanthus* exibia suas espigas florais, indicando o outono. Enquanto observava a sombra branca dessas espigas ser gradualmente engolida pela noite, Mitsuki ficou de novo feliz em ter embarcado no trem ainda com o dia claro. A paisagem que surgia e desaparecia pela janela do trem despertou nela o desejo de viajar, mesmo com seu coração deprimido.

Quando chegou à estação final, Hakone Yumoto, já era praticamente noite. A admirável estação, reformada em algum momento, agora contava com escada rolante e não remetia em nada à época em que estivera ali com a mãe. Era como qualquer outra estação moderna do centro de Tóquio. Mitsuki saiu da estação e, pela primeira vez, o cenário noturno da solitária cidade de termas se estendeu diante de seus olhos.

Começou a cair uma garoa gelada.

Ela pegara um táxi quando viera com a mãe, mas segundo o site do Hotel Mizuno, se fosse de ônibus até um local chamado Moto Hakoneko, poderia embarcar num que levava ao hotel, bastava alcançar o ponto no ancoradouro do navio pirata que havia por ali. Mitsuki observou a garoa e foi até o ponto de ônibus para conferir os horários. Soube que em menos de cinco minutos passaria um para Moto Hakoneko. Uma jovem de cabelos tingidos de castanho já esperava, encolhida, no ponto de ônibus coberto.

O ônibus não passou no horário. Ela desviou o olhar do relógio de pulso para um casal de meia-idade que parecia ter vindo no mesmo trem. Eles se aproximavam apressados enquanto puxavam malas de viagem de tamanhos diferentes. Estavam bem-vestidos, mas pela expressão e pelo físico dos dois notava-se que passaram por dificuldades financeiras na vida. O marido começava a ficar calvo. A esposa olhou para a tabela de horários do ônibus e disse:

— Ah, querido, o ônibus já passou.

Ele respondeu:

— Por isso eu disse para não ir ao banheiro da estação. – Seu tom de voz não era acusatório.

Talvez a atitude do marido tenha incentivado Mitsuki a falar.

— Estamos aguardando há algum tempo e o ônibus ainda não passou.

Surpresos, os dois olharam para Mitsuki.

Ela usava uma boina preta de inverno meio de lado. Vestia um sobretudo elaborado, que Natsuki, apenas 3 centímetros mais alta, lhe dera com relutância:

— Não sei por quê, mas ele combina mais com uma baixinha como você.

Também calçava botas de salto alto. Talvez pelo modo de falar, o casal achou que fosse alguém de um mundo diferente. Eles se curvaram várias vezes em agradecimento, como se fossem bonecos de mola.

Por fim, o ônibus chegou e, depois de a jovem de cabelos castanhos embarcar, Mitsuki deu passagem para o casal. Eles não paravam de fazer reverências e não entravam no veículo, por mais que ela insistisse. Embora quisesse ser educada por serem mais velhos, eles ficariam num impasse se a situação continuasse, então ela embarcou antes. O ônibus corria à noite pela estrada montanhosa e tortuosa. O casal parecia tenso e se encolheu. Durante o trajeto, moradores entravam e saíam do ônibus, até que a jovem de cabelos castanhos também desceu.

Cerca de quarenta minutos depois, o letreiro eletrônico exibia em vermelho a próxima parada: Moto Hakone. Mitsuki se lembrou de que, no itinerário do ponto de ônibus, vira que a parada seguinte depois de Moto Hakone era Moto Hakoneko. Ela olhava para o letreiro em vermelho enquanto pensava nos nomes confusos. O casal pressionou o sinal para parar às pressas e, agradecendo a Mitsuki, desceu do ônibus. Será que eles passaram a vida toda baixando a cabeça para as outras pessoas?

O casal de um Japão do passado desapareceu no meio da escuridão.

Mitsuki desceu no ponto seguinte, Moto Hakoneko, mas o tal atracadouro estava envolto pela garoa e via-se apenas uma forma vaga. O site informava que, se o ônibus de transporte não estivesse no local, era preciso ligar para o hotel, mas não havia um telefone público ali. Arrependida de não ter levado o celular, ela olhou ao redor e avistou, um pouco mais adiante, do outro lado da estrada, uma loja de conveniência toda iluminada, como se estivesse pairando no ar. Do lado de fora, viu o telefone público verde que parecia brilhar.

O ônibus de transporte logo chegou. O motorista ficou em silêncio. Enquanto uma névoa espessa subia, a escuridão se intensificava, criando em Mitsuki a ilusão de estar sendo levada para um outro mundo.

Essa sensação não desapareceu, mesmo chegando ao hotel.

Ela tinha feito a reserva em seu nome de solteira, e não como Mitsuki Hirayama. Com o senso de realidade ainda diluído, disse casualmente seu nome na recepção, provocando uma expressão de surpresa no atendente, que pegou o telefone e disse:

— A sra. Katsura chegou.

Então, dois homens de terno preto surgiram de algum lugar, como se estivessem de prontidão. Fizeram uma profunda reverência com toda a formalidade e lhe apresentaram o cartão de visita. Mitsuki vislumbrou apenas a função de um deles, o de subgerente, e, sem entender a situação, foi guiada a um canto da recepção com gestos educados, sendo chamada várias vezes de "sra. Katsura". Embora não tivesse motivo para se sentir dessa maneira, ela se sentou com algum sentimento de culpa. Na mesa, havia um cardápio dos restaurantes do hotel.

Os funcionários explicaram com certo embaraço que o hotel costumava receber hóspedes de longa estadia, mas que nos dias de hoje era comum ficarem apenas uma ou duas noites. Pensando nisso, os restaurantes japonês e francês tinham cardápios limitados. O restaurante do lounge e do café anexo serviam apenas refeições leves e sobremesas.

— Se solicitar com um dia de antecedência, podemos preparar algo que deseje.

"Ah, então era isso", compreendeu Mitsuki. Ela ainda estava preocupada com a atenção exagerada que recebera antes. Além disso, os dois, enquanto faziam reverências com toda a cortesia, olhavam de soslaio para Mitsuki. Os dois pares de olhos observavam fixamente a hóspede recém-chegada, a ponto de ser considerado rude.

Uma funcionária jovem, com um pequeno quepe, levou Mitsuki até o quarto.

Enquanto atravessavam o longo corredor, Mitsuki perguntou:

— São poucos os hóspedes que ficam por muito tempo?

— Nos dias de hoje, a maioria não fica.

— Então sou a única hóspede de longa estadia?

A jovem funcionária uniformizada riu de um modo estranho.

— Não sei o motivo, mas, incluindo a senhora, outras pessoas também ficarão por um longo período até o Natal.

Com um olhar ainda sorridente, ela se virou para Mitsuki.

35. Lago que mergulha na escuridão

Se eram raros os hóspedes de longa estadia, aparecerem vários ao mesmo tempo parecia a Mitsuki algum tipo de ordem divina.

— Que coincidência – comentou Mitsuki.

— Sim, é a primeira vez que isso acontece desde que passamos a fazer reservas on-line. O gerente também está surpreso.

Ela percebeu uma excitação sincera, típica dos jovens.

Antes que a moça deixasse o quarto, Mitsuki perguntou se esses outros hóspedes já estavam no hotel.

— Alguns sim, outros ainda não.

Mitsuki teve vontade de perguntar que tipo de hóspedes eram, mas imaginou que seria indelicado de sua parte. Fosse como fosse, ela descobriria logo.

A porta se fechou e ela olhou para o quarto.

Como herança da mãe, ela e a irmã receberam 36,8 milhões de ienes cada uma. Era difícil acreditar que ela tivesse esse valor numa conta bancária em seu nome; precisava gastar com cuidado. O hotel oferecia uma promoção de quarto individual e Mitsuki reservou o quarto mais barato, com café da manhã incluso, cuja diária era 15 mil ienes. Localizado no andar mais alto do hotel, o quarto tinha uma leve inclinação no teto, o que lembrava um sótão europeu. Felizmente, era amplo o bastante, parecido com o que havia ocupado antes. Tanto a mala grande, enviada pela transportadora Kuroneko Yamato, quanto a caixa de papelão com garrafas de água mineral de 2 litros, comprada na Rakuten, tinham sido entregues. O umidificador que solicitara por telefone estava em cima da escrivaninha.

Ao lado, havia uma espécie de cordão branco enrolado.

Era o cabo LAN para conectar ao laptop, que também tinha requisitado por telefone. Ela reservou a hospedagem apenas depois de se certificar de que havia conexão de internet em cada quarto, pois tinha a intenção de reler os e-mails trocados entre o marido e a mulher, os quais não havia aberto mais desde aquele dia. Talvez para concorrer com o Hyatt Regency que havia nas proximidades, disseram que disponibilizavam conexão wi-fi, apesar de o hotel ter uma atmosfera de quem tinha parado no tempo. Como daria trabalho mudar as configurações do laptop, Mitsuki queria usar a conexão cabeada de sempre. O cabo LAN, que lhe daria acesso aos e-mails, parecia sinistro como uma esguia cobra venenosa.

Mitsuki tirou apenas a boina, atravessou o quarto ainda vestindo o sobretudo e abriu toda a janela. O ar gelado do inverno nas montanhas encheu o ambiente. A escuridão era densa, do tipo que não se tem na cidade. Todos os quartos do hotel tinham vista para o lago Ashinoko, mas ele agora estava mergulhado na escuridão e em meio à garoa ela vislumbrava, vagamente, apenas a iluminação esparsa do jardim.

Diante da escuridão, Mitsuki soltou um longo suspiro.

Na escrivaninha do apartamento em Suginami, ainda havia uma pilha de documentos relacionados à mãe. O escritório estava servindo de depósito, com caixas de papelão cheias de diários, cartas, roupas e talheres, cujo conteúdo havia sido dividido com Natsuki. As caixas foram deixadas do jeito que vieram, mal havia espaço para andar por ali. Enquanto não fosse para outro lugar, ela não conseguiria se libertar da mãe falecida e não conseguiria pensar no que deveria. Foi o que repetiu para si, e partiu de Tóquio. Quando deparou com a escuridão silenciosa, sentiu que nada mais importava. Sua existência parecia prestes a ser sugada e desaparecer engolida pela escuridão.

Do outro lado da escuridão, o lago mergulhado na quietude era o mesmo que a avó tinha visto cem anos antes.

Nessa colina com vista para o lago Ashinoko havia a residência de campo de certo barão, pertencente a um grande conglomerado de empresas de várias gerações. Ele adquiriu o terreno, que tinha 33 mil metros quadrados, contratou um arquiteto ocidental para projetar uma casa de campo inspirada nas casas à beira dos lagos na Suíça e, todas as noites, oferecia banquetes a convidados. A avó fora várias vezes a esses eventos, pois seu marido era de uma família próspera, da mesma geração que o barão e sua esposa, com quem mantinha negócios. A avó, uma ex-gueixa, sem dúvida ficara muito tensa para não cometer nenhum deslize no círculo da alta classe ocidentalizada. Será que ela conseguiu usar corretamente os talheres de prata brilhante? Depois, ela fugiu desse marido próspero – e se tornou a avó que morava numa casa pobre com o homem que se tornaria o avô materno de Mitsuki. Na sua vida longeva, ela trabalhou como se fosse uma escrava, conheceu o luxo e a miséria e teve várias experiências, mas os jantares nessa residência de campo ficaram gravados em sua memória de maneira indelével.

— Essa casa foi construída num lugar distante, onde apareciam raposas solitárias no meio da montanha, sabe? Tudo era no estilo "de lá", e eu nem conseguia saborear a comida, de tanto nervosismo.

"De lá" queria dizer ocidental.

— Tinha carne em tudo. Era muito nojento...

Com o olhar preconceituoso das pessoas nascidas no período Meiji, a avó consumia frango e pato, mas as demais carnes ela dizia que tinham o "fedor de animais de quatro patas", devido ao tabu budista de não consumir esse tipo de alimento, e geralmente as evitava.

A mãe cresceu ouvindo essas histórias na casa geminada em Osaka, e só depois de envelhecer, sofrer o acidente da bicicleta e caminhar apenas com bengala disse que queria ir ao hotel erguido sobre as ruínas da casa desse barão. As memórias da morte solitária do pai ainda eram recentes e Mitsuki sentiu raiva e frustração com o pedido da mãe, porém resolveu acompanhá-la. Pensando bem, ela concordou não apenas por insistência da mãe, mas também por curiosidade.

A viagem ocorrera no inverno.

Segundo o panfleto que receberam na recepção, depois que a residência de campo se tornou um hotel, o edifício passou por algumas reformas. Quando surgiu o Trem Caixinha de Música, ele ganhou o aspecto de cabana das montanhas, com um telhado vermelho triangular, tornando-se muito popular entre os recém-casados, agora que os japoneses dispunham de mais recursos financeiros por causa do vertiginoso crescimento econômico. O Romancecar, cujo alerta melodioso a pequena Mitsuki ouvia enquanto o trem percorria os trilhos a toda a velocidade, certamente transportou alguns recém-casados de bochechas ruborizadas que se hospedariam nesse hotel. Com a deterioração do edifício, houve uma grande reconstrução, que levou à forma atual. Dizem que foi inspirado num antigo castelo francês imaginário com vista para um lago.

Tinham se passado mais de trinta anos desde a última reforma.

Depois de ficar algum tempo na janela, enquanto imaginava o lago que a avó avistara um século antes, Mitsuki fechou a janela em silêncio, como se não quisesse perturbar a noite das montanhas, e desceu para o restaurante, ainda com o sobretudo. Ela pretendia ter uma refeição japonesa, por parecer mais casual que a francesa. Assim que entrou no restaurante, uma atendente alta e de ombros fortes, emanando um ar de estudante universitária, surgiu sorridente de quimono.

— Boa noite, sra. Katsura.

Ela teve a impressão de que todos os funcionários sabiam quem ela era.

O cardápio oferecia como opção principal o tradicional *kaiseki*, refeição composta de pratos variados que valorizam ingredientes sazonais, mas Mitsuki não estava com vontade de comer algo tão sofisticado e pediu pratos que não costumava preparar em casa, como cabeça de pargo em molho agridoce. Foi nesse momento que o casal de meia-idade que encontrara no ônibus apareceu e eles foram levados para uma mesa ao lado dela. Estavam acompanhados por um casal por volta dos 40 anos. Os dois notaram Mitsuki e, depois de trocarem olhares por um instante, fizeram uma leve reverência de cabeça e se sentaram, dizendo:

— Nos apressamos e descemos um ponto antes.

O marido coçava a cabeça calva.

Como ela imaginou, a similaridade dos nomes "Moto Hakone" e "Moto Hakoneko" era uma maldição para os turistas.

Mitsuki ouviu alguém dizer:

— Você é realmente apressado.

— Mas conseguiram chegar a tempo, é o que importa.

Pelo modo casual, parecia que o rapaz é quem tinha laços sanguíneos com o casal. Talvez fossem o filho e a nora. A nora, um pouco rechonchuda, tinha familiaridade com a sogra e a chamava de mãe.

Pelo jeito, tinham feito a reserva com antecedência e os pratos da refeição *kaiseki* foram logo levados à mesa vizinha.

— Ainda bem que não trouxemos as crianças – disse a nora, que olhava ao redor.

— Afinal, aqui não é um restaurante para toda a família – respondeu o marido.

A sogra concordou:

— Tem razão.

A cada novo prato levado à mesa, como aperitivo, sopa, sashimi e peixe grelhado, a sogra e a nora exclamavam admiradas: "Parece delicioso". "Uau, ainda vem mais comida." "Incrível." Mitsuki podia imaginar que tipo de vida essa família levava e percebeu que eles tentavam alegrar a atmosfera.

Após o embate para comer a cabeça de pargo, Mitsuki limpava as mãos na toalhinha umedecida; na mesa ao lado, era servido o último prato, o arroz cozido com vários vegetais, num recipiente de madeira. Ouviu protestos de que estavam satisfeitos e não conseguiam mais comer. O filho disse para deixar, mas a mãe respondeu que seria um desperdício.

Não são pessoas que deveriam vir a esse tipo de hotel. Mitsuki logo reprimiu o leve desprezo que sentiu. Esse tipo de comportamento se repetia em seu coração muitas vezes.

A atendente com ar de estudante universitária apareceu.

A senhora olhou para ela e disse hesitante:

— Hã, será que podem preparar bolinhos com este arroz ou canja para comermos no café da manhã?

A atendente ficou confusa por um instante. Após uma breve pausa, respondeu:

— Não se preocupe, amanhã prepararemos outra refeição para o café da manhã. – A jovem competente sorria.

— Desculpe por deixar sobras de comida.

— Não tem problema.

O jovem casal trocou olhares, talvez pelo embaraço, mas não disseram nada.

Mitsuki se levantou e, depois de fazer um meneio de cabeça para o casal de um Japão do passado e para o jovem casal gentil, dirigiu-se para a saída. Quando saiu do restaurante, a atmosfera mudou por completo e ela podia observar o amplo saguão no andar abaixo. Na sua frente, havia uma escada que levava ao saguão e, caso seguisse pelo corredor lateral, encontraria o elevador para voltar ao quarto.

Ela estava em dúvida sobre qual caminho seguir.

Se voltasse ao quarto, seu laptop, enrolado no xale grosso de caxemira dentro da mala grande, estaria à sua espera. Se conectasse o laptop ao cabo LAN branco, entraria na conta Gmail do marido e abriria as portas para um mundo de palavras que a enojavam. Ou melhor, já que fora até ali, não poderia deixar de abrir.

Enquanto observava o saguão decorado com uma grande árvore de Natal artificial, Mitsuki tomou sua decisão quando viu ao longe a chama da lareira queimar.

Era sua primeira noite no hotel – os e-mails podiam esperar.

No saguão, havia só umas dez pessoas.

Ela se acomodou num sofá perto da lareira, pediu uma taça de vinho tinto e observava distraída o fogo queimar. Ao ver as chamas dançando e mudando sua forma indefinidamente, ela se esqueceu das horas, como se estivesse sob efeito de um feitiço. Por falar nisso, quando Mitsuki era pequena, a avó, com uma toalha de algodão amarrada na cabeça, costumava queimar as folhas secas de outono no jardim. Aquelas chamas se esticando, encolhendo e mudando de forma exerciam o tempo todo uma estranha fascinação em seu coração infantil. Por quanto tempo ela ficou absorta pelo fogo?

Quando voltou a si e olhou ao redor, viu uma senhora de cabelos brancos, sentada ao longe. Talvez por usar uma maquiagem carregada, por um instante Mitsuki teve a ilusão de que via a mãe sentada ali, e sua postura se enrijeceu inconscientemente. Depois de ter selado o espírito problemático da mãe naquela urna enorme e por fim ter se afastado de Tóquio, será que ela tinha vindo até aqui atrás da filha? Os olhos de Mitsuki, ainda confusos, retinham uma imagem residual das chamas e não conseguiam distinguir ilusão de realidade. Ao lado da idosa, estava um rapaz que chamava atenção pela beleza.

Instintivamente, Mitsuki supôs que eles eram hóspedes de longa estadia.

"Qual será o relacionamento dos dois?" Ela voltou a olhar para a idosa. Para sua surpresa, a idosa de cabelos brancos também escrutinava Mitsuki com o olhar.

36. Lixo

Um doce e bom sono era coisa do passado.

Nos últimos anos, ela acordava com o corpo mais rígido do que antes de adormecer.

A manhã seguinte não foi diferente.

O sono leve evocou as experiências do dia anterior: cidades de casas esparsas que vislumbrou pela janela do Romancecar; o casal de meia-idade que fazia uma profusão de reverências; a luz das lanternas do jardim borrada pela garoa em meio à escuridão. Essas imagens iam e vinham em sua mente. Lembrou-se também do fogo da lareira mudando o tempo todo, da mulher de meia-idade que a observava e do belo rapaz que estava ao lado. Na época em que Mitsuki estava bem de saúde, paisagens e pessoas que via durante as viagens se tornavam um bom estímulo para seu cérebro, que ansiava pela chegada da manhã com seu futuro desconhecido. Agora, novas paisagens e pessoas apenas cansavam sua mente e o despertar pela manhã não era mais algo prazeroso.

Mitsuki, consciente do corpo rígido, mudou de posição e ficou de barriga para cima. O imenso cansaço da noite anterior parecia pesar em seus quatro membros. Ao mudar de ares, talvez a exaustão acumulada desde o acidente da mãe tenha surgido de uma vez só.

Consultou o relógio, ainda não eram nem sete horas.

Virou um hábito inconsciente colocar a mão na barriga e constatar que estava gelada a ponto de causar arrepios. Ela deveria ir às termas para se aquecer, mas não se sentia disposta a se levantar, pentear os cabelos, criar uma expressão facial decente e sair do quarto. Deitada no cômodo escuro, sentia a tensão aumentar, enrijecendo suas costas. Ela pressionava a mandíbula também, e quando se deu conta estava apertando os dentes do fundo com força.

Vivendo uma manhã como aquela por muitos anos, sem dúvida ela se tornaria uma mulher de rosto mal-humorado e pálido.

Mitsuki queria voltar a dormir, mas não conseguia. Levantou-se da cama a contragosto, foi até a janela e abriu a cortina com ímpeto. Inspirou fundo. O lago Ashinoko, apagado pela escuridão da noite anterior, mostrou sua forma pela manhã, estendendo-se pelo horizonte. Nos limites do jardim levemente em declive para o lago, uma fileira de cedros altos balançava com o vento. Ondulações na água do lago cintilavam prateadas com os raios do sol que acabara de nascer.

Correntes de pequenos e numerosos diamantes balançavam com o movimento das ondas e brilhavam reluzentes.

Surpresa, Mitsuki observou essa cena gloriosa por algum tempo.

Era um inesperado dia de céu limpo.

Do outro lado da margem, avistava-se apenas o cume das montanhas coberto pela floresta; não havia construções que atrapalhassem a vista, talvez por causa da encosta íngreme. À direita, ao longe, via-se nitidamente o monte Fuji, com o sopé praticamente coberto de neve.

Seu brilho podia ser apreciado apenas nas manhãs de inverno.

Como certa dama da corte escreveu, o despertar no inverno é o melhor período do dia.

A luz transbordante do lado de fora da janela energizou Mitsuki, que começou a organizar seus pertences sem pensar em nada. Colocou em cima da cama o conteúdo da mala, pois na noite anterior pegara apenas o pijama, pendurou algumas peças no armário, guardou uns objetos nas gavetas e deixou no banheiro o que era necessário. Para colocar um ponto-final no ano em que se dedicou a cuidar da mãe, a ponto de negligenciar os cuidados com seus cabelos, Mitsuki trouxe os melhores pertences que tinha: sobretudo, sapatos e roupas, até mesmo as melhores roupas íntimas. Escolheu colares, brincos e echarpes de que mais gostava. A nécessaire também estava abarrotada de produtos como delineadores, sombras e máscaras para cílios. Mais do que o entusiasmo por usá-los, ela preparou tudo isso como um lembrete, para evitar que se sentisse tão infeliz. Geralmente, ela viajava com alguns livros, mas dessa vez levou apenas o que estava lendo quando a mãe se aproximava da morte, junto com um dicionário de francês-japonês. Ela veio para pensar, não para ler.

Mitsuki observou o quarto organizado.

Para aliviar sua infelicidade, talvez devesse ter reservado uma suíte ou algo assim. Ou ter deixado o lago Ashinoko de lado e embarcado num cruzeiro luxuoso, para que o grandioso oceano Pacífico dominasse seu campo de visão até o horizonte. Com o dinheiro que recebeu, ela podia arcar com qualquer tipo de luxo que imaginasse. Mas esse luxo não mudaria o fato de que Mitsuki, uma mulher em seus 50 anos, estava prestes a ser abandonada pelo marido, que ficaria com uma amante mais jovem. Por mais que a luz límpida transbordasse do lado de fora da janela, a vida de Mitsuki não seria bela.

Passava das oito horas quando ela terminou um leve café da manhã no restaurante francês. Na volta, passou na recepção e avisou que não precisaria do serviço de limpeza naquele dia, pois passaria o dia trabalhando no quarto. Até acrescentou que pediria o almoço no quarto, pois tinha a impressão de que, por ser uma rara hóspede de longa estadia, todo o hotel observava seu comportamento. O atendente examinou Mitsuki com o olhar e respondeu com cortesia:

— Entendido.

Mitsuki parou em frente ao elevador, tentando não pensar no que viria. Fazia cerca de um ano desde que fora surpreendida pela descoberta do porta-lenços florido. Não queria mais fugir da realidade que passou um ano tentando evitar. Assim que voltou ao quarto, foi direto para a escrivaninha, ligou o laptop e entrou na conta Gmail do marido.

Na tela, misturavam-se os alfabetos romano, *hiragana* e *katakana*, além de ideogramas.

Assim que os e-mails surgiram, um desconforto indescritível se espalhou pelo peito de Mitsuki. As palavras trocadas entre o marido e a mulher, sabe-se lá de que lugar do mundo ou em que locais estavam, seriam protegidas por múltiplas camadas de armazenamento de informações do Google e ficariam gravadas até mesmo depois da morte dos três. Antigamente, a existência de uma pessoa desaparecia com sua morte e a morte das pessoas que se lembravam dela. O corpo voltaria a ser pó, se juntaria aos átomos da natureza e a existência da pessoa voltaria para o vazio.

Como era algo puro.

Agora, como um castigo à humanidade pela invenção da escrita, bastava publicar essas palavras em algum lugar da web que, mesmo não passando de lixo, elas ficariam gravadas pela eternidade, em unidades de bilhões, trilhões ou até mesmo bilhões de quintilhões. O registro de que, no início do século XXI, uma mulher na casa dos 50 anos chamada Mitsuki Hirayama foi abandonada pelo marido por causa de uma mulher jovem.

Que humilhação.

Mitsuki olhava com autodepreciação para as veias azuis e as manchas marrons nas costas das mãos, posicionadas em cima do teclado. Eram mãos que condiziam com a idade que tinha, mãos que lavavam pratos na pia todos os dias... não que ela fosse um exemplo de dona de casa. Como Tetsuo disse que não queria filhos, ela não engravidou, não deu à luz e não criou um filho. Pensando agora, quando via crianças andando com passos desequilibrados no parque, não deixava de observá-las, esboçando um sorriso, embora quando jovem ela não as achasse adoráveis. Naquela época, não conseguia imaginar a tristeza por não ver mais tantas crianças no Japão. Com a questão da superpopulação na Terra, ela até arranjou uma justificativa racional para sua opção de não ter filhos. Entretanto, a punição por não ter filhos foi ter seu tempo e sua disposição sugados para cuidar dos pais idosos. Por causa disso, talvez a vida com Tetsuo houvesse sido negligenciada. Além do mais, fazia tempo que Mitsuki percebera uma sensação de estranhamento em relação ao marido. E se Tetsuo também tivesse um sentimento parecido em relação à esposa?

Contudo, isso daria o direito de abandoná-la, aos 50 anos, por uma mulher mais nova? O pai de Mitsuki também abandonou a coitada da primeira esposa, mas não foi para trocá-la por uma mulher mais jovem. Abandonar a esposa por esse motivo não seria o crime mais grave que um homem pode cometer?

Que homem repugnante.

Escreveu a frase e adquiriu um tom cada vez mais vulgar. Sem rodeios, escreveu da forma mais ordinária, inferior e obscena: "Que homem asqueroso".

Sim, toda vez que se reunia com amigas da mesma geração, o tema da conversa naturalmente era reclamar do marido. Em muitos casos, não passava de reclamações triviais, como não se lembrar do dia de jogar o lixo reciclável; comprar equipamentos inúteis, apesar de não ter mais espaço na casa; ou a presença incômoda dele na casa. Mas, se alguém falasse que o marido trocou a esposa por uma mulher mais nova, a expressão de todas ficava tensa. Esse marido se tornaria um "homem asqueroso". Se Tetsuo abandonasse Mitsuki, ele seria rebaixado imediatamente do posto de "marido perfeito" para "homem asqueroso" e se tornaria alvo de fofoca. Todas sentiriam pena de Mitsuki, como mulher que se casara com esse homem.

Pensou mais uma vez na humilhação.

Além do clichê de ser substituída por uma mulher mais nova, havia outro: buscar os rastros em dispositivos eletrônicos, como fazia agora. No mundo todo, existiam mulheres que encaravam várias janelas abertas na tela de brilho artificial e que precisavam lidar com a traição do marido. Certamente, haverá mais delas.

Após um suspiro profundo, Mitsuki deu leves toques com a ponta dos dedos no *touchpad* do laptop e vários e-mails começaram a abrir. Os textos que não lera naquele dia surgiam diante de seus olhos, em ordem cronológica. Também deparou com frases que a deixaram sem ar.

"É de dar tanta pena que, sinceramente, nem tem como fazer uma comparação."

Ela sabia que Tetsuo não fizera por maldade. Assim como a mãe, Natsuki, Mitsuki, Yuji e Tetsuo também nasceram entre janeiro e o início de abril. Por isso, depois que a mãe e Aquele

Homem se separaram, se tornou hábito organizar uma festa de aniversário conjunta em fevereiro ou março, no restaurante Girandole do Park Hyatt Tokyo, em Nishi Shinjuku. A foto que ele enviou era desse evento, tirada por um funcionário do restaurante. A mulher disse que queria ver os rostos da família Katsura logo depois desse evento, por isso Tetsuo enviara a foto. "Uau, como estamos velhas", "Que nada", "Veja como engordei do pescoço ao ombro". Ele não sabia que Natsuki e Mitsuki discutiram efusivamente sobre essa foto por telefone. Mesmo assim, apesar de já ter lido o texto uma vez, a crueldade da mensagem não diminuiu, pois era a verdade.

Conforme lia, Mitsuki foi descobrindo sentimentos inesperados. Ler as mensagens de novo proporcionou uma luz diferente, que revelava um mundo sutilmente distinto. O choque da traição do marido a tinha feito passar os olhos superficialmente pelas mensagens. A frieza entorpecera sua razão. Agora, lendo com calma, os fatos que ela não tinha visto antes, a princípio vagos, tornaram-se mais nítidos.

Por exemplo, a mulher do porta-lenços florido não era tão jovem quanto imaginava. E Tetsuo... ela teve a impressão de que, embora levasse o assunto a sério e houvesse prometido que se divorciaria de Mitsuki, ele parecia relutante. Além disso, a mulher também parecia ter percebido isso.

Ela hesitou, dando-se conta de que a realidade imposta diante de si era um pouco diferente do que tinha imaginado.

37. Números detalhados

— Se demorar muito, vou completar 40 anos. – Pelo tom de urgência, a mulher parecia ter mais de 30 e não era o que as pessoas consideram "jovem".

Por mais elegante que fosse seu estilo de vestir, um homem de 50 anos como Tetsuo não atrairia uma mulher na casa dos 20. Ou será que ele não era tão esperto a ponto de ser enganado por uma mulher nessa idade? Os cabelos da mulher deviam ser mais lustrosos e fartos do que os de Mitsuki. Seu corpo também devia estar em forma. Uma mulher que passou dos 30 e tantos é uma criatura completamente diferente de uma mulher na casa dos 20.

Na realidade, mais de 35 anos é uma fase delicada.

Dependendo do corte do cabelo e dos acessórios que usa, a mulher ainda pode parecer "jovem". Se Mitsuki fosse com Tetsuo a um restaurante japonês elegante e moderno, eles seriam vistos como um "casal maduro" – termo que soa abominável – de paladar tradicional. Se ele fosse com a mulher mais nova, seria visto como um homem estiloso e sexy. Em poucos anos, essa pobre mulher também se tornaria uma "mulher que tenta parecer jovem".

Do ponto de vista de uma moça no auge dos 20 anos, Mitsuki desdenhou do fato de que a mulher fosse mais velha do que imaginara e apreciou a sensação prazerosa que sabia ser de mau gosto.

A idade da mulher a obrigou a ser proativa.

Pressionado por ela, Tetsuo pensava realmente em se divorciar. Ele prometeu que usaria a estadia no Vietnã para abordar o divórcio com Mitsuki. Mesmo assim, ele parecia hesitar, levando a mulher a pressionar mais.

Parece que ela trabalhava como editora freelancer de revistas e conhecera Tetsuo em uma entrevista. Por causa do trabalho, ela deveria estar mais acostumada a escrever no computador do que no celular. Ela escrevia bem. Mitsuki teria se divertido com seus textos se o caso não a envolvesse. Ela era inteligente e confiante. Além disso, tinha um senso de realidade admirável.

O que deixou Mitsuki profundamente impressionada dessa vez foi o nível de detalhe com que a mulher falava sobre dinheiro. Pessoas ricas e sem um tostão são um caso à parte. Mas, para as outras, um divórcio, em última instância, consistia em reunir os poucos bens que o casal possuía, fazer um acordo para reparti-los e continuar a vida.

A mulher sabia o salário anual, a poupança e a quantia investida em ações de Tetsuo, o valor do financiamento que faltava para quitar o apartamento, além de ter uma ideia do salário anual de Mitsuki. Sabia até que Mitsuki tinha uma aposentadoria individual no Banco Postal. O casal nem morava separado ainda, mas ela calculou os bens que deveria dividir com Mitsuki para que o divórcio consensual fosse de acordo mútuo. Mitsuki ficou atordoada diante do detalhamento dos números.

"Se tivesse divorciado assim que nos conhecemos, não precisaria fazer tantas concessões." Era o que estava escrito no e-mail da mulher.

Alguns anos antes, houve uma revisão da lei que garantia metade da aposentadoria do marido à ex-esposa no período em que estiveram casados. Para casamentos posteriores à nova lei, esse direito seria automaticamente garantido. Para os ocorridos antes, o casal negociaria um valor, com teto máximo de cinquenta por cento. Era o que chamavam de divisão consensual. Caso contrário, o tribunal de família definiria a porcentagem dessa divisão de aposentadoria. Além disso, o bônus de aposentadoria do marido, um valor considerável, estava incluso na divisão de bens a serem compartilhados com a ex-esposa. As mulheres da geração de Mitsuki que trabalhavam depois de casadas tinham, em sua maioria, um emprego de meio período, que não dava direito a aposentadoria nem a bônus de aposentadoria. Era o caso de Mitsuki. Foi uma revisão bem-vinda, mas ela se sentia mais surpresa com esses termos desconhecidos do que contente com a lei.

A vida a obrigaria a aprender não apenas palavras como "gastrostomia" e "sonda nasogástrica", mas também "divisão consensual", "divisão de aposentadoria" e "divisão do bônus de aposentadoria".

Para o corpo docente, a universidade em que Tetsuo trabalhava era generosa, e a idade para se aposentar era 70 anos, ou seja, ainda restava mais de uma década. No entanto, a mulher já calculara o bônus de aposentadoria dele e quanto Mitsuki receberia com a divisão. Não apenas isso, ela sugeriu fazer a divisão antecipadamente, no momento do divórcio, e não esperar a aposentadoria.

Como Mitsuki completaria 30 anos de casada com Tetsuo, a mulher disse que seriam cerca de 10 milhões de ienes.

Ela ficava aliviada por Mitsuki ter uma fonte de renda fixa. Se a ex-esposa não tivesse como se sustentar, seria preciso pagar a tal da pensão para dependente. Por outro lado, a mulher se preocupava com a compensação financeira que Tetsuo precisaria pagar por se divorciar por causa de uma amante.

Parece que o valor da compensação era calculado considerando o período em que se esteve casado.

"Se o caso for levado ao tribunal, talvez meus bens também sejam tomados!" A mulher escreveu em tom de brincadeira, mas devia ser verdade.

Segundo ela, o mais lógico e vantajoso seria pedir o divórcio sem revelar a existência da amante. Mas, na prática, seria estranho o marido querer se divorciar enquanto está no Vietnã, se não havia problemas com a esposa. Se Tetsuo não a mencionasse para evitar perdas financeiras, existia a possibilidade de Mitsuki discordar do divórcio por não saber o motivo e, no fim das contas, o caso iria para o tribunal. O melhor era dizer que tinha conhecido alguém no Vietnã. Para que Mitsuki concordasse facilmente com um divórcio consensual, os bens seriam divididos em partes iguais.

Ela ficou perplexa com o entusiasmo e a racionalidade da mulher.

Era evidente sua intenção de abandonar o que fosse possível para que Tetsuo se divorciasse logo, antes que mudasse de ideia.

Aparentemente as condições da família dela eram melhores que as de Tetsuo, mas, assim como ele, parecia que a mulher fora a única da família a cursar uma universidade. Pela idade, ela devia ter se graduado logo após a implantação da Lei de Oportunidades Iguais de Emprego para Homens e Mulheres, no entanto ela não se candidatara a uma vaga numa empresa e acabou alternando alguns anos de trabalho com períodos no exterior. Por algum motivo, ela morou na região da Toscana, na Itália, e aprendeu italiano. Fez um curso para se tornar *sommelière*. Era como um investimento pessoal: ela aproveitou ao máximo a liberdade que as mulheres solteiras desfrutam enquanto trabalham, deixando o casamento para depois, como última opção de emprego para a vida toda.

Após os 30 anos, trabalhou como nunca durante alguns anos. Mitsuki desconhecia o conteúdo do trabalho, mas o salário não era ruim para uma mulher e, por morar com os pais, tinha juntado uma boa poupança. Como freelancer, ela estava cansada de divulgar seus serviços, dizendo que havia reduzido a quantidade de trabalho recentemente e que aproveitaria a viagem para o Vietnã para dar um tempo em tudo. Ela escreveu: "Não quero passar o resto da vida fazendo isso".

A mulher saíra da casa dos pais fazia dois anos e fora morar sozinha num apartamento barato, conveniente para os encontros com Tetsuo.

"Por causa de você, estou gastando as minhas economias." Foi o que ela escreveu. "Seja como for, use a viagem ao Vietnã para resolver a questão."

A sensação de mal-estar se espalhou pelo peito quando terminou de ler os e-mails. Mas Mitsuki não chorava.

O que quase não mudou da primeira vez que lera as mensagens foi a impressão de que a mulher realmente gostava de Tetsuo. Pela idade, ela tivera alguns namorados, incluindo amantes, mas disse que ele foi o primeiro homem com quem sentiu vontade de se casar. Ela poderia ser considerada uma mulher que buscava desesperadamente por um "emprego permanente", já que havia passado dos 35 anos e cansara de precisar se sustentar. Pelo menos ela parecia sincera. Tetsuo aparecia de vez em quando na mídia, e a mulher demonstrava até nutrir uma veneração por ele. Talvez ela fosse calculista, por ter deixado passar a época de se casar, mas sua afeição era verdadeira.

Mitsuki suspirou e saiu do Gmail do marido com peso na consciência.

Quando consultou o relógio de pulso, era mais de uma da tarde.

Solicitou chá preto e sanduíche de presunto e vegetais pelo serviço de quarto, e retocou o batom em frente ao espelho polido do banheiro. Não apresentava marcas de choro, mas no reflexo do espelho se via o rosto abatido de uma mulher aos 50 anos.

O chá e o sanduíche chegaram uns vinte minutos depois. O funcionário uniformizado que trouxe a comida olhou pelo quarto e viu que o laptop estava aberto em cima da escrivaninha. Em seguida, olhou para o rosto de Mitsuki como se a examinasse – foi essa a impressão dela. Será que ele recebera ordens para averiguar as ações da hóspede de longa estadia que recusou a limpeza do quarto e ficou trancada sozinha? Ou foi uma percepção exagerada, provocada pela culpa por ter lido mensagens que não deveria ter lido?

Ela depositou a bandeja na mesinha redonda ao lado da janela. Ao se aproximar da cadeira, podia ver o sol alto, iluminando o lago Ashinoko do outro lado do jardim do hotel. Uma atmosfera tranquila, com pequenas ondulações refletindo o brilho suave.

Enquanto comia o sanduíche, Mitsuki tentava se concentrar em algo que não conseguia esquecer.

Tetsuo pensava seriamente em se divorciar.

Se fosse apenas para andar acompanhado de uma mulher mais nova, ele podia ter só um caso. Além do mais, a mulher não era o que chamavam de "moça refinada". Aqueles números todos revelavam o quanto ela desbravou a vida com as próprias forças, planejando enquanto lidava com as finanças. Ambicioso, Tetsuo sempre se envolveu com moças de famílias relativamente privilegiadas: seu primeiro amor na época do ensino médio, as namoradas na universidade e na pós-graduação e o casamento com Mitsuki. Depois de entrarem na meia-idade, as amantes também seguiam esse padrão; era algo que ele tinha admitido enquanto zombava de si. Agora considerava se divorciar da esposa e se casar com aquela mulher, tornando-se mais pobre após o divórcio. Mitsuki não sabia o valor poupado pela mulher, mas estava fora de questão adquirir um apartamento na região central de Tóquio – ou pelo menos o tipo de apartamento que ele desejava. O Tetsuo que tinha moças refinadas como passatempo. O Tetsuo que era suscetível à felicidade proporcionada pelo dinheiro. Ela jamais imaginou que ele se envolveria com uma mulher como aquela e que estaria disposto a ficar mais pobre para se casar com ela.

Foi uma nova descoberta para Mitsuki. Além do choque em saber que significava tão pouco para o marido, vislumbrou um Tetsuo que não conhecia até então. Perceber isso foi como um tapa no rosto.

Mas Tetsuo hesitava em se divorciar.

Sobre o motivo, seus pensamentos a levaram a suposições tão vulgares que ela ficou envergonhada por pensar isso dele e de si.

38. Um encontro inesperado

A amplitude do céu azul é algo que não pode mais ser visto em Tóquio. Depois de descansar um pouco na cama, Mitsuki se sentou de novo na cadeira, olhando distraída pela janela. Decidiu parar de pensar sobre o assunto por um tempo. O sol que iluminava as águas seguia para o oeste e em breve o vento gelado noturno das montanhas de inverno tomaria a atmosfera.

Mitsuki vestiu o sobretudo, colocou a boina, enrolou o xale de caxemira, vestiu as luvas e saiu do hotel, como se estivesse partindo para a Sibéria.

O jardim do hotel tinha um leve declive para o lago Ashinoko. Ela passou por entre os inúmeros arbustos de azaleia, cujas folhas estavam sem cor ou secas, descendo pelo caminho de pedras até se aproximar do lago. De lá, tinha uma vista distante do hotel.

Em francês, Hotel Mizuno significa "Hôtel du Lac". "Não é grande coisa." Mitsuki se lembrou da mãe, apoiada na bengala, dizer isso no costumeiro tom atrevido, ao apreciar o hotel dali do jardim.

Como a mãe havia dito, por qualquer ângulo que se olhasse, o hotel não se parecia com um castelo francês antigo. Seu tamanho era admirável, mas, por ser uma imitação, acabava transmitindo a sensação de que não estavam na Europa e de que a construção datava das décadas finais do século XX. Contudo, sua aparência exposta às intempéries ao longo de trinta anos ainda mantinha os vestígios de um Japão encantado pela Europa. Considerado parte da história moderna japonesa, a arquitetura desse hotel tinha uma atmosfera interiorana que o distinguia dos hotéis internacionais presentes em Singapura, Dubai ou Londres – hospedagens assépticas, sem sabor local.

O amplo jardim agradou Mitsuki e a mãe.

A florada de azaleias era famosa e atraía muitos turistas no início do verão, mas, como as duas se hospedaram no inverno, a sensação era de um lugar remoto, apesar de estarem a apenas duas horas de Tóquio. Essa impressão se intensificou com o contraste entre a vasta superfície do lago e, ao fundo, o cume cinza das montanhas, secas por causa do inverno. Com tamanha beleza, mãe e filha concluíram que o único defeito eram os barcos piratas coloridos que pareciam ter vindo da Disneylândia.

Voltando da divagação, ela desceu o jardim e atravessou uma estrada onde havia um caminho de pedras em volta do lago. Ali, entre o lago e o caminho de pedras, alguns arbustos obstruíam a passagem para o terreno úmido; através desses arbustos, podia-se ver a superfície da água a alguns metros. Depois de hesitar se seguia para a direita ou para a esquerda no caminho de pedras, acabou escolhendo seguir pela esquerda, atraída pelo caminho tortuoso.

À diferença das pedras de tamanho padronizado que cobriam o jardim do hotel, as dali eram irregulares. Além disso, havia algumas bem grandes, que até um homem grande mal conseguiria carregar. Será que fora o barão quem providenciara a colocação? Ela podia imaginar homens, todos musculosos, carregando as pesadas pedras e depositando-as no caminho.

Enquanto inalava o ar gelado e caminhava pela trilha, sua mente se acalmou. Foi então que ouviu o barulho de ondas batendo na margem. Era um som que não ouvia fazia muitos anos.

Tchap.

Tchap.

Tchap.

Era estranho como parecia um efeito sonoro.

Mitsuki parou e, enquanto observava as ondas, se perguntou por que tinha vindo. Pensar em Tetsuo era parte do motivo. Ela não sabia ao certo, mas sentia que essa reflexão era muito mais profunda.

As ondulações alcançavam a margem num ritmo monótono, com mudanças sutis na forma enquanto levantavam respingos brancos, emitindo um som de ondas.

Por quanto tempo havia caminhado?

Ela retornou depois de se surpreender com um enorme portal vermelho xintoísta em concreto, que surgiu de repente à sua direita. Devia ter algum santuário por perto. Um pequeno píer se estendia até o portal, que ficava no lago. Mitsuki foi até lá e, depois de observar por algum tempo as ondas quebrando aos pés do portal, voltou. Ouvindo o som das ondas e caminhando pelo mesmo trajeto de pedras, avistou o hotel mais rápido do que imaginava. Dessa vez, ela não atravessou o jardim e deu a volta pela estrada para carros até a entrada do hotel, mas, quando se lembrou do laptop, não teve vontade de ir para o quarto. Pensou em caminhar um pouco mais pelo jardim antes de anoitecer e entrou por um pequeno portão ao lado da entrada do hotel.

Ela dava voltas pelo caminho de pedras do hotel e apreciava o céu tingir-se em tons de amarelo, roxo e laranja a oeste. Viu à distância alguém com um terno escuro, vindo do lado oposto. Não havia um caminho lateral para desviar. Ela não queria falar com ninguém, mas o encontro era inevitável.

Mitsuki se surpreendeu quando viu o rosto do homem.

O nome Wakako Matsubara surgiu em sua mente.

Ao que tudo indicava o homem não a reconheceu, mas percebeu pela reação de Mitsuki que ela o conhecia e esboçou uma expressão desconfiada.

As palavras saíram naturalmente da boca de Mitsuki.

— Do hospital, no inverno do ano passado.

— Hã?

— Eu estava na biblioteca.

Depois de pensar por um instante, ele soltou uma palavra de exclamação.

— Sim, naquele dia…

— Você tem boa memória.

Ela explicou para o homem surpreso que o avistara algumas vezes no hospital.

— É mesmo? – Ele parecia envergonhado e mexia nos cabelos grisalhos. Olhava para o rosto de Mitsuki com certa reserva.

À medida que se punha, o sol intensificava seu brilho e iluminava sem piedade o rosto abatido dela. Mitsuki pensava no que tinha acontecido com a esposa, mas sua boca fez uma pergunta segura:

— Quando chegou aqui?

— Antes do meio-dia.

Seria um dos hóspedes de longa estadia? Estaria sozinho? Ou será que fora acompanhado?

O silêncio se manteve por algum tempo. Ele vira Mitsuki chorando no hospital. Devia pensar que eram lágrimas de tristeza. Ou talvez achasse que sua expressão agora fosse uma extensão daquelas lágrimas. Levada por esses pensamentos, Mitsuki disse:

— Minha mãe estava internada naquela época e morreu no outono. Por isso, vim para cá, para descansar e me recuperar.

O homem deixou transparecer na voz que tinha se enganado e sorriu:

— Pensei que fosse o seu marido.

— Até parece – Mitsuki falou com uma voz fria que a surpreendeu.

O homem, ainda sorrindo, disse:

— Pode ser rude com sua mãe falar dessa forma, mas fico aliviado que não tenha sido seu marido.

Mitsuki não respondeu nada. Um navio pirata todo colorido entrou no campo de visão dos dois, e nesse momento ouviram a gravação da guia turística. Ao longe, outro navio pirata navegava lentamente. A intromissão visual e auditiva estragou a atmosfera. O homem confessou de repente:

— Eu perdi minha esposa.

Mitsuki sabia, pela tristeza profunda que testemunhara no hospital, que ele não era alguém que dizia algo assim casualmente. Talvez, pelo rumo da conversa, ele tenha achado indelicado não falar. Ela teve a impressão de que esse encontro inesperado obrigara o homem a dizer palavras que não queria pronunciar.

Naturalmente, Mitsuki evitou reagir com indiscrição. Após um breve silêncio, ela apenas respondeu:

— É mesmo? – Não disse palavras de consolo. Também não mencionou que sabia o nome da esposa falecida.

Pouco tempo depois, ela mudou o tom de voz e perguntou:

— Ficará hospedado por algum tempo?

— Sim.

— Eu também.

Mitsuki descobriu que ele também havia ficado surpreso com o tratamento do subgerente e dos funcionários, ao fazer o check-in no hotel. Os dois riram baixinho e a atmosfera ficou mais leve. Voltaram ao hotel juntos.

Seu corpo estava gelado por causa da longa caminhada.

Talvez o encontro inesperado com o homem tenha quebrado sua concha de solidão. Mitsuki finalmente decidiu entrar nas águas termais.

Como era antes do jantar, o local estava um pouco cheio e dava para ver vagamente as mulheres nuas com seus corpos brancos se mexerem em meio ao vapor da água. Segundo um texto na parede, dizia-se que em Hakone não havia fontes de águas termais onde fosse possível avistar o monte Fuji. Quando o hotel desafiou essa lenda, encontraram águas termais a cerca de mil metros de profundidade. Parece que as águas faziam bem para nevralgia, dores nos músculos e nas articulações e sensibilidade ao frio. O som das bacias de plástico ecoava por todo o ambiente, mas a ilusão convidativa do vapor subindo evocava o som das nostálgicas bacias de cipreste. Teve a impressão de voltar no tempo.

Como o hotel fora construído em um declive da montanha, a casa de banho ficava no segundo andar e o lado voltado para as montanhas oferecia um banho a céu aberto, delimitado por uma parede de vidro através da qual os banhistas tinham vista para a montanha. Depois de se aquecer, Mitsuki tomou coragem e foi ao banho a céu aberto. O ar gelado era agradável. Como o sol estava se pondo, ela ouvia o canto de pássaros.

Mitsuki passou um longo tempo imersa na água de olhos fechados.

Ela voltou ao restaurante francês e depois, como na noite anterior, atraída pelas chamas, desceu ao saguão de teto amplo, ocupando o sofá próximo da lareira. Era melancólico pensar em Tetsuo agora. Não tinha bebido muito, mas tomara no jantar duas taças de vinho, um branco e um tinto. Ao garçom que se aproximava, ela pediu um calvados. Graças à herança da mãe, sentia-se desinibida, além disso houve o encontro inesperado de antes. A sensação de que ainda poderia viver eventos como os que acontecem em romances confortou seu coração ferido. Mitsuki queria continuar a celebrar sozinha.

Segurando a taça com o líquido âmbar, lançou um olhar vago pelo salão. Não viu o homem de terno escuro. Naturalmente, ninguém prestava atenção em uma mulher de meia-idade observando os arredores. Os olhares que ela atraía diminuíram gradualmente aos 30, 40 e 50 anos, até ninguém mais prestar atenção. Por isso, era sua vez de observar as pessoas.

Essa é a lei na vida de uma mulher.

Mitsuki brindava sozinha, com um ligeiro sorriso de escárnio, quando viu a idosa de cabelos brancos da noite anterior descendo a escadaria acompanhada pelo belo rapaz. Não era algo casual; ela requisitava atenção. Existem mulheres que não se submetem à lei da vida. Os rostos não eram parecidos, mas talvez pela força do ego que transparecia na maquiagem pesada ou talvez pela echarpe no pescoço da mulher, Mitsuki teve a impressão de que a mãe tinha saído da urna funerária. Sua coluna se contraiu por reflexo.

39. Noite dos hóspedes de longa estadia

Já estava farta de idosas. No momento em que Mitsuki pensava nisso, a mulher caminhou, com passos inseguros, em sua direção.

— Será que posso me juntar a você?

Apoiando-se nas costas da cadeira, ela já estava se sentando. O belo rapaz aguardava a resposta de Mitsuki. Quando ela os convidou a se sentar, ele fez uma mesura.

— Com licença. O que é isso? – a idosa perguntou, apontando para o líquido âmbar na mão de Mitsuki.

Quando ouviu a resposta, a idosa sussurrou ao rapaz que também queria um "calva". Talvez pela garganta ter afinado, sua voz era fraca, mas diferentemente da mãe ela não tinha problemas de audição. Voltando-se para Mitsuki, perguntou:

— Você ficará hospedada por algum tempo, não é?

Ao responder que sim, ela comentou que também ficaria. Depois, apontou com o queixo para o rapaz.

— Fico irritada quando passo muito tempo com uma pessoa inculta como ele.

Mitsuki não sabia o que responder e apenas deu um leve sorriso.

— Vi que você lia *Madame Bovary*.

A pronúncia foi em um francês perfeito.

Pelo jeito eles estavam no mesmo restaurante, mas Mitsuki não tinha notado. Aproveitava o tempo sozinha para abrir o livro enquanto aguardava o *hors d'œuvre*, o que, mesmo em um restaurante refinado, não passou despercebido.

— Você estudou francês?

Ela sentiu um leve tom de desdém na palavra "estudar".

— Sim, um pouco.

— Esteve na França?

— Sim, morei um ano em Paris.

— Ah, é? – Ela não parecia ter demência e, enquanto fazia as perguntas, avaliava Mitsuki. — Quando foi?

Com a resposta de Mitsuki, a idosa assentiu com a cabeça.

— Nessa época, eu também estava em Paris. Fui com 25 anos e morei por quase trinta.

Surpresa, Mitsuki olhou para ela. A idosa ignorou o olhar e, enquanto arrumava com uma das mãos a echarpe que caía, percorreu o saguão com os olhos.

— Depois de voltar, pensei em vir aqui, mas acabaram se passando décadas... não sabia que o local tinha se transformado em um hotel.

Mitsuki não entendeu o que a idosa queria dizer e esperou uma explicação dessa senhora misteriosa. A outra voltou à posição original e observava atentamente a reação de Mitsuki pelos óculos de armação dourada. Ela disse em um tom intencionalmente despreocupado:

— Quando criança, meus pais me trouxeram aqui para passear.

Dessa vez, Mitsuki respondeu com uma interjeição, voltando o olhar para o rosto da idosa.

— Você sabe, não é? Que aqui foi uma residência de verão.

Mantendo a expressão de surpresa, Mitsuki fez que sim com a cabeça. Agora, era sua vez de avaliar a idosa: tinha um rosto exageradamente maquiado com pó branco, vestia uma echarpe de seda branca com estampas grandes de flores, um vestido ondulante de caxemira roxo-escuro com fios prateados e calçava sapatos pretos de salto baixo. Como era típico de idosos, ela usava objetos que podiam ser de qualquer época, mas a qualidade e o acabamento requintado indicavam não se tratar de coisas que se compravam em qualquer lugar. A roupa não deixava dúvida de que a idosa, na infância, frequentara a residência de verão do dono de um grande conglomerado de empresas. O tom de voz e o modo como falava transcendiam a linguagem falada hoje em dia.

No corredor do hotel estavam expostas, ao lado de textos explicativos, algumas fotos antigas. Era possível conhecer sua história sem solicitar o panfleto na recepção, porém não eram todas as pessoas que se mostravam interessadas em conhecer o passado. Parece que a idosa ficou satisfeita quando notou o interesse de Mitsuki.

— Meus pais eram queridos pelo barão e pela baronesa, sabe? Por isso, os filhos também eram convidados a ir.

Ela relembrava o passado olhando para a janela.

Diante do rosto coberto com a maquiagem exagerada, Mitsuki estava absorta em sentimentos estranhos. Não pretendia contar que a avó também visitara a casa algumas vezes. Era evidente que a idosa ocupava um status social elevado, que lhe permitia frequentar a residência de campo. Alguém de um mundo completamente diferente da avó, convidada em algumas ocasiões quando fora promovida de amante a esposa. Conversas tomam rumos imprevisíveis; caso ela comentasse sobre a avó, talvez fosse levada a falar sobre a vida triste e inusitada que ela tivera. Mitsuki não tinha essa intenção e não achava apropriado falar da avó a alguém que acabara de conhecer. A possibilidade de os pais dessa senhora e de Omiya terem frequentado os mesmos banquetes era algo capaz de acordar os espíritos de cem anos antes que habitavam esta terra, ascendendo silenciosamente das montanhas que cercavam o local.

— Meus irmãos, um mais velho e outro mais novo, também vinham. Meu irmão mais velho é avô desse rapaz. Fazíamos passeios de barco no lago.

O rapaz fez uma nova mesura.

"Então é isso. O belo rapaz é sobrinho-neto?" Não havia nada de interessante em descobrir a identidade do rapaz, mas ter tal companhia era algo inusitado para uma idosa.

— Até quando ficará hospedada?

— Pretendo voltar a Tóquio antes do Natal.

Prevendo que ficaria cheio a partir da véspera do Natal, Mitsuki viera antes para evitar o movimento.

— É o que planejo fazer também. Você conhece outros hóspedes de longa estadia?

Mais uma vez, a idosa escrutinou o saguão quase deserto.

Mitsuki fez o mesmo, e um vulto de terno escuro surgiu na escadaria, como se tivesse sido evocado pelo olhar. Ela sentiu o ar do ambiente mais quente, como se um velho conhecido tivesse aparecido. Em seu íntimo, chamava o homem de Matsubara. Talvez a presença daquela senhora audaciosa a tenha encorajado. Quando percebeu, levantou o braço na direção dele e acenou levemente.

Foi a vez de a idosa se surpreender.

— Aquele cavalheiro. Ele também é um hóspede de longa estadia – explicou Mitsuki.

A mulher baixou os óculos, examinou o homem sem reservas e disse:

— Que tal convidá-lo para se juntar a nós?

De fato, a elegância discreta de Matsubara, com seu terno escuro, destacava-se mais ao longe. Ele cumprimentou com um gesto de cabeça e desceu a escadaria.

— Ele parece bom – comentou a idosa, como se dissesse para si, e também acenou. — Convide-o. Vocês formam um belo casal.

Enquanto rezava para que ele não tivesse ouvido as palavras dela, Mitsuki se levantou quando Matsubara estava próximo e o cumprimentou. Ele parecia intrigado. Mitsuki se mostrou hesitante. A idosa disse:

— Ouvi dizer que você ficará hospedado por algum tempo?

— Sim…

— Não queremos incomodá-lo, mas que tal se sentar conosco esta noite? O rapaz e eu também somos hóspedes de longa estadia – ela apontou com a taça para o sobrinho-neto.

Cumprimentando todos outra vez com um meneio, ele disse:

— Bom, então… – E, inesperadamente, juntou-se ao grupo. Depois de pedir uma opção de bebida convencional, uísque com água, Matsubara foi indagado sobre o período de hospedagem. Ele respondeu que ficaria até um pouco antes do Natal.

— E o que aconteceu com o trabalho? – a idosa perguntou.

— Estava cansado, por isso pedi folga.

— O que você faz?

Ele respondia às perguntas cordialmente, até as mais invasivas.

— Sou biólogo no centro de pesquisas de uma empresa, faço pesquisas sobre microrganismos patogênicos.

Ela tentava compreender o significado daquele termo desconhecido e respondeu depois de algum tempo.

— Então é isso. Pesquisas sobre microrganismos patogênicos, hein? Parece difícil. Não parece muito atraente.

Matsubara riu. O rapaz também sorriu, sem graça. Mitsuki riu inesperadamente, mas imaginou como seria a vida de casado dele. Será que ia trabalhar todos os dias, no mesmo horário, vestindo aquele terno escuro? Será que telefonava para a esposa, Wakako, avisando que chegaria tarde em casa?

— E você? É uma esposa que fugiu de casa? – Dessa vez, a idosa se voltou para Mitsuki.

— Bom, algo assim. – E acrescentou: — Sou também professora universitária de meio período.

Como dependia do salário do marido, geralmente não se sentia confortável em falar do trabalho, assim como não considerava seu emprego o dos sonhos.

— O que você ensina? Francês?

— Não. Originalmente era francês, mas agora ensino inglês.

— Mas que coisa, agora só ensinam inglês. – Depois de fazer o comentário com repulsa, ela se voltou para Matsubara: — Você também só fala inglês?

Ela perguntava como se não existissem japoneses que falassem outro idioma ocidental.

— No trabalho, sim. — Matsubara continuou timidamente. — Na escola, estudei francês. Já trabalhei no Instituto Pasteur.

— Ora, ora. – A idosa deu voz à surpresa de Mitsuki. — Quer dizer que, além de sermos hóspedes de longa estadia, também sabemos francês? Vamos nos adaptar bem a este hotel antigo. *Alors, à la vôtre*! – Enquanto todos brindavam, a idosa levantou sua taça e apontou com o queixo para o rapaz. — Se bem que este rapaz não sabe falar nenhum idioma.

Quando Matsubara o defendeu, dizendo que ele sabia japonês, a idosa rebateu que não. Parecia que o rapaz estava acostumado a esse tipo de comentário, por isso sorria sem graça. Como sempre, se mantinha em silêncio.

A idosa olhou alternadamente para Matsubara e Mitsuki por algum tempo. Parecia pensar em algo. Por fim, ela se aproximou devagar e disse em voz baixa:

— Desculpe pela pergunta indelicada, mas vocês vieram aqui para se suicidar?

Perplexa com a pergunta da idosa, Mitsuki olhou para Matsubara. Foi então que o rapaz falou pela primeira vez:

— Um suicida não tomaria a iniciativa de contar, tia Kaoru.

Ela concordou:

— Bom, você tem razão. – Ainda próxima dos dois, virou o pescoço. — Aquele bartender tem um amigo, sabe?

Matsubara e Mitsuki fizeram o mesmo movimento e parecia que o bartender percebeu os olhares.

Cerca de uma semana antes, ele e os amigos foram passear em Atami no dia de folga. Quando ele contou que, por coincidência, vários hóspedes ficariam no hotel por um longo período, um dos amigos disse ter sentido o cheiro de morte e que um desses hóspedes morreria por suicídio ou assassinato. Ele era um pintor de paredes competente e bastante solicitado, mas entre seus conhecidos tinha a fama de ser vidente.

— Perguntei ao bartender que tipo de pessoa era esse vidente e ele respondeu que se trata de uma pessoa comum, que tinge os cabelos de loiro e anda de Harley-Davidson. As pessoas hoje em dia chamam isso de tipo comum?

Preocupado, o bartender contou ao subgerente do hotel a previsão do amigo. Apesar de ter achado a história ridícula, o subgerente não queria ser responsável por algo que viesse a acontecer, por isso repassou a história ao gerente. Nada poderia manchar mais a reputação de um hotel do que um suicídio ou assassinato entre os hóspedes. O gerente também achou a história absurda, mas por precaução reuniu os funcionários e os instruiu a observar os hóspedes de longa estadia. Não foi à toa que Mitsuki se sentiu vigiada.

Naturalmente, o hotel não poderia contar o fato aos hóspedes. Três noites antes, um pouco antes de o saguão ser fechado, a idosa bebia perto do balcão do bar e sentiu o olhar do bartender. Ela o chamou e o pressionou a falar. Daquele seu jeito, deve ter insistido muito. Como o bartender era bem treinado, ele resistiu em contar, mas no fim se rendeu e pediu que ela não falasse aos outros hóspedes sobre o vidente, pois os funcionários foram proibidos de vazar a informação.

— Por isso, vocês não sabem de nada.

— Vamos manter segredo – disse Matsubara, rindo.

Como o grupo olhou para o bartender antes de começar a conversa, ele percebeu que o segredo não era mais secreto. Ele observava os quatro enquanto enxugava os copos. A idosa voltou a se encostar na cadeira e, enquanto brincava com a taça entre seus dedos compridos, disse:

— Vou lhes contar o que pensei. – Ela olhou alternadamente para Matsubara e Mitsuki. — Que o vidente se referia a mim.

— De novo? – disse o rapaz ao lado dela, virando o rosto, aborrecido.

— Não tenho um tostão, sabe? Chegou a hora de acertar as contas. Por isso, pensei em visitar este lugar pela última vez. Seria minha versão de *Un carnet de bal*.

Ao citar o título de um antigo filme francês de que a mãe também gostava, Mitsuki lançou um olhar nostálgico.

— Pensando bem, não terei arrependimentos se morrer aqui. Porque neste lugar tive apenas lembranças felizes.

— Você acha que eu vou te matar, não é? – disse o rapaz, ainda aborrecido.

— Isso mesmo. Eu tenho um problema no coração, já tive um ataque cardíaco – e apontou, com a mão que segurava a taça, para uma pequena bolsa em cima da mesinha. A idosa usava uma grande pedra púrpura no dedo indicador. — Eu carrego spray Nitorol, mas, se este rapaz esconder o remédio quando eu tiver um ataque, será o meu fim.

O fogo da lareira tingiu de vermelho seu rosto pálido.

Mergulhados nos próprios pensamentos, os demais olhavam para esse rosto.

Agora centro da atenção de todos, a idosa brincava com a taça e começou a contar sua vida.

Com mais de 80 anos, muitas coisas devem ter acontecido. Além disso, ela nascera rica. Foi também de uma geração que viveu a guerra. Morou por trinta anos no exterior. A história de vida de uma idosa, naturalmente, era repleta de reviravoltas quando comparada à vida de um japonês comum. Sua família perdera uma fortuna com a guerra, mas com o dinheiro restante, quando o irmão mais velho foi a Paris fazer intercâmbio financiado pelo governo japonês, ela também foi, sob o pretexto de estudar pintura. Por fim, passou a morar com um pintor russo idoso que conseguiu fugir para a capital francesa a muito custo, vindo do Japão. Depois que ele morreu, ela queria continuar a pintar em Paris, por isso começou a fazer vários trabalhos e recebia também dinheiro dos pais para continuar na cidade. Além de atuar como intérprete e tradutora, ela ensinava *ikebana* e cerimônia do chá a esposas de ricos expatriados americanos. Por intermédio de uma dessas donas de casa, Kaoru conheceu um designer de roupas que gostou das fotos que ela havia tirado de um desfile dele. Assim, na época em que os pais faleceram, ela já se sustentava como fotógrafa profissional.

— Mas a vida no exterior é cansativa.

Talvez por causa do cotidiano atribulado como freelancer, ficou gravemente doente aos 50 e poucos anos e decidiu voltar ao Japão. Ela ganhava alguns trocados com o idioma francês enquanto consumia sua pequena herança. Quando já não restava muito desse dinheiro, houve uma queda no mercado de ações. Ela não tinha se inscrito no plano de aposentadoria nacional, por ter morado fora tanto tempo. O que lhe restava era o apartamento comprado com sua parte da divisão de um terreno, no distrito de Chiyoda.

— Moro lá agora, mas é um apartamento muito, muito velho. Como tem boa localização, se vender posso morar em uma casa de repouso para idosos. Afinal, não vou durar muito tempo – disse e levantou ironicamente uma das bochechas, apontando para o rapaz. — Ele não quer que eu venda e me pressiona para que eu o adote. Caso eu morra amanhã de um ataque cardíaco, minha herança será dividida entre os muitos filhos dos meus irmãos falecidos, não restando um centavo para o sobrinho-neto. É por isso que ele me segue por todo lugar. Preparou vários documentos, como o formulário de adoção e o registro familiar. Se eu enviar amanhã esses documentos para a prefeitura do distrito de Chiyoda, onde estou registrada, o processo será finalizado.

— Mas você tem medo de que eu te mate depois disso, não é? – disse o rapaz, como se não estivesse falando de si.

A idosa assentiu e continuou:

— Quando ouvi a história do vidente, percebi que era sobre mim.

— Para alguém que levou uma vida dramática, sua ideia também é dramática.

O tom de voz de Matsubara, que fez o comentário, não continha sarcasmo.

— Minha vida não foi *dramatique* – a idosa enfatizou a pronúncia francesa do termo. — Embora fosse muito privilegiada, tudo o que fiz foi correr de um lado para outro. Depois de trabalhar por muitos anos em Paris, a cidade se tornou mera moradia. Ocorreram coisas tristes, mas isso acontece com qualquer pessoa. – Parou para um suspiro e continuou: — Pensando bem, ninguém precisa de mim agora. Por isso, não me importo em ser assassinada.

Todos ficaram calados. Idosos que falam em morrer ou em serem mortos não se vão tão facilmente. Ouvindo a idosa falar com desprendimento, Mitsuki pensou na mãe. Parece que ninguém levou a fala da idosa a sério, e ela nem esperava por isso.

Depois de pedir permissão ao grupo, o rapaz tirou um cigarro do bolso interno do casaco e acendeu com um gesto.

— Ouça, tia Kaoru. – Ele virou o rosto e soltou a fumaça para fora do círculo. — Não é simples matar uma pessoa. É difícil cometer um crime perfeito.

A reação foi rápida.

— Se há uma coisa em que você é bom, seria isso, não é?

O rapaz não refutou e levantou um dos cantos dos lábios.

— Ah, já chega! É tão cansativo viver nessa idade. Tenho vontade de vender logo o apartamento e gastar todo o dinheiro, para morrer ao relento. – Então ela pensou um pouco e acrescentou: — Existem pessoas que fazem doações antes de morrer, não é? Acho que, pelo menos no fim da vida, eu devia fazer algo admirável e me despedir deste mundo.

Matsubara, encostado na cadeira e segurando o copo de uísque com água, de repente inclinou-se para a frente.

— Boa ideia. Fazer doações é algo bom. – Com olhares de suspeita sobre si, Matsubara mostrou uma expressão ligeiramente embaraçada e continuou: — Aqui perto tem um centro de treinamento da JICA. É uma boa instituição.

— O que é a JICA mesmo? – Kaoru perguntou.

— É uma agência governamental que presta ajuda a países em desenvolvimento. Eles aceitam doações de pessoas físicas de bom grado – respondeu, ficando ainda mais embaraçado. — Falei sobre doações, mas eu mesmo nunca fiz.

Foi então que Kaoru interrompeu:

— Você ainda é jovem, é natural que não pense nessas coisas agora.

Matsubara não sabia o que responder, uma sombra cruzou seu rosto. Mitsuki ficou tensa e, talvez por ter notado, até a idosa esboçou uma expressão séria.

Matsubara logo recuperou o semblante alegre.

— Bom, não tenho uma quantia significativa, mas vou pensar no que fazer.

— Você ainda é jovem – Kaoru repetiu.

— Ah, mas eu também. – Matsubara continuou, ainda com a expressão alegre: — Na verdade, também sou um perfeito candidato a suicida.

41. Não fui amada

Será que ele decidira contar aos outros por saber que Mitsuki já estava ciente do que ocorrera? Talvez ele tenha sido levado pela atmosfera desse local, com ares de um mundo diferente do cotidiano, quando a noite cai e a escuridão se intensifica.

Assim que declarou, Matsubara não hesitou em falar brevemente sobre a morte da esposa por causa do câncer, na primavera, e do choque ao saber que a amiga da esposa desenvolvera o mesmo câncer e conseguira se recuperar. Depois disso se obrigara a trabalhar, mas, por se sentir desmotivado, havia pedido folga do laboratório para vir a esse hotel, aonde ele e a esposa tinham vindo para ver as azaleias um pouco antes de o câncer se agravar.

— Parece que ela gostou mais do lago do que das flores – explicou desinteressado, com o tom de um cientista.

Após um breve silêncio, Kaoru deu voz aos sentimentos que sufocavam o peito de Mitsuki:

— Você amou muito sua esposa, não é?

— Bom... – Esboçando um sorriso envergonhado que a situação exigia, Matsubara, talvez para desviar a atenção de si, voltou-se para Mitsuki. — Parece que ela perdeu a mãe recentemente.

— Oh.

Kaoru olhou para Mitsuki e, talvez pelo interesse que a morte de idosos desperta em pessoas da mesma idade, fez várias perguntas: quantos anos a mãe tinha, do que ela morreu, se morava sozinha etc.

Depois de responder honestamente a cada pergunta, de modo que o assunto não voltasse para Matsubara, Mitsuki acrescentou no fim:

— Perder a mãe idosa não faz de mim uma candidata a suicida, não é?

— Bom, creio que não. – Kaoru, um pouco triste, sorriu sem graça.

Mitsuki lembrou-se de que, ao sair do crematório, com a urna ainda morna em cima dos joelhos, as duas irmãs concordaram que havia motivos de sobra para uma comemoração, mas a exaustão lhes tirou qualquer vontade de celebrar. Ela não contou isso à idosa, em consideração à sua idade.

Kaoru declarou que retiraria Mitsuki da lista de candidatos.

— E ele? – Mitsuki olhou para o rapaz.

— Quem? Takeru? – Kaoru perguntou.

Quem respondeu foi o próprio rapaz:

— Ah, eu? Estou na lista desde que me entendo por gente.

Seu modo de falar indicava que ele não era um rapaz bobo.

— Por quê?

— Porque viver é cansativo, não acham?

A voz carregava um tom melancólico que tirava, de qualquer um, a vontade de viver. Os cabelos castanhos um pouco longos desenhavam leves ondas. Embora dissesse algo pessimista, será que ele frequentava salões de beleza em que Mitsuki não tinha coragem de entrar, com luzes ofuscantes e paredes de vidro do teto ao chão, para cortar e tingir os cabelos?

— Podem ignorar o que ele fala.

Kaoru entrou na conversa e continuou com histórias casuais por uns cinco minutos. Quando Matsubara olhou para o relógio de pulso, a reunião noturna dos hóspedes de longa estadia chegou ao fim.

Depois de deitar-se na cama, Mitsuki permaneceu acordada, com a luz da cabeceira ainda acesa. Não tinha aberto o livro nenhuma vez. Os sentimentos despertados pelos e-mails do marido passavam por sua mente, assim como a surpresa e a alegria do encontro inesperado com Matsubara. Ela também pensava na estranha coincidência entre a idosa e Omiya, que frequentaram a mesma residência de campo, e na previsão do vidente sobre um suicídio ou assassinato. Mas o que ecoava em sua cabeça era a pergunta que fizera: "Você amou muito sua esposa, não é?".

Mitsuki, olhando para o teto, disse:

— Eu não fui amada.

Mitsuki repetiu quase com ternura:

— Eu não fui amada.

Em seguida, balançou a cabeça e corrigiu:

— Eu não fui amada do jeito que desejei ser amada.

Naquelas horas que passou no sótão em Paris, iluminado à luz de velas – naquelas poucas horas, talvez ela tenha sido amada como havia desejado. Mas não depois disso. Mesmo sabendo do fato, sempre evitou admitir em voz alta. Quando disse as palavras em voz alta, as vibrações reverberaram no ar, captadas pela audição, e se tornaram um som que se apresentou diante de Mitsuki como uma verdade nua e crua.

Não saíram lágrimas.

Afinal, desde quando sabia disso? Ela não queria admitir, mas tinha a impressão de que foi logo após o casamento.

Na lua de mel, Mitsuki estava de pé em uma baía. Decidiram estender a viagem até o Reino Unido, atravessando o estreito de Dover de balsa. A caminho de lá, pernoitaram em Calais, cuja história fora praticamente apagada com a destruição da guerra, embora o porto tenha permanecido. Depois de jantarem mais cedo, eles saíram do hotel para uma breve caminhada até a baía, onde estavam atracadas balsas enormes, com o céu do entardecer como cenário.

Tetsuo levantou um pouco a cabeça e observava a paisagem do porto.

Por falar em porto, Mitsuki se lembrava vividamente da cena em que dezenas de fitas azuis, vermelhas e amarelas se rompiam, uma por uma, assim que um grande navio preto se afastava da costa. Eram fitas que uniam as pessoas no deque do navio com as pessoas no porto. Sua família tinha ido se despedir de um casal americano. Seria o casal que encontrara a família francesa que acolheu Mitsuki em Paris? Eles não voltaram de avião por causa do exorbitante preço das passagens? Ou será que gostavam de viajar de navio? Ela se lembrava de que as fitas eram coloridas, embora a cena fosse em preto e branco, como um noticiário antigo exibido no cinema.

Mitsuki era muito nova e suas memórias eram vagas, mas tinha certeza de que era o porto de Yokohama. Mitsuki olhou para Tetsuo e perguntou:

— Você conhece a canção "A colina de onde se avista o porto"?

— É uma música antiga, não é?

— Sim.

As músicas que a mãe cantava em casa certamente tinham relação com as memórias do parque Yamashita, que ela havia frequentado na época em que morou com os Yokohama. Enquanto observava o porto em que as balsas gigantescas atracavam, Mitsuki sentiu vontade de cantar. Ela inspirou a brisa do mar e entoou: "A colina onde vim com você...". Era uma sensação agradável cantar em direção ao mar. Felizmente, não havia ninguém ao redor. Todo o seu corpo parecia envolto pela felicidade característica de quando se canta – a impressão de que o mundo estava em harmonia. Quando Mitsuki estava na metade da canção, Tetsuo começou a se afastar silenciosamente, caminhando devagar em direção ao píer.

> "Quando o navio emite o apito agudo, as pétalas das flores de cerejeira são carregadas pelo vento..."

Mitsuki cantava sozinha e via a figura de Tetsuo se tornando cada vez menor.

Por quê?

Foi o primeiro "por quê?" de sua vida de casada.

Mitsuki adorava ouvir os veteranos do *chansonnier*. Seus antigos namorados adoravam ouvi-la cantar. Tetsuo não era seu marido? Não deveria ouvir com alegria a mulher que ele ama cantar? Nesse dia, esses questionamentos não vieram à sua mente, embora um grito inaudível tenha lhe atravessado o peito, como o eco vindo do fundo de um poço.

Ao mesmo tempo, passou a sentir que algo estava errado, mas não sabia explicar o quê.

A mãe sempre cantarolava durante os afazeres domésticos e, sem perceber, Mitsuki aprendeu canções populares de outras épocas, como "De uma xícara de café" e "Canção da Arábia". Nos fins de semana, as duas cantavam várias músicas juntas, acompanhadas pelo piano de Natsuki. Nesses momentos, abriam as partituras e cantavam prestigiadas canções antigas do Japão moderno, como "Flores de poncirus" e "Este caminho". Entoavam também *chansons* simples, como "Mademoiselle Hortensia" e "Sous les ponts de Paris", assim como canções tradicionais alemãs, como "Zigeunerleben" e "Heidenröslein". No trecho inicial de "Zigeunerleben" – "Sob as sombras da floresta de faias se esconde um banquete" –, o ar de celebração sempre agitava o coração de Mitsuki, um convite a adentrar um mundo desconhecido.

Assim que começavam a cantar, o pai saía do escritório no primeiro andar, sentava-se no sofá um tempo e ouvia o trio, acariciando o pescoço da collie Della. Depois, voltava para seus afazeres. Era uma cena que se repetira na sua adolescência, e Mitsuki ingenuamente acreditou que o marido se alegraria ao ouvir a esposa cantando.

Pensando nisso agora, Tetsuo não mostrara interesse em ouvir Mitsuki cantar nem mesmo em Paris. Ele sabia que ela gostava de cantar... a atitude dele na lua de mel ficou incompreendida e se tornou uma paisagem solitária em seu coração. Gradualmente, Mitsuki parou de cantar. Por fim, acabou se esquecendo de que gostava de cantar. Trancou num pequeno baú todas as coisas que eram importantes desde a infância e não lembrava nem onde guardara a chave.

Naturalmente, o estilo de vida das famílias trazia suas diferenças. Na casa de Tetsuo, por nem sequer terem discos, ninguém cantava. Além disso, embora fossem pobres, o pai era o chefe da família e a mãe suprimia as próprias vontades e era submissa. Eles viviam no mesmo país, mas havia uma grande diferença cultural com a família Katsura, na qual a mãe, exigente mas entusiasmada e jovial, ocupava uma posição central como o sol. Mesmo assim, Mitsuki sentia que o comportamento de Tetsuo em Calais não se devia apenas a estilos de vida diferentes. Aquela atitude inexplicável, com o passar dos anos, passou a simbolizar seu casamento. Dali em diante, toda vez que sentia algo de errado entre eles, surgia a imagem de Tetsuo se afastando cada vez mais do píer em meio à brisa do mar.

Ele costumava ser um marido gentil. Quando Mitsuki ficava acamada por causa de um resfriado, ele trazia sopa de arroz com *umeboshi*. "Então, por quê?", ela não conseguia deixar de pensar. "Por quê?", ela lhe perguntou diretamente várias vezes. Por quê? Quanto mais pensava nisso, menos questionava. Como não queria pensar que o marido não a amava, Mitsuki passou a arranjar pretextos para Tetsuo.

42. Apartamento de 72,3 metros quadrados

A mãe não escondia seu egoísmo, mas nem todos os egoístas eram como ela. O mundo estava repleto de pessoas como Tetsuo, aparentemente gentis, mas que no fundo só pensam em si. O que ele desejava tinha prioridade sobre o que Mitsuki desejava. Ela percebeu isso logo que se casaram, porém nunca admitiu.

Não queria pensar que o marido não a amava.

Até que foi inevitável admitir, quando estavam na metade da vida de casados. Foi por algo bem trivial, com a insistência de Tetsuo em adquirir um apartamento no centro de Tóquio.

No quarto ano de casamento, eles se mudaram de um pequeno apartamento alugado para um prédio recém-construído, com dois quartos e uma sala de jantar, numa área de 58,8 metros quadrados — como era estranho esse número quebrado. Mitsuki ainda era estudante de pós-graduação, e Tetsuo tinha sido promovido de professor assistente a professor com dedicação integral. Aproveitando a ocasião, decidiram comprar uma casa própria, mas não conseguiram juntar o suficiente para a entrada com o salário dele como assistente, e, mesmo com um financiamento no banco, as parcelas mensais pesariam muito no orçamento. A época coincidiu com a primeira aposentadoria do pai de Mitsuki, como executivo de uma empresa. A mãe disse que a família Katsura daria 5 milhões de ienes.

— Cinco milhões?

— Sim. Afinal, foi você quem custeou suas despesas da pós-graduação.

Afastada de Natsuki, a mãe frequentava as aulas de *chanson* e talvez já estivesse envolvida com Aquele Homem, mas na época Mitsuki não tinha como saber. O pai tinha um emprego novo, como presidente de uma filial da empresa, e a casa em Chitose Funabashi ainda não estava tomada por teias de aranha. Mitsuki agradeceu aos pais de coração. A mãe, que controlava as finanças da família Katsura, foi admirável e não mostrou nenhuma expressão de condescendência. Talvez porque os Shimazaki, os Yokohama e a "titia" haviam dado uma casa a seus filhos e filhas, a mãe até disse que a quantia não era suficiente, mas era o que tinha disponível. Os pais de Tetsuo, agora com certa estabilidade financeira, ajudaram com 1 milhão de ienes, justificando que antes não puderam pagar pela cerimônia de casamento dos dois.

Foi um início até que afortunado.

No dia da mudança, Mitsuki dançava entre as caixas de papelão do apartamento. Tetsuo também tinha uma expressão contente. O novo apartamento não seria, claro, o lar definitivo do casal. Havia montanhas de livros e, como os dois trabalhavam em casa, depois eles se mudariam para um lugar maior. O problema é que o salário de Tetsuo era baixo para adiantar a quitação do financiamento. No ano seguinte, quando Mitsuki obteve o título de doutora, ela se surpreendeu e ficou encantada com a proposta de lecionar francês por meio período numa universidade particular. Quem ofereceu a vaga foi um professor, hoje falecido, com uma testa tão saliente que dava a impressão de o crânio ser inchado por ele usar demais o cérebro. Ele era conhecido também por ser um excelente tradutor.

Mitsuki nunca foi muito boa nos estudos, mas entrou facilmente no grupo de estudiosos por ter morado por um ano com uma família francesa. Felizmente, era grande apreciadora de romances e o professor gostou dela. Embora nunca tivesse desejado ser professora, nem mesmo de ensino fundamental, ela acabou se tornando professora universitária.

Os pais também se surpreenderam e ficaram contentes.

Mitsuki ensinava três disciplinas por semestre, às vezes no campus do centro, às vezes no campus localizado no final da linha Chuo. Duas vezes por semana, ela dava duas aulas de manhã e uma à tarde. Não precisava participar das reuniões docentes nem se envolver no exame de admissão de estudantes. Tinha muitas folgas e o trabalho era uma boa renda secundária, com uma média mensal de 150 mil ienes. Nas férias de verão, dava um curso intensivo que pagava bem.

O entusiasmo de ser professora universitária desapareceu instantaneamente com a realidade em lidar com a apatia dos alunos, mas ela continuou a dar aulas porque precisava da renda. A pressão para quitar o financiamento logo começou durante a bolha econômica e se intensificou. Quando não havia mais a obrigatoriedade de ensinar um segundo idioma, precisou dar aulas de inglês em vez de francês, porém ela se sentia feliz por ao menos ter um emprego. Por indicação de um conhecido, começou a traduzir patentes – como não entendia nada sobre biologia e computadores, fazia traduções de patentes de design e marca registrada. Não que fosse um trabalho que lhe interessava, mas o pagamento era bom. Quando ouvia o som do fax recebendo o documento tarde da noite, sentia um pouco de desânimo, mas fazia seu melhor.

Foi nessa época que ocorreu o colapso da família Katsura.

Começou silenciosamente, lento no início, contudo ganhou velocidade e, quando perceberam, tinha alcançado um ponto sem volta. Mitsuki, em meio à discórdia interminável com a mãe, dava aulas na universidade, fazia as traduções em casa e visitava o pai no hospital. Tinha a juventude dos 30 anos, mas seu corpo começava a acumular os sedimentos do cansaço.

Então, a bolha econômica estourou. Foi uma grande sorte terem se mudado para um apartamento de três quartos com 72,3 metros quadrados, no mesmo prédio, ainda que fosse um pouco caro. O quarto principal era usado como quarto do casal e escritório de Mitsuki, enquanto o outro ficou como escritório de Tetsuo, sobrando ainda um quarto modesto, de quase 10 metros quadrados. Transformado em biblioteca e depósito, exibia plenamente os benefícios proporcionados pela prosperidade. Chegara ao fim a batalha diária inútil contra objetos excessivos num espaço pequeno. Puseram prateleiras em todas as paredes, até o teto, e também no centro do quarto, para guardar miscelâneas como livros, papel sulfite, caixas de lenços de papel, estoque de papel higiênico e detergente, e tudo parecia ter se encaixado como soldadinhos de brinquedo. A mãe cedeu uma das cômodas de kiri-japonês. A sala, que tinha um espelho grande para dar a impressão de amplitude, agora estava sempre arrumada.

Além disso, como o apartamento ficava no térreo, tinha até um pequeno jardim para apreciarem algum verde.

O hibisco-da-síria lilás ainda exibia suas flores mesmo no final de setembro, quando terminaram a mudança, e parecia entoar a alegria de uma vida bela – ou organizada, pelo menos. Mitsuki suspirou aliviada. A família Katsura podia ter colapsado, mas ela sentiu que tinha encontrado seu lar definitivo.

Na mesma época, Yuji e Natsuki venderam a casa em Kamiyama, no distrito de Shibuya, e se mudaram para um apartamento com mais de 150 metros quadrados, num conjunto de prédios baixos construído na vizinhança. Na sala de visitas de 22 tatames, um sofá enorme da marca italiana Cassina emanava autoridade. Nas festas, Mitsuki era recrutada para entreter os convidados, convencida pelo elogio da irmã mais velha: "Você é mais atenciosa do que eu". Com um avental, ela trabalhava na cozinha antes da chegada dos convidados e, durante a recepção, ficava entre eles, oferecendo bebidas e comidas. Quase todos os convidados eram ricos e tinham na música sua profissão, mas eram pessoas peculiares, que evidentemente não liam livros. Tarde da noite, quando Mitsuki deixava o espaço luxuoso e voltava ao seu apartamento de menos da metade do tamanho, no bairro caótico onde pequenos projetos de construção avançavam, ela sentia, em meio a seus livros, que tinha voltado para um lar de espírito aristocrático.

Na cama, Mitsuki narrava com graça os eventos da noite, encostada no pescoço de Tetsuo.

— Nossa casa é a melhor.

— Você não tem ambição, Mitsuki.

— Mas temos o suficiente.

Ela tinha um sonho: quando recebesse a herança dos pais, queria deixar seu trabalho de meio período como professora universitária.

Como professor assistente, o salário de Tetsuo aumentou. Com o marido recebendo mais, Mitsuki pensava em diminuir as horas de aula. Ela não tinha o direito de reclamar, pois muitas pessoas trabalhavam todos os dias, mas o cansaço que ela sentia a deixava esgotada até o dia seguinte. Talvez por ter uma constituição frágil, o que ela mais gostava, desde a infância, era fazer as coisas em casa. Além disso, existia a diferença de gerações, e ela não se sentia preparada para trabalhar fora.

A mãe de Mitsuki trabalhara para a "titia" até os 50 anos, mas porque gostava de trabalhar fora de casa. Além disso, não era um emprego comum. Quando no ensino fundamental Mitsuki faltava à escola por causa de alguma doença, para não atrapalhar a empregada no térreo ela descansava na cama de casal dos pais, no primeiro andar da casa. E, então, podia observar a mãe, que acordava tarde, se arrumar. Com uma expressão séria, a mãe olhava para o espelho, aplicava base em pó com uma grande esponja, o blush e o batom. Depois, punha rapidamente a veste íntima *nagajuban*, o quimono e amarrava a faixa *obi*. Por fim, girava o corpo para o espelho, conferia o laço *taiko* e dava um tapinha. Como toque final, colocava os brincos. Vestida assim, ela não parecia que sairia para trabalhar. Mais do que cultivar o intenso desejo de crescer e se tornar uma mulher que trabalha fora, a mãe plantou em Mitsuki o desejo de se tornar uma adulta logo para poder se maquiar e vestir um belo quimono. A filha não se sentia particularmente grata pelo fato de a mãe trabalhar fora, e a mãe, talvez notando essa ingratidão, vivia dizendo: "Trabalho para que vocês tenham algum luxo".

Algum tempo depois de se mudar para o apartamento maior, o professor que oferecera a vaga de emprego a Mitsuki perguntou se ela estaria interessada em traduzir um livro infantil publicado na França. A tradução nunca tinha lhe despertado interesse, mas, assim que começou, Mitsuki se viu na frente do computador, trabalhando de madrugada. Em seguida, recebeu mais dois livros ilustrados para traduzir e mais um breve romance recém-lançado. Para dar conta dos prazos, ela recusou as traduções de patente durante esse período.

Naturalmente, não era um trabalho que pagava bem.

— Hã? Só isso? – Tetsuo disse quando ela recebeu o pagamento das traduções.

— Não precisamos mais de tanto dinheiro, não é?

Quando Mitsuki respondeu assim, Tetsuo se calou por consideração. Para ela, o apartamento de 72,3 metros quadrados era seu lar de espírito aristocrático – mas não levou muito tempo para perceber que o marido não o achava bom o suficiente.

43. Uma boa proposta

— Se morássemos no centro, eu poderia voltar de táxi para casa.

De fato, depois que Tetsuo começou a aparecer nos meios de comunicação, ele passou a voltar tarde da noite e Mitsuki sentia pena por ele voltar balançando no trem, embriagado. Mas essa história do táxi escondia sua vaidade. Quando ele tocava no assunto do apartamento no centro de Tóquio, Mitsuki dizia, em tom de chacota:

— Na verdade, você quer morar num lugar um pouco mais chique, não é?

O apartamento em que moravam era antigo e, por mais que repintassem as paredes externas e trocassem o piso das áreas comuns, não passava de uma caixa de concreto construída em tempos pré-bolha econômica, quando o Japão ainda era um país modesto. E o bairro não tinha uma localização de que pudessem se gabar.

Depois de uma pausa momentânea, ele respondeu:

— Eu sou esnobe mesmo. Foi assim que cheguei até aqui.

Com uma resposta agressiva, foi a vez de Mitsuki ficar sem palavras.

— Mas não temos dinheiro para isso.

— Podemos dar um jeito se trabalharmos e pouparmos.

Mesmo perdendo a chance de dizer que queria diminuir as horas de aula, nesse dia Mitsuki logo pensou em um pretexto para justificar a ambição de Tetsuo.

Ele foi criado dessa forma, não tinha o que fazer.

As lembranças da vida pobre de Tetsuo soavam como uma fábula do período Showa, no pós-Segunda Guerra Mundial.

No campo aberto que atravessava com seus colegas de classe, as flores de bolsas-de-pastor balançavam ao vento. Era melancólico vê-los brincar com esse mato, girando o caule da planta tal qual um helicóptero. Com o entardecer, sentiam no ar o cheiro de peixe assado na grelha a carvão. Os irmãos se cutucavam enquanto caminhavam em direção ao banho público, carregando bacias. Ao voltarem para casa, sobre a pequena mesa redonda uma lâmpada com protetor de vidro fosco iluminava a refeição servida em cerâmica barata.

Uma das histórias dessa época marcou Mitsuki profundamente.

Depois que passou a frequentar a escola preparatória em Nishi Nippori, Tetsuo fez amizade com o filho de um burocrata do Ministério das Finanças que morava no luxuoso bairro de Mejiro. A grande diferença no estilo de vida superava a ironia e chegava a ser cômica, mas ambos adoravam literatura e disputavam para ler autores como Natsume Soseki, Jun'ichiro Tanizaki e traduções de Tolstói e Dostoiévski. Quando visitou a casa do amigo, viu na sala de estar no estilo ocidental estantes abrigando a coleção completa de Natsume Soseki, com obras em capa de tecido vermelho, lançadas pela editora Iwanami Shoten. Abriu um exemplar timidamente e percebeu que talvez tivesse sido adquirido pelo avô do amigo, pois se tratava da primeira edição. Viu que, por algum motivo, estavam impressos os dizeres "venda proibida". Naturalmente, ele não convidou o amigo para visitar sua casa. Com a escassa mesada que recebia da mãe, Tetsuo comprava os econômicos livros de bolso para discutir os clássicos literários. Certo dia, enquanto fazia a baldeação apressado, tropeçou no degrau da escada e fraturou o tornozelo. Tetsuo, com o pé engessado, faltou à escola e ficou de cama. O amigo, usando um mapa, apareceu para fazer uma visita.

— Sou o Shoji – disse o garoto uniformizado, enquanto tirava o boné escolar.

A mãe não sabia o que dizer diante do rapaz tão educado. Ela tinha ouvido falar do amigo do filho e, na reunião de pais, vestida com roupas adequadas para a ocasião, até cumprimentou a mãe dele. Ela se orgulhava de o filho ser amigo de um rapaz educado e de boa família, mas jamais imaginou que o jovem apareceria na entrada da pequena casa de apenas três cômodos.

Enquanto levava o garoto, que a chamava educadamente de "senhora", até a sala com tatames velhos, a mãe pensou na humilhação que o filho sentiria. No cômodo ao lado, sem nenhuma explicação, ela desligou a televisão onde o caçula assistia à reprise de *Ultraman* e ordenou que fizesse silêncio. Serviu chá e doces em utensílios de cerâmica barata.

— Senhora, não se preocupe.

O garoto fez uma leve reverência com a cabeça. Perplexa com o comportamento adulto, a mãe se retirou silenciosamente para o cômodo ao lado, sentando-se ao lado do filho mais novo. Tetsuo manteve uma conversa normal com o amigo, mas depois que a visita foi embora ele ficou calado, encarando o teto. A mãe, considerando os sentimentos do filho, voltou para os afazeres na pia da cozinha. O caçula, sem entender a situação, fez uma expressão confusa e voltou a ligar a televisão.

Conforme Tetsuo narrava a história, Mitsuki podia ouvir, através da porta de correr, a água gotejando na pia de metal e o barulho característico da televisão ligada, assim como vislumbrar o teto cheio de remendos. O desejo de morar em uma casa onde não ficasse constrangido em receber visitas certamente nascera no coração de Tetsuo com o vexame daquele dia.

Além disso, a casa ficava em Toride, mas a estação mais próxima ficava três estações adiante, em Shin Toride. Para ir ao centro de Tóquio, era preciso ir até a estação Toride da linha Joso, fazer a baldeação para a linha Joban e trocar de linha mais uma vez, na estação Nippori ou Ueno. Ver o rosto inexpressivo dos adultos balançando com o movimento dos trens lotados foi decisivo para que Tetsuo escolhesse morar no centro de Tóquio quando se tornasse adulto. Foi assim que escolheu esse apartamento, próximo da estação de metrô que vai diretamente para o centro. Mas agora que tinha se acostumado à vida ali, ele desejava mais.

Além disso, a ambição de Tetsuo não era absurda.

Com o passar dos anos, várias revistas começaram a exibir fotos de apartamentos luxuosos. Diferentemente dos imóveis habitados por famílias ricas como os Shimazaki e os novos-ricos das empresas de tecnologia, ou ainda dos apartamentos especiais voltados para os ultrajantes *gaijins*, expatriados do Leste Asiático com salários altos – que consideram os japoneses um simples "povo nativo" da ilha –, os apartamentos desses empreendimentos não eram amplos. Alguns tinham 70 metros quadrados e o valor não era proibitivo para um professor universitário. A decoração do prédio era pensada nos mínimos detalhes, desde a entrada, com um vasto piso de mármore. Os moradores podiam incluir um casal de arquitetos, o marido com cavanhaque e a esposa de cabelos curtos e maquiagem natural, que cultivavam ervas no terraço e levavam uma vida estilosa. A revista dava a impressão de que pessoas sofisticadas morariam nesses apartamentos e quem não fosse perderia a oportunidade.

Talvez a ambição de Tetsuo não fosse algo tão ridículo.

Mitsuki até tentou se convencer disso.

A conversa sobre o apartamento no centro não foi decidida e logo veio o primeiro período sabático de Tetsuo. Como ele queria morar na Califórnia, escolheu ir para a Universidade da Califórnia em Berkeley. Para Mitsuki, que o acompanharia, foi um ano de pouco descanso. Antes de partir, a indiferente mãe deixara os cuidados do marido com as filhas, e a irmã Natsuki, com uma expressão ressentida, implorou algumas vezes que a caçula voltasse. Mitsuki se preocupava e se sentia culpada por deixar as tarefas administrativas e as visitas ao pai por conta da irmã. Com a condição de que a mãe e a irmã mais velha ajudassem a custear parte das passagens, Mitsuki prometera voltar a Tóquio de vez em quando. Nesses períodos, apesar de a mãe raramente visitar o pai, ela tentava arranjar pretextos para encontrar Mitsuki, com o propósito de agradá-la.

A conversa sobre o apartamento desapareceu completamente de seus pensamentos após o período sabático. Mitsuki passou todo o tempo cuidando dos pais, o que consumiu ainda mais seus nervos.

Primeiro, o pai desenvolveu pneumonia, como se esperasse o retorno da filha para ficar doente. Ela ficou hospedada num hotel simples próximo ao hospital e recebeu o telefonema da mãe – que a fez desejar sua morte. Mitsuki escreveu a carta em que ameaçava cortar relações com a mãe. Na tarde em que a mãe recebeu a carta, aconteceu o acidente com a bicicleta.

Logo depois do acidente da mãe, Mitsuki recebeu um telefonema do professor que oferecera o emprego de meio período.

— Sabe, Hirayama...

O professor falava com uma voz entusiasmada. Ela conseguia imaginar a pessoa que era bem-humorada ficar ainda mais contente.

— Tenho uma boa proposta para você.

Uma editora o contatara para publicar uma nova tradução de *Madame Bovary* no formato de bolso, mas por causa da idade e por querer terminar outros projetos ele escreveria o posfácio e indicaria Mitsuki para traduzir o livro. O editor, que não podia recusar a recomendação do professor, concordou com a ideia, com a condição de que Mitsuki enviasse a tradução do primeiro capítulo para eles analisarem. Como queriam manter o projeto em sigilo, ela deveria terminar a tradução em dois anos.

Mitsuki, num misto de alegria e perplexidade, pediu um dia para pensar e desligou o telefone.

Naquela noite, ao contar para Tetsuo sobre a proposta, ele não quis discutir o assunto.

— Decida o que quiser, Mitsuki. – Foi o único comentário dele.

Ele não quis se envolver com o entusiasmo da esposa.

A proposta do professor era como um reconhecimento do trabalho de Mitsuki, mas o marido nem sequer mostrara uma expressão de alegria. Ou seja, não viu nenhum sentido na escolha da esposa – parecia até que não queria que ela fosse reconhecida.

A imagem da entrada ampla do prédio no centro de Tóquio, esquecido por algum tempo, surgiu na mente de Mitsuki.

44. Os casos amorosos de Tetsuo

Naquela noite, Mitsuki passou a noite em claro ao lado de Tetsuo, com o coração tomado pela tristeza.

Ela não tinha confiança para aceitar um grande trabalho de tradução com esse prazo enquanto dava aulas na universidade. Sabia que precisaria cuidar da mãe assim que ela tivesse alta do hospital. E também havia o pai, recém-recuperado da pneumonia. Não podia contar com a irmã mais velha, que sofria de uma conveniente doença crônica, por mais lamentável que fosse. Era difícil pedir uma nova licença do emprego depois de ficar um ano fora acompanhando Tetsuo em seu período sabático. A única maneira de aceitar a tradução seria parar de dar aulas. Ela daria um jeito de continuar nesse semestre e pediria a Masako que assumisse a vaga até encontrarem um novo professor. Dessa forma, ela não causaria problemas à universidade. Mas qual seria a reação de Tetsuo se Mitsuki parasse de dar aulas na universidade? Ele não diria abertamente que era contra, porém não ia gostar da ideia. Se continuasse a dar aulas e não conseguisse terminar a tradução no prazo combinado, isso refletiria na reputação do professor que a indicou.

Tetsuo dormia ao seu lado, respirando profundamente. Era como o suspiro pesado de um estranho. Mitsuki ouviu esse som por um longo tempo.

No dia seguinte, ela telefonou para o professor e, com uma voz que tentava esconder a tristeza, explicou a situação e recusou a "boa proposta". O professor respondeu, como imaginava, com uma voz desapontada:

— Entendo.

Desde então, Mitsuki deu as costas para o idioma francês e, em vez de culpar Tetsuo, passou a culpar a mãe. No mesmo dia, foi ao hospital visitá-la.

Ao ver a filha, ela disse:

— Você está com uma cara péssima.

Mitsuki ignorou o comentário e colocou a comida da mãe no frigobar do quarto. A mãe acrescentou:

— Aplique a maquiagem direito.

— Não tenho tempo para isso!

Vendo a expressão irritada da filha, a mãe mudou de assunto.

— Pobrezinha, está cansada? Desculpe por estar assim.

"Se quer se desculpar, então não peça que eu vá ao subsolo da Isetan comprar comida no restaurante enquanto ainda precisa usar o penico." Deitada na cama, a mãe parecia um monstro. Ela sempre viveu como bem quis, mas a filha não pôde fazer o que queria.

Tetsuo, ao saber que Mitsuki recusara a proposta do professor, ofereceu consolo enquanto servia um copo de *happoshu*.

— Não é tão fácil achar uma vaga de professor de meio período, sabia? Suas condições de trabalho são boas.

Era a fala de alguém que conhecia a realidade.

Diferentemente de Mitsuki, que dava aulas apenas dois dias por semana, Tetsuo ficava ocupado quase o dia todo. Além da reunião de docentes, ele tinha ainda outras reuniões. Durante a aplicação do exame de ingresso na universidade, ele saía cedo de casa, desesperado, e ficava na universidade até tarde da noite. Mitsuki sabia como era difícil trabalhar para se sustentar e que era egoísmo ficar em casa e fazer o que gostava. A culpa por ter sua energia sugada pelos problemas de sua família a fazia respeitar a ambição do marido.

O que ela poderia fazer? Nascida daquela mãe, estava condenada a viver dessa forma, com sua energia se esvaindo. Era o que repetia para si mesma, embora ainda ficasse insatisfeita. Naquele dia em Paris, no sótão iluminado pela chama das velas como pequenas estrelas, Tetsuo tinha jurado muitas coisas. Ele prometeu que, caso ela aceitasse se casar, ele priorizaria o que ela queria. Por que aquelas estrelas resplandecentes desapareceram?

No momento crítico em que Mitsuki precisou cuidar dos pais idosos, Tetsuo não estendeu a mão para ajudá-la.

Por quê?

Depois de recusar a "boa proposta", o apartamento na área central deixou de ser apenas uma conversa. Finalmente, Mitsuki foi obrigada a se perguntar: a pessoa com quem se casou, encantada, era do tipo que pensava primeiro em si, desses que existem aos montes por aí?

Foi nessas condições que descobriu o primeiro caso amoroso.

Mitsuki tinha saído para trabalhar, mas esqueceu algo e voltou para casa. Sem perceber a presença da esposa, Tetsuo conversava por telefone com uma voz alegre. Parada, ela ouviu a voz da mulher e apareceu de repente durante a conversa. Tetsuo engoliu as palavras enquanto a esposa dava as costas para sair do apartamento. Por mais que andasse rápido, ele poderia alcançá-la antes de chegar à estação, por isso ela foi até a avenida Circular 7 e pegou um táxi.

À noite, ao voltar depois das aulas, Tetsuo já estava no apartamento. Mitsuki ignorou o marido e foi ao quarto, abriu ruidosamente uma mala em cima da cama, onde colocou roupas, peças íntimas, pijamas, sapatos e maquiagem. Ela se lembrou de que esse tipo de cena sempre acontecia nos filmes de Hollywood. Por que as americanas, por mais bravas que estivessem, precisavam jogar os objetos na mala com tanta violência? Aconteceria apenas nos filmes? Ou será que elas faziam mesmo as malas daquela maneira? Mitsuki não era metodicamente organizada para os padrões japoneses, mas dobrou as roupas e arrumou na mala o pijama e as roupas íntimas já dobradas. Separou as roupas sujas num saco plástico. Também incluiu o material para as aulas. Ela não queria ir para a casa dos pais, onde encontraria a mãe, que tivera alta do hospital e andava apoiada numa bengala. Iria para o pequeno apartamento de Masako, onde a amiga morava com a filha depois do divórcio.

Ela ainda não sabia muito bem o que planejava fazer. A realidade em que vivia não parecia real e, enquanto se movia ocupada, era como se assistisse aos movimentos de outra pessoa, num sonho. Tamanho choque e raiva mostravam que ela ainda amava Tetsuo, mas não apenas isso: ela também amava a própria vida.

No apartamento, Tetsuo estava como Mitsuki, andando de um lado para outro, em lágrimas. Quando Mitsuki ficou de pé diante da porta, depois de colocar os sapatos, ele se ajoelhou e agarrou firmemente as pernas da esposa com os dois braços. Ela sentiu as lágrimas na meia-calça e em suas pernas.

— Eu pedi a ela várias vezes que terminássemos.

Com Mitsuki deitada na cama e mais calma, Tetsuo começou a se justificar. Ele cobriu a esposa com um edredom para que ela não pegasse um resfriado e se deitou ao lado dela, apoiando as mãos sob a cabeça.

Quanto Tetsuo levantou os braços, Mitsuki sentiu o odor das axilas do marido. Era um aroma pungente e doce do qual ela passara a gostar em Paris; ao mesmo tempo que estimulava suas narinas, tinha algo de selvagem.

A amante era esposa de um professor da mesma faculdade de Estudos Internacionais, três anos mais velha que Tetsuo. Com um casamento arranjado, teve filhos e levava uma vida tranquila, mas quando acompanhou o marido numa viagem de estudos pela América do Sul, por intermédio da Federação de Professores, conheceu Tetsuo e se apaixonou. Ela não conseguia viver sem o primeiro e talvez último amante.

— Ela chorava compulsivamente toda vez que eu dizia para terminarmos, por isso não consegui dar um fim.

Mitsuki assentiu com a cabeça, enquanto assoava o nariz.

Isso acontece, Tetsuo é gentil, por isso era difícil dizer para terminar o caso. Embora ainda ecoasse em seus ouvidos a voz alegre do marido ao conversar com a amante por telefone, Mitsuki aceitou a justificativa. Como era jovem, se houvesse se divorciado naquela época, ela poderia ter encontrado outra pessoa. Ou talvez tivesse se dedicado às aulas em tempo integral e pudesse se sustentar sozinha. Entretanto, o divórcio jamais passou pela cabeça da Mitsuki daquela época. Ela achou que eles se tornaram mais íntimos depois de chorarem juntos.

Posteriormente, com a morte do pai, que Mitsuki acompanhou sozinha, a gentileza do marido a consolou.

Mesmo assim, com a descoberta do caso extraconjugal, algo inevitavelmente mudou.

A partir daquele dia, quando ela sentia algo de estranho em Tetsuo, passou a não arranjar mais desculpas para ele, embora esse fosse um processo inconsciente. Saboreando lentamente o desconforto dessa sensação estranha, ela se permitia ver o marido com um olhar distante. Era como se a semente da árvore do conhecimento começasse a germinar seus brotos venenosos aos poucos do solo.

Mitsuki soube que outro caso amoroso que descobriu anos depois começara em Ishigakijima, em Okinawa, durante o segundo período sabático. Ela acompanhou o marido, mas estava preocupada com a mãe, que nos seus quase 80 anos dependia dos cuidados de Mitsuki. Deixá-la aos cuidados de Natsuki seria desgastante para as duas. Por isso, além de telefonar todos os dias num horário determinado, ela retornou sozinha a Tóquio por cerca de um mês, durante as férias de verão dos Shimazaki em Oiso, e também no fim do ano, quando a mãe quis reunir a família.

Aconteceu logo depois do fim do período sabático. Era mais de meia-noite e o casal estava na cama, lendo, quando o telefone tocou de repente. Por causa do horário, Mitsuki atendeu, pensando ser a mãe, mas a voz de uma mulher fez Mitsuki congelar:

— Gostaria de falar com Tetsuo.

Ele pegou o telefone com uma expressão calma.

A mulher disse que tinha se trancado no quarto e cortado o pulso. Os pais, que moravam com ela, já estavam dormindo. Depois de desligar, ela tiraria o fio telefônico da tomada para que ele não telefonasse de novo. Tetsuo chamou uma ambulância e, com uma eficiência peculiar que surpreendeu Mitsuki, pediu ao motorista que não ligasse a sirene para não alertar a vizinhança. Desesperado, pegou um táxi para ir à casa da mulher. Ainda surpresa e atônita, Mitsuki ajudou o marido a sair do apartamento o mais rápido possível.

A mulher era um ano mais velha que Tetsuo. Vendo que estava ociosa em casa, os pais lhe disseram para mudar de ares e ir a Okinawa visitar o irmão mais velho e a cunhada, que faziam pesquisas sobre manguezais na Universidade dos Ryukyus. Ela conheceu Tetsuo durante o verão, quando Mitsuki estava em Tóquio, e se envolveu com ele. Mesmo ciente de que ele não tinha a intenção de se divorciar, a mulher voltou para Tóquio atrás dele. Os pais, em vez de ficarem furiosos com Tetsuo, pediram desculpas, algo que ele já esperava. A filha não era mais uma garotinha e talvez eles fossem uns infelizes que tinham de lidar com alguém que cortara o pulso várias vezes.

Mitsuki desceu ainda mais nos degraus da vida.

45. Televisão e olhar divino

"Mulherengo" é um termo vulgar.

Apesar de Tetsuo ser atencioso com as mulheres, essa não era uma palavra que descrevia o marido com precisão. "Mulherengo" lembrava a expressão "correr atrás de rabo de saia", que por sua vez trazia a ideia de relação carnal com as mulheres. Mas Tetsuo não era esse tipo de homem. Originalmente um jovem literato – tinha se transformado em alguém que parecia combinar com a cidade de Paris. Um romântico que vivia seus casos amorosos. Mas não do tipo que ficava obcecado pelas mulheres; ele gostava que as mulheres ficassem obcecadas por ele.

Exceto por serem mais velhas que Tetsuo, as duas mulheres com quem ele se envolveu não tinham quase nada em comum. A primeira era esposa de um colega de trabalho, por isso Mitsuki a encontrou uma vez. Ela vestia um terno de cor chamativa e passou uma boa impressão. A segunda, pelo que ouviu de Tetsuo, era tímida, usava apenas roupas discretas e sapatos pretos de salto baixo. Parecia ser uma pessoa muito simples. Em termos de constituição física, uma era gordinha e a outra, magra. No entanto, as duas tinham algo em comum.

Eram obcecadas por Tetsuo.

Talvez ele soubesse instintivamente que havia vantagem em ser mais jovem, por isso suas namoradas no ensino médio eram mais velhas.

Por falar nisso, na época em que a mãe se envolvera com Aquele Homem, uma vez Mitsuki estava reclamando da mãe – como só uma filha pode fazer, desabafando sobre os defeitos dela – e falando mal até do homem quando, levado pelo tom da conversa, Tetsuo soltou:

— Se o parceiro da mamãe fosse eu, ela ficaria muito contente.

Mitsuki ficou furiosa.

— O que você quer dizer com isso?

Tetsuo voltou a si e se calou.

Mitsuki continuou:

— O que você disse é de extremo mau gosto.

— Desculpe. Eu retiro o que disse.

— Completamente narcisista.

— Eu já pedi desculpas. Desculpa, desculpa.

Tetsuo viu a atitude ameaçadora da esposa e percebeu que tinha falado algo que não devia, mas não deve ter percebido por que Mitsuki ficara tão brava. Além da fala indecente como genro, Mitsuki ficou perplexa com a presunção do marido em achar que todas as idosas derramariam lágrimas de júbilo se um homem como ele lhes desse atenção.

A conversa daquele dia permaneceu por algum tempo como um gosto ruim na boca, mas com o passar dos dias a memória submergiu para as profundezas da mente.

Depois de descobrir o segundo caso, ela começou a suspeitar que o marido pudesse ter tido outras mulheres no passado. Gradualmente, considerou que não seria estranho se ele tivesse. E, assim, Mitsuki passou a ver Tetsuo com olhos brutalmente frios, o que a surpreendia. Ela descobriu que nutria profundo respeito pelo professor de testa saliente, mas que deixara de reverenciar o marido havia muito tempo. Tetsuo era, em essência, um homem alheio à "cultura erudita" – assim como Yuji, marido de Natsuki. Mas Yuji pelo menos estava ciente disso e se mostrava constrangido pelo fato, enquanto Tetsuo agia como se apreciasse aquele mundo, embora não tivesse apreço nem por arte nem por intelecto e talvez nunca fosse ter. Ou melhor, talvez a própria Mitsuki não houvesse descoberto, mas sim se permitido reconhecer que o marido era esse tipo de homem.

A mãe citava a "cultura erudita" com uma admiração inabalável. Toda vez que ela dizia essas palavras, Mitsuki pensava na ilusão da mãe, que mergulhava num profundo sentimentalismo quando lhe era conveniente, enquanto abandonava os mais fracos sem piedade. Mas essa admiração, como a alma que sobe cegamente em direção às estrelas, era também a verdade defendida por ela durante toda a vida. Quando a mãe dizia essas palavras, a filha por vezes desdenhava, por vezes ficava aterrorizada, porém em seu íntimo a própria Mitsuki, assim como muitas mulheres e como a mãe, não queria viver fora daquele mundo. Ela não queria passar o resto da vida com um homem alheio à "cultura erudita".

O Tetsuo que Mitsuki conhecera em Paris era diferente dos outros *boursiers*, sempre bem-vestido e, aos seus olhos, parecia alguém que conhecia as artes. Naturalmente, por ser um bolsista do governo, ele parecia ter sede de conhecimento. Sobretudo por sempre aconselhar a ignorante Mitsuki, essa impressão era ainda mais forte.

Por causa da impressão inicial, por muito tempo Mitsuki não percebeu, mesmo depois de morarem juntos, que Tetsuo não era alguém que podia agarrar as estrelas do céu. Depois de anos, ela sentiu vagamente que ele havia perdido o interesse por literatura. Com o passar do tempo, viu também que o marido não tinha a intenção de compreender o mundo por meio dos livros, como um típico pesquisador faria. Diante da escrivaninha, Tetsuo escrevia algo que aparentava ser difícil. Lia livros que pareciam complexos. Entretanto, quando assumiu a vaga na faculdade de Estudos Internacionais, onde podia escolher o tema de pesquisa, ele logo se afastou dos livros e passou a focar na literatura das ex-colônias e na literatura de imigrantes, viajando o mundo como antropólogo cultural e representando culturas em extinção e minorias étnicas oprimidas. Quanto mais se afastava dos livros, mais era beneficiado por sua característica flexível.

Mesmo assim, Tetsuo ainda nutria certa ambição como acadêmico literário. Com as habilidades desenvolvidas no passado, ele escreveu artigos breves que Mitsuki achava incompreensíveis – com referências à literatura francesa e conceitos franceses complexos, publicados numa revista que ninguém lia. Nenhum dos artigos chamou atenção, mas ele continuou a escrever esses textos, reunindo o material para publicação em um ou dois livros. Por fim, passou a acompanhar os movimentos da mídia no Leste e Sudeste Asiático. O terceiro livro tinha como tema a recepção da cultura pop japonesa contemporânea na Ásia. Esse título vendeu bem e Tetsuo começou a aparecer com mais frequência nos meios de comunicação.

Aos olhos de Mitsuki, o que Tetsuo fazia não era por necessidade, mas apenas para manter o lugar que conseguira conquistar na mídia. Contudo, até descobrir a segunda traição, ela evitou enxergar algo tão óbvio – para seu próprio bem.

Seria vontade divina ou mera coincidência?

Foi logo depois que ela descobriu o segundo caso. Foi também depois que a mãe, já usando bengala e com tendência a tropeçar, fraturou o ombro esquerdo. Naquele dia, Mitsuki estava na cozinha da casa em Chitose Funabashi, de avental e cortando picles de nabo envelhecido, a iguaria predileta da mãe. Com o ombro engessado e deitada no sofá, a mãe gritou para a filha:

— Não consigo mais mastigar, então não corte em rodelas, mas em tiras finas.

A televisão estava ligada porque Tetsuo apareceria em um programa.

Seria sua primeira aparição.

— Lá está ele! – a mãe gritou como se tivesse visto um animal raro.

Enxugando as mãos às pressas, Mitsuki correu e paralisou. Por um instante, Tetsuo parecia outra pessoa. A banalidade de suas aspirações foi exposta como se a televisão tivesse o poder de um olhar divino. O homem que vestia a tal "camisa de intelectual" de gola alta e falava sorridente era seu marido?

— Até que ele parece bonito na televisão – foi o único comentário da mãe.

Talvez por parecer jovem e ficar bem na tela, tenha aparecido com certa frequência na televisão, mas Mitsuki não se preocupou mais em ver.

Quantos personagens Mitsuki projetou naquele Tetsuo do sótão em Paris, de semblante triste em meio a luzes tremulantes das velas? Não foi apenas o Rodolfo de *La Bohème*. Também o imaginou como Julien Sorel, de *O vermelho e o negro*, e Heathcliff, de *O morro dos ventos uivantes*. Talvez até Kan'ichi, de *Demônio dourado*. Rapazes pobres que podiam agarrar as estrelas do céu, tinham ambições incomuns e amaram ardentemente uma única mulher. Eram homens dos romances que ela leu e releu durante a infância, deitada no sofá ou na cama, de barriga para cima ou de lado, enquanto mordiscava um *senbei*. Ela tinha projetado esses personagens em Tetsuo, sentindo-se em êxtase.

Quando retornou ao Japão com ele, a mãe e a irmã projetaram a mesma coisa que Mitsuki, mas com o pai, talvez por ser homem, isso não aconteceu. Não foi por antipatia; porém, refletindo agora, percebeu que o pai deve ter imaginado um estudante mais comprometido ao saber que Tetsuo era um *boursier*. Quando o conheceu, mostrou-se surpreso.

Mitsuki até sentiu prazer em observar o marido com frieza.

Sim, aquilo aconteceu quando todos foram assistir à ópera.

Sem saber que aquela seria a última vez que a mãe iria ao teatro, Natsuki e Mitsuki pegaram um táxi em Chitose Funabashi com ela, enquanto Tetsuo foi diretamente do apartamento, de metrô – para a sala Tokyo Bunka Kaikan, em Ueno. Elas não convidavam Yuji nessas ocasiões, pois o pretexto era que "estava ocupado", mas a verdade é que ele se sentia sufocado. Já Tetsuo tinha se familiarizado bem com os Katsura e, como se dispunha a carregar o casaco e os pertences da sogra, fazer reserva no restaurante e procurar táxi na volta, muitas vezes elas pediam que as acompanhasse quando ele podia.

O programa era justamente *La Bohème*.

Che gelida manina...

Rodolfo segurou a mão de Mimì e começou a cantar a célebre ária para tenor: "Quem eu sou? Sou um poeta. O que faço? Eu escrevo. Como me sustento? Apenas vivo. Sou pobre. Mas tenho sonhos, imaginação e vontade para construir castelos imaginários, minha alma é milionária". A voz nítida as fazia esquecer que não estavam no La Scala ou na Ópera de Paris, e sim no Tokyo Bunka Kaikan, uma construção com arquitetura modernista mas obsoleta, cuja atmosfera continha a tristeza de um país obrigado, com a modernidade, a abandonar a Ásia e seguir o modelo europeu. A mãe, que tinha passado dos 80 anos, observava o palco com seus olhos escuros brilhando intensamente.

Ao lado dela, Tetsuo dormia. Era uma cena comum quando iam ao teatro. Ele não dormia por cansaço. Estavam numa matinê de domingo, ele havia descansado bem na sexta e no sábado. Ver o marido dormindo não entristeceu Mitsuki, mas a fez perceber que observava Tetsuo com um prazer malicioso.

Num dos e-mails para a mulher jovem, ele comentou: "Não sei o que fazer. É uma família que gosta de arte". Mitsuki não conseguiu segurar o riso ao ler a descrição precisa que ele fez da insensatez dos Katsura. Com a mulher jovem, Tetsuo não disfarçava seu verdadeiro eu. Ele podia ser ousado – ou melhor, completamente sincero.

Existem momentos em que as pessoas traem sua verdadeira natureza.

Naquelas poucas horas que passaram no sótão em Paris, rodeados por luz de velas, Tetsuo inconscientemente havia traído a si mesmo. Naquelas poucas horas, o que estava acima veio abaixo, o que estava abaixo veio à tona; foram horas festivas que fugiram do normal. Naquelas poucas horas, Tetsuo esqueceu de si e estava encantado por Mitsuki. A sinceridade dele a comoveu, a encantou e a deixou nas nuvens. As horas festivas chegaram ao fim com o apagar das velas e Tetsuo voltou a ser como era. Durante muito tempo, Mitsuki apenas vivera sem enfrentar esse fato.

Ela ainda não conseguia explicar a cena solitária no porto de Calais. Será que Tetsuo inconscientemente rejeitava a mulher de pensamento ingênuo, que achava que o marido se contentaria com seu canto? Será que ele se sentiu excluído pelo ato de cantar, algo natural para os Katsura? Mesmo se tratando de canções populares antigas, será que ele teve a impressão de que estavam lhe impondo "arte"? Fosse qual fosse o motivo, sem dúvida ele se sentiu desconfortável com algo.

46. Par de tigelas para casal

Tetsuo passou a dormir em outro quarto. Ele tinha colocado uma cama de solteiro no escritório, para que pudesse trabalhar até tarde, então a mudança ocorreu naturalmente. Ele continuava a usar o guarda-roupa compartilhado no quarto principal, onde ficava a escrivaninha dela, mas a cama de casal se tornou exclusiva de Mitsuki. Passou muitas noites em claro nessa cama, pensando no pobre pai e na ultrajante mãe, mas não pensava muito em Tetsuo, que provavelmente dormia do outro lado da parede.

O momento de pagar essa conta havia chegado.

Em meio ao silêncio noturno das montanhas de Hakone, os pensamentos de Mitsuki voltavam no tempo, tomados por Tetsuo e pelos acontecimentos que surgiam. Eram duas da manhã quando parou de olhar para o teto. Como de costume, ela tomou vários remédios e adormeceu.

Mesmo dormindo, suas memórias ainda a incomodavam.

Apesar do ar puro, ela teve um sono breve e acordou ainda se sentindo cansada.

Em busca da bênção matinal, abriu as cortinas e viu o mesmo lago do dia anterior, mas sentiu que o sol estava mais alto no céu, por causa do brilho do cume da montanha na outra margem. Enquanto observava a cena, o sol ia subindo conforme o tempo passava. Banhada pela luz matinal, a reunião dos hóspedes de longa estadia na noite anterior parecia irreal.

Mitsuki foi ao restaurante japonês para tomar café da manhã. Enquanto era conduzida à mesa, ela olhou ao redor, procurando pelo homem de terno escuro, a quem pretendia cumprimentar com um meneio de cabeça. Para Matsubara, que queria enfrentar sozinho a tristeza do luto, ter sido levado por Kaoru a juntar-se ao grupo, na noite anterior, certamente fora algo inesperado. Hoje ela não o aborreceria.

Em vez de Matsubara, ela viu um jovem casal asiático. Ela só poderia descrevê-los como "asiáticos" porque, quando se cruzaram, ouviu conversarem em inglês americano e não soube dizer qual era a ancestralidade do casal. Seriam descendentes de chineses ou coreanos? Ou de japoneses? Diferentemente dos jovens japoneses de hoje, que podiam ser partidos ao meio com um fraco golpe de caratê desferido por Mitsuki, o casal tinha um físico forte. Viajantes americanos sem muito dinheiro ficam em hospedarias tradicionais ou hotéis simples, mas viajantes ricos se hospedam em hotéis internacionais. Era estranho que eles se hospedassem em um hotel como esse, ainda mais fora da estação das azaleias. Eram jovens no início da vida – carregavam uma juventude que transformava a atmosfera ao redor do casal, algo que Mitsuki não percebeu em sua época.

De acordo com o que ela ouviu dizer, enquanto nos Estados Unidos a taxa de divórcios era de cinquenta por cento, entre casais asiático-americanos a quantidade de separações era baixa. Talvez tenham sido influenciados pelos costumes dos avós e pais – o velho costume de não depositar sonhos inúteis no casamento. Que tipo de vida esse casal levaria no continente afastado da terra de seus antepassados?

Depois de passar pelos dois, avistou o casal de meia-idade que estava no mesmo ônibus, na ida para o hotel. Ela se surpreendeu que aquele casal ainda estivesse hospedado ali, mas lembrou que haviam se passado apenas duas noites. Se vieram para se hospedar por dois dias, não seria estranho o casal ainda estar no hotel. Eles reconheceram Mitsuki, depositaram a xícara de chá na mesa e a cumprimentaram com um sorriso e um meneio de cabeça. Parecia que o filho e a nora ficaram apenas uma noite.

A luz da manhã entrava pela janela, iluminando o rosto tranquilo dos dois. O casal aparentava ter se acostumado ao hotel, não havia mais a sensação de desconforto. Mitsuki podia sentir a tranquilidade reverberar no coração dos dois. Ver o casal bebericar silenciosamente o chá servido após a refeição transmitia a perfeita harmonia de um par de tigelas para casal, usado por muito tempo; era uma sensação característica de casais que envelhecem juntos.

Meu velho. Minha velha.

Eles pareciam personagens saídos de livros ilustrados de histórias folclóricas japonesas: "Há muito, muito tempo, em certo lugar, havia um velhinho e uma velhinha...". Com aquela idade, é muito provável que o casamento tenha sido arranjado. Ainda existem muitos casais no Japão que se casaram dessa forma e que envelheceram juntos. Os pais de Tetsuo eram discretos, mas tinham uma boa relação. O casamento fora arranjado e eles haviam se encontrado apenas uma vez antes. Durante o encontro, a mãe apareceu na sala para trazer uma bandeja de doces e chá para a outra família e o assunto foi decidido, sem que fosse preciso trocar uma palavra. Por mais que seja uma história ocorrida no interior recôndito além de Toride, o evento não se passou no período Edo ou Meiji. Era no período Showa, pós-Segunda Guerra Mundial, quando o país fora atingido pelo demônio moderno, a bomba atômica. Depois que os sobrinhos de Tetsuo nasceram, o casal começou a chamar um ao outro de "meu velho" e "minha velha". Por que os japoneses não se satisfazem mais com esse tipo de casamento?

Ao sentar-se, o olhar de Mitsuki recaiu no livro que estava sobre sua mesa.

Madame Bovary – a história da mulher do interior da França que leu romances demais. Escrita por Gustave Flaubert e publicada em folhetim na *Revue de Paris* em 1856. Emma, garota sentimental e sonhadora, filha de um fazendeiro relativamente rico, começou a ler com avidez histórias sobre "amor, amantes e mulheres apaixonadas" durante sua educação num convento, o que a fez ter grandes expectativas de uma vida romântica e gloriosa. No entanto, o homem com quem se casou era um médico simples do interior. Emma achava que as amigas da época do convento certamente viviam "na cidade, com o barulho das ruas, o burburinho dos teatros e as luzes do baile, tinham existências nas quais o coração se dilata, os sentidos desabrocham". Para preencher o vazio da vida, ela teve amantes, encomendou roupas que estavam na moda em Paris e, depois de contrair uma dívida enorme, tomou veneno e sofreu uma morte agonizante. Dizem que mulheres por toda a França suspeitaram que o livro descrevia a própria vida. Desde então, ler romances demais e ter fantasias irreais sobre o amor passou a ser chamado de "bovarismo".

Obras ocidentais enfatizavam incansavelmente o amor, amantes e mulheres apaixonadas, influência introduzida no Japão no período Meiji. Embora na literatura japonesa houvesse obras como *O romance de Genji*, escrita há mais de mil anos e conhecida pelas aventuras amorosas dos personagens, o amor era apenas um dos muitos temas da literatura japonesa – e certamente menos importante do que exaltar a passagem das estações do ano. No entanto, praticamente todos os romances ocidentais que chegaram ao Japão nos períodos Meiji, Taisho e Showa eram dedicados ao amor. O contato com esse tipo de obra transformou os leitores japoneses em românticos, em especial as mulheres, que se tornaram românticas, extravagantes, desinibidas e insatisfeitas com os pretendentes escolhidos por pais, parentes e vizinhos. Assim como Emma, elas passaram a desejar homens que pudessem sussurrar belas palavras de amor, tal qual no livro. Naturalmente, a insatisfação com a realidade aumentou, como aconteceu com a mãe, que fugiu do noivado com o filho do barbeiro e se refugiou na casa dos Yokohama. Nem todas recorreram ao suicídio, mas levaram uma vida pequena, de descontentamento.

Romances são cruéis.

Enquanto via o rosto adorável da moça ocidental na capa, Mitsuki tomava *misoshiru*, segurando os hashis com uma das mãos. Foi quando o casal de meia-idade se levantou e a cumprimentou brevemente ao passar por ela.

Mitsuki depositou a tigela na mesa e cumprimentou o casal.

— Mais um dia ótimo para passear.

— Tem razão. Nós já terminamos o nosso passeio.

— Acordaram bem cedo?

— É o hábito.

O casal se foi com um sorriso parecido no rosto.

Mitsuki também se recolheu ao quarto, mas, cansada de pensar, abria e fechava o exemplar de *Madame Bovary*. Ela repetiu essa ação até quase meio-dia, quando decidiu mudar de ares. Vestiu roupas de inverno e foi para o jardim bem iluminado do hotel.

Seguindo pela direita do caminho de pedras do jardim, repleto de arbustos de azaleias secos, deu com uma capela de aparência barata que exibia uma cruz no topo. Com paredes sem reboco pintadas de branco, havia até nichos dos dois lados da porta e, por algum o motivo, duas estátuas da Virgem Maria. Quando o amor passou a ser pré-requisito para o casamento, muitos japoneses que nunca abriram a Bíblia começaram a fazer juras de amor eterno sob uma cruz nas capelas. Os hotéis cuja renda dependia de festas de casamento passaram a construir capelas em suas instalações ou terrenos. Esse hotel também devia ter construído esse edifício estranho para não ficar para trás. Como era inverno, não mostrava vestígios de ter sido usado recentemente. Diante da capela, havia uma paisagem que parecia um set de filmagens: uma fonte de água no centro de uma praça em estilo românico circundada por uma calçada de pedra falsa. Mitsuki se surpreendeu quando deparou com o cenário pela primeira vez, e desde então desenvolvera o hábito de dar a volta para evitar a visão fajuta.

No ponto de retorno, havia um antigo monumento em granito de alguém que parecia ter alguma relação com o hotel. Como o texto estava em chinês clássico, Mitsuki não conseguia entender o significado da mensagem. Toda vez que via o monumento, ela se lembrava de que, no breve período de cem anos, os japoneses haviam perdido a habilidade de ler esse tipo de texto, ao mesmo tempo que surgia em sua mente a imagem da capela de concreto, que tentava evitar.

Quando voltou ao centro do jardim, dando uma grande volta, viu alguns homens de boné. Eles observavam as azaleias e faziam anotações, tiravam fotos e amarravam etiquetas com números. Algumas variedades de azaleias haviam perdido todas as folhas, outras, não; algumas eram pequenas, outras tão grandes que era difícil acreditar que eram realmente azaleias. Assim como num jardim botânico, cada planta tinha uma etiqueta com o nome japonês e o nome científico: Mochitsutsuji; *Rhododendron macrosepalum Maxim. cv.* Hanaguruma. Era especialmente fascinante ver o significado do nome das flores escrito em ideogramas: Seda de Okinawa, Jovem Garça, Rio Asukagawa, Miríade de Pétalas Brancas, Princesa Damasco de Seda. Mesmo que não entendesse o chinês clássico, ela conseguia ler os ideogramas. A satisfação em compreender o significado dos ideogramas a fazia adentrar num mundo muito mais profundo do que o das cerejeiras em flor na primavera.

Os homens conversavam diante de um arbusto sem folhas.

— O que é isso?

— É uma azaleia dodan.

— Tem certeza?

— Pode confiar.

Caminhando um pouco mais, Mitsuki encontrou uma placa explicando o processo de manutenção do jardim de azaleias: ela trazia o nome e a foto dos principais jardineiros, chamados de *garden conductors*. Os rostos com expressões sérias destacavam ainda mais o estranhamento desse termo, um neologismo criado no Japão. Depois de observar a placa por algum tempo, Mitsuki desceu até a margem do lago e, dessa vez, decidiu seguir o caminho de pedras pela direita. Por fim, a trilha se tornou irregular, com plantas crescendo pela passagem e tornando a caminhada mais difícil. Caminhou até onde pôde e, quando voltou ao hotel, já tinha passado do horário do almoço.

Pensando em comer algo leve no saguão, ela se sentou próximo à janela e olhou ao redor. Talvez por ser dia, havia muitas mulheres. Mãe e filha. Irmãs. Amigas. Todas conversavam livremente, com expressões sinceras. Um homem gordinho de meia-idade vestindo suéter parou perto da janela onde Mitsuki estava. Sem se importar com os outros ao redor, gritou para a pessoa que o acompanhava, sentada no sofá nos fundos.

— Ei, dá para ver o monte Fuji daqui.

— E daí que dá para ver o monte Fuji? – outro homem de meia-idade respondeu em voz alta.

— Venha ver. – E gesticulava para a pessoa ir. — Parece que vão registrá-lo como Patrimônio da Humanidade, não é?

O homem que estava no sofá se aproximou comentando:

— Aquilo? Um Patrimônio da Humanidade? – Era outro gordinho de suéter. Os dois observavam o monte Fuji tal qual dois ursos despreocupados. Nesse momento, se ouviu uma sequência de sons explosivos, como se um pequeno vulcão tivesse entrado em erupção.

— O que é aquilo?

— Não seria um canhão? Em algum lugar no pé do monte Fuji, existe um campo de treinamento das Forças de Autodefesa.

— Ah, é?

Os homens se foram, ainda conversando alto.

Após a refeição, Mitsuki também se aproximou da mesma janela e observou o lago por algum tempo. Havia dois barcos piratas navegando com suas velas; um de turismo, baixo e plano, cercado de vidro. Sobre a superfície do pequeno lago Ashinoko, as três embarcações iam e vinham.

De fato, se comparado ao mundo dos romances, da imaginação, a realidade era insignificante.

47. Tão distante

Atraída pelas chamas da lareira no saguão, depois do jantar Mitsuki desceu a escadaria, inconscientemente à procura do homem de terno escuro, quando seu olhar encontrou Kaoru, com a cabeça abaixada, o que deixava à mostra seus cabelos brancos. Estava sentada ao lado de uma lâmpada, sem a companhia do rapaz. Como seria estranho ignorá-la, Mitsuki se aproximou, pensando em trocar poucas palavras. A echarpe, como sempre, estava enrolada com elegância no pescoço. A idosa tricotava. Para surpresa de Mitsuki, havia sobre os joelhos dela um iPod prata ao lado de um novelo de lã lilás. Ao ver que tinha companhia, Kaoru desligou o dispositivo com certa dificuldade, tirou os fones de ouvido e depositou as agulhas em cima dos joelhos. Olhou para cima e disse, com voz rouca:

— Sabe, eu descobri quem são os hóspedes de longa estadia. Tem mais dois grupos. – A idosa não ordenou que se juntasse a ela.

Mitsuki olhou pelo saguão.

— Eles não estão aqui. Não são pessoas que viriam aqui à noite. Um dos grupos é um casal com cerca de 70 anos.

Mitsuki lembrou-se do casal de meia-idade que encontrou pela manhã, ao mesmo tempo que Kaoru acrescentou:

— Eles não parecem ser o tipo de pessoa que se hospedaria por tanto tempo... mas olha o que estou dizendo. Tenho tanto tempo livre que estou me intrometendo na vida alheia.

Depois do comentário reprovador, a idosa contou que questionou o bartender sobre o outro grupo. Eram duas hóspedes:

mãe e filha. Ele deve ter desistido de esconder informações dessa senhora ousada. Mitsuki perguntou:

— Por acaso seria uma moça gordinha e uma senhora magra?

Por algum motivo, ela se lembrou de uma mãe e uma filha que tinha visto nas termas antes do jantar.

— Isso mesmo. Chegaram hoje. Conversei um pouco com elas. A moça disse que se casaria em breve, por isso decidiu viajar com a mãe antes.

A dupla que Mitsuki viu nas termas se dava tão bem que não seria estranho elas quererem aproveitar uma viagem apenas entre mãe e filha. Nos dias de hoje, muitas mulheres continuavam a trabalhar mesmo depois de casadas. Será que a filha tirou folga? Ou pediu demissão quando anunciou o casamento?

Kaoru parecia solitária. Antes de se afastar, Mitsuki perguntou:

— Onde está o rapaz que sempre te acompanha?

— Hã? Está falando do Takeru? Ele já foi dormir. Saiu para passear de carro antes do jantar, mas quando voltou disse que estava cansado e foi se deitar.

Mitsuki se despediu e ia dar as costas, quando Kaoru apontou para o iPod com a mão que segurava as agulhas de tricô.

— Adivinha o que estou ouvindo?

Mitsuki inclinou a cabeça.

— Seria ópera?

Diante da pergunta, Kaoru deu uma risada de um jeito comum entre as mulheres mais velhas – parecia a risada da mãe de Mitsuki.

— É o livro *Musashi*, narrado por Musei Tokugawa. Takeru comprou as fitas em um leilão da Yahoo e transferiu para essa coisa pequenina. Quando eu era jovenzinha, os capítulos eram transmitidos pelo rádio. Não pude ouvir naquela época, mas agora fiquei impressionada com a linguagem.

Uma idosa e um romance sobre um lendário mestre espadachim – a combinação inusitada arrancou risos de Mitsuki, que se despediu e foi em direção à lareira. Assim como Kaoru, ela se sentou num canto iluminado, pediu uma taça de vinho tinto, colocou os óculos e abriu o livro, mas seus olhos apenas deslizavam pelas letras. Além da lembrança da noite anterior, rostos, objetos e cenas recentes iam e vinham desordenados. Foi então que surgiu a imagem da mãe e da filha que vira nas termas.

Ela fora se banhar quando o sol já tinha se posto. Os homens podem até discordar, mas para Mitsuki mulheres nuas perdiam a diferença de idade e se tornavam indistintas, como os animais. Crianças e idosas eram um caso à parte, mas o restante era simplesmente uma mulher nua. A jovem que vestia uma saia de tecido esvoaçante e sapatos mule rosa, ao tirar a roupa nas termas, se despia também da juventude exagerada. Além disso, o efeito do vapor impedia de discernir com nitidez se eram irmãs ou mãe e filha.

Mas com aquela mãe e filha havia uma diferença marcante. As duas estavam sentadas de costas na beirada da banheira, com as pernas mergulhadas até o joelho na água quente. A jovem tinha o bumbum redondo e rechonchudo, enquanto a outra, apesar de ter a mesma idade de Mitsuki, tinha um bumbum magro e mais enrugado do que a idade aparentava. As duas pareciam muito próximas e conversavam. Depois de suas figuras brancas deixarem o banho, Mitsuki ficou por mais algum tempo até se juntar a elas no vestiário. Viu a dupla na cadeira de massagem, vestindo *yukatas*, os quimonos de algodão oferecidos pelo hotel, idênticos. Elas provavelmente dividiam um quarto duplo, cada uma na respectiva cama e dormindo no mesmo horário, ao apagar das luzes. Quando Mitsuki foi com a mãe ao hotel, jamais pensou em dormir no mesmo quarto. Reservou logo quartos separados e, ao informar a mãe, a resposta foi um "tudo bem".

Com que tipo de pessoa aquela moça se casaria?

Ela tinha uma expressão um tanto distraída. Talvez fosse alguém que conseguiria manter um casamento sem se questionar sobre assuntos complexos, como se foi amada ou não... No instante em que surgiu esse pensamento, o sentimento de que não foi amada por Tetsuo a engoliu de novo como uma grande onda.

Não fui amada...

As chamas da lareira diante de seus olhos queimavam como as chamas da vida.

A "cultura erudita" pouco importava. Bastava ele ter um lado majestoso. Não, mesmo que não tivesse, ela se daria por satisfeita se ele a amasse. Escolher o homem errado aos 18 anos teria sido perdoável, mas ela tinha 25. Tropeçou no momento mais importante da vida, uma dádiva milagrosa proporcionada uma única vez pelos céus. Além disso, mesmo ciente, não enfrentou o erro e continuou a tropeçar até os dias atuais. Isso sim realmente não tem volta – Mitsuki, que havia feito tantas acusações a Tetsuo na noite anterior, começou a se sentir culpada.

Ela não foi amada. Mas Mitsuki, por sua vez, deixou de amar Tetsuo. Quando leu os e-mails trocados com a mulher, o que perfurou seu coração não foi a tristeza, mas a humilhação. Pensando bem, aqueles e-mails lhe mostraram como seus sentimentos tinham mudado, e Mitsuki se culpava por não ter cogitado o divórcio até então. Pensou em várias coisas e concluiu: mesmo que tivesse desistido de se separar, reconhecer que seu casamento fracassou não seria o que chamam de dignidade?

Olhando para um ponto fixo nas chamas, deu um suspiro profundo. O livro tinha sido fechado em algum momento. A taça de vinho tinto esquentou com o calor da lareira e a borda estava manchada de batom vermelho-escuro.

Como tinha ido parar num lugar tão distante?

— Que inveja.

Toda vez que Natsuki, que idealizava o casamento da irmã, dizia essas palavras, Mitsuki se sentia triunfante. Ela se lembrava da infância, quando carregava a bolsa de partituras e subia a colina da casa dos Yokohama, atrás da mãe e da irmã. Ela não se rendeu àquela injustiça, escolheu alguém com personalidade oposta à do cunhado e obteve sua felicidade – o orgulho decerto a impediu de reconhecer o fracasso no casamento. Na verdade, seu maior sofrimento seria contar a Natsuki.

Mas apenas o orgulho não explicava a relutância em enxergar esse fato. Ou melhor, a própria vida de Mitsuki – assim como a de muitas pessoas – ia além de sua própria vontade e do pequeno orgulho. Talvez Mitsuki inconscientemente procurasse nos cabelos brancos de Kaoru a figura da mãe. Absorta ouvindo a história de Musashi Miyamoto, a idosa perdeu a autoconsciência de costume e, com a coluna curvada, movia concentrada as agulhas de tricô. Depois de observar esse trejeito típico de pessoas mais velhas, Mitsuki voltou a olhar para o fogo e deu outro suspiro profundo.

Como imaginava, o jeito de ser da mãe teve mesmo grande influência... Mitsuki foi obrigada a reconhecer o que tinha concluído antes da morte dela. A essa altura, não tinha intenção de culpar a mãe pelo erro que havia cometido. Na verdade, ela lhe dera muito. No Japão, para uma mulher que leva uma vida comum na cidade, a salvo de desastres naturais, pobreza ou doença incurável, a existência da mãe – ainda mais nos dias de hoje, numa sociedade longeva na qual as filhas precisam acompanhar as mães até o fim da vida – tinha um significado extremo, que os homens nem sequer conseguiam imaginar. Na infância isso era natural, mas depois de se tornar adulta era impensável separar sua vida daquela mãe.

Quando Mitsuki descobriu o primeiro caso amoroso de Tetsuo, o conflito com a venenosa mãe já tinha começado havia tempos. O fio pesado e pegajoso envolvia o corpo de Mitsuki, impedindo-a de enfrentar seu casamento arruinado com Tetsuo. Na verdade, ela ficava aliviada em se afastar fisicamente da mãe, voltar para casa e ver o rosto de Tetsuo, alguém com quem não tinha laços sanguíneos. A vida com o marido era como um recinto sagrado interditado à mãe. Quanto maior o ressentimento em relação a ela, maior o desejo de que a convivência com Tetsuo fosse seu refúgio. Mais do que enfrentar a ruína do casamento, Mitsuki queria se manter longe do assunto o máximo possível. Depois que Aquele Homem desaparecera da vida da mãe, Mitsuki lidava com a confluência dos conflitos com a mãe e com a raiva e a pena que sentia ao vê-la.

Por que a mãe se tornara aquele tipo de pessoa?

Por que certas pessoas são assim? Não existe resposta para essa pergunta. Por mais que os estudos em neurociência avancem e se descubra a ação das células nervosas, é impossível chegar a uma resposta. Mesmo assim, Mitsuki não conseguia deixar de se perguntar. Natsuki sentia o mesmo. As duas lamentavam com frequência por telefone:

— Ela é excêntrica demais. Impossível explicar.

— Absolutamente inexplicável.

— Não dá para entender.

— Talvez existam outras filhas dignas de pena, com uma mãe como a nossa.

— É claro que existe. Só não sabemos se três ou trinta por cento das mães são como ela.

— Se fosse trinta por cento, a sociedade ia colapsar. Se bem que os japoneses suportam as dificuldades calados.

— Sim, principalmente as mulheres daquela geração. Foram criadas para não esperar muito da vida.

— Ah, como eu gostaria que alguém fizesse uma enquete...

— Verdade. Afinal, como se cria aquele tipo de pessoa?

— Deve ter sido uma mutação. Afinal, a vovó já tinha idade quando ela nasceu...

— É, os óvulos deviam estar velhos.

— Isso mesmo.

— Mas alguém pode se tornar tão egoísta por causa disso?

Elas chegavam à mesma conclusão, depois de reclamar muito:

— Deve ter relação com a história de vida dela.

Era a personalidade inata da mãe. Não importavam as condições do nascimento, ela teria causado muitos distúrbios. Mas sem dúvida sua história de vida peculiar teve grande influência no tipo de pessoa que ela se tornara...

Exato. Se a avó não tivesse se identificado com a Omiya do romance, a mãe não teria nascido. Se a avó não tivesse lido aquele folhetim, não teria fugido com o professor particular dos filhos. Se a avó não tivesse lido aquele folhetim, não apenas a mãe, mas também as netas não teriam nascido. Se folhetins não tivessem sido publicados no Japão, Mitsuki não estaria nesse hotel no meio das montanhas, com uma taça de vinho quase intocada, lamentando-se por não ser amada...

Pensando bem, a própria Mitsuki era uma filha bastarda dos folhetins.

48. *Demônio dourado*

Em 1897, ano 30 do período Meiji, mais de um século antes, Koyo Ozaki começava a publicar *Demônio dourado* no *Yomiuri Shimbun*.

Romances dificilmente mudariam a vida de uma pessoa de modo tão tragicômico – mas a dúvida que paira sobre a afirmação é o que torna tão peculiar a conexão entre ficção e realidade. Assim que o folhetim passou a ser publicado, arrancou lágrimas de sofrimento das mulheres de todo o Japão, atirando-as num caldeirão de emoções. A obra transformou por completo a vida da avó, inspirando tragicomédias semelhantes na vida de muitas pessoas no arquipélago. O termo "folhetim" ainda é sinônimo de *Demônio dourado*, livro extremamente melodramático. Publicado em capítulos ao longo de cinco anos e incompleto com a morte do autor, o romance gravou seu nome na história da literatura moderna japonesa por causa do grande impacto no hábito de leitura das mulheres.

Sua influência se manteve na era do cinema e a obra teve mais de vinte adaptações. Após a Segunda Guerra, foi filmada até em Taiwan, que esteve sob domínio japonês. Com o surgimento da televisão, foi adaptada outras diversas vezes. Quando Mitsuki era criança, havia uma música muito famosa que, inspirada no romance, era entoada por cantores de balada *enka* – mas os jovens de hoje não a conhecem mais. Na praia de Atami, existe até uma estátua de uma cena célebre da história.

Ser amada por um homem como Kan'ichi Hazama – esse era o desejo das mulheres. Podemos dizer que era a versão japonesa do bovarismo. Na verdade, não existe personagem na literatura japonesa moderna que provoque tanto o coração apaixonado das mulheres quanto esse. O pobre Kan'ichi é um estudante dedicado, descendente de uma família de samurais. Órfão na adolescência, é adotado por uma família que tem uma grande dívida de gratidão com o pai dele. Morando sob o mesmo teto, o rapaz troca juras de casamento com a filha da família adotiva, Omiya. Os pais dela permitem o relacionamento; no entanto, num evento de troca de cartas poéticas no ano-novo, Omiya conhece um homem rico que exibe um anel com um grande diamante e acaba se casando com ele, um homem arrogante e de bigode. Furioso, Kan'ichi foge da casa por causa da traição e vende sua alma para se tornar um cruel agiota. Embora ressentido, ainda ama a moça. Uma bela e jovem colega de trabalho lança olhares apaixonados para ele, que a trata com formalidade e aborrecimento. O protagonista se agarra a seu amor profundo e obsessivo, cultivando-o como se perseguisse um ideal, mesmo ciente de ser um amor proibido. Arrependida, Omiya pede perdão, disposta a morrer para isso, mas Kan'ichi não a perdoa e continua a amar a versão da Omiya do passado, que não o havia traído. O amor dele é como uma paranoia.

A avó deve ter tido uma infância muito mais difícil do que a da mãe.

Nascida de uma gueixa, foi tirada do convívio materno muito precocemente, adotada por uma casa onde foi educada e treinada para se tornar gueixa.

Não era uma gueixa de Tóquio, mas de Kobe.

Aos 18 anos, foi comprada por um homem rico e se tornou concubina. Como se esperasse por isso, a esposa, que sofria de tuberculose, convenientemente morreu, deixando o caminho livre para que ela assumisse o posto de esposa. Quando o folhetim começou a ser publicado, a avó era esposa de um homem rico e tinha várias empregadas na casa.

Como ela cursara apenas o ensino fundamental, não tinha o hábito da leitura. Porém, depois de se despedir do marido na porta de casa todas as manhãs, ela devia ficar ansiosa para abrir o jornal. Certamente, foi de grande ajuda que os jornais da época, com o intuito de educar o público, tivessem incluído o alfabeto fonético para a leitura dos ideogramas. É provável que ela lesse os textos franzindo a testa e murmurando as palavras, como as pessoas que não estão habituadas à leitura.

Ela não deve ter se dedicado aos artigos sobre política e economia. Primeiro, deve ter lido atentamente os artigos sobre roubos, incêndios ou suicídios em família, deixando o folhetim por último. Por causa da educação recebida, o teatro *kabuki* e narradores do estilo *gidayu* lhe eram familiares, mas a alegria proporcionada pela literatura sem dúvida ela conheceu com os folhetins.

A avó das memórias de Mitsuki vestia um avental amassado por cima de um quimono desbotado, circulando pela cozinha ou costurando, com as costas curvadas, embora enxergasse com dificuldade. Mas, quando imaginava a avó lendo *Demônio dourado*, ela era uma mulher glamorosa, daquelas retratadas nas xilogravuras coloridas. Como a família era próspera, a casa devia ter cômodos no estilo ocidental, porém a avó se sentia confortável apenas em ambientes com tatames. Na sala de estar no estilo japonês, devia haver uma mesinha baixa de madeira, móvel que havia se popularizado em meados do período Meiji. A avó que Mitsuki desenhava em sua mente às vezes lia o jornal na mesinha, com o braço a sustentar a cabeça. Em outras ocasiões, via a avó debruçada sobre o jornal aberto no tatame. Orgulhando-se de sua posição como esposa, devia adotar um penteado *marumage*, amarrado com uma tira vermelha de tecido nobre, indicando ser uma mulher casada; ou usaria um coque ousadamente moderno. Como estamos falando do passado, talvez ela preferisse o antigo e estiloso penteado *ichogaeshi*.

Depois que o marido saía pela manhã, os raios solares deviam se infiltrar suavemente pela porta corrediça forrada com papel.

Tivera uma infância sofrida: nas aulas de música, apanhava com o plectro de marfim do *shamisen* e, na hora das refeições, comia apenas as sobras. Em uma reviravolta, agora precisava agradar apenas ao marido. Quanto luxo. Talvez se sentisse culpada, mas ela nunca esteve em posição de escolher o próprio destino.

Demônio dourado começou a ser publicado no primeiro ano-novo depois do casamento. Ao ler um ou dois capítulos, a avó passou a duvidar do que lia. Será que estão escrevendo sobre mim?, pensava, e as suspeitas só aumentavam. Ela aguardava com impaciência a saída do marido para poder abrir o jornal. Com toda a cautela para evitar o olhar das empregadas, ela lia e relia o capítulo do dia, enxugando as lágrimas com a manga da veste interna. Ao terminar, recortava o trecho com a tesoura de costura e o guardava na cômoda, retirando para reler ocasionalmente.

O contexto, claro, era muito diferente. A avó não fora criada em uma boa família, como Omiya. Mas, sendo filha adotiva de uma casa onde treinavam gueixas, ela fora educada sob o mesmo teto de um homem com quem não tinha laços sanguíneos. Esse rapaz, assim como Kan'ichi, havia perdido os pais na adolescência e fora acolhido pelos pais adotivos da avó, também por terem uma grande dívida de gratidão com o pai dele. Para completar, o rapaz era também um estudante dedicado que vinha de uma família de samurais. A avó, assim como Omiya, conversava discretamente com ele sobre uma vida futura juntos. Mesmo assim, ela o abandonara e se casara com um homem rico de bigode. O rapaz, tal como Kan'ichi, perdera a motivação, abandonara os estudos e fugira de casa.

Desnecessário dizer que os pais adotivos tiveram grande influência na traição da avó. Vendo que o garoto que acolheram tinha aptidão para os estudos, eles ficaram admirados com o descendente de samurais e se tornaram interesseiros. O garoto que a princípio adotaram por dívida de gratidão e pela reputação que teriam diante dos outros se tornaria alguém com quem poderiam contar na velhice, caso ele se formasse na universidade. Os pais adotivos passaram a alimentar grandes expectativas de que a excelência nos estudos poderia levar o rapaz a se tornar um oficial do governo. Começaram a tratá-lo melhor. O casal sabia que ele gostava da garota que adotaram, mas não queriam que se envolvesse com alguém que se tornaria gueixa e era filha apenas no nome. Eles cederiam os negócios – algo de que não sentiam orgulho, de qualquer maneira – para o irmão mais novo e a cunhada, encontrariam uma noiva apropriada ao rapaz e viveriam confortavelmente, como pais adotivos, desfrutando os esforços dele. Não muito diferente de uma escrava, a avó de Mitsuki não tivera, como

Omiya, o direito de escolher um pretendente e fora obrigada a obedecer ao desejo dos pais adotivos. Ela abandonou o rapaz por não ter outra opção. Essa é apenas uma das histórias vividas por muitas mulheres daquela época – sobretudo mulheres criadas como a avó.

Quando os pais adotivos venderam a filha ao homem rico, certamente comemoraram. Primeiro, por terem intermediado e recebido uma quantia mais do que suficiente. Segundo, porque afastaram o rapaz promissor da gueixa. Mas quem poderia imaginar que, depois de a filha adotiva ir embora, o rapaz fugiria de casa?

Enquanto se adequava ao papel de esposa de um homem rico, a avó guardou as memórias do rapaz em seu coração. Foi então que começou a ler *Demônio dourado* todas as manhãs. Soube por boatos que o rapaz tinha fugido de casa. Ela se lembrou do olhar sombrio que ele lançou quando se reencontraram por acaso. Na mente ingênua da avó, o folhetim contava sua história de vida – e, com o passar do tempo, realidade e ficção se misturaram. Até pensou que tinha abandonado o rapaz por causa de um diamante. Conforme lia o romance, se sentia culpada por um crime que não havia cometido. Dinheiro ou amor eram o dilema fundamental do romance moderno; mas, para as pessoas da modernidade, a escolha primordial era o dinheiro ou algo mais que dinheiro. A avó sentiu que a escolha indisponível para as japonesas da época, especialmente para gueixas, agora era oferecida a ela para decidir.

Ela achou que as acusações de Kan'ichi na cena da praia em Atami se dirigiam a ela:

"Ouça bem, Omiya. Será em 17 de janeiro. No ano que vem, na noite desse dia, vou esconder a lua com minhas lágrimas." Não era apenas uma fala memorável da narrativa. "Para você, subir na vida e ter luxos pode ser suficiente, mas pense como eu, que fui abandonado por dinheiro, me sinto. Pode chamar de ressentimento ou de frustração, mas não será surpresa se eu te matar a facadas! Vou te matar e me matar depois."

— Aaah! – a avó deve ter gritado, dominada pelas emoções, colapsando no tatame como a personagem, num choro descontrolado. Talvez isso tenha acontecido.

Quando Kan'ichi se torna agiota e a mulher que tem uma queda por ele aparece, a avó de Mitsuki sentiu ciúmes: "Ele era tão encantador que ela mal pôde conter a atração". Mesmo que Kan'ichi resistisse às investidas dessa mulher, a avó se sentia incomodada.

Quando a publicação foi interrompida temporariamente, ela relia os recortes. Por ter lido repetidas vezes, manhã e noite, o papel já estava gasto nas dobras e as letras sumiam. Às escondidas do marido, ela tentou procurar pelo rapaz. Para impedir que os pais adotivos dependessem financeiramente dela, o marido fizera o casal renunciar a qualquer relação familiar, mas ela timidamente os visitou. Foi repreendida ferozmente, acusada de ser a responsável pelo desaparecimento do rapaz, e restou apenas ir embora, decepcionada.

Depois da morte de Koyo Ozaki, que deixou a novela incompleta, a avó fez uma última tentativa para encontrar o rapaz. Tinham se passado cerca de sete anos desde o início da publicação. Foi depois que a avó, que não tivera filhos até então, deu à luz dois meninos consecutivamente. Ela encontrou um amigo do rapaz dos tempos de escola e, implorando aos prantos que procurasse pelo paradeiro dele, soube que havia morrido um ano antes, durante uma travessia de barco ao retornar de Taipei. A avó passou cerca de seis meses acamada e ficou em estado de choque por algum tempo. O marido ficou farto dessa esposa e, assim como fez o marido de Omiya, arranjou uma concubina. Aliviada e graças à tranquilidade, conseguiu cumprir seu papel de boa esposa e mãe. Parece que foi nessa época que ela fez algumas visitas à residência de campo do barão em Hakone. O tempo passou e os dois filhos se preparavam para prestar o exame de admissão em uma universidade.

O estudante universitário contratado para morar com a família e trabalhar como professor particular dos filhos era uma cópia do rapaz que a avó amara. Ele também vinha de uma família de samurais e era um estudante dedicado.

— A surpresa foi tanta que pensei que fosse a a reencarnação dele.

A avó suspeitou que ele fosse filho do rapaz, mas os pais desse professor estavam vivos e saudáveis. Era apenas um desconhecido que se parecia com ele. Porém para a avó era cada vez mais difícil suprimir seus sentimentos. Ela até se justificou por ter se apaixonado pelo estudante, pois o marido tinha uma amante fora de casa. O jovem gradualmente se apaixonou pela avó, que ainda mantinha seu charme. Por fim, os dois começaram uma relação proibida e a avó abandonou o marido e os dois filhos amados, fugindo com esse professor particular. Era o avô de Mitsuki e Natsuki.

Dizem que, quando a avó falava do amor perdido na juventude, ela o chamava apenas de Kan'ichi. Talvez fosse natural, já que antes de conhecer o professor com quem fugiu ela sentia mais saudades do personagem fictício do que do antigo amor.

Já adulta, a mãe perguntou o nome do rapaz:

— Não importa mais.

— Mas *Demônio dourado* se passa em Tóquio e a senhora sempre viveu na região oeste do Japão, não é?

— Você já leu algum romance no dialeto de Kansai? Ouça bem. Se Kan'ichi tivesse dito "Ouça bem, Omiya. Será em 17 de janeiro" nesse dialeto, soaria tão estranho que eu jamais me interessaria em ler. Seria ridículo.

49. Que tolo

Noriko, com a idade, descobriu o segredo de seu nascimento como se o buscasse no meio de um nevoeiro. Ela não acreditava na teoria da mãe de que era Omiya, mas também não havia nada que provasse o contrário. Noriko ficava aterrorizada pela ignorância da mãe, que acreditava nessa história, porém por pena deixava a situação assim. A essa altura, o fato de ter nascido por causa de uma suposição da mãe não era algo que podia ser remediado.

Talvez por causa da época, que era favorável a procriar e multiplicar, o professor particular que fugiu com a avó – pai de Noriko e avô de Mitsuki – tinha oito irmãos.

A mais bem-sucedida foi a filha mais velha, tia que se juntou aos Yokohama pelo casamento. Não foi uma união com grande diferença de status social. O pai deles era um militar pobre com muitos filhos, mas a família servira o domínio de Tsuwano como vassalos e desfrutava um bom salário antes da Restauração Meiji; depois disso, eles se converteram ao cristianismo. Originalmente, os Yokohama eram cristãos que atuavam como médicos de formação ocidental, no mesmo domínio de Tsuwano. A beleza da tia deve ter sido um fator decisivo. Por meio da religião cristã e por serem da mesma localidade, o enlace foi concretizado. Com a bem-sucedida empresa de comércio marítimo do "vovô de Yokohama", o estilo de vida da tia e dos irmãos começou a se diferenciar substancialmente com o passar dos anos.

Se a tia era o orgulho da família, o segundo filho, pai de Noriko, foi a desgraça. Dedicado aos estudos, ganhou uma bolsa para estudar na Escola de Comércio, precursora da Universidade de Kobe antes da guerra. Mas ele se desviou de um grande futuro ao ser seduzido por Omiya.

Seu passado como gueixa não seria tão problemático quanto ser uma mulher casada. Além disso, o estudante era professor particular dos filhos, portanto havia uma grande diferença de idade. A mulher era 24 anos mais velha do que ele e tinha idade para ser sua mãe. Eles não fugiram porque Omiya estivesse grávida. Não, ela concebeu Noriko depois da fuga.

— Que tolo – disse um dos parentes, sem reservas.

O pai não registrou o casamento com a mãe e, embora adorasse Noriko, reconheceu a paternidade apenas no registro familiar. Ciente de seu status, a mãe não desejou mais nada e parecia haver se conformado em só ter a filha reconhecida. Tal consolo era compreensível por causa da crueldade da sua vida e do frágil status em que se encontrava depois de fugir com o estudante.

Eles se mudaram de lugar em lugar até se instalarem por alguns anos em Yokohama. Depois, foram para Osaka, onde a filha se surpreendeu ao ouvir a tabela de multiplicação no dialeto local, em ritmo diferente do de Tóquio. A família passou a morar numa casa geminada, num bairro poeirento, ainda em desenvolvimento. Eles moravam de frente para uma avenida barulhenta porque a mãe tivera a improdutiva ideia de abrir um comércio no térreo. Então Noriko, filha de um assalariado, foi obrigada a trabalhar entre vendedores de arroz, proprietários de mercearia, comerciantes de produtos secos, cozinheiros de restaurante e cabeleireiros. O pai dela, formado na Escola de Comércio de Kobe, recebia um bom salário por causa do currículo. Mesmo assim, a mãe, além de ter aberto um negócio que logo fracassaria, acabou levando uma vida pobre, como se fosse uma empregada, para que não fosse um fardo para o marido e pudesse mantê-lo por mais tempo com ela e a filha. No entanto, ela devia saber desde o início que algum dia seria abandonada.

Após a morte da mãe e à medida que Natsuki e Mitsuki cresciam, Noriko julgou que enumerar os defeitos da mãe não prejudicaria mais a educação das filhas: fala e comportamento incultos e vulgares, inveja e reclamações devido à vida miserável e à feiura da velhice, que se destacavam com as roupas grosseiras que vestia.

Noriko odiava a mãe, que exibia sem pudor como tinha envelhecido. Após a fuga com o estudante, a mãe de Noriko levou consigo todas as joias e as penhorou para sobreviver (não se sabe se tinha um diamante entre elas): o pente de casco de tartaruga, o pequeno adorno de coral entalhado, o enfeite de jade da faixa *obi*, além do anel de safira. Mas Noriko não conseguia associar essas joias reluzentes à mãe envelhecida. Tampouco acreditava que tivesse sido bela algum dia.

— Odiava como ela era velha e feia. Eu jamais deixaria que me vissem daquele jeito.

Mesmo supondo que a avó tivesse se esforçado para manter uma boa aparência, Mitsuki duvidava que Omiya conseguisse ter mantido o amante 24 anos mais novo, que não tinha nem oficializado o casamento com ela.

Na verdade, depois que Noriko passou a cursar uma escola feminina, seu pai arrumou outra mulher e saiu de casa, abandonando a mãe e a filha. Com um passado desonroso, ele jamais teria uma proposta de casamento decente. A mulher era atendente de um restaurante de cozido *oden* que ele frequentava mais para se animar com uma refeição quente barata. Noriko a odiava mais do que tudo. Porém seu pai tinha grande senso de responsabilidade e, mesmo depois de se casar, continuou a sustentar mãe e filha. Além disso, ele tentou manter Noriko sob sua supervisão até que ela terminasse a escola feminina. Apesar da circunstância inusitada, ele passou a morar com a mulher na mesma casa geminada da mãe e Noriko. A formatura trouxe fim a essa situação estranha, sufocante para ambos os lados, com as duas famílias indo morar em locais diferentes. Seis meses depois, Noriko decidiu ir para a casa dos Yokohama, com medo do noivado com o tal filho do barbeiro.

Quando o pai de Noriko passou a morar em outra casa com a atendente do restaurante, a mãe se conformou com o momento inevitável, limpando as lágrimas no avental sujo. Felizmente, Omiya dispunha de uma alegria inata, herdada pela filha; entretanto, se resignava em silêncio, característica que Noriko não herdara. Nem tudo terminou bem, mas a parte triste da história da avó foi suavizada pelas recordações calorosas que Mitsuki guardava na memória. "O que me resta é ser sua empregada", a avó sempre dizia à filha. Noriko dizia que esse hábito autodepreciativo da mãe a aborrecia, mas na prática ela trabalhou como empregada, limpando, lavando roupa e cozinhando na casa em Chitose Funabashi. Porém não era uma figura que causasse pena. A filha, que em casa se comportava como se fosse a dona de tudo, era confiável, mas tinha um temperamento terrível. Se Omiya adoecesse, Noriko seria capaz de abandoná-la nas montanhas para morrer, segundo o costume de outros tempos, porém felizmente a avó era saudável e exalava a satisfação de alguém que tinha encontrado seu lugar. O pai de Mitsuki tratava a "vovó" com gentileza. Quando a avó costurava, Mitsuki se apoiava atrás dela, que podia sentir, em suas costas curvadas, o alívio de alguém que tinha um lugar para morrer tranquilamente no tatame daquela casa, ao fim de uma vida longa.

Mitsuki sentiu pena do avô.

Obrigado a aceitar o papel de Kan'ichi, abandonou a vida de estudante exemplar e com futuro promissor para carregar um fardo pesado. Se fosse irresponsável, certamente teria abandonado a mãe e Noriko, mas, nascido em uma família cristã, em sua essência era um pobre homem honesto, impregnado de um senso confucionista antiquado. Sua vida mudou radicalmente por um deslize na juventude e, abandonando as aspirações pessoais, viveu o auge da vida com um sentimento de vergonha, arrependimento e até de culpa. Era natural pensar que ele não oficializou o casamento por seguir as convenções da sociedade. Por causa disso, manteve e valorizou as relações com os pais insatisfeitos e os irmãos; também pôde manter contato com os Yokohama, que moldariam a formação de Noriko, mãe de Mitsuki.

Quando Noriko se tornou adulta, um parente a advertiu:

— Você não pode ter ressentimento do seu pai, ouviu, Noriko? Na verdade, ele podia muito bem ter abandonado você e sua mãe, que estariam morando embaixo da ponte, como pedintes.

O avô materno de Noriko, afinal, não hesitara em abandonar sua mãe, nascida de uma concubina, numa casa de treinamento de gueixas. O pai de Noriko, no entanto, mesmo depois de sair da casa onde morava com a mulher e a filha, não abandonou sua responsabilidade, garantindo que Noriko se formasse numa escola feminina e mantendo o envio de dinheiro. Por fim, ela teve uma cerimônia de casamento esplêndida, como se tivesse tirado a sorte grande.

As palavras desse parente perfuraram o coração de Noriko, e ela percebeu pela primeira vez que a situação podia ser vista dessa perspectiva. Mas descobrir isso adulta mostrava o esforço árduo do pai em prover à filha uma criação o mais comum possível.

A mãe sempre falava de sua vida de dificuldades:

— É porque vocês não sabem como fui maltratada por ser filha bastarda.

Natsuki e Mitsuki não faziam mesmo ideia. Afinal, eram outros tempos. Elas compreendiam o significado pejorativo de termos como "ex-gueixa" e "filha bastarda", mas para elas soava como algo ultrapassado da história dos costumes. E, pela mãe ser do jeito que era, elas não sentiam nem um pouco de empatia.

Com a idade, Mitsuki percebeu que a mãe – tratada com toda a atenção pela avó que se inferiorizava e adorada pelo avô emocionalmente frágil – fora criada com todo o amor de pais desprezados pela sociedade. Por ser filha de um pecado, tinha sido mimada e incentivada a ser ainda mais egoísta.

E isso não era tudo. Depois de o pai sair de casa, a mãe se apegou à filha, pois Noriko era sua única ligação com o rapaz. Embora tivesse senso de responsabilidade, o pai era emotivo e, instigado pelo sentimento de culpa, incapaz de tratar a adorada filha com rigor, se esforçava em atender aos desejos da menina sem prejudicar a esposa. Dessa forma, Noriko aprendeu inconscientemente que, fosse qual fosse a perplexidade das pessoas ao redor, seus caprichos no fim das contas seriam atendidos – ou pelo menos aprendeu que obteria parte deles.

Nessas circunstâncias, quem não teria tentado alcançar o que deseja?

50. Lágrimas do avô

Havia uma história que sufocava o coração de Mitsuki.

Aconteceu quando Noriko ainda cursava o ensino fundamental e morava com o pai. Desde aquela época, ele se preocupava com o futuro da filha, que carregaria dois fardos pela vida: ser bastarda e ter de cuidar da mãe. Seria difícil arranjar um casamento decente. Felizmente, ela era uma menina inteligente e, embora brincasse o tempo todo com os filhos dos donos da loja de arroz, da mercearia e do restaurante, suas notas eram boas. Com isso, o pai traçou um plano: matricular a filha na Escola Normal Superior para ela se tornar professora de uma escola feminina. Talvez o gosto de Noriko por coisas refinadas ainda não estivesse evidente na época, ou talvez o pai, homem austero e de gosto simples – segundo Noriko, o pai era muito mais mesquinho do que austero –, não percebesse ou ignorasse o fato. Era um projeto que a filha dificilmente apreciaria, mas ser professora de uma escola feminina era uma atividade respeitável, que impediria os ataques à sua reputação. Além disso, ela poderia se sustentar e cuidar da mãe mesmo que não se casasse.

Ele tentou matricular a filha, aluna do ensino fundamental do interior de Osaka, numa excelente e renomada escola feminina. No formulário de inscrição, escreveu com orgulho o nome da escola que almejava: Escola Normal Superior Feminina de Nara. Só havia mais uma escola dessas no Japão, localizada em Tóquio. Escreveu também, embora hesitante, "filha ilegítima" – uma expressão cujo significado Noriko ainda não conhecia.

Contente com as expectativas do pai, ela frequentou aulas extracurriculares e se dedicou aos estudos para o exame de admissão. O esforço gerou resultados e, pela primeira vez, achou divertido estudar. No dia do exame, infelizmente ela pegou um resfriado e teve febre, mas o resultado foi satisfatório, como disse ao pai. No entanto, seu número de inscrição não apareceu entre as aprovadas. Naquele dia o pai retornou ansioso da empresa, mas, quando soube que a filha não tinha sido aprovada, sentou-se de costas no canto da sala de tatame, ainda de terno. Enquanto mãe e filha prendiam a respiração pela atmosfera tensa, ele começou a chorar em silêncio, então passou a soluçar e a tremer, limpando com as mãos as lágrimas a escorrer.

Segundo Noriko, foi a única vez que viu o pai chorar. Ele devia saber que a filha fora reprovada por ele ter escrito na ficha de inscrição que era ilegítima. Vendo a cena, ela lamentou não ter correspondido às expectativas. O pai queria consolá-la, mas para isso precisaria explicar o que era uma "filha ilegítima". Enquanto chorava de costas, em seu coração com certeza ele pedia perdão à filha. A mãe não sabia o que fazer diante da reação dos dois. Mitsuki imaginou a cena em que a família, desprezada pela sociedade, carregava suas angústias – e sentiu pena.

Após o doloroso fracasso, o pai decidiu que seu único objetivo na vida seria ver a filha casada com alguém que cuidasse dela e da mãe. Ele a matriculou numa escola feminina que educasse as alunas com esse objetivo.

Mesmo que ele tivesse mimado a filha desde a infância e se esforçado em cumprir sua responsabilidade como pai depois de ele morar separado, Noriko ficou ressentida com o pai pelo resto da vida. Não por ele ter saído de casa, ela sabia que isso seria inevitável. Foi porque, embora ele tenha decidido que seu único objetivo era ver a filha casada, não tomou nenhuma providência para que isso acontecesse, mesmo quando ela chegou à idade apropriada. Ele ficou esperando um pretendente aparecer – alguém que aceitasse cuidar também da sogra. Dessa forma, o pai se libertaria do erro cometido na juventude, não apenas financeira, mas também psicologicamente. Talvez por causa da personalidade, ele tinha uma vida simples mesmo depois de conhecer a esposa, e com muito esforço juntava dinheiro para o casamento da filha. No entanto, não fazia nada para encontrar um pretendente.

Depois que Noriko se graduou na escola feminina, ela e a mãe se mudaram para outra casa em Osaka. Ele as visitava uma vez por mês para entregar o dinheiro das despesas.

— Aquele velho desgraçado…

Noriko chamava o pai dessa forma porque ele se distanciara no momento mais importante da sua vida.

Observando a situação com um olhar adulto, Mitsuki sentiu que era capaz de compreender os sentimentos do avô. Se pedisse a algum conhecido que apresentasse um pretendente para a filha, o passado mantido em segredo com tanto custo seria exposto. Seria insuportável para ele, uma enciclopédia ambulante de princípios, originalmente livre de imoralidades. Mas, por possuir um senso de responsabilidade maior do que o das outras pessoas, talvez ele se resignasse ao vexame e pedisse indicações de pretendente a algum conhecido.

Isso, porém, se Noriko fosse uma filha comum.

No entanto, que tipo de filha havia se tornado? Era obstinada por natureza, e as circunstâncias especiais em que se encontrava desenvolveram em Noriko o hábito de sempre testar o limite dos caprichos. Sabia ler as expressões faciais das pessoas e falar com uma voz doce para tentar obter o que pudesse.

Depois que o pai saiu de casa, deixando as duas em uma casa geminada com apenas móveis velhos e descascando, Noriko não se deu por vencida e perseguia seus sonhos com afinco, na passagem da infância para a adolescência.

A escola feminina em que se matriculou às pressas não era renomada, mas muitas meninas eram de famílias ricas. A mãe contou depois que seu sangue fervia de inveja quando uma colega aparecia com roupas lindas de qualidade, porém ela não ficava de braços cruzados e se remoendo. Juntava dinheiro da mesada para comprar tecidos e estudava as imagens da revista *Amiga das Garotas*, costurando roupas ocidentais no estilo moderno, assinadas pelo popular ilustrador Jun'ichi Nakahara. Da mesma forma tricotou os suéteres que vestia. Omiya jamais fez a preciosa filha ajudar nos afazeres domésticos; por isso, quando voltava da escola feminina, Noriko tinha todo o tempo para si. Quando tinha idade para ir ao cinema sozinha, via filmes ocidentais e desmanchava quimonos de algodão velhos para costurar vestidos de baile longos com decotes fundos, como os usados pelas belas atrizes. Usando sobras do tecido, cobria a gola e a bainha com babados. Noriko manipulava a agulha entusiasticamente, sem parar. Como não podia sair com essas roupas, ela as usava como pijama. À noite, deitada no tatame velho e rodeada por móveis velhos, usava o vestido de baile costurado com as próprias mãos. Dormindo ao lado da mãe que roncava, com o que Noriko sonhava?

Por mais que recorresse a suas habilidades, eram poucos os sonhos que ela conseguia realizar com a mesada pobre que recebia. No fim das contas, ela recorria ao pai para obter o que desejava. Ele tentava resolver da melhor maneira possível os desafios impossíveis impostos pela filha, consultando suas finanças e sendo cauteloso para não aborrecer a esposa. Quando ela pediu uma cama macia, como a do conto de fadas *A princesa e a ervilha*, ele lhe deu uma cama com estrutura de ferro e colchão de palha, como a usada pelos soldados. Quando ela desejou um piano preto reluzente, ele deu um órgão que emitia sons estranhos. Toda vez Noriko se sentia desapontada por algum tempo, mas retomava suas ambições e sempre pedia outra coisa. Os pedidos frequentes podem ter desanimado o pai na procura por um pretendente.

Ele jamais encontraria um noivo que pudesse satisfazer uma filha com tantas demandas. Mesmo que implorasse para alguém se casar com ela, no fim das contas, Noriko seria expulsa da casa ou fugiria – pensando assim, o pai decidiu não agir.

Na prática, ela fugiu do primeiro marido.

Quando Mitsuki organizava a correspondência da mãe, encontrou um envelope velho, feito de papel japonês, com um texto numa tinta azul estranhamente vívida. A caligrafia era familiar. Ao virar o envelope, viu o nome do avô. Ele tinha se mudado para Quioto e o endereço era de lá.

— Uma carta do vovô?

— Sim. Me deixou tão irritada que eu guardei de lembrança. Pode ler, se quiser.

Os pais de Mitsuki haviam conseguido comprar o terreno em Chitose Funabashi, mas não tinham dinheiro para construir a casa, por isso a mãe pediu um empréstimo.

O avô escreveu, em caligrafia metódica:

"Alguém como você não sabe o significado de 'ter paciência'? Suas ações egoístas causaram problemas para todos. Por isso, pare de pensar em construir uma casa e seja responsável".

A carta prosseguia com frases de advertência e reclamações.

Enquanto percorria as letras em tinta azul com o olhar, Mitsuki pensou na época em que a carta fora escrita. Os Yokohama tinham encontrado um ótimo pretendente, e o avô enviara um enxoval de noiva à altura das posses do noivo, mas ela abandonara a filha e o marido para ficar com o pai de Mitsuki. Indignado, o avô cortou relações familiares por um tempo. Ela não sabia dizer quando eles retomaram contato, mas pela carta a mãe não perdeu tempo para pedir dinheiro emprestado. Mitsuki sentiu muita pena dele. Com a recusa do empréstimo, a mãe vendeu uma parte do terreno de centenas de metros quadrados e construiu a casa.

— Aquele terreno era nosso. – Mitsuki lembrou que, na infância, a mãe apontava para as casas vizinhas e dizia essa frase com amargura.

Em Quioto, o avô devia estar decepcionado. Se contivesse a raiva e retomasse o contato com a filha, ela logo fazia demandas impossíveis. Ninguém sabia o que esperar dela dali em diante.

Depois que a avó morreu, Natsuki e Mitsuki visitaram o avô em Quioto, numa área residencial tranquila no distrito de Sakyo. Ele morava numa casa elegante em estilo japonês, onde se avistavam galhos de um pinheiro verde na entrada.

— O que as senhoritas vão fazer hoje? – ele perguntou às netas, sentando-se formalmente sobre os calcanhares. A linguagem formal adotada devia ser exatamente como a de Kan'ichi. Ele não tivera filhos com a esposa, e Natsuki e Mitsuki eram suas únicas netas. Talvez ele quisesse mimá-las, porém elas sentiam que havia uma barreira no coração dele, não apenas por ser reservado com as mulheres, mas por projetar nas netas o receio que sentia pela filha, pois não sabia o que elas poderiam pedir caso baixasse a guarda.

Quando a mãe se tornou dependente dela e a chamava com uma voz doce, Mitsuki também ficava tensa, pois sabia que viria uma nova exigência. Por mais cautelosa que fosse, com seu olhar afiado a mãe aguardava uma brecha. Será que aquele jeito de ser da mãe era também culpa sua?

Ela não podia culpar a mãe pela personalidade com que nascera. Além disso, se a vida a transformou na pessoa que é hoje, será que ela deveria ser responsabilizada pelo erro dos outros? Não havia uma resposta para essa pergunta e restava apenas o solene fato de que ela era sua mãe.

51. Apresentação das fotos

Por quanto tempo ela ficou sentada no saguão do hotel?

Talvez pela proximidade com a lareira, o resto de vinho tinto no fundo da taça embaçada tinha esquentado e estava prestes a virar geleia. Se fosse Kaoru, ela não diria "geleia", mas *confiture*, fazendo um biquinho com os lábios como os franceses para pronunciar *ture*. Passeou os olhos pelo saguão, mas a mulher de cabelos brancos tinha desaparecido. Restavam apenas uma jovem e um homem de meia-idade que discursava efusivamente, como sempre acontece nessas situações. Pelo menos Tetsuo era inteligente e não faria um papel de tolo como esse.

Mitsuki encarou os dois sem pudor algum e, por um amargo instante, seus pensamentos se voltaram para os céus do Vietnã. Logo seria hora de se recolher, mas não sentia vontade de mover nem um dedo. Aquecido pelas chamas da lareira, o ar estava estagnado e pesado, pressionando seu corpo como chumbo. As gargalhadas da jovem, ecoando pelo saguão, irritavam os ouvidos de Mitsuki. Além de ter sua vida sugada pela mãe e de ter sido traída por Tetsuo, ela possivelmente se tornara sombria e maliciosa como uma sogra megera.

Mitsuki voltou para o quarto, ainda imersa em seus pensamentos, inseriu o cartão-chave no lugar da parede e as luzes se acenderam. Nesse instante, o telefone tocou. Era meia-noite quando ela havia deixado o saguão.

— Eu telefonei duas vezes, hein? Na segunda, o funcionário do hotel se ofereceu para te procurar no saguão, mas como não era um assunto importante, eu recusei. – A voz familiar de Natsuki gradualmente trouxe Mitsuki de volta à realidade. — Nem me telefonou. Já é a terceira noite.

— É caro usar o telefone do hotel, então estava esperando você ligar.

Parte do que disse era verdade, mas Mitsuki hesitou em ligar para a irmã por causa da questão com Tetsuo.

— Você se esqueceu de mim, mas aposto que falou com Tetsuo, não é? – disse Natsuki.

— Não. Estamos apenas trocando e-mails.

Quando ela seria honesta com Natsuki?

— Será que ele está indo bem? É a primeira vez que fica o período sabático sozinho, certo?

— Ele não teria dificuldade.

Como a reação de Mitsuki foi fria, Natsuki mudou de assunto:

— E você, como está?

— Até que é um bom hotel.

— Conseguiu descansar um pouco?

Mitsuki suspirou com a pergunta da irmã.

— Lembrei de muitas coisas ruins e me sinto pior do que antes. – A voz de Natsuki, como um reflexo condicionado, fazia Mitsuki se lembrar da mãe movendo os dedos frágeis no espaço vazio enquanto morria. — Não consigo tirar a mamãe da cabeça.

Natsuki também parecia atormentada pelas lembranças. Respondeu sem demora:

— Eu também me sinto mal. Não sei quando serei liberta daquela pessoa. – E continuou: — Você não viu seus e-mails, não é?

— Não vi.

Mitsuki não tinha ligado o laptop depois de ler os e-mails de Tetsuo e da mulher, já que estava de licença de todos os trabalhos e não receberia e-mails urgentes. Não saberia o que fazer se recebesse um e-mail do marido.

— Então veja.

— Hã? Agora?

Natsuki disse que esperaria, então Mitsuki ligou o laptop e abriu o Gmail. Viu um e-mail intitulado "lembranças da família Katsura". Ela abriu a mensagem e, para sua surpresa, havia links para álbuns on-line de fotos. O passatempo de Natsuki era fazer álbuns, e quando esvaziaram a casa em Chitose Funabashi ela havia levado cinco caixas de papelão com álbuns da família Katsura. Disse que escolheria algumas fotos e organizaria, mas Mitsuki jamais imaginou que a irmã usaria um recurso on-line. Havia títulos como "antes do casamento do papai e da mamãe" e "infância das irmãs".

— Como conseguiu fazer algo tão complexo?

Mitsuki recebia links desse tipo de conhecidos, mas não esperava que Natsuki, que não sabia lidar com tecnologia como ela e a mãe, fosse capaz de criar algo assim.

— Jun me ensinou. Escolhi apenas as fotos boas. Ela disse que todos fazem álbuns on-line hoje em dia. A parte mais difícil foi retirar as fotos dos álbuns sem estragar nada.

— Incrível.

Quando clicou na apresentação do álbum "antes do casamento do papai e da mamãe", surgiram fotos em sépia que mudavam após alguns segundos.

— Jun me deu bronca, dizendo que prejudicaria minha saúde, mas eu não conseguia parar e fiquei toda noite até tarde montando os álbuns.

Será que era uma forma de a irmã encarar o passado e lidar com seus sentimentos?

A apresentação começava com fotos do pai: um bebê gordinho e pelado; no *Shichigosan*, o rito de passagem das crianças, vestindo o belo traje formal de duas peças, *haori* e *hakama*, a gélida sensação da seda pesada quase perceptível; celebrando a admissão na escola primária do antigo sistema, posando com o pai e vestindo o uniforme de estudante, com o boné. Havia também uma foto do grande funeral que fizeram para o avô paterno delas, assim como a foto tirada na época de estudante universitário do pai, que as duas filhas escolheram para o memorial. Como as condições financeiras da mãe não permitiam frequentar um estúdio de fotografias, ela tinha registros apenas da época da escola feminina, mas em todas elas mostrava uma expressão alegre.

— Ela reclamava o tempo todo, mas acho que a mamãe foi criada com mais carinho do que eu.

O comentário ressentido escapou da boca de Mitsuki sem ela se dar conta.

— Com o perdão da palavra, mas aquela pessoa também recebeu mais carinho do que eu. Ela simplesmente projetou os sonhos dela em cima de mim – Natsuki respondeu. — Além disso, a vovó te mimou, diferentemente daquela pessoa, e era gentil de verdade.

— É uma pena não termos fotos da vovó.

A avó disse ter abandonado todas as fotografias ao fugir de casa. Elas tinham apenas fotos da avó mais velha, depois do nascimento de Mitsuki. Com a gola do quimono desalinhada e os poucos cabelos brancos puxados num coque, não restava um pingo do antigo charme. Será que essa velhinha realmente pensava ser a Omiya?

Quando a avó era viva, Mitsuki não conhecia nada do passado dela. Diante da solidão de uma criança negligenciada não só pela mãe, mas também pelo pai, recorria à avó, que sempre lhe dava carinho.

— Boa menina, boa menina. É realmente uma boa menina.

Não importava o que fizesse, Mitsuki era uma "boa menina".

Será que a avó imaginou alguma vez que a neta adorada não seria amada? Que completaria 50 e poucos anos resignada a não enfrentar a questão? Enquanto olhava para a foto da avó, Mitsuki sentiu vontade de pedir desculpas pelo amor incondicional da avó. Felizmente, ela morreu sem saber que tipo de pessoa a filha se tornaria. As pessoas deixavam este mundo sem saber como as ondas do "bovarismo" em que mergulharam influenciariam no futuro de outros.

— Fiquei pensando enquanto organizava as fotos. Afinal, que tipo de pessoa foi a mamãe?

— Eu também não sei dizer.

— Lembra da foto em que ela está estendendo roupas no varal? Com uma roupa casual de verão e um tamanco de madeira, sem meias. Eu incluí essa foto no álbum.

Mitsuki suspirou.

— Eu lembro. Eu gosto daquela foto.

No jardim da casa em Chitose Funabashi, a mãe estendia algo no varal, vestindo um avental, como faziam as mães tradicionais. O pai tirou a foto de perfil, por isso o sorriso não era artificial, como os que ela mostrava quando apontavam a câmera. Ela parecia natural. O jardim estava tomado pela luz do sol.

— Restou apenas a impressão da velhice. Eu não lembro como a mamãe era durante a minha infância.

— Eu também não.

— Quando vejo as fotos, sinto que ela era uma pessoa mais decente.

— Com certeza era mais decente.

— Pois é. Se não fosse assim, teríamos nos tornado pessoas mais esquisitas, não é?

Surgiram na tela imagens da mãe quando jovem, uma atrás da outra. Todas as fotos eram nostálgicas. Porém, com a velhice, Mitsuki infelizmente não conseguia mais sentir conexão com a mãe, não se lembrava mais de seu coração jovem, de uma criança que admirava a mãe – um coração adorável, inocente e sem espinhos.

— Veja todos os álbuns, tá? Vou criar o próximo.

E então Natsuki desligou.

Depois de observar a apresentação por algum tempo, com sentimentos contraditórios, Mitsuki fechou o álbum on-line e voltou para a tela do Gmail, notando que Tetsuo tinha enviado um e-mail. Ela engoliu em seco. Fazia alguns minutos que a mensagem fora enviada. Ele escreveu que estava preocupado, pois ligara várias vezes para o apartamento e para o celular de Mitsuki, mas ela não atendia.

“Aconteceu alguma coisa com a mamãe?”

Ela morreu. – Mitsuki não queria escrever isso, porém tampouco queria mentir e dizer que nada havia acontecido. Cansada, escreveu apenas que estava em Hakone desde a semana anterior, descansando. Talvez ele estivesse num cibercafé, pois a resposta chegou em seguida. Tetsuo escreveu que estava aliviado por ser esse o caso e perguntou de novo sobre a sogra.

“Então a mamãe está indo bem?”

Mitsuki pensou um pouco antes de escrever.

"Ela acabou indo para outro lugar."

Alguns segundos se passaram entre uma mensagem e outra, e de repente ela sentiu a presença de Tetsuo muito próxima. Confusa, Mitsuki olhava para a tela do laptop.

"Lamento saber disso. Você está naquele hotel em que esteve com ela?"

"Sim. No hotel com vista para o lago Ashinoko."

"Se não me engano, o hotel tinha relação com a Omiya, não é?"

"Sim. Sinto os fantasmas de várias pessoas."

"Seu corpo é frágil, então cuide-se."

E encerraram a conversa ali. As doces palavras eram como uma caixa de chocolates dada no Dia dos Namorados, embrulhada e enfeitada com um grande laço – ele dizia essas palavras e o tempo todo devia estar pensando em como abordar o assunto do divórcio. Sem perceber, Mitsuki balançou a cabeça negativamente e fechou o laptop.

52. Todos são suspeitos

No dia seguinte, estava nublado quando acordou, e logo começou a cair uma chuva fina. Não havia sinal de que o monótono céu se tornaria ensolarado. Passar o dia inteiro no quarto num dia de chuva combinava com seu humor, Mitsuki pensou enquanto observava o céu pela janela. Ela foi ao restaurante japonês no café da manhã e no almoço e nas duas vezes viu o casal do par de tigelas. Como os demais hóspedes estavam de carro, podiam sair para comer fora. Mitsuki decidiu pedir o jantar no quarto.

O dia de chuva que passou trancada ali terminava melancólico, mas por volta das oito da noite ela sentiu vontade de descer para o saguão, assim como os assalariados atraídos pelas lanternas vermelhas dos bares no passado. Trocou de roupa, se maquiou, desceu e, ao observar o saguão, viu o homem de terno escuro. A melancolia se dissipou abruptamente. Enquanto ela hesitava, Matsubara a avistou e acenou, convidando-a para se juntar a ele.

Mitsuki não conseguiu esconder a alegria e disse, enquanto se acomodava:

— Não te vi ontem.

Como de costume, Matsubara afastou os cabelos da testa com uma das mãos, revelando um rosto pálido.

— Não tive vontade de sair e passei o dia inteiro no quarto. De qualquer forma, eu precisava ler um artigo.

Passar o dia inteiro no quarto o levou para um mundo mais íntimo; ele apresentava um ar ausente, como se tivesse sido obrigado a voltar a este mundo. Mitsuki se lembrou de uma estatística bem conhecida: a morte do marido não afeta o tempo de vida da viúva, mas, no caso inverso, encurta o tempo de vida do viúvo. Dizem que muitos falecem logo depois, como se quisessem fazer companhia à esposa na morte. Depois de ver as bochechas emaciadas de Matsubara, Mitsuki olhou o copo de uísque diluído em água, a mesma bebida que ele tomara dois dias antes. Será que ele era o tipo de pessoa que, uma vez decidido algo, continua a fazer a mesma coisa?

É por isso que ele sempre se veste do mesmo jeito?

— Você sempre usa ternos escuros parecidos, não é?

O tom de voz tinha um toque de provocação.

— Bom... – Matsubara afastou os cabelos de novo. — Minha esposa dizia que um homem comum como eu fica melhor com uma aparência comum, por isso ela não deixava eu me vestir de outra forma. Mesmo nos dias de descanso, não tenho uma roupa casual para usar.

Rindo, Mitsuki se lembrou do olhar sério de Tetsuo quando ele escolhia as roupas. Ela secretamente sentiu inveja de Wakako, cujo marido vestia o que ela escolhesse. Até pensou em brincar, dizendo "Então você vai usar roupas de luto pelo resto da vida?", mas achou a ideia de mau gosto e fez outra pergunta:

— Sua esposa gostava de se vestir bem?

Na verdade, ela queria perguntar se a esposa era bonita.

— Pois é, ela gostava.

— De que tipo de roupas?

— Que tipo? – Parecia que Matsubara não conseguia encontrar as palavras certas e inclinou a cabeça, pensativo. — Para mim pareciam todas iguais. Ela até me repreendia quando eu não notava uma roupa nova.

Dependendo da ocasião, Matsubara sorria com timidez. Mitsuki continuou a fazer perguntas, pois não queria falar sobre si; descobriu que Wakako cursara música vocal num conservatório e que Matsubara era um apreciador de música clássica bastante sério. Também descobriu que a refeição predileta dele era arroz, cavalinha grelhada e *natto*, feito à base de grãos de soja fermentados. E que tinha dois filhos, já adultos.

Foi então que Kaoru e o rapaz apareceram de repente.

— Ora, ora, o que estão aprontando?

Nesse momento, Mitsuki percebeu como estava ansiosa para ter uma noite sozinha com Matsubara. Kaoru se juntou aos dois como se fosse algo natural e o rapaz fez o mesmo, um pouco hesitante.

— Como você está?

Ela se inclinou para a frente enquanto Matsubara respondia com um "bem, obrigado".

— Eu também estou bem – falou olhando para Matsubara e Mitsuki. — Mas tem algo estranho. Todos nós, hóspedes de longa estadia, somos suspeitos. Parece que todos nós seremos incluídos numa lista de potenciais suicidas.

A voz alegre não conseguia disfarçar a indiscrição.

Primeiro, ela falou da mãe e da filha que tinham um bom relacionamento.

Numa conversa antes do almoço, Kaoru soube que as duas nunca tinham ido ao Hotel Fujiya, em Miyanoshita, por isso as convidou para almoçar lá. Takeru levou o grupo de carro em meio à chuva. Construído em 1878, dez anos após a Restauração Meiji, foi o primeiro hotel em estilo ocidental no Japão, conhecido pela inusitada fusão da arquitetura japonesa e da ocidental e com um telhado imponente que lembra um templo budista. Desde então, hospedou personalidades estrangeiras como o príncipe Albert de York, Charles Chaplin e o primeiro-ministro indiano Jawaharlal Nehru. Mitsuki já tinha ficado uma vez no hotel. Com pena do pai, negligenciado pela mãe e abandonado em casa, Natsuki e Mitsuki passaram a fazer viagens curtas com ele. Num desses passeios, os três se hospedaram no Hotel Fujiya. Nessa ocasião, jantaram no The Fujiya, restaurante com um teto de madeira em caixotes em estilo japonês, que agradava muito aos estrangeiros. Kaoru e o grupo almoçaram nesse mesmo restaurante e, durante a sobremesa, ela congratulou mãe e filha pelo casamento e comentou sobre o vidente, explicando que a história não tinha relação com as duas. Foi então que o rosto da mãe empalideceu visivelmente.

— Eu me assustei e achei que ela precisaria usar Nitorol.

Inesperadamente, o rapaz entrou na conversa:

— Talvez ela tenha achado a história de mau agouro, por causa do casamento. Mas a mãe é de fato bem estranha.

Disse que ela ficou distraída no caminho de volta.

— E a filha? – Mitsuki perguntou a Takeru.

— Despreocupada, ou melhor, desatenta. Desde o início, foi a mãe que falou sobre o casamento.

Não tinham como apontar nada concreto, mas Kaoru e Takeru concluíram que havia, sim, algo estranho nelas.

Kaoru mudou a conversa para o casal de meia-idade. Depois de descansar um pouco após retornar do Hotel Fujiya, ela desceu sozinha ao saguão no fim da tarde e procurava uma mesa próxima à janela quando o casal surgiu discretamente. Decidida a aproveitar a ocasião para extrair o máximo de informações dos dois, ela acenou e os convidou para tomar chá.

— Era evidente que eles não gostavam de conversar com alguém como eu, mas vocês sabem que sou insistente, não é?

Ela fez várias perguntas sem nenhuma cerimônia; o marido permaneceu calado e a esposa se abriu aos poucos, até que começou a falar sem parar, como a água de uma represa que se rompe. A mulher até enxugou as lágrimas com um lenço. A história do casal acontecia com frequência: o marido se tornou fiador de uma dívida que não foi quitada. Mesmo que entregasse tudo o que tinham, ainda ficariam devendo. A esposa continuava a falar e o marido passou a complementar os detalhes. O breve intervalo para o chá se estendeu para uma conversa de duas horas e meia.

— Pedimos até outro bule de chá.

Filho mais velho de uma família numerosa, o marido trabalhou muitos anos numa fábrica de placas de metal, até se aposentar e se tornar zelador de um condomínio com a esposa, por mais de uma década. Dois anos antes, eles finalmente se mudaram para uma casa que construíram juntos. Foi então que, alguns meses antes, o irmão mais novo, que mantinha negócios em Nagoya, foi internado devido a um derrame grave, e o casal recebeu a notícia de que a empresa havia falido. Depois de ser demitido alguns anos antes, o irmão tinha tentado abrir um negócio, mas tudo o que fazia dava errado. A esposa fugiu, levando os filhos, e se casou de novo. Talvez o estresse acumulado ao longo dos anos tivesse causado o derrame. E o marido era o fiador solidário de múltiplas dívidas do irmão.

Um fiador solidário tem o mesmo dever de quitar a dívida do inadimplente. Se declarasse falência, eles perderiam a casa e as economias, mas ficariam livres do restante das dívidas. Porém o marido não queria terminar a vida trilhada com tanto esforço com uma declaração de falência. O casal tinha uma filha e um filho. Eles puseram a casa à venda e, fugindo dos cobradores, se mudaram para o apartamento da filha, uma moça trabalhadora, mas de constituição física frágil. Até então, o casal tinha a intenção de chamar a filha, solteira, para cuidar deles na velhice e, em troca, deixar a casa para ela. O filho concordara de bom grado com o plano dos pais, pois se preocupava com o futuro da irmã mais velha e, após a morte dela, a casa poderia ser herdada pelos filhos dele. Mas agora a situação era essa. Eles não haviam contado ao filho o que tinha acontecido. Se fizessem isso, ele poderia contrair dívidas para ajudar os pais, apesar de ter sua própria família para sustentar. Como o filho contava com a reunião da família na casa dos pais no ano-novo, como de costume, ele descobriria a verdade em breve.

— Depois do que aconteceu no almoço com a mãe e a filha, eu não tive coragem de falar ao casal sobre o vidente que circula de Harley-Davidson.

Mitsuki assentiu com a cabeça.

— Além disso, o marido sorriu e disse que, caso ele morresse, o valor do seguro de vida poderia cobrir a dívida. Como a família da esposa era de longevos, ele tinha optado por um plano que pagasse um pouco mais.

Kaoru disse que ouvira a história alarmada.

Para que o filho não suspeitasse de nada, eles transferiram o número de telefone residencial para o apartamento da filha, mas agiotas sem escrúpulos contratavam pessoas envolvidas com a máfia para fazer ligações intimidadoras. Por isso, eles usaram o dinheiro guardado em nome da esposa para vir a este hotel, se afastar de tudo e pensar com calma no que fazer.

A expressão "falência de pequenos e médios negócios", usada exaustivamente por jornais e pela mídia desde que o

Japão entrara em recessão econômica, chegou até este hotel afastado da realidade.

Matsubara, que se manteve calado, disse:

— Tem algo estranho.

Todos olharam para ele.

— Se o marido é o filho mais velho de uma família numerosa, quer dizer que existem outros irmãos, não é? Mesmo que eles não tenham responsabilidade legal, podem muito bem dividir essa obrigação com o irmão.

— Verdade. Parece que ele sempre cuidou dos irmãos mais novos e tinha o costume de se responsabilizar por tudo.

Matsubara franziu a testa.

— Esse é o tipo de coisa que não se deve fazer.

Então, o que era aquela cena que Mitsuki viu, em que a tranquilidade reverberava no coração daquele casal? Quer dizer que os dois se consolavam em silêncio? O infortúnio de uma pessoa, muitas vezes, era tão estereotipado que insultava a pessoa e seu próprio sofrimento – em última análise, não passava de um padrão reduzido a mera estatística. Mesmo assim, isso não diminuía o infortúnio da pessoa. Não importava se a história era comum, isso não os impedia de sentir pena do humilde casal. Mergulhado em seus próprios pensamentos, o grupo ficou em silêncio por algum tempo.

— Em resumo, podemos dizer que não temos pessoas decentes entre os hóspedes de longa estadia – Kaoru declarou, em tom de brincadeira.

— Eu também? – Mitsuki disse, um pouco surpresa.

— Você? Ontem à noite você olhava para a lareira com uma expressão medonha, parecia um demônio enfurecido.

53. *Papa aime maman*

— Com aquela expressão, não tem como ser alguém decente. – Kaoru ria como a mãe e as mulheres de antigamente. — No começo, eu excluí seu nome da lista, mas agora você está de volta.

Mitsuki sorriu sem graça e não tinha o que responder.

De fato, na noite anterior, esquecida das horas, ficou no saguão com o olhar perdido nas chamas da lareira. Pensava em Tetsuo e na vida desperdiçada, até voltar ao passado da família, antes de seu nascimento. Com a expressão que tinha no rosto, talvez fosse inevitável ser incluída na lista. Mitsuki não se considerava uma candidata a suicídio, mas longe de Tóquio por alguns dias fora obrigada a reconhecer que não conseguia encontrar motivação para continuar viva.

Por que estou viva?

Por que preciso continuar a viver?

Esse pensamento acompanhou Mitsuki depois de se despedir do grupo, voltar ao quarto e se preparar para dormir, como uma sombra a perseguindo. De repente, a fala de Matsubara surgiu em sua mente: "Fazer doações é algo bom". Ela não desejava entregar a herança da mãe para Tetsuo – quando descobriu isso, percebeu que não tinha medo da morte. Mesmo assim, essas descobertas não eram nem um pouco *dramatique*, como Kaoru diria.

Os três dias seguintes se passaram sem nada diferente.

Quando não chovia, Mitsuki saía para caminhar. Nos outros momentos, lia *Madame Bovary* com um dicionário por perto. Às vezes, pensava em como traduziria certas frases para o japonês. Fechava o livro e deitava-se na cama, remoendo coisas variadas até sua cabeça ficar quente.

À noite, descia para o saguão. Kaoru sempre estava lá, vestindo elegantemente uma echarpe ao redor do pescoço e, na maioria das vezes, tricotando enquanto ouvia o iPod. O ideograma de seu nome significava "fragrância", segundo ela. E o de Takeru, "força militar", nome que não combinava com um rapaz de feições bem marcadas e cabelos castanhos levemente ondulados. Ele nunca pedia nada além de água mineral. Mitsuki procurava discretamente por Matsubara, mas talvez ele tivesse saído para comer ou pedido o serviço de quarto, por isso dificilmente se encontravam. Nunca mais conversaram sozinhos depois daquele dia no saguão, e parecia ser esse o desejo de Matsubara. Embora desapontada, Mitsuki sabia que esse era o jeito dele.

Ela teve oportunidade de conversar com o casal de meia-idade.

Um dia depois de Kaoru contar a história deles, Mitsuki acordou muito cedo para o café da manhã e pensou em dar um passeio pelo jardim. Ela os encontrou lá e, caminhando com o casal por algum tempo, seguiram juntos para o restaurante japonês. Durante a refeição, Mitsuki comentou sobre o filho e a esposa que tinha visto outro dia, evitando falar sobre a história contada por Kaoru. Foi então que o marido tocou no assunto por iniciativa própria:

— Não é algo que saímos dizendo por aí, mas, como você conhece aquela senhora, acredito que saiba dos nossos problemas. Não sei o que fazer a esta altura da vida.

— Você sempre trabalhou muito, querido.

— Você também. Me sinto culpado por te envolver nesta situação.

O marido pôs a mão na cabeça calva.

Nascido na província de Niigata, depois de se formar no ensino fundamental do novo sistema começara a trabalhar como entregador de jornais em Tóquio. A loja era administrada por um parente que diziam ter sido preso na Sibéria. O trabalho era árduo: enfrentava estradas congeladas nas manhãs de inverno e abafadas nas tardes de verão, sob chuva intensa e ventania, além de lidar com clientes que não queriam pagar pelo serviço. Felizmente esse parente e a esposa tratavam bem os entregadores. Mitsuki perguntou onde eles moravam em Tóquio e ele respondeu que era em Machida, onde a família da esposa, com quem teve um casamento arranjado, tinha uma lavanderia. Mitsuki contou que morava em Chitose Funabashi, ao lado da linha Odakyu.

— Você já tinha nascido quando o Romancecar era chamado de Trem Caixinha de Música?

A pergunta inesperada da mulher fez Mitsuki dar uma risada alta – fazia muito tempo que ela não ria assim.

— Já, muito tempo antes.

Depois de o casal rir timidamente, o marido disse:

— Foram dias difíceis, mas, quando ouvia o som daquele trem durante as entregas de jornal, passei a nutrir um sonho, sabe?

Mitsuki fez que sim com a cabeça várias vezes.

O casal disse que sonhava em embarcar no Romancecar e ir a Hakone para passar a lua de mel, mas foram obrigados a desistir, pois não tinham dinheiro para a viagem. A situação se manteve e nunca encontravam tempo, até que, quando conseguiram poupar dinheiro, faziam viagens mais distantes para aproveitar o raro descanso. Dessa vez, prestes a perder tudo, decidiram realizar pelo menos o sonho da juventude.

— Aquele trem me fazia sentir que entregar jornais também tinha um grande significado... era assim naquela época.

De fato, era impossível pensar numa vida sem jornais. A corneta do vendedor de tofu e *natto*, os passos apressados das crianças com a mochila escolar, o tilintar das garrafas de leite. Assim como todos esses sons do cotidiano, o som do entregador tirando o jornal da bolsa e da tampa da caixa postal se fechando era parte indispensável dos sons matinais.

Nas manhãs de domingo, o pai de Mitsuki passava o café no coador de alumínio e lia diligentemente o jornal. As filhas, ainda crianças, ficavam ansiosas para ler a tirinha diária. A mãe fazia comentários enquanto passava os olhos pelo folhetim:

— Que coisa mais estúpida.

Às vezes, elogiava:

— Até que a história desta vez é boa.

Também comentava sobre as ilustrações:

— Que desajeitado.

— Sem imaginação.

— Obsceno.

Noriko era uma crítica rigorosa de ilustrações, pois crescera na era de ouro das revistas para meninas, recheadas de ilustrações de Jun'ichi Nakahara e das pinturas esbeltas de Kasho Takabatake e Koji Fukiya, que moldaram sua visão inabalável de como devia ser uma ilustração. Naquela época, os ilustradores, herdeiros do senso estético e das técnicas da tradição do *ukiyo-e*, foram estimulados pelo realismo da arte ocidental, produzindo ilustrações magníficas. O pai, sendo um estudioso, repetia o que qualquer apreciador de literatura diria:

— Até o grande escritor Natsume Soseki publicou suas histórias em jornais, sabe? Os jornais de então eram surpreendentes.

A partir daí, ele apontou que a última obra do autor, *Luz e escuridão*, começava com a teoria de Henri Poincaré, contemporâneo de Soseki, e continuava, dizendo que esse nome aparecia em folhetins sem mais explicações. Quer dizer que, mesmo voltados para o grande público, os jornais daquela época ainda eram adquiridos por uma camada intelectual. Mãe e filhas, sem saberem que Poincaré fora um renomado matemático francês, ouviam caladas, considerando um conhecimento desnecessário para elas. Viviam uma época em que folhetins perdiam a importância.

Após a morte da avó, a mãe comentou:

— Não acredito que ela foi capaz de ler um livro como *Demônio dourado*.

Demônio dourado era repleto de ideogramas, escrito em estilo rebuscado e linguagem arcaica. Mesmo com a indicação da leitura dos ideogramas, não era um texto tão simples de ler como os de hoje em dia. Ao longo de um século, os jornais passaram a publicar para todo o Japão artigos com termos traduzidos do Ocidente, como "democracia", "indivíduo" e "liberdade", ao mesmo tempo que traziam também folhetins imitando os romances ocidentais, que falavam sobre "amor, amantes e mulheres apaixonadas", criando gradualmente uma nova língua japonesa e um novo povo japonês.

Na época em que entregava jornais, disse o marido, ele morava no local do emprego e frequentava o ensino médio, mas, como era difícil manter os estudos e o trabalho, decidiu custear a educação dos irmãos mais novos e começou a trabalhar numa fábrica de placas de metal, onde ganhava mais apesar da longa jornada. A partir de então, esteve sempre ocupado com o trabalho. Quando ele começou a aproveitar a aposentadoria, o irmão caçula, que sempre causava problemas, deixou uma enorme dívida para ele pagar.

— Não sei o que fazer.

A expressão do marido era mais calma do que a da esposa. Será que ele pensava em recorrer a um meio extremo, como se suicidar para quitar as dívidas com o dinheiro do seguro? Mitsuki investigou a expressão calma para descobrir se ele escondia algo. Sem dúvida, esse marido gentil com a esposa escolheria um jeito de morrer que não deixasse suspeitas de que foi um suicídio. E se ele fosse pescar sozinho e o barco virasse? Considerando que estavam à beira do lago Ashinoko, a primeira ideia que veio à mente dela foi afogamento.

Mais tarde, Mitsuki encontrou a mãe e a filha nas termas, mas não teve oportunidade de conversar com elas. Sentiu que a evitavam, sabendo que era próxima de Kaoru. A história que a idosa contara parecia mentira: a mãe interagia com a filha com um sorriso e a filha retribuía com um sorriso inocente. As duas eram bem próximas, não havia como imaginar outra coisa.

Antes de dormir, ela viu os álbuns de fotos enviados por Natsuki.

Entre elas, figurava uma foto da casa de Chitose Funabashi antes da reconstrução. A jovem mãe estava alegre. No terreno reduzido pela metade, ela tentou, com tanta coragem – a ponto de usar um advérbio que Mitsuki não usaria tão facilmente para descrever a mãe –, concretizar seus sonhos. Nesse segundo casamento, ela queria reproduzir, mesmo em menor escala, o estilo de vida dos Yokohama, que sempre admirou. No jardim, ela fez canteiros redondos com tijolos e plantou flores ocidentais, como rosas, dálias e tulipas, e um gramado. Também adotou uma collie, Della. Comprou camas da marca japonesa France Bed. Em pouco tempo, comprou um reluzente piano vertical preto – não havia espaço para um piano de cauda – e começou a frequentar a casa dos Yokohama com Natsuki, para as aulas de piano. Mesmo que as filhas não tivessem nascido beldades como a mãe desejava, talvez para compensar as memórias tristes do passado, Noriko se vestia bem, além de zelar para que as filhas tivessem roupas bonitas. Cantarolando, ela costurava roupas de verão com corte moderno. Já para as roupas de inverno ela usava sua habilidade de achar peças básicas e de boa qualidade em pechinchas de lojas de departamento. Para roupas mais elaboradas, com apliques, miçangas e rendas, ela contava com a ajuda de uma senhora da vizinhança. Também comprava boinas e botas de couro.

— Como são boazinhas, vocês não pedem nada – a mãe elogiava as filhas.

Mas na escola pública de ensino fundamental, frequentada por filhos de comerciantes e de agricultores, elas não tinham por que sentir inveja dos colegas de classe. A mãe se mostrava radiante, satisfeita em controlar, pela primeira vez na vida, a situação do jeito que queria.

A relação com o pai também não era ruim.

Por falar nisso, certo domingo, enquanto o pai lia o jornal deitado no sofá, a mãe colocou o prato de ração no chão, perto da cabeça dele, chamando-o com uma voz gentil: "Della, Della, aqui". O engano involuntário aconteceu porque o pai e a collie disputavam o lugar no sofá todos os dias. Ele olhou por cima do jornal e disse "Sou eu". As filhas, que observavam a cena de perto, rolaram de rir.

— Ai, ai, perdão.

A mãe também riu alegre e recolheu o prato de ração.

Antigamente, havia uma *chanson* popular com o refrão "*Papa aime maman/ Maman aime papa*", cantado por uma criança. Mitsuki costumava mudar a letra da canção para "papai ama mamãe, mamãe ama Della", fazendo o pai e todos caírem na risada. Se ela soubesse os dias futuros da família, jamais teria trocado a letra da música.

Enquanto observava as fotos antes de dormir, a noite e as montanhas de Hakone tinham desaparecido, substituídas pelas lembranças de uma época em que não sabia que era feliz. Eram lembranças vívidas mas distantes, como se estivessem de ponta-cabeça, vistas através de um telescópio.

Isso a deixou ainda mais infeliz.

54. Jogo de cartas poéticas

Mitsuki percebeu algo enquanto via os álbuns. Não havia uma única foto de infância tirada no ano-novo. Pensando bem, o ano-novo era um dia especial para a família Katsura.

A atmosfera desse dia era sempre diferente.

Todos os residentes no arquipélago japonês, tanto aqueles que passavam a virada do ano sozinhos quanto os que reuniam os familiares, recebiam a primeira manhã do ano com uma atmosfera de formalidade e expectativas. Mitsuki, então estudante do ensino fundamental, gostava da pureza do frio típico das manhãs de inverno, que aumentava essas expectativas. Mas também ficava um pouco triste. A Mitsuki daquela época sentia orgulho da família, que adotara um estilo de vida ocidental mais rápido que outros lares, porém ela queria que a família fosse tradicionalmente japonesa na passagem do ano, para comemorar o ano-novo como as outras famílias. Parecia até que os Katsura resistiam calados e secretamente a essa data.

Como era grande a diferença com o Natal.

Com a proximidade da data, as pequenas luzes da modesta árvore de Natal piscavam na casa, as filhas vestiam suas melhores roupas e toda a família ia para Ginza. No dia 24, cantavam "Noite feliz", acompanhados pelo piano de Natsuki. No dia de Natal, a toalha branca adamascada e os guardanapos do mesmo tecido, usados apenas quando recebiam visitas importantes, cobriam a mesa de fórmica, popular na época mas posteriormente considerada de muito mau gosto. O parente do pai, que o chamava de irmão, e a esposa também apareciam e todos comiam a refeição ocidental. O pai era todo sorrisos.

No primeiro dia do ano, entretanto, os únicos indícios que o diferenciavam de um dia comum eram o aroma da auspiciosa sopa *ozoni* preparada pela mãe durante a manhã e o hashi de pontas arredondadas, usado em ocasiões festivas. O invólucro do hashi, nas comemorativas cores vermelho e branco, era decorado com o *mizuhiki*, um laço que traz boa sorte. Como chefe da família, o pai escrevia, numa bela caligrafia, o nome de cada pessoa nos invólucros: Noriko, Natsuki, Mitsuki. Era só isso. Não havia na entrada da casa o *kadomatsu*, ela não estava decorada no estilo *kagamimochi*, tampouco se via a profusão dos pratos tradicionais de ano-novo, acomodados em caixas *jubako*. Na época, Mitsuki nem sequer sabia da existência do conjunto dessas caixas de *maki-e* em alto-relevo e do conjunto *tosoki* para beber saquê, peças de herança da família Katsura que devem ter ficado guardadas em algum lugar da casa. Eles não visitavam outras casas nem recebiam visitas para desejar feliz ano-novo. Mitsuki sentia muito carinho pelo invólucro de hashi em vermelho e branco, único símbolo do início do ano em sua casa.

Para a família Katsura, o primeiro dia do ano era especial porque, enquanto o restante do ano girava em torno da alegre mãe como se ela fosse o Sol, essa data era governada pelo mau humor do pai. Especialmente pela manhã. A expressão que ele fazia ao tomar a sopa *ozoni* parecia amaldiçoar esse feriado comemorado no Japão desde tempos antigos. Ele detestava *mochi*, o bolinho de arroz glutinoso que vinha na sopa. Também detestava *nanakusagayu*, a sopa de arroz com sete ervas consumida no sétimo dia de janeiro para desejar boa saúde para o ano inteiro. Mitsuki, que nunca tinha comido o caldo com sete ervas, gostava do nome, mas não dizia nada na frente do pai.

O mau humor não durava muito.

Com o passar das horas e o ar festivo da data se dissipando, aos poucos o humor do pai também melhorava. Ao anoitecer, as luzes eram acesas e chegava a hora do jantar. Terminada a refeição, a cara feia dele passava quando Mitsuki e a irmã traziam um jogo. Era uma caixa vermelha de papelão contendo cartas com poemas da obra *Cem poemas de cem poetas*. Era o único costume de ano-novo que o pai adorava. Os poemas dessa antologia eram divididos em duas partes, formando um par de cartas. O jogo consistia em ler a primeira parte de um poema e os participantes competiam para ver quem encontrava antes a carta com a segunda. As cartas com a metade seguinte dos cem poemas ficavam espalhadas pelo piso de madeira da sala e cada participante tomava posição, ajoelhando-se numa almofada plana. Mesmo sabendo que era contra as regras, as irmãs deixavam cartas perto de seus joelhos.

Em geral era o pai que declamava a primeira parte. Diferentemente das mulheres da família Katsura, que apreciavam prosa, ele gostava de poemas, tanto em inglês quanto em japonês. Também pertencia a uma geração que conseguia ler alguns poemas chineses. A declamação que fazia dos poemas de *Cem poemas de cem poetas* era muito bela:

> 秋の田のかりほの庵の苫をあらみ
> わが衣手は露にぬれつつ
>
> [Na cabana provisória nos arrozais do outono, com seu rústico telhado de palha, minhas mangas molharam com as gotas de orvalho que passaram pelas frestas]

A mãe lia com a cadência de uma estudante do pré-guerra:

> 春過ぎて夏来にけらし白妙の
> 衣干すてふ天の香具山
>
> [A primavera se foi e chegou o verão; avistam-se vestes brancas estendidas no monte celestial Kaguyama]

Mitsuki conhecia algumas regras de leitura do japonês clássico, o que a deixava contente, como se estivesse um passo mais próxima de se tornar adulta.

Em *Demônio dourado*, é famosa a cena do diamante, o rei das joias no Ocidente. No início do romance, durante um jogo de cartas poéticas no ano-novo, surge um homem usando um anel com um grande diamante incrustado. Apesar disso, Mitsuki não se lembrava de ter visto a avó Omiya participar do jogo de cartas poéticas. De avental, ela ficava na cozinha lavando a louça do jantar, do lado oposto à sala onde todos estavam; servia chá e tangerinas para todos ou sentava-se no canto do sofá e tirava um cochilo. Quando Mitsuki leu *Demônio dourado*, tentou imaginar como a avó se sentia ao ver todos brincando.

A cena do romance se passa em 3 de janeiro de certo ano do período Meiji. O ar quente dominava a ampla sala de tatames. Cerca de trinta rapazes e moças se dividiram em dois grupos, formaram uma roda e começaram o popular jogo de cartas poéticas. Entre as mulheres bem arrumadas, algumas estavam com a maquiagem borrada, os cabelos despenteados e o quimono desalinhado. A camisa de um homem rasgara na axila e ele tirara a jaqueta *haori*. Em meio a esse grupo, havia uma moça de postura graciosa e olhar límpido. Essa era Omiya. Foi então que surgiu um homem de bigode: o cavalheiro tinha um anel dourado com um diamante cujo tamanho eles jamais tinham visto.

Quando alguém percebeu, uma torrente de exclamações se espalhou pela sala como ondas.

— Um diamante!

— Sim, é um diamante.

— Diamante?!

— Nossa, um diamante!

— Oh, é um diamante.

— O quê? Diamante?

— Veja, é um diamante.

— Oh, isso é um diamante?!

— Que diamante adorável.

— Que brilho assustador tem o diamante.

A palavra "diamante" foi repetida exaustivamente para que a cena ficasse gravada na memória dos leitores.

Com a avó na casa dos 80 anos, será que aquela cena de *Demônio dourado* tinha desaparecido da memória como fumaça? Ou ela se continha simplesmente por não ter mais uma boa audição? Uma vez, quando a pequena Mitsuki tentou declamar a primeira parte dos poemas, todos gargalharam, ferindo o orgulho da menina. Ela se recolheu no sofá e encontrou conforto no colo da avó, sem saber no que Omiya pensava ou se pensava em algo.

Quando a avó faleceu, Mitsuki aprendeu a ler os poemas com a mesma cadência da mãe. As irmãs tinham seus poemas favoritos e posicionavam discretamente essas cartas perto de si. Quando percebiam o que a outra tinha feito, gritavam: "Não é justo!". Se gostavam do mesmo poema, as duas competiam para apanhar primeiro a carta. Elas gostavam dos poemas que até as crianças podiam compreender.

> 人はいさ心も知らずふるさとは
> 花ぞ昔の香に匂ひける
>
> [Desconheço seus sentimentos, mas as flores de ameixeira da antiga capital de Nara são perfumadas como sempre]

Como as cartas com a primeira parte do poema traziam lindas ilustrações em estilo *yamato-e* de poetas com o luxuoso quimono de doze camadas, elas naturalmente memorizaram seus poemas. Achavam curioso que a beldade Ono no Komachi tivesse o mesmo rosto que as demais poetas. Estranharam que Ise no Taifu fosse o nome de uma mulher, mas o trecho inicial de seu poema, "A cerejeira de pétalas dobradas da antiga capital de Nara...", tinha uma graciosidade feminina e o próprio poema continha beleza própria.

Sua família não tinha passado. Ou melhor, não tinha história. De certa maneira, simbolizava o Japão, um país que tentou apagar todo o passado após a derrota na guerra. A avó conseguia viver apenas num espaço com tatames; com sua morte e mesmo antes da reconstrução da casa, desapareceram todos os objetos que lembravam o estilo de vida antigo, como o espelho com entalhes de Kamakura, o braseiro circular de cerâmica, a mesinha com aquecedor, as almofadas planas e até mesmo os edredons. Restou apenas o par de cômodas de kiri-japonês da mãe. Os itens foram substituídos por móveis em estilo ocidental, pequenos e baratos, como os "três tesouros" do período pós-guerra: a geladeira, a máquina de lavar roupa e a televisão. Na casa onde sua história foi completamente apagada, mesmo algum tempo depois de as filhas se tornarem adultas, as mesmas palavras declamadas havia mil anos ecoavam silenciosamente na noite de ano-novo, conectando as irmãs ao Japão de tempos antigos. Um poeta da Antiguidade escreveu: "uma nação é destruída, mas as montanhas e rios permanecem"; para a família Katsura, porém, seria "uma nação é destruída, mas a poesia permanece", ou melhor, "as palavras permanecem".

A irritação do pai no ano-novo era em grande parte ideológica, porque o termo "pós-guerra" ainda era algo vívido na época e os eventos xintoístas relacionados à festividade traziam à memória aquela guerra abominável.

Contudo, com a idade, Mitsuki compreendeu que o desgosto do pai pela data também tinha a ver com experiências pessoais. Enquanto as lembranças da mãe eram como uma fonte inesgotável, abundante e detalhada, as do pai eram escassas, ele não tinha vontade de contar o pouco que lembrava. Por isso, repetia as mesmas histórias do passado. Uma delas era inesperadamente cativante, sobre a profusão de gueixas que costumava visitar a família para desejar feliz ano-novo – com o rosto maquiado com pó branco e os cabelos arrumados no penteado *takashimada*, elas seguravam levemente a barra do quimono preto para caminhar. Ele contava que líderes da *yakuza* também faziam visitas. A Clínica Katsura, existente desde o período Edo, prosperara ao lado de uma antiga estrada. O avô paterno de Mitsuki, que havia contraído vários empréstimos, era membro da assembleia municipal de Tóquio. Não devem ter sido apenas gueixas e líderes da *yakuza* que iam prestar congratulações no primeiro dia do ano; homens com quimonos formais também devem ter visitado a família. Com a morte repentina do avô paterno, essas pessoas deixaram de ir e apenas os cobradores de dívidas passaram a rodear, como moscas. Os bens da família foram vendidos, a clínica passou para outras mãos e o pai se mudou com a madrasta para uma pequena casa de aluguel que restara. Como deve ter sido miserável passar o primeiro ano-novo ali.

Será que houve algum insano que teve coragem de visitar os dois?

E assim, numa noite na montanhosa Hakone, vendo as fotos no silêncio do quarto de hotel, o solitário ano-novo da família Katsura, que nem sequer fora registrado em fotografia, surgiu no coração de Mitsuki como o sonho de uma vida anterior.

O pai tinha 14 anos quando ficou órfão. O avô materno deixou a casa para morar com outra mulher na época em que a mãe contava também 14 anos. Pensando bem, ambos se divorciaram para ficar com outra pessoa; talvez as duas almas feridas tivessem assim encontrado consolo para o golpe sofrido na adolescência. O enlace dos dois arruinou a vida de muitas pessoas; foram duramente criticados por parentes e desprezados pela sociedade. Será que a memória daquele ano-novo miserável ainda não tinha sido completamente esquecida? Os três primeiros dias do ano, quando ninguém os visitava e a família não visitava ninguém, seriam um resquício do período em que os pais resistiram juntos à sociedade? As memórias do que enfrentaram juntos devem ter contribuído para suprimir os caprichos da mãe e fortalecer a relação do casal. Quer dizer que o solitário ano-novo da família Katsura, comemorado com nada mais que um invólucro festivo de hashi, era na verdade um dia de felicidade?

Por que o tempo não havia parado naquela época?

Se isso tivesse acontecido, a vida da "desavergonhada Nonko" poderia ter sido uma história linda e comovente, da menina que se dedicou intensamente a realizar seu sonho.

Com as filhas crescendo e o pai mais estável tanto em termos econômicos quanto sociais, parece que o casamento deles ganhou legitimidade e parentes paternos começaram a visitar a família nos três primeiros dias do ano. As caixas *jubako* de *maki-e* em alto-relevo e o conjunto de *tosoki* para beber saquê agora eram usados. Mas a relação do casal enfraquecia aos poucos.

Com a proximidade do primeiro ano-novo após a internação do pai num distante hospital para idosos, Mitsuki disse à mãe:

— Não deveríamos trazer o papai para casa pelo menos no ano-novo?

— Não. Eu não quero.

A partir de então, até o pai não conseguir mais se levantar da cama, Mitsuki passaria o último dia do ano em Toride, com Tetsuo e seus pais, e traria o pai para seu apartamento no primeiro dia do ano. Como a relação da mãe com o professor de *chanson* não era pública, os parentes do pai visitavam a casa da família, como de costume. Nessas ocasiões, a mãe mostrava sua faceta de esposa e comia tranquilamente com os hashis festivos.

Por falar nisso, elas não encontraram a caixa com as cartas de *Cem poemas de cem poetas* ao esvaziar a casa em Chitose Funabashi. As irmãs não sabiam quando ela havia sido descartada.

Os álbuns de fotos enviados pela irmã fizeram Mitsuki se lembrar do passado, uma época que não parecia se conectar com o presente. O tempo havia lavado, purificado e embelezado o passado distante, mas o passado recente era extremamente feio. Muito parecido com a mãe quando jovem e quando idosa.

Nas montanhas de Hakone, Mitsuki não conseguia dormir profundamente.

55. Duas possibilidades

Era noite após três dias monótonos.

Como sempre, Matsubara não apareceu no saguão. Mitsuki retornou mais cedo para o quarto, deitou-se na cama sem trocar de roupa, contando os dias desde que chegara em Hakone. Era a noite do sétimo dia. Como se hospedaria por nove noites, restavam apenas três, contando a noite atual.

Ela fechou os olhos e decidiu enfrentar os pensamentos que insistiam em surgir em sua mente nos últimos dias, mas que ela afastava.

A atitude de Tetsuo não fazia sentido.

Por que ele hesitava em se divorciar? A última frase do e-mail dele aparecia diante de Mitsuki: "Seu corpo é frágil, então cuide-se". Que intenções se escondiam por trás dessas doces palavras?

Será que ele hesitava porque ainda a amava? Será que essa possibilidade existia, mesmo que não fosse do jeito que Mitsuki desejava? "Não, não seria possível. Não. De jeito nenhum", Mitsuki repetia para seu coração exausto. Tetsuo poderia até confiar em Mitsuki, mas não a amava. Ele não queria ficar perto dela para compartilharem momentos felizes. Ela também já não amava o marido e, embora pensar nele agora trouxesse apenas lembranças tristes, ainda era doloroso admitir seus sentimentos.

Se ele não a amava, restavam apenas duas possibilidades.

A primeira era que ele se sentia culpado. Tetsuo não era cruel a ponto de abandonar a esposa de 50 anos com quem convivera por tanto tempo para ficar com uma mulher jovem. Durante a viagem para o Vietnã, ambos praticamente não se comunicaram. Talvez ele tivesse percebido que Mitsuki desconfiava de algo, mas nem sequer imaginava que ela sabia dos planos do divórcio enquanto ele estava em outro país. Talvez ele achasse difícil abordar o assunto com a esposa. Além disso, quando o marido a viu pela última vez, o estado de saúde de Mitsuki estava pior do que o habitual, pois ela se dedicava aos cuidados da mãe, cuja demência avançava rapidamente. Sentir pena de Mitsuki era uma fraqueza do marido, mas também demonstrava que era uma pessoa gentil.

Existia, porém, outra possibilidade.

Mitsuki respirou fundo.

Considerar essa ideia parecia uma blasfêmia não apenas para Tetsuo, mas para a própria Mitsuki. Por mais que afastasse esse pensamento, ele voltava com insistência: a herança da mãe.

Mais precisamente, as chances de ele receber esse dinheiro. Talvez esse fosse o motivo para adiar até o último momento a questão do divórcio. Embora não soubesse da morte da sogra, ele era um homem inteligente e estava ciente de que, mesmo depois de pagar as despesas para se mudar para a Golden, ainda restaria uma boa quantia a receber se Noriko morresse de repente.

Até que ponto era importante para Tetsuo se Mitsuki receberia ou não a herança?

Com o olhar perdido no teto por algum tempo, Mitsuki levantou-se lentamente da cama. Tentando não pensar em nada, foi até a escrivaninha, sentou-se, abriu o laptop com as duas mãos e apertou o botão para ligar. Com o suave som de inicialização, a tela começou a emitir uma luz. Ela entrou na conta de e-mail de Tetsuo, rolou lentamente a tela para baixo e encontrou a mensagem da mulher que tinha um anexo com valores sobre a divisão de bens. Mitsuki abriu o arquivo. Por mais desagradável que fosse, ela devia analisar aqueles números, calculados minuciosamente pela mulher. Ter ciência dos valores ajudaria não só a pensar sobre Tetsuo, mas a pensar também no próprio futuro.

Primeiro, o apartamento de 72,3 metros quadrados onde o casal atualmente morava. Pelos cálculos da mulher, o valor mínimo de mercado seria de 30 milhões de ienes. Como tinham adiantado as parcelas do financiamento, restava quitar cerca de 10 milhões. Caso vendessem, ganhariam cerca de 20 milhões. Depois, falava sobre as economias e os investimentos. Nesse caso, o casal tinha cerca de 18 milhões de ienes. Sem filhos, carros e hábitos caros, como jogar golfe, juntaram essa quantia sem grandes sacrifícios. Após o casamento, Tetsuo e Mitsuki construíram um patrimônio de cerca de 38 milhões. Segundo a mulher, apesar de Tetsuo ter ganhado muito mais do que Mitsuki, a entrada do primeiro apartamento fora paga, em maior parte, pela família Katsura. Além do mais, como não era necessário sustentar Mitsuki após o divórcio e considerando que o motivo da separação era uma traição dele, o mais adequado seria dividir igualmente o patrimônio, para incluir uma compensação financeira para Mitsuki.

Em outras palavras, cada um ficaria com 19 milhões de ienes.

Além disso, a mulher recomendava que Tetsuo prometesse parte de sua aposentadoria no futuro, dando 10 milhões no momento do divórcio como adiantamento do bônus de aposentadoria, o que deixaria Mitsuki com cerca de 29 milhões de ienes. Dizia também para manter o plano de aposentadoria individual de Mitsuki no Banco Postal, pois, com o divórcio, ela não receberia a pensão por viuvez. Quanta consideração da mulher em pensar no que aconteceria com Mitsuki se Tetsuo morresse. Obviamente, não era por preocupação, mas para que ela assinasse os papéis sem causar maiores problemas. Se não chegasse a um divórcio consensual, o casal passaria por um divórcio judicial consensual ou litigioso. Mais do que preocupação com os custos do processo, a mulher queria impedir que Tetsuo a deixasse durante esse período.

"Com essas condições, até o diabo aceitaria."

Foi o que a mulher escreveu, mas parece que Tetsuo não concordava muito com as condições. "Quanta generosidade, hein?"

Na verdade, se cedesse 29 milhões para Mitsuki, ele ficaria com apenas 9 milhões do patrimônio acumulado enquanto desfrutava uma vez ou outra algum luxo – o que sobraria dos bens que acumulou e o faria se ressentir da esposa seriam apenas 9 milhões de ienes. Depois de se dedicar tanto aos estudos para se tornar professor universitário e trabalhar a vida toda, ele ficaria com apenas 9 milhões aos 50 e poucos anos. O patrimônio da mulher não estava claro, mas parece que juntara uma boa quantia por morar com os pais. Como não trabalhou o tempo todo, e a julgar pelo que ela tinha escrito, parece que não tinha muito mais do que 10 milhões. Mesmo com uma estimativa muito otimista, não superaria os 9 milhões que restariam para Tetsuo. Em resumo, o patrimônio dos dois seria de apenas 18 milhões de ienes.

E se a mãe de Mitsuki morresse de repente? Após a divisão da herança com a irmã mais velha, Mitsuki receberia um valor que seria adicionado aos 38 milhões do patrimônio do casal. Tetsuo não sabia o valor exato, mas devia ter uma noção de que superava os 30 milhões. Ou seja, os bens do casal chegariam a pelo menos 70 milhões. Com esse valor, faltaria pouco para financiar o tão sonhado apartamento de quase 100 milhões de ienes.

Se ficasse com a mulher, os dois teriam cerca de 18 milhões.

Se ficasse com Mitsuki e a sogra morresse, teria 70 milhões.

Que grande tentação para ele. Não seria de estranhar a demora para falar do divórcio. A mulher sabia tudo sobre as finanças da família Hirayama, mas parece que Tetsuo não lhe falara do terreno em Chitose Funabashi.

Se ele hesitava em abordar o divórcio por sentir pena, ela poderia perdoá-lo. Mas, se fosse por causa da herança da mãe, não havia nada mais sórdido, vergonhoso e covarde – Mitsuki incitou a própria raiva para culpar Tetsuo, porém não conseguiu culpá-lo de verdade. Com a idade, infelizmente ela aprendera a importância do dinheiro e como o coração humano é suscetível. Se Tetsuo soubesse que ela recebeu a herança da mãe, mudaria completamente de ideia e terminaria o caso com a mulher? Será que ficaria com vergonha? Pouco provável. Ele se convenceria de que desistiu do divórcio por ser gentil com a esposa. Ou tentaria se convencer disso. Assim é a mente humana – Mitsuki pensou sem cinismo algum.

Ela se afastou do laptop e foi até a janela. Expôs as bochechas ao ar gelado da noite e ficou observando o lago escuro por algum tempo. Quando a visão se acostumou à escuridão, o brilho das estrelas se intensificou no céu, sobre o lago. Numa noite limpa como essa, as estrelas pareciam tão próximas que passavam a impressão de ir lentamente em sua direção. Sem perceber, Mitsuki se apoiou no peitoril da janela e estendeu os braços na direção das estrelas resplandecentes, como se pedisse por ajuda.

As estrelas, em seu brilho, permaneceram indiferentes.

Na outra margem do lago Ashinoko, havia apenas montanhas, por isso o silêncio reinava nos arredores e o céu estrelado cintilava como de madrugada, embora não fosse tarde.

Ao fechar os olhos, Mitsuki viu as imagens residuais das estrelas sob as pálpebras.

Nesse momento, o telefone tocou. Com o susto, Mitsuki recolheu os braços, fechou a janela e foi até a escrivaninha para atender. Era Masako.

— Como sempre, que voz depressiva, hein? – Masako falava do jeito habitual, sem reservas.

— É porque não tenho motivo para estar diferente.

— Anime-se.

— Tá.

— Não pode ficar assim.

— Tá. Vou dar um jeito, não se preocupe.

Após um breve silêncio, Masako baixou o tom de voz:

— A mulher que se envolveu com Tetsuo tem um blog, sabia? Chama *Diário de uma estadia confortável no Vietnã*.

— Como você encontrou?

— Tive um pressentimento de repente e fiz uma pesquisa com as palavras "Ho Chi Minh", "período sabático" e "divórcio". Tenho certeza de que é ela.

— Ah, é?

— Fiquei em dúvida se te contava, mas a mulher quer mesmo que Tetsuo se separe de você.

— Eu sei.

Era difícil contar que tinha lido os e-mails dos dois.

— O que vai fazer?

— Vou pedir o divórcio.

As palavras saíram sem pensar. Talvez já estivesse decidida em seu coração. A reação de Masako foi rápida. Talvez por se sentir aliviada, sua voz era alegre:

— Mitsuki, muito bem. Como esperava de você.

Ela deveria ter se divorciado bastante tempo antes, mas não tinha conseguido se decidir. Sabendo que não merecia elogios, Mitsuki apenas agradeceu. Como Masako não era de falar muito por telefone, as respostas de Mitsuki também foram breves. Antes de desligar, a amiga acrescentou:

— Aquela mulher não parece ser má pessoa. Ela escreve sobre a poluição do ar no Vietnã.

Mitsuki desligou o telefone e se levantou.

56. Pobreza ou marido?

Divorciar-se…

Ela já tinha decidido mesmo sem perceber, mas isso só se tornou real quando expressou em voz alta para Masako. Olhando fixamente para o telefone, se sentou diante da escrivaninha, ruminando as palavras que acabara de dizer. O mais deplorável era que não se sentiu livre. Como deve acontecer com quase todas as mulheres que lidam com um divórcio, o que lhe veio à mente primeiro foi a evidente insegurança financeira.

Como viveria dali em diante?

Os cálculos que a mulher citou tinham grande importância agora.

A herança da mãe era um grande presente dos céus, que Mitsuki ficava grata por receber. Poderia se divorciar sem ficar pobre. Para uma mulher com a sua criação e que não tinha a robustez de Masako, seria um grande alívio manter o mínimo do estilo de vida de classe média.

Mitsuki pensou nas amigas que viviam casamentos infelizes. Por diversos motivos, como o empobrecimento dos pais, elas não receberam herança, não tinham emprego fixo e, por terem sido criadas como moças dedicadas a se tornar uma boa esposa, tiveram de escolher entre uma vida de pobreza ou um marido que as sustentasse, sendo obrigadas a aceitar a segunda opção. Comparado ao "dinheiro ou amor", ou melhor, ao "dinheiro ou algo melhor que dinheiro", a escolha entre "pobreza ou marido" tinha um tom doméstico – um tom apropriado para uma mulher de meia-idade prestes a se tornar uma idosa.

Lembrou-se, por exemplo, de uma colega do ensino médio de temperamento forte. Quando os filhos se tornaram independentes, ela pôs em prática o "divórcio doméstico": quando o marido estava em casa, ela preparava a refeição para os dois, mas ficava no próprio quarto, comendo enquanto via televisão. E uma colega da universidade, do tipo quieta, declarou com uma expressão séria que tinha uma "relação de lenço umedecido" com o marido. Foi então que Mitsuki descobriu a história que circulava entre as mulheres casadas, de matar o marido asfixiado cobrindo o nariz e a boca dele com um lenço umedecido durante o sono. Outra colega da universidade não se queixou do casamento e Mitsuki comentou:

— A relação de vocês é boa?

— Nem pensar. Sofro violência doméstica e já tive várias fraturas.

Eram mulheres de uma geração anterior. Mulheres que, com exceção da mãe de Mitsuki, suportaram um casamento infeliz caladas e nem sequer pensavam em divórcio, quanto mais nas consequências financeiras.

Mitsuki se lembrou de um evento do qual participara com familiares dos residentes da Golden. Uma residente com cerca de 90 anos perguntou várias vezes à filha, que tinha por volta de 60:

— Quando seu pai vai voltar?

E a filha sempre respondia:

— Mãe, ele morreu dezessete anos atrás, não lembra?

Como Mitsuki estava sentada ao lado, podia ouvir a mesma conversa sem fim. Até que resolveu dizer:

— Se responder que seu pai voltará logo, acho que ela se acalmará.

A filha, com um sorriso constrangido, respondeu:

— É exatamente disso que ela mais tem medo.

Vivendo numa época em que o divórcio se tornara casual, e recebendo até a herança da mãe, Mitsuki era feliz – ou pelo menos pensava que deveria se sentir feliz.

Ela pegou o bloco de anotações ao lado do telefone, levou para a escrivaninha e escreveu o número 29. Era o valor que receberia de Tetsuo no momento do divórcio. Embaixo, escreveu 36,8, o valor da herança da mãe. O total dos valores seria de 65,8. Não existe nada mais variado do que o senso financeiro das pessoas. A família da cunhada de Natsuki tinha 1 bilhão de ienes apenas em imóveis, mas sempre reclamava que a situação estava difícil. Um velhinho que Mitsuki via pela vizinhança costumava voltar do banho público com uma bacia de plástico na mão, subindo com uma expressão despreocupada para seu apartamento em um velho prédio de madeira, provavelmente habitado por estudantes de baixa renda. Mitsuki o apelidou de Vovô Despreocupado. Para ela, 65,8 milhões de ienes era um valor enorme.

65.800.000 de ienes.

Com a adição de zeros, ela sentia que era suficiente para comprar um castelo antigo na França.

Mas não precisava fazer cálculos para, com um pouco de realismo, saber que não seria o bastante para se esbaldar numa vida de luxo. A magia dos zeros, depois de emitir um brilho instantâneo, logo se esvaneceu.

Mitsuki, por ser uma pessoa caseira, primeiro usaria o presente recebido dos céus – a herança da mãe – para assegurar a qualidade de vida atual, mesmo que a residência fosse um pouco menor. Queria morar nos arredores de uma estação não tão distante do centro, onde pudesse caminhar por ruas que não ofendessem seu senso estético e não parecessem desoladas demais. Além disso, queria ter uma vista da janela que pudesse acalmar um pouco sua mente.

Ela queria apreciar também os pequenos luxos que a mãe desfrutara na velhice.

Isso dependia de como usaria os 29 milhões que receberia de Tetsuo com o divórcio.

A partir dos 65 anos, ela receberia 50 mil ienes mensais de pensão do Banco Postal. Da aposentadoria nacional, receberia mais 70 mil ienes, mas com o déficit orçamentário do país talvez a lei mudasse e fosse mais vantajoso adiar para os 68 anos. De qualquer forma, contar com menos de 120 mil ienes mensais era pouco promissor. Mesmo recebendo parte da aposentadoria de Tetsuo, não seria suficiente. Sendo japonesa, mesmo que não desejasse a longevidade, ter uma expectativa de vida média por mais trinta anos pesava na cabeça de Mitsuki como uma possibilidade real. Com a morte do pai, Masako recebera uma pequena herança e comprara fundos de pensão. Ela pensou em usar 10 milhões dos 29 que receberia de Tetsuo para aplicar nesse tipo de produto. Dessa forma, receberia todos os meses uma pequena aposentadoria extra, garantindo uma quantia razoável. Se poupasse os 19 milhões restantes, ela poderia gastar aos pouquinhos quando começasse a receber a aposentadoria, assim como fez a mãe, e desfrutar uma velhice com luxos moderados.

A questão era como se sustentar até a aposentadoria. Depois de comprar uma residência com a herança da mãe, ela teria de viver sem gastar o dinheiro restante, para poupar para a velhice. Afinal, como faria isso?

Até agora, além do que recebia, havia o salário anual bruto de Tetsuo, de 13 milhões de ienes.

A partir de agora, a renda bruta de Mitsuki seria de menos de 3 milhões de ienes anuais.

O número de horas-aula na universidade não era muito diferente do de Tetsuo, mas como pode o salário de um professor com dedicação integral e o de um professor de meio período serem tão discrepantes? Ela complementava a renda anual de 3 milhões com as traduções de patentes.

Mitsuki voltou a registrar os valores no bloco de anotações.

Como entrara tardiamente no plano de previdência individual do Banco Postal, ela precisava depositar 40 mil ienes mensais até os 65 anos. Para a aposentadoria nacional, eram 15 mil por mês até os 62. Além disso, se incluísse o imposto de residência, o seguro nacional de saúde, o seguro de cuidados de enfermagem, o seguro de hospitalização da seguradora Alico, a conta de luz, gás e o condomínio, suas despesas essenciais superariam 100 mil ienes por mês. A renda atual de Mitsuki não chegava a esse valor. Estava fora de questão continuar com o estilo de vida refinado. Não comeria mais fora, diminuiria as idas ao salão de beleza, compraria menos livros e produtos para a sensibilidade ao frio, como ervas medicinais e almofadas térmicas Hokaron. Não teria dinheiro para frequentar sessões de acupuntura e massagem nem uma vez ao mês. As viagens internacionais, que até então não considerava um grande gasto, teriam de ser planejadas com cuidado. Por mais que economizasse, teria grandes despesas com a mudança. Precisaria comprar móveis e eletrodomésticos. O laptop em uso um dia quebraria e se tornaria uma despesa inesperada. Se esses gastos fossem pagos com o dinheiro da poupança, as reservas para a velhice diminuiriam aos poucos.

Para evitar isso, precisava aumentar a carga de trabalho.

Felizmente, podia continuar como professora de meio período até os 68 anos. A demanda por traduções de patentes também aumentava. Com os anos de experiência, ela não teria dificuldades em conseguir mais traduções.

Mitsuki olhou para o número 36,8, que representava a herança da mãe.

Ela tinha pensado em diminuir o trabalho caso recebesse esse dinheiro. Mesmo que Tetsuo se mostrasse insatisfeito, dessa vez estava determinada a ficar em casa e fazer o que gostava. Agora, no entanto, mesmo com essa herança, seu destino era trabalhar mais e por mais tempo.

Pensando agora, os 13 milhões de ienes anuais, que até então ela achava natural entrar na conta bancária de Tetsuo, era uma quantia enorme. Parecia até que estava sendo punida por considerar isso óbvio.

Balançando a cabeça de um lado para outro, Mitsuki fechou os olhos por algum tempo, acalmou a respiração e pensou em outra maneira de mudar os cálculos pessimistas.

Caso contrário, não teria mais motivo para viver.

Primeiro, sacrificaria o apartamento. Se contentaria em comprar um que custasse menos da metade do valor da herança da mãe. Não se importaria se fosse pequeno, velho ou distante do centro. Investiria num fundo de pensão individual com os 10 milhões, mas desistiria de poupar para os pequenos luxos da velhice. Não apenas isso. Ela pediria demissão da universidade, emprego que foi praticamente obrigada a manter por causa do marido. Talvez fosse uma insanidade, mas ela podia contar com o presente dos céus, a herança da mãe. Como se sentiria aliviada. Aproveitando a oportunidade, traduziria mais patentes, até o limite do que fosse capaz de fazer em casa. O restante das despesas seria pago com a herança e o que receberia de Tetsuo no divórcio. Quando precisasse de ajuda para se locomover, iria para uma instituição pública de cuidados ou não se importaria em morrer sozinha em seu apartamento. Nessa ocasião, agitaria o lenço branco para se despedir da tal "classe média", viveria modestamente fazendo o que gostava e valorizaria o tempo restante de vida.

O que teria acontecido se não tivesse a herança da mãe? Mesmo que no divórcio recebesse os 29 milhões que "até o diabo aceitaria", ela seria obrigada a trabalhar o máximo que pudesse: mudaria para um apartamento barato, trabalharia até os 68 anos como professora de meio período – emprego que não lhe renderia aposentadoria – e teria de traduzir cada vez mais patentes. Aquela mulher que se envolveu com Tetsuo não se importava em obrigar outra mulher bem mais velha a passar por essa situação enquanto roubava seu lugar como esposa de professor universitário? Uma raiva intensa subiu por um instante, mas de quem Mitsuki realmente deveria sentir raiva era de Tetsuo. Ele sabia muito bem que a esposa tinha a saúde frágil e sua condição havia se agravado recentemente. Apesar disso, teve a ousadia de comentar "quanta generosidade, hein?".

Mitsuki deixou o papel com os números em cima da escrivaninha e se jogou na poltrona. A luz do quarto estava apagada e a única fonte de luz era a luminária da escrivaninha, que realçava os cantos escuros. No silêncio dessa escuridão, ela sentiu pela primeira vez um intenso ressentimento por Tetsuo, por quem até então fingia desconhecer o que se passava. Quando estavam em Paris, atraído pelos boatos de que Mitsuki era uma moça refinada, ele afastou os outros rapazes e se aproximou dela. Envoltos pelo brilho da luz de velas, Tetsuo jurou que, independentemente do que acontecesse, ele não deixaria que Mitsuki passasse necessidade. Esse mesmo Tetsuo lhe tomaria a vida confortável que ela desfrutou como se fosse um direito de nascimento. Ele achava que, por ter uma irmã mais velha casada com um homem rico, ela a ajudaria em caso de necessidade? Que Mitsuki ficaria bem, pois a mãe morreria cedo ou tarde? Ou será que ele não quis nem pensar na questão?

Em meio ao silêncio ardente, o telefone tocou novamente.

Como esperado, era Natsuki, mas a voz irritada parecia com o tom exaltado depois de brigar com a mãe.

— O que aconteceu? – Mitsuki perguntou. Ela mesma se surpreendeu ao falar no tom de voz de sempre.

— Acabei de discutir com Jun.

Enquanto imaginava a expressão emburrada da irmã, Mitsuki pensou que jamais poderia pedir ajuda a uma pessoa tão infantil. A luminária da escrivaninha tingia o quarto de solidão.

— Ela está chorando no quarto. – Pela voz de Natsuki, ela estava prestes a chorar também.

57. Noite de chuva de estrelas

Natsuki, com a voz chorosa e agitada, explicou o que havia acontecido.

Ela tinha espalhado as fotos na mesa de jantar para organizar o álbum e, diante das fotos da mãe, começou a resmungar que ela nunca elogiava a aparência das filhas. Foi então que Jun, que estava no sofá mexendo no laptop, levantou a cabeça de repente.

— Nem você, mãe.

Com uma voz ressentida, Natsuki protestou com Mitsuki:

— Eu levei um susto. Só evitava falar na frente de Jun porque não queria ser uma daquelas mães que ficam fazendo comentários sobre a aparência da filha.

— Entendo.

— Afinal, estamos fartas de uma mãe que falava quem era bonita ou não, não é?

— Sim, estamos.

— Jun entendeu errado e agora me odeia.

— Se explicar direito, ela vai compreender.

— Eu expliquei, mas ela disse que é tarde demais. Como eu nunca disse que ela era bonita, desenvolveu um complexo de inferioridade sobre o corpo e disse que a esta altura explicações não resolveriam o problema.

— Jun é bonita – Mitsuki disse com sinceridade.

Ela também era uma boa pessoa. No carrinho, a bebê que observava com olhos redondos e adoráveis a briga interminável entre a mãe e a avó, envolvendo o arquiteto de franja penteada para o lado, essa menina teve uma criação normal, frequentou a escola normalmente e conseguiu um emprego normal.

— Além disso, também ficou brava por eu não ter tentado convencê-la a continuar as aulas de piano quando ela estava no quinto ano do ensino fundamental. Acha que eu não reconheci que ela tinha talento. Tudo o que eu queria era evitar que fosse criada como eu. – A voz gradualmente aumentou de volume até se transformar em gritos. — O que eu deveria ter feito então?!

Nessas horas, era melhor ouvir calada. Será que as filhas estão condenadas a viver ressentidas com a mãe? Natsuki continuou, com a voz agitada:

— Por ser menino, nunca esperei que Ken pudesse entender, mas Jun é uma menina! Achei que ela compreendia!

— Ken vai voltar no Natal? – Mitsuki mudou de assunto, como se tentasse acalmar uma criança.

— Vai.

Ele não voltou dos Estados Unidos nas férias de verão porque Natsuki estava ocupada cuidando da mãe e ele estava se preparando para os exames orais.

— Será que ele melhorou no inglês?

— Quem sabe?

Natsuki não continuou a falar do filho, mas parece que se acalmou um pouco e mudou de assunto, como sempre, para falar da mãe.

— Aquela pessoa, depois que se envolveu com Aquele Homem, ficou com uma expressão realmente nojenta nas fotos. Não tenho a intenção de incluir no álbum.

Especialmente nas fotos posadas, com o longo vestido, nos recitais de *chanson*. A expressão sob a pesada maquiagem causava calafrios, era como se ela estivesse possuída por alguma entidade.

— Não me libertei daquela pessoa e Jun me odeia. Estou farta de viver. Minha saúde também não melhora.

— Entendo.

Mitsuki repetiu mecanicamente palavras de consolo por algum tempo e desligou, sem contar para a irmã sobre o divórcio. Depois de colocar o telefone no gancho e se afastar da escrivaninha, essa questão ainda a incomodava. Como ela abordaria o assunto com Natsuki, que foi mais protegida das dificuldades da vida do que Mitsuki? Mesmo que falasse sobre o divórcio, será que ela compreenderia a gravidade da situação?

Olhou para o relógio e viu que ainda não eram nem dez horas.

De repente, lembrou-se das estrelas brilhando tão perto no céu quando havia estendido os braços pela janela. Mitsuki vestiu rapidamente o sobretudo. Em uma noite como essa, era preciso olhar as estrelas com os pés firmemente apoiados no chão. Para que ninguém soubesse da loucura que estava prestes a fazer, Mitsuki evitou os funcionários do hotel ao descer do elevador, saiu pela porta dos fundos até a varanda e desceu a passos rápidos para o jardim.

A expressão "chuva de estrelas" surgiu em sua mente. Com o ar seco, o céu estava milagrosamente limpo. Ao olhar para cima, viu o brilho das estrelas distantes a dezenas de anos-luz se intensificar, como se estivesse com óculos mágicos. Mitsuki se afastou do hotel e seguiu com passos rápidos pelo caminho à direita. Se fosse até a capela, ninguém do hotel a avistaria. Se durante o dia a capela e a praça não eram nada atraentes, em meio à escuridão tudo se tornava encantador, transformado em luz e sombra. Até a água que jorrava da fonte tinha uma beleza surreal.

Quantos casais se casam nesta capela todos os anos? Quantas noivas encontram a felicidade depois? Assim que começou a caminhar pelo corredor de pedras falsas, que ecoavam o som de seus passos, surgiu de repente uma sombra escura. Mitsuki se assustou. Era Matsubara.

Ele também parecia assustado. Não o tinha visto desde a tarde do dia anterior, mas notou a leve barba por fazer e uma expressão distraída. Por baixo do sobretudo, a parte frontal da camisa branca estava desalinhada.

— Venho aqui todas as noites – ele disse, acrescentando: — Mas não imaginei encontrar outras pessoas.

— Você se casou numa capela?

— Não, tive um casamento tradicional, como todos.

Ele deve ter se casado no estilo japonês, diante de um sacerdote xintoísta e com um intermediário para cuidar do assunto entre as famílias. Mitsuki imaginou Wakako, com o luxuoso quimono vermelho de casamento e o toucado branco, levantando a taça do brinde nupcial com a ponta dos dedos, num gesto respeitoso. Durante a recepção, ela estaria sentada calmamente na frente de um biombo dourado, com o olhar baixo. Matsubara devia estar com roupas escuras, como de costume, embora nesse dia fossem mais formais.

— Aqui na capela, os funcionários do hotel não podem nos ver. Eu não conseguia ficar sozinho no quarto à noite, então passei a vir aqui.

Mitsuki ficou calada e Matsubara continuou:

— Quando viemos para este hotel, acho que ela já sabia que não se recuperaria. Enquanto observava o lago pela janela, ela contava nos dedos os momentos felizes. Disse que, mesmo contando com os dedos dos pés, não seria suficiente para enumerar todos. Mas eu não queria que ela fizesse isso…

Mitsuki não sabia o que responder. Eles ficaram em silêncio por algum tempo, em meio ao encanto da luz e sombra. Os dois observavam a fonte. De repente, Mitsuki disse:

— Eu decidi me divorciar do meu marido.

Matsubara olhou para Mitsuki e aguardava calado as próximas palavras.

— Ele arrumou uma mulher mais nova.

Matsubara franziu levemente a testa, como se tivesse ouvido algo indecente. Mitsuki não podia acreditar no que acabara de falar. Para se afastar dessas palavras vulgares, para não mostrar o menor sinal de consternação, ela levantou o queixo e olhou diretamente nos olhos dele. A primeira pergunta de Matsubara foi direto ao ponto:

— Você ainda ama… seu marido?

— Não.

Era uma voz fria, que a assustou. A segunda pergunta também foi direta:

— Consegue se sustentar sozinha?

— Sim. Felizmente, minha mãe deixou uma herança, então posso me manter de alguma forma – respondeu, enquanto inconscientemente olhava para o céu estrelado.

— Que bom ouvir isso – comentou Matsubara, com uma voz aliviada.

— Mas é como se tivesse desperdiçado minha vida.

Matsubara ficou calado com o comentário de Mitsuki.

— Queria até oferecer o restante da minha vida para sua esposa.

Matsubara olhou para baixo e, depois de agradecer, levantou o rosto e murmurou:

— Mas os vivos é que precisam viver.

Mitsuki sorriu.

— E quanto a você? Parece que está meio vivo, meio morto.

Dessa vez, foi Matsubara quem sorriu. Com isso, eles caminharam em direção ao hotel. Inúmeras estrelas começaram a se agitar e a se mexer ao mesmo tempo, como se convidassem Mitsuki a cantar.

— De que tipo de música sua esposa gostava?

— Maria Callas. Era impressionante. Ela podia ouvir qualquer tipo de música, mas no fim sempre voltava a Callas.

— Não, eu me referia às músicas que ela gostava de cantar.

Matsubara mexeu nos cabelos.

— Ela não cantava na minha frente.

Mitsuki olhou para ele com surpresa.

— Mas ela não estudou canto?

— Sim. Ela disse que não era boa o suficiente para cantar para mim. Além disso, ela era uma mezzo soprano.

— Mas existem peças para mezzo sopranos... tem aquela "Ombra mai fu", de Handel.

Essa música tinha sido usada num comercial do uísque Nikka. Existiam muitas músicas mais confortáveis de cantar para mezzo sopranos. Inúmeras canções nostálgicas passavam pela mente de Mitsuki enquanto caminhavam, tão numerosas quanto as estrelas cintilando sobre os dois.

— Não, ela nunca cantou na minha frente.

— Mas você nunca pediu?

— Pedi algumas vezes, mas ela era tímida. Sempre recusava.

Mitsuki caminhava sem comentar nada. Não pôde deixar de pensar como Wakako era modesta e corou secretamente. Ao mesmo tempo, sentiu vontade de cantar por ela, que morreu sem cantar uma única vez para o marido. Mitsuki queria olhar para as estrelas e cantar, estendendo os dois braços enquanto rodopiava, desenhando uma espiral com os giros até subir ao céu estrelado.

Quando os dois esperavam o elevador, ele repetiu:

— Não importa o que aconteça, os vivos precisam viver.

Eram quase onze horas quando voltou ao quarto.

Mitsuki apertou os lábios, tirou o sobretudo e, ainda calçando as botas, foi até o telefone. Pressionou o número de Natsuki. Embora fosse um pouco tarde e pudesse incomodar a família da irmã, havia algo que Mitsuki precisava contar nesse momento.

— Alô? – disse Mitsuki, enquanto se sentava na beira da cama.

— Credo, sua voz está igualzinha à da mamãe! – A voz da irmã tinha um tom inocente.

58. Praia de Atami

Ela contou mais detalhes do que dissera para Masako. Revelou sobre os dois casos anteriores e sobre as suspeitas de que Tetsuo tivesse tido outros. Após a exclamação de surpresa inicial, Natsuki ouviu a irmã em silêncio. Mitsuki, se sentindo miserável quanto mais falava, no fim adotou um tom otimista, como se tivesse terminado de apresentar um relatório de negócios.

— E foi assim que aconteceu!

— Inacreditável…

A voz de Natsuki era mais sombria do que esperava. A imagem que tinha da irmã desde a infância se desfez instantaneamente como uma ilusão, substituída por uma mulher desconhecida do outro lado da linha. Sentiu que a irmã recebeu a notícia como se fosse uma blasfêmia contra sua própria vida. Mitsuki resistiu, para não ser engolida pelo choque da irmã.

— Não há o que fazer, é a realidade.

Depois de algum silêncio, Natsuki disse:

— Por falar nisso, você não tem mais aquele ar alegre da juventude.

— Bom, isso não é apenas culpa dele. – Implicitamente, Mitsuki se referia à mãe.

— Tem razão.

Depois de outro momento de silêncio, Natsuki, com certa hesitação na voz sombria, recomeçou:

— Na verdade, a mamãe começou a criticar Tetsuo cada vez mais.

Parece que, mesmo com a relação estremecida, a mãe falava mal de Tetsuo para Natsuki, se referindo muitas vezes à superficialidade do genro.

— Você também acha que ele é superficial, Natsuki?

Escolhendo as palavras, ela respondeu com cautela:

— Eu não sei dizer. É claro que eu o defendi na frente da mamãe. Apesar de levantar algumas suspeitas com pequenos detalhes ocasionais, eu confiava nele, porque foi a pessoa que você escolheu. Nunca pensei que a situação fosse essa.

Mitsuki imaginou a expressão de choque da irmã.

— Está tudo bem. Eu não quero mais ficar com ele.

— Vai conseguir se sustentar?

Natsuki fez uma pergunta realista demais para alguém como ela.

— Tenho a herança da mamãe, por isso ficarei bem. Na verdade, estou pensando em pedir demissão da universidade.

— Vai parar de dar aulas? Tem certeza?

Até Natsuki parecia preocupada.

— Vou. Posso fazer mais traduções e, em último caso, tenho a família Shimazaki para me apoiar.

— Mas você tem um forte espírito independente e sempre tentou fazer tudo sozinha, não é?

"E veja onde estou agora." Mitsuki não se sentiu elogiada pelo comentário.

Comparada à mãe e a Mitsuki, Natsuki precisava de um tempo para aceitar mudanças. Sem dúvida, estava perplexa com a situação inesperada.

— Vou desligar – disse Mitsuki, pensando em telefonar de novo quando a irmã se recuperasse do choque. Mas Natsuki falou, com uma voz distraída, como se fizesse a pergunta para si:

— O que vai te motivar a viver daqui em diante? Nem filhos você tem para cuidar.

Sem palavras por um momento, Mitsuki fingiu uma voz alegre e respondeu:

— Existem no mundo muitas pessoas que passam pela mesma situação e todas vivem bem.

Após a ligação, Mitsuki se preparava para dormir com o que restava da coragem de fachada, mas os movimentos do corpo logo perderam a agilidade. As palavras de Natsuki, bem diretas, a perseguiam. O que a motivaria a viver dali em diante? Mulheres solteiras sempre viveram sozinhas, mas Mitsuki teria de começar a vida do zero, ciente de que, na sua idade, não era um recomeço de verdade.

Diante do reflexo familiar no espelho do banheiro, os pensamentos vagos que tinha até então se transformaram em palavras que perfuraram seu peito. Ela morreria sem ter alcançado nada – o fracasso do casamento não mudaria essa constatação. Agora, obrigada a ocupar uma posição em uma nova largada da vida, ela conseguia enxergar essa realidade nua e crua.

Desde o surgimento da humanidade, os indivíduos, em sua maioria, morrem sem deixar vestígios. Mitsuki, filha de uma japonesa criada no pós-guerra, não desejava deixar qualquer marca. A começar pelos e-mails trocados entre Tetsuo e a mulher, além de seus próprios e-mails, era repugnante a ideia de deixar registros no armazenamento de informações do Google. No entanto, não imaginou que esse pensamento a preocuparia a essa altura. Quer dizer que, como alguém dos tempos modernos, nem ela estava livre do desejo de deixar sua marca na história? Ela não se tornou bailarina, seu sonho de infância. Tampouco cantora ou atriz. Nem alguém como Marie Curie, Florence Nightingale ou Murasaki Shikibu – as poucas mulheres citadas no livro *Biografia de pessoas ilustres* que leu na época. De saúde frágil, Mitsuki nunca considerou se tornar uma exploradora ou aventureira, mas com a idade passou a admirar lindas vilãs, como amantes ou golpistas que apareciam em novelas e filmes. Ela encerraria sua vida na mediocridade, distante disso também...

Além do mais, como Natsuki disse, ela não tinha filhos.

"Não é bem assim", Mitsuki relembrou, enquanto se deitava na cama. No Japão atual, onde a população diminui em grande velocidade, não era algo que podia dizer abertamente, contudo foi bom não ter tido filhos. Ela precisava enfrentar não apenas a realidade que a aguardava, mas também a degradação que viria com a idade. Era melhor não ter filhos que testemunhassem isso.

Será que sua vida apenas continuaria em trajetória descendente? Naquela noite, não conseguiu dormir bem de novo, sentindo o peso em seu peito por admitir esses pensamentos.

— Gostaria de dar um passeio de carro comigo?

No dia seguinte, após o almoço, quando ela estava diante do elevador, Takeru fez o convite.

Mitsuki se surpreendeu, depois de passar a noite anterior com pena de si mesma. A resposta esperada a esse tipo de convite talvez fosse "se não se importar com a companhia desta senhora...", mas ela não precisava agradar ao homem a esse ponto. Ele também não parecia esperar esse tipo de resposta.

— Para onde?

— Para onde quiser. Que tal aproveitar para jantar em outro lugar?

— E Kaoru?

— Ela não vai – Takeru disse depois de um breve silêncio. — Na verdade, ela sabe que eu convidei você.

Mais do que isso, ela deve ter notado o comportamento de Mitsuki nos últimos dias e ordenou ao sobrinho que a convidasse.

Combinaram que se encontrariam no saguão em meia hora e Mitsuki voltou ao quarto. Depois de hesitar por um instante, tomou um banho rapidamente e vestiu uma lingerie preta nova – evitando pensar no motivo para fazer isso.

Enquanto prendia o cinto de segurança de um Corolla evidentemente velho, Mitsuki perguntou:

— Podemos ir a Atami?

— Atami?

— É onde passa uma cena famosa entre Kan'ichi e Omiya. Mas a cidade é decepcionante.

Depois de duas noites hospedadas no hotel em Hakone, Mitsuki e a mãe tinham pegado um táxi até a cidade, no caminho de volta para casa. Pelas suas lembranças, não passava de uma paisagem sem graça à beira-mar, no entanto por algum motivo queria ver o lugar mais uma vez.

— Já ouvi falar de Kan'ichi e Omiya, mas...

Mitsuki deu uma breve explicação. Ela estava acostumada à ignorância da geração mais jovem por causa dos alunos na universidade, então era um sinal positivo que ele tivesse ouvido falar dos personagens. Depois da explicação, Takeru dirigiu praticamente calado pela estrada sinuosa até Atami. Ela percebeu que ele gostava do silêncio e achou agradável que não precisasse manter uma conversa.

Depois de descerem até a costa, chegaram à cidade localizada na encosta – um lugar monótono, exatamente como Mitsuki se lembrava. A profusão de placas e edifícios de cores e formas variadas surpreendia pela falta de uniformidade, mas nem por isso a tornava uma cidade animada. Talvez por causa da brisa marítima, ruínas de concreto sujas e cobertas de mofo chamavam atenção. O distrito comercial também parecia decadente. As luxuosas casas de verão, construídas pelos ricos no passado, ainda deviam existir nas montanhas e os moradores locais deviam conhecer uma Atami diferente; mas, para os turistas que iam fazer um passeio de carro, a visão da cidade era vulgar.

Mitsuki pediu que Takeru estacionasse próximo ao "pinheiro de Omiya". Quando viera com a mãe, elas desceram do táxi e se surpreenderam com o famoso local. A árvore ficava entre uma rodovia larga e um amplo estacionamento. O antecessor desse pinheiro, infelizmente, havia secado por causa da fumaça dos escapamentos, restando apenas o enorme toco que parecia fora de lugar, ao lado do novo pinheiro, com seus galhos se estendendo para os lados, em meio à frota de carros estacionados e em movimento. Próximo à árvore, havia uma estátua de bronze de Kan'ichi e Omiya, que não se parecia em nada com as fascinantes e esplêndidas ilustrações em *ukiyo-e* que acompanhavam a publicação do folhetim. A estátua ilustrava a cena mais famosa ocorrida na praia de Atami: Kan'ichi derrubando Omiya com um chute.

A cena se passa no início da narrativa. Omiya, angustiada pela traição cometida ao se deixar levar pelo diamante, parte para Atami com a mãe, com o pretexto de tratar da saúde. Na verdade, porém, ela está fugindo dos questionamentos de Kan'ichi. Desconfiando do comportamento de Omiya, ele vai até a cidade. O perseguidor e a mulher caminham pela praia de

Atami, margeada de pinheiros. Por fim, Kan'ichi a questiona e confirma suas suspeitas pela boca da própria Omiya, que, implorando perdão, é chutada.

Sua adúltera!

A estátua de bronze tentou captar o momento em que Kan'ichi levanta a perna para chutar, enquanto Omiya está caída no chão. Mas a estátua e o local não conseguem reproduzir a dramaticidade da cena e, infelizmente, proporcionam apenas uma impressão cômica. Em meio ao som dos carros que passam pela rodovia, jovens se revezam para posar diante da estátua com sorrisos e sinais de V, enquanto alguém tira fotos com o celular.

— Ouça, tem uma música tocando – diz um deles.

Do alto-falante se ouvia a "Canção do Demônio dourado", popular no passado e cantada por intérpretes do estilo *enka*:

Kan'ichi e Omiya caminham pela praia de Atami
Apenas por hoje caminham juntos, apenas por hoje conversam

Naquele dia, a mãe gesticulava com a mão que não se apoiava na bengala, seguindo o ritmo da canção e cantarolando: "Kan'ichi e Omiyaaa caminhaaam...". Como que possuída por uma onda de vulgaridade, ela se deixara levar pela tolice.

Embora *Demônio dourado* tenha um enredo de apelo popular, foi escrito em estilo poético, de intenso romantismo, que lembra a riqueza da literatura japonesa pré-moderna. E agora, um século depois, era assim que representavam a cena desse romance? É natural que a realidade seja monótona quando comparada ao mundo da ficção, mas essa cena era repugnante e inexplicável.

Mitsuki se entristeceu.

59. Não servem nem para um romance

Caminhar até a praia levou muito tempo por causa da mãe com a bengala. O mar ficava afastado do "pinheiro de Omiya", pois a costa tinha sido alargada com uma extensão de areia que parecia branca demais. Para chegar lá, era preciso subir até um enorme calçadão, que também servia como teto para o estacionamento. Parecia que a finalidade era permitir que os visitantes apreciassem a vista da praia durante a caminhada, mas não se tratava de um calçadão comum. Segundo a placa informativa, a ideia era recriar a atmosfera de um resort de luxo no Mediterrâneo, como a Riviera ou a Côte d'Azur. Balaustradas de concreto, pintadas de branco, margeavam o caminho sinuoso. Com uma área maior do que a capela do hotel, o efeito era ainda mais falso e cafona.

Como as pessoas podem se divertir caminhando neste lugar?

— Que coisa é essa? – Até a mãe, que preferia o estilo ocidental, ficou atônita com a balaustrada branca serpenteando o calçadão.

A extensão artificial de areia branca era chamada de Sun Beach durante o dia e, quando iluminada à noite, de Moonlight Beach, nomes em inglês sem relação alguma com o Mediterrâneo. Era como se as duas tivessem sido transportadas para a Califórnia. Por ser inverno, não havia ninguém nadando no mar, mas jovens brincavam de bola, homens de meia-idade praticavam tacadas de golfe e um casal segurava as mãos de uma criança que estava aprendendo a andar.

Mitsuki não tinha a intenção de ir para a areia, porém, como a mãe disse que nunca mais viria, as duas acabaram caminhando pela faixa de areia branca, com sentimentos além do que as palavras poderiam descrever, com a mãe se apoiando na bengala. Nesse momento, ela riu e disse que a avó nunca tinha encontrado seu Kan'ichi. Depois, comentou em tom de brincadeira que a própria mãe era ridícula, pois acreditava ser Omiya.

No ano anterior, segundo um artigo longo que ocupava a primeira página do jornal, o livro que inspirou *Demônio dourado* tinha sido identificado. Era uma *dime novel* americana. Nesse dia, a mãe não conseguiu esperar pelo telefonema habitual e ligou para Mitsuki de manhã.

— Encontraram a fonte do livro *Demônio dourado.* É um romance barato escrito por uma mulher inglesa ou americana. Mas que grande problema ela me arrumou!

Após a ligação, Mitsuki leu o jornal e viu que se tratava da obra *Weaker than a Woman*, escrita por uma autora chamada Bertha M. Clay.

Escritores do período Meiji não apenas traduziam romances ocidentais que glorificavam o "amor, amantes e mulheres apaixonadas" como também reescreviam e adaptavam essas obras em suas próprias criações. Koyo Ozaki, autor de *Demônio dourado*, nunca escondeu que seu livro era uma adaptação. A notícia foi surpreendente porque os japoneses se esqueceram de que sua literatura moderna fora estabelecida apenas cem anos antes.

— Que ridículo – disse a mãe enquanto caminhava pela praia com a ajuda da bengala. Ela não parecia brava. Mitsuki sentia pena da ingenuidade da própria mãe; sentia nostalgia e melancolia pelo próprio tempo que se foi. A filha resistiu a esses sentimentos e permaneceu calada.

Agora Mitsuki caminhava com Takeru nessa mesma praia. Ao longe, iates e lanchas se alinhavam no quebra-mar. Podia ver também navios de linha, barcos de turismo e de pesca. Na areia, alguns jovens jogavam vôlei.

— Não sinto um pingo de inveja quando vejo esses jovens.

Mitsuki riu do comentário de Takeru:

— Para mim, você é tão jovem quanto eles.

Como agradecimento pelo passeio, ela decidiu levá-lo para jantar no Hyatt Regency, próximo ao Hotel Mizuno. Calados, subiram a mesma estrada da ida, com nuvens escuras se aproximando com o entardecer. Grandes gotas de chuva começaram a bater com violência no para-brisas, e então, por causa do clima montanhoso, a intensidade aumentou rapidamente. Quando chegaram ao estacionamento, onde se viam carros de marcas estrangeiras como Mercedes-Benz, BMW e Audi, caía uma chuva torrencial.

No interior do hotel a iluminação era indireta e suave, característica dessas redes de luxo internacionais. Passaram pelo saguão, onde a baixa luminosidade aumentava a sensação de requinte, e entraram no restaurante. No amplo salão, Mitsuki se surpreendeu ao ver várias pessoas vestidas com *yukatas* do hotel, manejando talheres à luz de velas. Esse tipo de veste de algodão era usado em pousadas tradicionais, depois que os hóspedes se aqueciam nas termas e se serviam do jantar no quarto. Quando estivessem satisfeitos e embriagados, podiam deitar direto no futon estendido sobre o tatame. A cena no restaurante, com hóspedes vestidos com *yukatas*, vertendo taças de vinho e saboreando pratos franceses, era incoerente. Era assim que os hotéis de redes internacionais faziam para dar um "sabor local". Até recentemente, havia um hotel com uma placa para os hóspedes que desconheciam a diferença entre um hotel de estilo ocidental e uma pousada termal japonesa: "Por favor, evite sair do quarto vestindo *yukata*". "Muitos ainda devem fazer isso", pensou Mitsuki, enquanto observava a cena inusitada.

Depois de serem levados à mesa, Mitsuki olhou por cima do cardápio e perguntou de repente:

— Você tem sangue ocidental?

— Dá para perceber? – disse, lançando um olhar abatido para Mitsuki.

— Sim, de alguma forma.

Talvez por causa da iluminação na mesa ou por conseguir olhar Takeru de frente, ela percebeu que as feições dele, como as sobrancelhas, a ponte do nariz e os olhos castanho-avermelhados, não se pareciam com as de um asiático típico.

— Tenho um quarto de sangue francês.

— Sofreu bullying na infância?

— Ah, dá para saber isso também?

Dessa vez, ele se mostrou levemente surpreso.

— Sim, de alguma forma. – Mitsuki continuou, olhando para os olhos dele: — Foi muito maltratado?

— Não tanto – Takeru respondeu, desviando o olhar.

O irmão de Kaoru, que fora estudar em Paris como *boursier*, se casou com uma francesa, a avó de Takeru. Na infância, os cabelos dele devem ter sido ainda mais claros. A simples admiração pela bela aparência do rapaz deixou Mitsuki constrangida, por causa de seu senso estético grosseiro. Ela tentou fazer várias perguntas, com certa hesitação.

Takeru parecia relutante em falar. A mãe, criada entre a França e o Japão, se tornou uma existência incompleta, nem francesa nem japonesa. Descontente consigo, casou-se com um japonês, com a intenção de criar os filhos como japoneses. Ela acabou se cansando dos problemas do marido com a bebida, se cansando do Japão, abandonando o marido e voltando para a França. A filha caçula, estudante do ensino fundamental, acompanhou a mãe, mas Takeru, já cursando o ensino médio, permaneceu no Japão.

— Fiquei bravo com ela, sabe? Abandonar o marido alcoólatra é diferente de abandonar o filho. Quis criar os filhos como japoneses, mas no fim das contas abandonou o Japão.

Involuntariamente, Mitsuki riu quando soube que a mãe dele havia se inspirado no príncipe Yamato Takeru, um herói mítico de grandes feitos, para escolher o nome do filho.

Sobre Kaoru, Takeru foi um pouco mais eloquente. A tia teve uma filha com um velho russo branco. Já adulta, essa filha, talvez por causa de algo relacionado à sociedade francesa ou ao idioma francês, teve uma violenta discussão com a mãe, o que era inimaginável entre mãe e filha japonesas, e cada uma seguiu seu rumo. Quando a mãe de Takeru voltou para Paris, algumas décadas atrás, ela tentou localizar a moça, a pedido de Kaoru, mas não conseguiu encontrá-la. Havia três meses, a mãe de Takeru conhecera por acaso um imigrante russo no bairro chinês localizado na margem esquerda do rio, e ele dissera conhecer os descendentes do velho russo branco. Ela pediu que ele investigasse o assunto e o imigrante contatou algumas pessoas. Disseram que havia uma moça descendente de russos que tinha falecido 25 anos antes, sozinha em um pequeno *appartement* na margem esquerda do Sena, e a causa da morte era desconhecida. Foi depois de receber essa notícia que Kaoru considerou adotar Takeru como filho. A idosa, tão elegantemente imponente, estava sendo confrontada na velhice com a morte da filha, que se fora odiando a mãe.

Não seria estranho um vidente sentir o cheiro da morte entre os hóspedes de longa estadia. No Japão frenético dos dias de hoje, as pessoas que decidem se hospedar por um longo período fora de época talvez carreguem em algum lugar de seu coração uma escuridão que – mesmo sendo algo mundano – não podem abandonar em nenhum lugar. Mitsuki tinha a impressão de que até aquela mãe e filha tão próximas pareciam estender uma barreira invisível ao redor para que as pessoas de fora não espiassem o que havia no coração delas.

Ela soube que Takeru estava registrado em uma empresa de recursos humanos e uma vez ou outra trabalhava como engenheiro de redes. Também passava por experiências amargas toda vez que o paravam na rua para recrutá-lo como modelo. Contou também que Kaoru ordenou que ele obtivesse informações sobre Mitsuki.

— Minha história é tão banal que não sinto vontade de falar – respondeu com sinceridade.

O hotel recém-construído era como uma nave espacial, completamente protegido do mundo exterior; da janela dava para perceber que a chuva torrencial tinha se intensificado. Grandes gotas de chuva se chocavam contra a janela, desenhando riscos grossos enquanto deslizavam pelo vidro até o solo. Era como se o hotel estivesse embaixo de uma catarata.

Enquanto aguardavam a sobremesa, Takeru pediu licença, voltando cinco minutos depois.

— Perguntei na recepção e parece que tem apenas um quarto vago disponível. – Do outro lado da mesa, ele olhava para Mitsuki como se a analisasse. — Que tal eu reservar?

Surpresa, Mitsuki tentava ler algo nos olhos castanho-avermelhados. Havia uma vaga timidez. Mas o olhar dele não provocou agitação em seu íntimo, uma sensação natural quando ela, ainda uma jovem mulher, olhava para o rosto de um rapaz.

Ciente de que vestia a nova lingerie preta por baixo da roupa, Mitsuki abriu um sorriso forçado e perguntou:

— Seria perigoso voltar?

— Depende do motorista.

— Então, vamos embora – respondeu, olhando fixamente nos olhos dele.

Se algo acontecesse entre eles agora, seria apenas para lembrá-la de que ainda era um ser sexual. Se era para fazer algo assim, ela preferiria deixar passar, mesmo que fosse a última oportunidade de se sentir atraente. Mitsuki estendeu o braço por cima da mesa e cobriu a mão de Takeru com a sua. Ele virou a mão e envolveu a de Mitsuki. Era um toque surpreendentemente masculino.

— Você é gentil, por isso encontrará uma boa mulher.

— Será mesmo?

Mitsuki estava prestes a dizer que ele era bonito, mas conteve as palavras frívolas.

A chuva era ainda mais intensa do que temia. Não conseguia ver nada além das gotas que caíam no para-brisas. Pareciam atravessar a correnteza violenta de um lago, mais do que enfrentar uma catarata. Takeru mantinha os olhos adiante e dirigia em silêncio. Poderiam sofrer um acidente a qualquer momento. Não seria nada mau morrer acompanhada de um rapaz como ele. Embora não fosse inconsequente a ponto de acelerar o veículo, Mitsuki sentia que ele segurava o volante como se não se importasse em morrer com um deslize dos pneus – como nas histórias dos amantes que se suicidam no final.

Mitsuki, também calada, olhava para o para-brisas sem conseguir ver nada além da chuva.

Mas não havia nada interessante em morrer.

Uma das características do ser humano como espécie é que ele não possui uma infância longa. Mitsuki leu recentemente que outra grande característica é o longo período de envelhecimento, quando as mulheres deixam de gerar filhos. Depois de perceberem que não são mais consideradas "reprodutoras", vivem por um longo tempo, criam relações, ajudam nos partos, cuidam das crianças da comunidade, coletam alimentos, acendem o fogo, buscam a água, resolvem conflitos e servem ao grupo. Deveria ser mais uma característica da humanidade o fato de as idosas ocuparem abertamente um lugar na sociedade. Contudo, como nos dias de hoje a convivência passou a ser individualista, infelizmente essas mulheres são tratadas como se não existissem.

Não servem nem para ser protagonistas de um romance — Mitsuki achou ridículo, mas essa era a pior parte.

Ninguém prestaria atenção se ela morresse, mesmo que fosse um suicídio. Esse tipo de morte só atrai a atenção da televisão ou de jornais e revistas de fofocas quando se trata de mulheres jovens. Acontecia o mesmo nos romances. Quando Emma Bovary ingeriu arsênico e morreu em agonia ou quando Anna Kariênina pulou na frente do trem, elas ainda estavam na flor da juventude, idade que chamava atenção dos transeuntes. No pesadelo de Kan'ichi, quando Omiya se cortou com uma espada e entrou na água para se afogar, ela também era jovem. Na ilustração em estilo *ukiyo-e* marcada na memória de Mitsuki, os fartos cabelos pretos que emolduravam o rosto pálido de Omiya se espalhavam na água. As mãos e pés desfalecidos carregavam certa sensualidade.

Não importava o que acontecesse com Mitsuki, não haveria lirismo ou romantismo. Mesmo assim, havia grande possibilidade de ocorrer um acidente no meio dessa chuva torrencial. A chuva se intensificou ainda mais e era surpreendente que a água não se infiltrasse pelas janelas. Mesmo sem lirismo e romantismo, ela se convenceu de que não tinha opção a não ser confiar sua vida à chuva violenta; mas de repente se lembrou de que, caso morresse, a herança da mãe iria para Tetsuo.

O celular de Takeru tocava de algum lugar, porém ele ignorou a chamada. O som que tocava com insistência parou por um momento e recomeçou. O som eletrônico tocava continuamente e o volume aumentava como se apressasse o veículo.

60. Noite de tempestade

Assim que o carro chegou ao hotel, o subgerente e outro homem apareceram, segurando guarda-chuvas para os hóspedes.

— Que alívio vê-los retornar em segurança. Todos estavam preocupados – foi o que disse, embora sua expressão ainda revelasse ansiedade.

Ao descer a escadaria para o saguão, Mitsuki viu Matsubara, que estava ao lado de Kaoru, levantar-se. Será que Takeru não atendeu o celular apenas por estar dirigindo? Ou seria o sadismo de um rapaz em relação à tia-avó, que exibia sua autoridade tentando controlá-lo? Desceram apressados e Matsubara os recepcionou com um sorriso, mas Kaoru, reclamando que telefonara várias vezes, não parecia contente. A tensão da idosa se desfez ao ver o rosto de Takeru; sua aparência revelava a idade. Ela se encostou na cadeira e, prestes a chorar, disse que o casal de meia-idade estava bem, mas que a mãe e a filha não estavam no quarto – o subgerente, por precaução, tinha ido lá. O carro continuava no estacionamento do hotel. Os funcionários vasculhavam os arredores do lago, mas caso não as encontrasse até a madrugada, iam contatar a polícia.

— Afinal, esta noite é perfeita – cochichou Kaoru. — Não concordam? É a noite perfeita para um incidente.

Mitsuki e Takeru se entreolharam.

— Ah, eu não devia ter falado do vidente. As duas pareciam tão felizes.

Então se levantou, dando as costas para o grupo e, com passos inseguros, subiu a escadaria do saguão. Lá em cima, seguiu para o elevador e, enquanto pressionava o botão, gritou:

— Takeru!

O subgerente e os demais funcionários do hotel se assustaram com o grito e se entreolhavam. Mitsuki se lembrou da filha de Kaoru, que morrera sozinha.

Matsubara foi mais sensível:

— Pelo menos vocês voltaram em segurança. Vamos nos recolher.

Ele, Mitsuki e Takeru seguiram em direção ao elevador.

Diferentemente do Hyatt, onde o restaurante era todo protegido do mundo exterior, Mitsuki podia ouvir a chuva intensa cair sobre o telhado e a janela ao voltar para o quarto no último andar. Realmente, era a "noite perfeita". Ela estendeu a boina, o sobretudo e as luvas molhadas em cima da cama, lavou as mãos e foi direto para a escrivaninha. Ligou o laptop, pesquisou algumas coisas e, ainda olhando para o monitor, anotou uma frase curta no papel timbrado do hotel. Tinha usado sua própria caneta-tinteiro.

Viu que ainda eram dez e meia, Masako estaria acordada.

— Aí também está caindo uma tempestade? – Mitsuki perguntou.

— Tempestade? Aqui está chovendo. O que aconteceu?

Ela não sabia como continuar.

— Desculpe pelo horário, mas queria pedir um favor relacionado ao divórcio.

Quando se separou, Masako brigou com o marido sobre a divisão de bens, a guarda dos filhos e a pensão alimentícia. A mediação do Tribunal de Família não deu certo e foi preciso apelar ao tribunal. Ela até sofreu de alopecia areata. O marido não queria o divórcio, para manter as aparências. Enquanto isso, Masako continuou pesquisando sobre o assunto e, quando o processo foi finalizado, ela sabia tanto quanto um especialista. Por ser uma estudante dedicada, ela acompanhou as mudanças posteriores da legislação.

Mitsuki falou sobre a divisão de bens que a mulher havia recomendado a Tetsuo.

— Ela está bem desesperada.

— É, está.

— Mitsuki, você é muito sortuda. Vai receber tanto dinheiro sem precisar dizer nada. É horrível quando tem disputa de bens, sabe?

— Ah, é? – E Mitsuki revelou que estava pensando em sair do emprego na universidade.

Após um momento em silêncio, Masako respondeu:

— Você é afortunada por poder pensar nisso. Na nossa idade, geralmente não temos emprego nenhum. O máximo que se consegue é trabalhar limpando peixe nos fundos de um supermercado para ganhar um salário-mínimo.

— Eu sei.

— Você não sabe, Mitsuki. Você é classe média. Não sabe como é privilegiada por ter um emprego até se aposentar, aos 68 anos.

Masako sugeriu não mencionar o assunto para a universidade por enquanto e Mitsuki concordou, convencendo-se de que era um conselho sensato. Dar aulas significava ir até o fim da linha Chuo, para pegar depois um ônibus ou táxi; a voz rouca por causa das aulas; o trabalho interminável de elaborar e avaliar questões de provas. Depois de ser acometida pela sensibilidade ao frio, estava cada vez mais exausta e determinada a pedir demissão da universidade. Sabia que, se usasse metade da herança da mãe para comprar um apartamento, saísse do trabalho na universidade e usasse a poupança para se sustentar, ela precisaria dedicar o dobro do tempo em traduções de patentes até começar a receber a aposentadoria.

Mitsuki pediu a Masako que cuidasse das suas futuras negociações com Tetsuo. Enquanto isso, elaborou um documento sobre a divisão de bens, com base nos cálculos da mulher, e pediu que a amiga mostrasse à advogada que havia tratado do divórcio dela. Masako disse que faria os pedidos de bom grado.

— E também... – Mitsuki entrou no assunto com um tom casual. — Escrevi um testamento.

— O quê? Como assim?

Mitsuki explicou o medo que sentiu durante a volta do passeio. Fez uma pesquisa on-line e viu que, caso lhe acontecesse algo, três quartos da herança da mãe, depositados na sua conta bancária, iriam para Tetsuo. Mitsuki queria evitar isso a todo custo. Natsuki era rica, por isso não precisava de dinheiro. Foi então que ela escreveu um testamento, seguindo o modelo que encontrou na internet, especificando que a herança da mãe seria doada para a JICA, a Agência de Cooperação Internacional do Japão. Ela datou, assinou e designou Masako como executora. Como substituto do carimbo pessoal e da almofada vermelha, Mitsuki usou um batom de cor parecida e pressionou a digital do polegar no documento e escreveu "testamento". Enviaria num envelope pelo correio no dia seguinte. Foi por isso que Mitsuki pediu à amiga que fosse sua executora, caso acontecesse algo.

Masako ficou calada do outro lado da linha.

— Vai levar tempo até que o divórcio seja oficializado, não é? Se acontecer alguma coisa antes, não quero que aquele dinheiro vá para eles.

Ao dizer essas palavras, sentiu que a herança era a própria alma da mãe.

Masako ainda se mantinha calada. Em meio a esse silêncio, Mitsuki imaginou uma sombra escura. Uma corda grossa pendia do teto, segurando um pescoço quebrado e um corpo pendurado. Era a esposa do tal professor universitário que tinha se enforcado depois de ser abandonada. Masako contou essa história quando elas estavam em Paris. Na época, as duas se indignaram com a atitude do professor e ficaram com pena da esposa, mas não estranharam sua decisão de tirar a própria vida. Com a falta de imaginação típica dos jovens, elas assumiram ser inevitável o suicídio de uma mulher de meia-idade abandonada pelo marido. Será que Masako, calada do outro lado da linha, havia se lembrado desse caso? Mitsuki não pretendia seguir o exemplo dessa esposa abandonada. Ela não era submissa nem tinha vontade de desferir tal desgraça em Tetsuo. Mas essa sombra surgiu em sua mente, o que a deixou desconfortável.

Após um longo silêncio, Masako respondeu seca:

— Entendi, tudo bem. – E acrescentou: — Telefone para mim amanhã de manhã, quero me certificar de que estará viva. *D'accord?*

— Certo. *D'accord.*

Foi assim que terminou o telefonema com Masako.

Ela se deitou na cama e percebeu que as costas estavam ainda mais tensas, talvez pela falta de circulação sanguínea pelo corpo; se sentia mal, como se estivesse sendo sugada para um abismo. Depois que começou seu mal-estar, seu corpo parecia refletir o tempo ruim. Quando tocou o abdômen, estava mais gelado do que de costume, como se estivesse mergulhada em água com gelo.

Para onde a mãe e a filha vagavam naquela tempestade? Talvez já estivessem no fundo do lago, enroscadas nas algas. Ela imaginou o corpo jovem da filha, rosado pela água termal, adquirir uma cor branco-acinzentada, perdendo temperatura com a água do lago invernal. Se não fosse encontrada logo, o corpo incharia e a carne adquiriria um tom roxo-escuro, sendo por fim devorada por peixes e dissolvida na água, restando os ossos. Por falar nisso, a primeira filha de Noriko morrera afogada aos 12 anos. Em que estado ela foi encontrada? "Ela era muito linda." A frase da mãe soava como sarcasmo; por isso, Mitsuki imaginava o corpo da belíssima menina boiando silencioso na água. Embora não acreditasse na inocência das crianças, a imagem do corpo da menina tinha uma beleza inegavelmente pura.

Então, como um reflexo condicionado, lembrou-se do dia em que a mãe morreu, os olhos pretos bem arregalados. Aquela aparência não tinha um pingo de pureza. A profundidade do carma da mãe que a impulsionara por toda a vida, que emanava do corpo mirrado como uma aura maligna, a ponto de ser difícil acreditar que era humana. Ela sabia que a mãe morreria naquele dia, mas, por ser uma morte esperada por tanto tempo, para Mitsuki a morte da mãe era como um milagre inalcançável. Por fim, nem acreditava mais na chegada desse dia.

Por falar nisso, muitos anos antes, ela também estava incrédula quando acompanhou sozinha a morte do pai, aguardada por um longo tempo. Ainda tomada por uma sensação de que estava fora da realidade, Mitsuki respeitou a vontade dele de não fazer um velório. Ela apenas organizou um singelo memorial em seu apartamento. Ao pensar no triste fim do pai, não teve vontade de preparar o memorial como de praxe, alugando uma sala num hotel ou restaurante. Em seu apartamento, ela cobriu a estante da televisão, ainda de tubo, com uma peça de seda branca – um tecido com finos fios dourados, comprado numa viagem com Tetsuo à Índia – e transformou o móvel numa espécie de altar. Ali, depositou uma foto e a urna funerária do pai, com uma vela em cada lado. Então, posicionou cestos de diversos tamanhos contendo lírios brancos, alguns no chão e outros ao lado da fotografia. As dezenas de flores brancas sobre o fundo verde-escuro pareciam um réquiem para o pai. O memorial se realizaria na noite seguinte. Natsuki veio ajudar e, mesmo depois de ela ter ido embora, Mitsuki continuou a ajeitar as flores brancas sozinha. Nesse momento, enfim percebeu que a morte do pai era real. Com isso, a tristeza dele desapareceu deste mundo, e a tristeza dela um dia também se dissiparia. Enquanto recolhia as folhas verdes caídas no chão, Mitsuki rezava para que esse dia chegasse logo.

Embora não tivesse ido ao hospital quando o pai estava à beira da morte ou durante a cremação, a mãe disse firmemente que iria ao memorial de táxi, apoiando-se na bengala.

— Hã? A senhora vem?

— Mas é claro que sim.

Diante do rosto e da voz severos, Mitsuki não quis discutir, afinal ela não estava mais com Aquele Homem. Noriko, vestida de preto, ficou sentada na poltrona central, com a bengala ao lado, como se fosse a representante da família, sorrindo e conversando com todos. Algumas dessas pessoas sabiam sobre o caso da mãe com Aquele Homem, mas fingiram não ter conhecimento. Mitsuki, servindo os comes e bebes para os convidados, ouvia apenas a voz da mãe, ainda alta e nítida naquela época. Suas risadas eram o que mais feria seus ouvidos. "Afinal, por mais quantos anos ela viveria?", Mitsuki pensou naquele dia.

Os grandes lírios brancos desabrocharam lindamente na sala, tomada pela aura maligna que emanava dos risos da mãe. Eram como flores de lótus flutuando no nirvana, libertas do sofrimento.

61. Luz no fundo do mar

A mente de Mitsuki, ou melhor, seus nervos estavam estranhamente agitados. Os hóspedes de longa estadia deviam também estar acordados e tensos, cada um em seu quarto. Kaoru estaria se culpando por ter contado sobre o vidente para a mãe e a filha. Será que as demais pessoas pensavam nas duas desaparecidas no meio da tempestade ou estariam revendo a própria vida, como Mitsuki?

"Mamãe morreu hoje." O desejo de poder dizer essa frase tornou-se parte de sua existência, desde o dia em que recebeu aquele telefonema da mãe quando o pai estava no hospital com pneumonia. Mas depois da morte do pai, ao ver que a mãe precisava cada vez mais de cuidados e dependia da bengala, Mitsuki se esqueceu daquele desejo. Especialmente quando a mãe se comportava bem.

— Sashimi de pargo no almoço... é muito caro, por isso traga o *udon* instantâneo da 7-Eleven.

Quando ouvia isso, Mitsuki se sentia reconfortada e respondia gentilmente:

— Que mal tem comer o que gosta?

Quando era chamada de "vovó" na quitanda, Noriko telefonava para a filha no almoço, com uma voz chorosa e alta. Sentindo pena da orgulhosa mãe ter sido magoada, Mitsuki tinha vontade de ir consolá-la. Quando a visitava sem aviso, o rosto enrugado pela idade era tomado de felicidade. Diante dessa reação, Mitsuki percebeu que a mãe podia contar apenas com as filhas. Ao lado da escrivaninha, a mãe mantinha um calendário onde escrevia o nome das filhas: "Mitsuki, Mitsuki", às vezes "Mitsuki, Natsuki" ou apenas "Natsuki". Ela não anotava os nomes apenas nos dias previstos, mas também quando elas visitavam sem avisar. Toda vez que via seu nome escrito com a caligrafia cursiva da mãe, Mitsuki pensava em ir mais vezes.

— Hoje estou me sentindo bem, por isso comprei flores na volta. São gérberas.

Durante o telefonema noturno, Mitsuki pensava no novo gasto supérfluo com flores enquanto se alegrava mais do que a mãe ao ouvir a voz entusiasmada do outro lado da linha.

Por outro lado, ver a mãe movida pela ambição – sem desistir, aguardando como um tigre à espreita, a oportunidade de alguma emoção que a faria se sentir viva – era horrível. Envelhecer é cruel; o desejo de que a mente voe pelos céus e o sangue ferva pode ser grande, mas o cálice que receberá essa emoção como fonte da vida se torna cada vez mais raso a cada ano. No fim, a busca contínua da mãe por emoções se transformou num fantasma depravado, um demônio faminto que agoniza com sede e fome. Ou como alguém que, incapaz de se entregar à libertinagem, parece procurá-la mais intensamente, em busca de um prazer momentâneo. Ao ver esse lado da mãe, Mitsuki sentia seu sangue adensar e ficar turvo.

Mitsuki não conseguia compreender a culpa que sentia em relação ao pai; então, mesmo quando desejava a morte da mãe, se sentia compelida a evitar que a velhice dela fosse infeliz. Nas viagens que fazia, procurava por objetos que pudessem agradar à mãe. Na lista de leitura dos jornais, procurava por livros que pudessem distrair Noriko. Mas, conforme crescia a dificuldade em satisfazê-la, o desejo pela sua morte e o ressentimento em relação ao passado se intensificavam. Para libertá-la da frustração que apenas se acumularia, e também para se libertar, Mitsuki queria que a mãe morresse. Felizmente, ela não sentia nenhum remorso por desejar a morte da mãe que destratou o pai.

"Mas...", com o olhar perdido no teto, Mitsuki pensou, sentindo a tempestade nas montanhas por todo o corpo, "o que teria acontecido se a mãe não fosse daquele jeito?".

Feliz da filha que não desejava a morte da mãe quando ela envelhecia e se tornava um peso. Não importa quão boa tenha sido a mãe, para muitas chegará o momento em que sua morte será desejada. Quanto mais a mãe envelhecer, mais frequente será esse desejo. Além disso, com o tempo, as mulheres no Japão passaram a viver cada vez mais, como se fossem criaturas sobrenaturais de histórias folclóricas. Não seria estranho se as filhas desejassem, além da morte da sogra, com quem costumam conviver, a morte da própria mãe. Mitsuki imaginou, nas cidades grandes e no interior do Japão, mulheres de rosto deprimido pela exaustão desejando secretamente a morte da mãe. Essas mulheres não querem simplesmente se tornar livres de quem as pariu. Querem se libertar do sofrimento psicológico de encarar sua futura velhice – a dor de ver de perto a feiura do envelhecimento.

O envelhecimento, que para os jovens é apenas algo subjetivo, não ataca apenas mente e corpo, mas também os cinco sentidos: olfato, visão, audição, tato e paladar. A vida se resume a viver até a pessoa virar um idoso?

O som da chuva contra o teto continuava.

Do nada, Mitsuki se lembrou do passado. Hoje não conseguia contar nos dedos os eventos felizes, como Wakako havia feito. As lembranças envoltas numa luz deslumbrante podiam preencher vários cadernos, mas nessa noite de tempestade surgiam apenas eventos ruins. O balanço do metrô que pegou para ir ao hospital, depois de saber do incidente com o pai por um colega de trabalho dele. O pai sentado na cama, tomado pelo tédio de um quarto coletivo, com oito camas. O ideograma de Katsura escrito bem grande no bolso do pijama do pai. "Fui castigada com esse infortúnio" – a fala egocêntrica da mãe quando passou a usar bengala. As risadas perturbadoras da mãe no memorial do pai. O choro infantil da mãe quando decidiu se mudar para uma casa de repouso. A mãe na cadeira de rodas, abraçando firmemente o DVD com seus braços finos depois de ir para a casa de repouso. As costas curvadas de tristeza e de uma irritação que a mãe não compreendia mais. Os olhos pretos arregalados. A silhueta de Tetsuo, caminhando para o píer de Calais em meio à brisa marítima, se distanciando cada vez mais. O suspiro profundo que ouviu de Tetsuo na noite em que ela recebeu a "boa proposta". O telefonema com a primeira mulher. Os e-mails com a amante atual. Os valores alinhados...

Os números dançavam no vazio, como se ameaçassem Mitsuki.

Ela saiu lentamente da cama, vestiu o sobretudo e ficou de pé, ao lado da janela.

Ao abrir a janela, a chuva intensa começou a entrar. As gotas caíam com força, refletindo a luz do quarto. Estendeu a cabeça para fora; a testa, os olhos e as bochechas foram atingidos pela chuva. Mitsuki abriu os olhos e, em meio à escuridão, pequenos pontos brilhavam vagamente por todo lado, atraindo sua atenção. Era a iluminação do jardim do hotel, mas para Mitsuki pareciam luzinhas no fundo do mar que chamavam por alguém. Na noite anterior, ela havia estendido os braços para o céu estrelado, nessa noite ela estava hipnotizada pelas luzes cintilantes lá embaixo. Fascinada, inclinou o corpo para fora da janela. A chuva molhou impiedosamente seus cabelos, o pescoço e o sobretudo. Quanto mais se inclinava, mais era sugada para o mundo das águas, como se estivesse no fundo do lago, como aquela mãe e aquela filha.

Ela não fazia ideia de quanto tempo havia se passado.

O telefone tocava no quarto. Lembrou-se de que na noite anterior tinha se afastado da janela também por causa de um telefonema. O relógio de pulso marcava meia-noite. Devia ser Masako novamente. Sentiu ter sido puxada do fundo do lago.

— Te acordei? – Era a voz de Natsuki.

— Não, eu estava acordada.

— Não consegui dormir de preocupação.

— Preocupação?

— Com você.

— Não tem nada com o que se preocupar.

A irmã não sabia se cuidar sozinha, mas felizmente contava com Yuji, Jun e Ken. Mesmo que Mitsuki desaparecesse deste mundo, Natsuki ficaria bem – foi isso que se viu pensando, e ficou levemente chocada. Gotas de água pingavam do rosto, cabelos e sobretudo. Pediu à irmã que esperasse um pouco, pois estava lavando o rosto. Mitsuki foi ao banheiro e voltou com uma toalha.

Quando pegou o telefone, Natsuki continuou:

— Estive pensando desde a nossa conversa. Como será a sua vida daqui em diante?

Mitsuki não conseguiu responder.

— Vai ficar com o apartamento em Suginami?

— Acho que será vendido, mas Tetsuo me dará dinheiro também.

— Quanto?

— Hmm… uns 30 milhões. Se não me engano, os cálculos diziam 29 milhões de ienes. Mas não sei o número preciso. Só saberemos na hora de vender.

Como a mente vagava por outro mundo, Mitsuki não sentia que 29 milhões era um número real. Era como se 290 milhões e 2,9 milhões tivessem o mesmo valor.

— Ele vai te dar tanto dinheiro assim?

Quando menos esperava, Tetsuo passou a ser chamado de "ele".

— Acho que sim. Porque não tem outra opção, a mulher está empenhada no divórcio. Parece que ele precisará dividir a aposentadoria.

— Oh, vai receber isso também? – Natsuki parecia surpresa, mas continuou depois de um breve intervalo: — Você vai conseguir se sustentar com esse valor e a herança da mamãe?

Natsuki não se interessava pelos cálculos; comparada a Mitsuki, ela não lidava bem com números. Enquanto enxugava o rosto e os cabelos com a toalha, Mitsuki se esforçou em lembrar dos cálculos e deu uma explicação superficial. Ela usaria metade da herança da mãe para comprar um pequeno apartamento. Com o dinheiro que receberia de Tetsuo, investiria 10 milhões num fundo de pensão. Restariam 18 milhões do dinheiro da mãe e 19 milhões do que receberia de Tetsuo, um total de 37 milhões de ienes. Sim, ela se lembrava de que o número era esse. Não sabia se seria como planejava, mas se gastasse 100 mil ienes por mês, seria 1,2 milhão de ienes por ano. Em uma década, 12 milhões. Ela poderia viver dessa forma por trinta anos.

— Cem mil por mês? Em casa, esse é o valor do estacionamento e das contas de gás e luz! Não vai conseguir viver desse jeito, mesmo economizando.

— Um dia, vou receber a aposentadoria, não é? Até lá, vou fazer mais traduções de patentes para compensar as aulas na universidade. Ou melhor, vou continuar a trabalhar mais um pouco, mesmo recebendo a aposentadoria. Não existe trabalho que pague bem com a minha idade.

— Mas você não gosta do trabalho.

— A maioria dos empregos é assim.

Natsuki não dava ouvidos ao que Mitsuki dizia.

— Metade do valor da herança da mamãe não é suficiente para comprar um apartamento decente. Você vai morar longe de mim.

De fato, seria difícil encontrar um apartamento com esse valor perto de Kamiyama.

— Vou procurar um apartamento antigo e pequeno.

— Vai morar num lugar assim e trabalhar no que não gosta? Sua saúde também não é das melhores! – Mal acabou de falar, ela gritou: — Que miséria! – Começou a chorar e soluçar, gritando sem parar. — Que miséria! Que miséria! Que miséria! Não sente repulsa só de pensar em morar num lugar velho, apertado e sujo, e continuar a trabalhar em algo que não gosta? Você não é mais jovem.

Por um instante, diante da reação intensa da irmã, Mitsuki não sabia o que dizer. Uma intensidade completamente diferente da reação do dia anterior, quando disse ter brigado com Jun. Era como se Natsuki tivesse voltado à infância. Uma atitude infantil, de quem se vê no direito de dominar as pessoas ao redor.

— Seja como for, é uma mi-sé-ria!

Aquilo que ela própria tinha evitado pensar saía da boca da irmã mais velha sem pudor algum. Mitsuki obrigou sua mente distraída a funcionar e tentou encontrar um argumento sensato para refutar a irmã. Era como se tentasse se convencer do que tinha falado.

— Mesmo assim, sou muito afortunada para alguém que está se divorciando na minha idade. Além de possuir esse dinheiro, posso trabalhar. Basta eu viver modestamente, sem grandes luxos.

Foi então que a irmã interrompeu:

— Mamãe não nos criou para sermos assim. Ela nos proporcionou uma vida abundante e não queria viver modestamente, como as heroínas das novelas matinais da NHK. Nesse aspecto, sempre concordei que deveria viver como ela.

62. Travessia do Rubicão

Mitsuki continuava atordoada.

Sua mente, que havia afundado no fundo do lago, não conseguia voltar para o mundo material. Além disso, pensar em sua nova vida só aprofundava sua exaustão. Pensando bem, talvez não quisesse pensar no futuro porque a vida que imaginava para si não parecia satisfatória e não fazia valer a pena viver.

Após um breve intervalo, Mitsuki começou a falar lentamente, como se quisesse ganhar tempo:

— Dependendo do ponto de vista, não é uma vida tão ruim assim. Até que tem suas regalias.

— Que regalias?!

Realmente, que regalias poderia ter? Embora condizente com o valor que pagou, a cena abominável que se estendia da entrada modesta do pequeno apartamento era de um quarto minúsculo cuja vista da janela não tinha nenhuma vegetação. Mitsuki apagou essa cena da mente.

Ela sabia que os luxos proporcionados pela mãe foram graças ao salário do pai, mas fez questão de dizer algo diferente:

— Regalias dependem da criatividade de cada um, não é? Eu tenho muitas coisas bonitas.

Mitsuki procurava por palavras, tentando projetar uma vida futura como se criasse um castelo imaginário. Se procurasse por um apartamento antigo de um ou dois quartos, talvez encontrasse algum achado não muito distante de Kamiyama. Se decorasse a entrada com o grande vaso vermelho-escuro no estilo Edo, do "vovô de Yokohama", que Mitsuki herdara da mãe, a atmosfera ganharia o requinte do período Meiji. No quarto, instalaria uma pequena prateleira, como a que levara para o quarto da mãe na Golden, e exibiria apenas objetos selecionados, como as lembranças compradas nas viagens: o vaso turco de prata, a caixa adamasquinada de Toledo, com incrustação de marfim, e o prato de cerâmica da dinastia Joseon; também decoraria com antiguidades que a mãe apreciava: o frasco antigo de perfume de vidro veneziano e o incensário de madrepérola que estava havia gerações na família Katsura. Ela compraria uma pequena cristaleira para acomodar as porcelanas caras da mãe, que dividira com a irmã, e descartaria os utensílios baratos. Se incluísse os sobretudos, as echarpes e as roupas da mãe, tinha o suficiente para uma vida inteira. Eram peças de seda, linho e caxemira. Ela viveria cercada apenas por objetos belos.

E tecidos. Não seriam os comprados nas viagens. Agora, livre da mãe e de prestar contas a Tetsuo, Mitsuki poderia viajar para onde quisesse, aproveitando as passagens aéreas de baixo custo. Para isso, bastava restaurar suas forças e a saúde. Se fosse até o Butão, lar do rei sábio, poderia procurar por tecidos raros para decorar seu quarto. Seria como o pobre quarto de Sara, de *A princesinha*, que lera quando era criança. O quarto no sótão em que vivia se transformou em um palácio quando o teto e as paredes foram decorados com tecidos. Mitsuki leu o livro várias vezes, ansiosa para chegar nessa cena.

Mitsuki trocaria as cortinas no verão e no inverno, para mudar a atmosfera do ambiente. A renda seria de organdi francês, mais fina do que as asas de uma libélula, e que pode ser usada o ano inteiro. Mais delicada que a renda de fabricação japonesa, a versão francesa está disponível em mais opções de cores suaves. Não importava o valor, ela se permitiria tal luxo. Adorava a elegância das leves ondulações que a renda fazia quando soprada pelo vento. Na parede, penduraria o sári indiano com fios de ouro e bordado com pequenos fragmentos de vidro que refletiam a luz como lantejoulas. No chão, estenderia um tapete Ikat, de Bali. Cobriria a cama com um tecido de nome desconhecido de uma região inexplorada do Butão. Por cima, espalharia almofadas bordadas com padrões da dinastia Ming. Por ser japonesa, usaria tecidos antigos de quimonos em vários lugares da casa. Só de pensar nos nomes inusitados – *jofu*, *chijimi*, *tsumugi*, *habutae*, *rinzu*, *sha*, *ro* e *bashofu* –, o aroma dos tempos antigos exalava como incenso.

Seria um palácio que ofereceria uma celebração de tecidos do mundo, com texturas tão diversas quanto as culturas; por isso, faria uma combinação sutil dos tons de cores. Esse seria o momento de mostrar suas habilidades.

Enquanto falava, surgiu no coração de Mitsuki uma pequena chama que aos poucos ganhou intensidade. Do outro lado da linha, podia imaginar Natsuki ouvindo com a respiração suspensa, os olhos brilhando, como uma garotinha. Com uma ouvinte entusiasmada, Mitsuki se sentiu ainda mais motivada em falar.

— Além disso, daqui em diante terei um espaço só meu.

Símbolo da própria existência dos homens, as volumosas roupas masculinas desapareceriam do guarda-roupa do quarto principal; os sapatos grandes e sobretudos pesados, da entrada do apartamento. Não haveria mais guarda-chuvas grandes. A estante não teria mais livros de outra pessoa. Todas as prateleiras abrigariam apenas livros seus! Ela exibiria seus amados livros de infância, guardados numa caixa de papelão. Também estaria livre de fazer compras e cozinhar para duas pessoas, de fazer faxinas regulares e de lavar, secar e dobrar cuecas de formatos estranhos. Poderia viver a vida como desejava, em seu quarto e com suas coisas.

Perto da janela, teria uma mesa com cadeiras delicadas, que pareceriam frágeis para Tetsuo se sentar. Nas tardes de tempo bom, Mitsuki se sentaria ali apreciando o chá de verbena numa xícara de vidro, observando tranquilamente o pôr do sol entre as nuvens púrpura do céu, imaginando o crepúsculo de sua vida.

— O que poderia ser mais luxuoso?

— Hmm, você tem razão, talvez seja uma vida de muitas regalias. – Essa foi a última frase que Natsuki disse, ainda sonhando.

Depois da ligação, Mitsuki continuou por algum tempo mergulhada no sonho projetado em palavras. Em sua imaginação, o pequeno apartamento de um ou dois quartos, com talvez uns 30 metros quadrados, expandia-se cada vez mais, podendo abrigar um, dois, até três elefantes. O palácio dos tecidos, conforme aumentava de tamanho, se tornava deslumbrante e convidativo. Não era apenas a sombra de um homem que desapareceria dali. Desapareceria também o espírito dele, o espírito que prendia a mente de Mitsuki. Desde a cena no porto de Calais, sua mente, aos poucos presa numa caixinha, agora voaria livremente pelos céus.

Sim. Ela aproveitaria a oportunidade para jogar fora os próprios destroços, acumulados ao longo dos mais de cinquenta anos de vida. Como se lavasse a ferrugem da mente, Mitsuki levaria uma vida sem coisas supérfluas e tentaria alcançar o que lhe era de fato importante. Libertaria a mente e seu eu do passado.

Mitsuki tinha se esquecido da chuva torrencial.

Sentia-se febril enquanto ligava o laptop e abria o Gmail de Tetsuo. A determinação de valorizar os anos que restavam – e que não tinha coragem de chamar de futuro – se espalhava pelo corpo de Mitsuki, criando raízes. Sem pensar, primeiro ela encaminhou maquinalmente cada e-mail trocado entre Tetsuo e a mulher para seu próprio e-mail.

Clique. Clique. Clique.

Era em momentos assim que se usava a expressão "atravessar o Rubicão"? Não tinha mais volta. Ela não sabia quando Tetsuo entraria na conta de e-mail, mas assim que ele visse a tela saberia que todas as mensagens trocadas com a mulher haviam sido encaminhadas para Mitsuki. Saberia também que ela entrara no Gmail dele e que, além de ter lido as mensagens, guardara tudo como prova.

Enquanto pressionava o ícone de enviar, de repente Mitsuki se sentiu culpada. Tetsuo não tinha o próprio caráter na mais alta conta – na verdade, ele era bem sarcástico a respeito de si mesmo – e nesse aspecto sempre considerou Mitsuki bem mais nobre que ele. Ela apreciava muito essa virtude do marido, como se ele trouxesse Buda no coração. De repente, ela se sentiu próxima dele, como não se sentia havia anos. Sem dúvida, ele jamais imaginou que Mitsuki pudesse se rebaixar a tanto, invadindo a conta de e-mail de outra pessoa. A tela ficou embaçada; para sua surpresa, seus olhos estavam úmidos. Depois de encaminhar todas as mensagens, Mitsuki sussurrou:

— Desculpe.

Admirada, Mitsuki sorriu por um instante e imaginou se a razão para ter feito algo tão ardiloso, assim que decidiu morar sozinha, seria por ter o sangue da mãe correndo nas veias. Ela retomou a expressão séria e começou a escrever um e-mail para ele.

"Prezado Tetsuo."

Apagou e reescreveu "Querido Tetsuo", pois queria ser gentil no e-mail de despedida. Escreveu a mensagem sem grandes dificuldades.

> Li seus e-mails antigos. Encaminhei para o meu endereço, para guardar como prova da sua traição. Desculpe. Vivi um casamento com muitos momentos divertidos. Você nunca me dirigiu uma palavra de reclamação enquanto toda a minha atenção estava voltada ao cuidado dos meus pais, muito obrigada. Fico grata por isso.
>
> Minha mãe morreu em 23 de novembro, de pneumonia aspirativa. Felizmente, ela deixou uma herança; por isso, conforme o arquivo dos cálculos da divisão de bens anexado no e-mail de 9 de setembro do ano passado, posso me sustentar sozinha. De todo modo, visitarei seus pais, seu irmão e sua cunhada em Toride. Como não posso voltar atrás em minha decisão e acredito que não temos mais nada significativo para conversar, daqui em diante farei contato por meio da Masako Aoki. O e-mail dela segue abaixo. Os documentos relativos à divisão de bens serão enviados em breve, por meio da advogada dela. Não se sinta culpado. Acho que fui eu que te prejudiquei. Desejo felicidades. Talvez nos vejamos algum dia. Até lá, fique bem. Adeus.

Mitsuki releu três vezes o e-mail e concluiu que não precisava esperar por uma noite para enviar. Preencheu o espaço do destinatário com o e-mail de Tetsuo. Em seguida, incluiu o endereço da mulher em cópia.

Se ela enviasse o e-mail apenas para Tetsuo e ele sentisse dificuldade para abordar o divórcio por ter pena da esposa, a mensagem o tranquilizaria, pois sabia que não precisaria passar pela parte mais dolorosa. Mas e se a hesitação fosse por causa da herança da mãe de Mitsuki? Talvez ele voltasse às pressas, caísse aos pés dela, sem saber que já era impossível voltar, abraçando as pernas dela aos prantos, pedindo desculpas centenas de vezes, para convencê-la a mudar de ideia. Tetsuo era esse tipo de pessoa – por ser assim e para o bem de ambos, ela não queria saber do que ele seria capaz. Se o e-mail fosse enviado também à mulher, Tetsuo não poderia mais escapar dela. Mesmo que tivesse seus planos, a mulher que estava prestes a perder a juventude parecia amar Tetsuo de verdade e chegava a venerá-lo. Ele deveria se divorciar de Mitsuki e ficar com ela.

Ela tirou de Tetsuo a possibilidade de fazer uma escolha errada. Só lhe restava o caminho certo. Como ele interpretaria a intenção de Mitsuki ao enviar a mensagem também para a amante? Se ele esperava receber a herança, veria apenas como maldade? Ou será que interpretaria de outra maneira? Como ele não era alguém que ignorava a bondade, talvez enxergasse algo além disso.

No momento de pressionar o botão de enviar, sentiu o coração bater mais rápido. Não sabia quando Tetsuo leria o e-mail. Talvez fosse no dia seguinte ou uma semana depois, ou ainda mais tarde; mas isso já não importava.

Mitsuki inspirou profundamente e, depois de esvaziar todo o pulmão, abriu o Google Earth. Todas as vezes que ela girava o globo azul no centro da tela, sentia certo entusiasmo. Aumentou o zoom na Eurásia, para a península à direita, para o estreito e longo Vietnã, até por fim chegar à cidade de Ho Chi Minh. Em algum lugar dessa localidade, Tetsuo e a mulher leriam o e-mail que ela acabara de enviar.

63. Após a noite

— Ainda está viva? Não combinamos que você me telefonaria?

No dia seguinte, Mitsuki acordou com o telefonema de Masako. Os ofuscantes raios de sol atravessavam a cortina. Já eram nove horas.

— Estou viva. – Achou a conversa estranha, mas continuou:
— Estava dormindo até agora.

— Ah, é? Que bom que está viva. Então vou desligar.

Admirada com o jeito típico da amiga, Mitsuki se levantou, foi até a janela e abriu a cortina com força. O céu de inverno estava límpido como nunca e a tempestade da noite anterior parecia uma mentira. Quando olhou para o jardim, viu ao longe um longo cedro cruelmente partido. Muitos jardineiros caminhavam com pressa para verificar os estragos. Entre eles, certamente estavam os *garden conductors*.

Era a primeira noite, nos oito dias em que estava no hotel, que tinha dormido bem. Escovava os dentes enquanto pensava no que teria acontecido com a mãe e a filha desaparecidas. Colocou a faixa de cabelo para lavar o rosto quando ouviu alguém bater à porta. Em seguida, ouviu a voz de Kaoru:

— Sou eu.

Ela enxugou o rosto às pressas e abriu apenas uma fresta da porta. Kaoru estava impecavelmente maquiada e vestia uma echarpe ao redor do pescoço. Embora ainda fosse visível o abatimento da noite anterior, a expressão dela era alegre. Depois do café da manhã, todos esperavam por Mitsuki no saguão, embora não tivessem combinado previamente. Quando deu dez horas e ela não apareceu, Kaoru foi ao quarto para verificar, por sugestão de Matsubara.

— Ele estava preocupado e disse que era melhor vir.

Mitsuki explicou, um pouco embaraçada, que dormira tarde na noite anterior e tomara um sonífero, por isso tinha acabado de acordar. Perguntou:

— Encontraram as duas?

— Takeru encontrou – respondeu com timidez, ao mesmo tempo que não conseguia esconder a alegria.

Na noite anterior, Takeru havia dito que iria participar das buscas. Soube que os funcionários do hotel estavam procurando ao redor do lago, com carros e a pé. Sozinho, ele foi de carro em direção ao santuário Hakone. Com uma lanterna, passou pelos portais vermelhos e encontrou as duas, encharcadas, sob o telhado do santuário. A filha estava mais distraída do que de costume, mas a mãe parecia muito exaltada. Primeiro, ele acalmou a mãe e a persuadiu a entrar no carro com a filha. Em seguida, telefonou para o hotel, que já estava prestes a contatar a polícia. O gerente queria que as trouxesse de volta, mas Takeru enfatizou que seria melhor procurar ajuda médica, pois elas tinham ficado na chuva por muitas horas. Ele levou as duas para a emergência do hospital mais próximo. Quando chegaram, os médicos decidiram mantê-las em observação por uma noite no hospital, por precaução, já que ambas estavam com hipotermia e a filha parecia ter ingerido algum medicamento. O gerente e o subgerente do hotel, que foram até o local, concordaram com a decisão e todos voltaram, deixando mãe e filha no hospital.

Será que foi um aviso divino não ter se hospedado no Hyatt com Takeru na noite anterior? Assim pensou Mitsuki enquanto ouvia o relato de Kaoru, quando viu duas sombras surgirem no fim do corredor. Como a idosa demorava para retornar, Matsubara deve ter ficado impaciente e viera com Takeru para averiguar. Os dois perceberam que Mitsuki ainda vestia pijamas e se mantiveram afastados, por consideração. Quando ela perguntou os planos de todos, soube que o casal de meia-idade ficaria no hotel por mais dois dias, enquanto o restante partiria no dia seguinte. Os quatro combinaram que jantariam juntos e cada um seguiu sua direção.

Mitsuki passou o dia lendo *Madame Bovary* e acabou cochilando à tarde. Depois de acordar, percebeu que no último ano, desde a fratura da mãe, ela nunca mais tinha tirado um cochilo. Não só por falta de tempo, mas porque o nervosismo não permitia. O cochilo desse dia foi como um néctar que os céus derramaram sobre ela.

Naquela noite, o hotel ofereceu um jantar numa sala semiprivativa do restaurante francês. Disseram ser em agradecimento a Takeru. Ele e Kaoru já tinham chegado quando Matsubara e Mitsuki apareceram, e a idosa não conseguia esconder a alegria:

— Takeru foi um herói de novo hoje.

A mãe deve ter se comovido com a gentileza de Takeru e com a segurança que ele passou quando as encontrou. "Se possível, gostaria que ele viesse buscar as duas", disse a enfermeira por telefone. Takeru foi ao hospital antes do almoço. Depois de retornarem ao hotel, a mãe pediu que ele lhes fizesse companhia até o irmão mais velho dela e a cunhada irem buscá-las.

— Senti pena delas – complementou Takeru.

Como a filha tinha dormido, a mãe falou despreocupadamente com Takeru, contando sua história em voz baixa e rouca. O marido havia morrido num acidente de trânsito quando a filha única estava no ensino fundamental, e tudo indicava que ele tinha se chocado intencionalmente contra a mureta. Ela e a filha passaram a morar com os avôs maternos, pois o avô tinha se aposentado e dispunha de certa margem financeira. No entanto, quando a filha completou 20 anos, começou a apresentar sinais de alguma doença mental. O médico a diagnosticou com uma doença neurológica de tratamento difícil, talvez herdada do falecido marido – e cujo nome ela não mencionou a Takeru. A filha trancou a faculdade e começou o tratamento com medicamentos. Foi justo nessa época que o avô morreu – deixando as três desamparadas financeiramente – e a doença de Alzheimer da avó começou a progredir. Em meio a uma vida de gastos contidos e cuidados com a filha doente e a mãe idosa, a própria mulher ficou à beira de um esgotamento nervoso, mal conseguindo comer e dormir. Vendo a situação, a gerente das cuidadoras da avó levou a mulher para uma estadia curta, de duas semanas, numa casa de repouso e recomendou que descansasse. Enquanto preparava os trâmites para a breve estadia, decidiu fazer uma última viagem com a filha e dar um fim na vida das duas.

Deixaria a mãe idosa com Alzheimer aos cuidados do irmão mais velho e da cunhada. Considerando o que aconteceria se morresse, achou que o suicídio duplo seria a melhor decisão, pelo bem da filha. Tinha escolhido o Hotel Mizuno por ter passado a lua de mel ali. Mas, ao ver a filha contente, embora atordoada por causa dos medicamentos, ela hesitava em pôr o plano em prática; contudo, ao ouvir a história do vidente se sentiu pressionada a seguir em frente. Na noite da tempestade, esse pensamento tinha atingido o ápice.

Ela pretendia se afogar no lago Ashinoko.

— Mas na hora de entrar as águas não pareceram atrativas – disse Takeru.

E Mitsuki complementou:

— Sim, é rodeada de arbustos e difícil de avançar.

— Tem razão. – Para Matsubara ter concordado rapidamente, talvez ele também tivesse observado várias vezes o lago Ashinoko com olhar depressivo, assim como Mitsuki.

Takeru continuou, com uma expressão de quem parecia ver a superfície do lago:

— O único lugar de onde é possível pular seria daquele grande portal vermelho no santuário Hakone, não é? – De fato, o único lugar com um píer. — Mas mesmo na ponta daquele cais não dá vontade de pular no lago.

O píer é baixo demais, e as ondas, muito próximas. Um local popular de suicídios precisa ter uma topografia que atraia as pessoas para a morte. O simples fato de estar num lugar desses é um convite para se libertar do sofrimento deste mundo impuro no mesmo instante... Quando Takeru deu a partida no carro para procurá-las, imaginou a mãe e a filha, paradas na ponta daquele píer, com um desejo repentino de sumir. Se elas tivessem voltado para a estrada, achou que poderiam ter subido a íngreme escadaria de pedra que dava para os prédios do santuário. Foi então que ele seguiu para lá, usando a lanterna nos pontos sem iluminação. Logo, encontrou as duas tremendo de frio.

— Ainda não consigo acreditar que Takeru salvou a vida delas – disse Kaoru com uma expressão séria.

Takeru respondeu, levantando um dos cantos dos lábios num tom cínico:

— Mas não as salvei do infortúnio.

Kaoru pensou por um momento e disse:

— Mas você me salvou.

Talvez para evitar que a atmosfera se tornasse sentimental, Matsubara acrescentou em tom de brincadeira:

— Takeru, você salvou este hotel também. – Depois que todos riram, Matsubara continuou: — Afinal, quando as pessoas estão exaustas, só pensam em coisas ruins.

— Isso é verdade. – Mitsuki assentiu com a cabeça, balançando os longos brincos de prata.

Ela também usava uma echarpe ao redor do pescoço, como Kaoru. Era a sua favorita, de seda preta com riscos que pareciam fios de prata. Quando se olhou no espelho para se maquiar e colocar os brincos, se sentiu glamorosa como não se sentia havia muito tempo. Por fim, constatou que ainda não era de se jogar fora.

Nesse momento, o casal de meia-idade apareceu.

— Parece que todos vão embora amanhã, por isso viemos nos despedir.

O casal fez uma profunda reverência aos quatro. Com exceção de Kaoru, os três restantes depositaram o guardanapo na mesa e levantaram-se às pressas. O casal fez uma nova reverência e o marido disse a Matsubara:

— Muito obrigado. Com certeza entrarei em contato – e depois de falar isso deu um tapinha no bolso interno do paletó.

— Sim, faça isso – Matsubara respondeu.

Todos lançaram um olhar questionador, mas ele se manteve calado. O casal fez uma nova reverência e se foi. O olhar de todos, agora sentados, se concentrou mais uma vez em Matsubara.

Ele tinha uma expressão embaraçada. Kaoru ordenou:

— Confesse.

— Eu dei um conselho, só isso.

Naquela tarde, ele tinha visto o casal comendo sanduíches no saguão e, como haviam se encontrado algumas vezes, se apresentou e se juntou a eles. Matsubara convenceu o marido a não se responsabilizar pela situação sozinho e apresentou o contato de um amigo advogado. É possível contestar legalmente juros abusivos que violem a lei. Além disso, entre o irmão mais velho e o caçula, existem outros irmãos. Mesmo que a cunhada tenha abandonado o marido e não tenham tido mais contato, os filhos já eram adultos. E a dívida não era tão alta assim. Depois de toda a ajuda que o irmão mais velho dera aos mais novos, eles deveriam ajudá-lo. Além disso, os sobrinhos são familiares que compartilham laços sanguíneos. Se todos colaborassem, a dívida podia ser quitada.

— Felizmente, ele considerou a ideia.

— Você fez bem – Mitsuki disse, antes dos outros.

Eram palavras sinceras. Ele certamente viveu e viverá ajudando pessoas em dificuldades. Wakako devia sentir muito orgulho de um marido assim.

— *Bravo! Vous avez bien fait!* – Kaoru levantou uma taça de vinho tinto para Matsubara e todos a imitaram. Que sentimentos possuía o coração de cada um deles? O brinde nas montanhas de Hakone, à medida que a noite avançava, se dirigia a cada um dos quatro hóspedes.

64. Do alto das nuvens para a realidade

— Somos japoneses, vamos trocar cartões de visita. – A voz de Kaoru ecoava nitidamente pelo saguão.

Na manhã seguinte, os quatro se encontraram na recepção no momento do check-out. Mitsuki se perguntava por que Kaoru teria um cartão de visita, mas ela parecia se referir ao sobrinho-neto. Não costumava usar cartões de visita; tirou um já gasto do fundo da carteira. Continha apenas o endereço e o telefone da universidade e do apartamento, sem o e-mail. O endereço e telefone residenciais logo deixariam de ser seus, mas ela entregou sem dizer nada. Takeru imprimiu seu próprio cartão, que trazia na ocupação "desempregado". Ao ver Mitsuki rir, ele deu um lindo sorriso, exibindo os dentes brancos.

Do carro, Kaoru e Takeru se despediram com acenos, supondo que Matsubara levaria Mitsuki até a estação Hakone Yumoto. Depois que o veículo se foi, ele se voltou para Mitsuki e perguntou:

— É um pouco cedo, mas que tal almoçarmos?

Ela concordou. Seu coração disparou a ponto de se sentir envergonhada, mas por fora ela caminhava tranquilamente para o restaurante, que ficava num prédio separado do hotel, à beira do lago.

Como o cardápio era limitado, ela tinha ido lá apenas uma vez. Conduzida à mesa próxima da janela, Mitsuki percebeu que era a primeira vez que via Matsubara de frente e, ao mesmo tempo, era a primeira vez que ele também a via desse ângulo. Quando ela começou a evitar a luz solar diretamente no rosto?

Infelizmente, nesse dia, ela tinha se sentado numa posição que recebia a iluminação amaldiçoada do sol de inverno. Wakako teria sido mais jovem que Mitsuki? Ou da mesma idade? Ou ela seria mais velha? Tomara que fosse mais velha, era o que Mitsuki pensava enquanto olhava o cardápio.

Eles conversaram sobre assuntos triviais. Era impossível discutir complexidades com alguém que ela não sabia se encontraria de novo. Além disso, toda a conversa prosseguia enquanto eles se questionavam sobre a possibilidade de um reencontro. Mas a tranquilidade de Matsubara a envolveu e o tempo que passaram juntos foi ameno, como se estivessem banhados pelo sol da primavera. Mitsuki disse que tinha se surpreendido com a proximidade das estrelas na noite límpida das montanhas de Hakone, enquanto Matsubara contou que se surpreendeu com a proximidade do sol poente no horizonte plano do deserto do Egito. Como se fosse um gesto natural, Matsubara a impediu de pegar a carteira e apresentou o cartão de crédito para pagar a conta.

Prestes a se levantarem da mesa, Mitsuki disse casualmente:

— Sobre o meu marido, ainda não entrei com os procedimentos legais, mas já enviei uma carta de divórcio.

— Que bom ouvir isso. – Ele sorriu contente e entregou um cartão de visita. — Me contate caso tenha qualquer problema.

Ela pegou o pequeno pedaço de papel branco com as duas mãos e ofereceu seu cartão de visita. Não escreveu seu e-mail para não parecer invasiva. Embora as informações de contato do cartão de visita logo se tornassem inúteis, ela poderia entrar em contato com ele. O pequeno cartão em sua mão era leve, mas ela o sentia pesado.

Era o ponto de partida para a vida que levaria sozinha a dali em diante.

Mitsuki recusou a oferta de Matsubara para levá-la até a estação Hakone Yumoto. Depois de se despedirem, ela começou a andar pelo caminho de pedras que circundava o lago. Como tinha lido várias vezes o mapa turístico, sabia que chegaria ao ponto de ônibus em Moto Hakoneko se seguisse por aquele trajeto. O ônibus do hotel tinha feito uma rota simples, então ela sabia que não ficava muito longe. Depois de passar pelo gigantesco portal xintoísta vermelho refletido na superfície do lago à direita, ela logo avistou uma loja de equipamentos de pesca, restaurantes de macarrão *soba* e *ramen*, um café e, mais adiante, lojas de suvenires que vendiam coisas como marchetaria típica de Hakone e o doce *manju*. Havia também uma placa anunciando "*kaisendon* por mil ienes – restaurante administrado por uma peixaria". Apesar da pouca circulação de pessoas, a presença humana começava a preencher o ar e Mitsuki sentia que estava gradualmente descendo das nuvens para terras mundanas.

Por fim, estava de volta ao mundo.

Dez dias antes, quando o ônibus do hotel fora buscá-la, o ancoradouro do navio pirata estava envolto pela neblina noturna, como se fosse o cais de um navio fantasma. Mas agora, sob a luz do dia, só havia a movimentação de vários ônibus de turismo estacionados por perto, nada de extraordinário. A loja de conveniência do outro lado da estrada estava apinhada de clientes. A cena fantástica daquela noite desapareceu como mágica. Atirada de volta à intensidade do cotidiano, ela observou a multidão barulhenta e o brilho dos ônibus de turismo como se despertasse de um sonho.

Segundo a tabela de horários, tinha acabado de passar um ônibus para Hakone Yumoto. Olhou de soslaio para o táxi no ponto e, enquanto caminhava pela área, decidiu esticar o passeio até a antiga estrada. Ninguém a esperava em casa mesmo. A estrada Tokaido, ladeada por cedros plantados quatro séculos antes, conservava pouco da forma original. Ela abriu o mapa e viu que o início da estrada ficava perto de onde se encontrava.

Cinco minutos depois, Mitsuki estava parada num trecho com cedros dos dois lados protegendo-a do sol de inverno.

O local estava deserto. As árvores da antiga estrada eram muito mais altas e grossas do que imaginara. A grossura dos troncos, juntamente com o musgo verde-escuro que os cobria, era um lembrete de que seus anéis de crescimento somavam quatrocentos anos. Com o surgimento do trem a vapor, estradas antigas como essa entraram em desuso, tornando-se solitárias. Com a agradável harmonia entre o calor da tarde e o frio do inverno, Mitsuki desejava seguir para sempre a estrada trilhada antigamente por tantos homens e mulheres, de todas as idades. Se conseguisse fazer isso, entraria numa dimensão sem passado, presente e futuro – uma dimensão em que ela mesma desapareceria. No entanto, a estrada com cedros terminou de forma abrupta e se tornou um caminho comum, obrigando Mitsuki a voltar a si e à sua própria vida.

Quando se virou, viu uma mulher caminhando em sentido contrário, balançando vigorosamente os braços dobrados, para a frente e para trás. Ao se aproximar, percebeu que tinha mais ou menos sua idade – a idade em que as mulheres não servem como heroínas de um romance – e vestia um conjunto esportivo surrado e um tênis sujo. Devia morar na vizinhança e estar na rotina diária de caminhada, o que era evidente pela expressão e pelos movimentos determinados, sem se importar com o olhar de Mitsuki. De alguma forma, parecia ser uma mulher que morava sozinha e se dedicava a aumentar a resistência física não para cuidar de alguma pessoa idosa, mas para viver os anos que restavam. A determinação dessa mulher ficou gravada na mente de Mitsuki como uma imagem triste e dolorosa. Ela embarcou no ônibus, fez a baldeação para o Romancecar, depois para o metrô e voltou ao apartamento em Suginami.

No dia seguinte, começou a procurar um apartamento.

Quanto deve ter andado pela cidade em cinco dias? De manhã, ela pesquisava na internet e à tarde ia às imobiliárias, visitando os apartamentos, um por um, tratada sem muito entusiasmo como uma cliente em busca de imóveis baratos. Logo desistiu de encontrar algo próximo a Kamiyama e começou a procurar por distritos que lhe eram familiares, como Setagaya e Suginami, até gradualmente se distanciar da linha Yamanote, rumo a oeste. No início, ela pensou em economizar o quanto pudesse e determinou um teto de 15 milhões, mas durante o processo aumentou para 18 milhões de ienes, um pouco mais da metade da herança da mãe. Se fosse novo e bem localizado, o apartamento teria apenas um quarto com cerca de 12 metros quadrados, uma cozinha de 3,5 metros quadrados, um banheiro e uma entrada minúscula. Se fosse velho e com localização ruim, o tamanho aumentava consideravelmente. Talvez por causa da recessão, existiam apartamentos de dois quartos com mais de 40 metros quadrados. Mitsuki poderia aceitar um imóvel velho, mas não renunciaria a certo nível de conveniência e espaço. Havia bons lugares se fosse objetiva, mas não conseguiu se imaginar vivendo neles até o fim da vida.

Primeiro, se assombrou com o estado lamentável do caminho que percorreria ao descer na estação, pois estava acostumada a andar pelo verde da Floresta do Bicho-da-Seda.

— Ali está – disse o corretor.

Observando o prédio ao longe, ficou ainda mais perplexa. Ela passou pela entrada do edifício, subiu as escadas sem cobertura e, quando chegou ao corredor, perdeu o senso de realidade e sentiu que estava na vida de outra pessoa. Essa sensação se intensificou quando entrou no apartamento: o piso amarelado, o papel de parede com uma textura resinosa que rejeitava o toque dos dedos, a iluminação branca fluorescente do teto e a estranha inundação de cores apenas na cozinha e no banheiro. Esse pequeno apartamento parecia testar os limites do bom gosto e reunir toda a feiura do Japão, um século e meio depois do processo que modernizara o país. Se estivesse disposta a pagar, poderia reformar o interior do imóvel e, como encantadoramente narrara para Natsuki naquele outro dia, decorar o espaço com tecidos. Mas Mitsuki não se sentiu motivada o bastante para pensar em transformar o imóvel numa moradia decente. Para começo de conversa, se colocasse a estante de livros, a cristaleira e a escrivaninha, não sobraria muito espaço para decorar com seus tecidos.

Que miséria!

Podia ouvir os gritos da irmã.

A paisagem que viu pela janela dava vontade de desviar o olhar. Desistiria da cortina de organdi francês e usaria uma renda bem grossa, para que não tivesse de olhar para fora. Não havia outra opção.

Na noite do quinto dia, Mitsuki se afundou no sofá e constatou que suas idas às imobiliárias apenas confirmaram três ideias que eram evidentes desde o início. Primeiro, que teve uma vida privilegiada; segundo, que não era mais jovem; terceiro, tampouco era uma idosa.

Ela pensou no Vovô Despreocupado, que voltava para seu apartamento de madeira com uma bacia de plástico embaixo do braço. Embora não soubesse que tipo de vida levara no passado, provavelmente ele daria pulinhos de alegria se lhe dissessem para morar num apartamento de um quarto num prédio de concreto armado. Mitsuki parecia envolta por uma sensação de fracasso. Se fosse jovem, pouco importava onde vivesse, sempre haveria a bênção da esperança; mas ela não tinha mais essa disposição. Além disso, ainda tinha muito tempo de vida. Os belos objetos e lembranças que Mitsuki queria conservar provavelmente disputariam espaço com utensílios necessários para a vida diária, como eletrodomésticos simples.

A contragosto, se levantou para decidir o que poderia jogar fora e foi até o cômodo usado como biblioteca e depósito. Quando viu do outro lado da estante de livros a cômoda de kiri-japonês da mãe, se aproximou e puxou a argola pesada da gaveta. Sentiu a leve fragrância de madeira de ágar, vinda do "quimono do *Demônio dourado*" que tinha trazido da casa da mãe na primavera. Ela havia se esquecido completamente da existência dessa cômoda. Ficou em dúvida entre pedir para Natsuki ficar com o móvel, apesar de a irmã não ter interesse por quimonos, ou manter a cômoda e desistir de comprar a cristaleira para acomodar as peças de porcelana herdadas da mãe. Mitsuki não poderia ficar sem a estante de livros. Envolta pelo aroma de madeira de ágar, não conseguia decidir se sacrificava a cômoda ou a cristaleira, quando se deu conta de que era 28 de dezembro. Naquele mesmo dia, no ano anterior, ela descobrira o porta-lenços florido na gaveta de Tetsuo e sua mãe sofrera o acidente.

Dali a dois dias, Mitsuki tinha combinado de se encontrar com Natsuki em Ginza. Telefonou para a irmã.

65. Irmãs Makioka em Ginza

— Sobre depois de amanhã, que tal irmos como as irmãs Makioka?

Do outro lado da linha, ouviu a voz de espanto de Natsuki:

— Está falando sério?

— Estou.

Uma das expressões usadas havia tempos na família Katsura era "irmãs Makioka", do livro de Jun'ichiro Tanizaki sobre quatro irmãs. Significava que a mãe, Natsuki e Mitsuki sairiam para um passeio vestidas com um belo quimono. Depois do envolvimento da mãe com Aquele Homem, elas nunca mais realizaram o evento e, depois que ele sumiu e o pai morreu, as costas da mãe se curvaram tanto que isso se tornou impossível. A proposta de irem como as irmãs Makioka para o encontro em Ginza dali a dois dias foi recebida com uma resposta inesperada e sensível de Natsuki:

— Com a nossa idade, usar quimono vai parecer coisa de senhoras de meia-idade.

Mitsuki concordou, mas disse:

— O que tem de mais? Nós somos senhoras de meia-idade. Vá com um quimono semiformal ou formal, está bem?

— Hãã?! Por que tanta formalidade? É tão trabalhoso ter que vestir um quimono.

— Faz tempo que não vestimos, que mal tem?

Quando ia a Ginza com a mãe, já usando a bengala, Mitsuki se sentia como uma cuidadora; por isso, agora queria, com essa ocasião, ter a real sensação de que fora liberta. Fazia questão de que fosse algo trabalhoso, para afastar a frustração de não encontrar um apartamento novo.

Como o salão de chá Wako era sempre cheio, elas se encontraram numa cafeteria contemporânea no prédio Namiki. Uma xícara de chá preto ali custava mil ienes, mas Mitsuki queria se adequar ao nível financeiro de Natsuki quando saíssem, mesmo que fosse preciso economizar no cotidiano. Quando ela tirou o sobretudo, Natsuki viu os cinco padrões familiares do quimono e ficou horrorizada.

— Cinco brasões? Não me diga que esse é...

Natsuki estava com um quimono de visita de crepe de seda azul-escuro, com desenhos de pequenos leques na barra. Era da mãe.

— Sim. É o "quimono do *Demônio dourado*".

— Quando mandou ajustar?

— Não tive tempo. Não encontrei nenhuma mancha grande, então vesti no estilo *tsuitake*, com o *obi* amarrado um pouco mais baixo.

— Estilo *tsuitake*?

Mitsuki explicou que vestiu o quimono como os homens, sem criar a dobra excedente abaixo da faixa *obi*. Não era como a maioria das mulheres usava, ainda mais um quimono formal, mas não havia outra opção, pois as japonesas de antigamente tinham estatura mais baixa e, naturalmente, isso influenciava no comprimento da veste.

— É por isso que as mangas são tão curtas.

E Mitsuki abriu os braços, estendendo as mangas como as asas de uma libélula.

Teve de encurtar cerca de 3 centímetros da veste íntima (*nagajuban*) para que não aparecesse. E, para combinar com a formalidade do quimono, vestiu um *obi* luxuoso e pesado, entremeado com fios dourados e prateados, que a mãe emprestara da "titia" e que acabou ficando com ela. Era sua melhor faixa *obi*, na opinião da mãe.

— Como não tenho condições financeiras, não pretendo ajustar. Nos dias de hoje, não há muitas ocasiões para vestir um quimono tão formal.

— Ah, é? Com o divórcio, você começou a fazer coisas bem diferentes. – Natsuki suspirou e continuou: — Que inveja.

— Por quê?

— Porque, depois daquele telefonema, fiquei pensando como seria bom ser livre. Não soa maravilhoso poder dizer que tem seu próprio espaço? Dizer que tem um "teto todo seu".

Mitsuki começou a rir e se esqueceu por um instante da melancolia dos últimos dias.

— Quer dizer que sentiu inveja por eu ter me casado com Tetsuo e agora sente inveja por eu me divorciar dele?

Natsuki, que estava com uma gola decorativa branca, também riu.

— Devo ter algum gene da insatisfação. Não tem jeito.

Segurando a manga do quimono, ela mexia o Campari Soda no copo alto com um misturador de vidro.

— Na verdade, quando soube da sua história, eu pensei em me separar do Yuji também.

"Ridículo", pensou Mitsuki, e olhou para a irmã. Ela continuava a mexer tranquilamente o drinque.

— Como também recebi parte da herança, poderia comprar um lugar para morar. Se aumentasse o número de alunos de piano, poderia me sustentar com o mínimo necessário. Agora são outros tempos e um divórcio não afetaria o casamento dos filhos.

Mitsuki se manteve calada. A irmã era despreocupada e nunca pensara em aposentadoria ou outras questões financeiras; sofria de uma doença ocular sem perspectiva de cura e cultivava hábitos de luxo dos quais nem sequer tinha ciência. Ela jamais se sustentaria sozinha.

— Mas pensei no que faria se não conseguisse me manter sozinha, sabe? Foi então que descobri que bastava voltar para Yuji.

— Como assim?

— Sim. Não fez sentido.

Ela ria constrangida.

Natsuki disse que passou a ver o marido com outros olhos com essa descoberta, grata por ter alguém que, mesmo com um queixo triplo e o corpo inchado como um balão por causa dos esteroides, ainda chamava a esposa de charmosa sem fazer nenhuma expressão de desgosto.

—

Natsuki parou de mexer a bebida e olhou para a irmã.

— E isso não é tudo...

Mitsuki esperou a continuação, porém a irmã perguntou de repente:

— Como está a busca pelo apartamento?

Tinha uma voz casual, mas os olhos pareciam investigativos.

— Humm.

Ela não queria mostrar para a irmã que o castelo imaginário que havia desenhado naquela noite se transformara numa montanha de destroços. Não por orgulho, mas para não decepcionar a irmã mais velha, que ouvira sua história com surpresa e admiração. Mitsuki se esforçou em responder com um tom de voz normal.

— É difícil encontrar um bom lugar.

Natsuki ficou calada, esperando o que vinha depois.

— Afinal, minha idade é problemática, não é? Por mais que me cerque de coisas bonitas e de lembranças, preciso levar uma vida normal.

Natsuki ficou cabisbaixa e voltou a mexer a bebida. No passado, ela viraria para o lado e faria uma cena para soprar a fumaça, mas tinha parado de fumar porque não poderia reservar os melhores lugares nos restaurantes nem embarcar num avião. Mitsuki continuou olhando para a irmã.

— Pensei em várias coisas. Vou levar a cômoda de kiri-japonês porque posso guardar meus tecidos, mas desisti de comprar a cristaleira. Basta eu dar um jeito de organizar tudo no armário em cima da pia. Vou devolver os utensílios de cozinha da mamãe para você.

Natsuki, ainda mexendo a bebida, começou a abrir lentamente a boca.

— Na verdade, eu... – E voltou a fechar a boca. Parecia que hesitava em dizer algo e não parava de mexer na ponta do misturador. Depois de um breve silêncio, prosseguiu: — Decidi dividir a herança daquela pessoa com você. A parte que recebi.

Sem pensar, Mitsuki foi firme:

— Eu não quero seu dinheiro.

Natsuki levantou o rosto.

— Não vou dar tudo. É um número quebrado, mas seriam 22 milhões de ienes.

— Já disse que não quero.

— Mas é um valor necessário para você e desnecessário para mim.

Natsuki disse que teve a ideia de dividir a herança com Mitsuki depois de considerar o divórcio com o marido e desistir.

— Quando eu contei isso para Yuji, adivinha o que ele disse?

Ela inclinou o queixo e fitou os olhos da irmã. Sua expressão não conseguia esconder a alegria, que aumentava. Mitsuki, intrigada, aguardou.

— Com toda a calma, ele disse que eu podia entregar tudo. Sabe, sou casada com ele há trinta anos e não sabia que vivia com alguém tão generoso.

Quando disse a última palavra, o sorriso da irmã mais velha desapareceu e tinha uma expressão séria. Mitsuki também ficou séria. As irmãs se olharam por algum tempo.

As palavras de Yuji fizeram Natsuki perceber que ela se isolara ao longo dos trinta anos de convivência. Para o marido, seu dinheiro era também de Natsuki. A única coisa que Natsuki queria comprar com a herança da mãe era o piano de cauda Steinway, por questões pessoais. Também queria deixar um pouco de dinheiro para si. Um piano de cauda custava cerca de 10 milhões de ienes. Como dinheiro para uso próprio, deixaria 5 milhões. Subtraindo esses valores dos 36,8 milhões de ienes, restariam cerca de 21,8 milhões. É por isso que o valor seria de 22 milhões de ienes.

— Mas não seria injusto?

— Não.

Apesar das injustiças sofridas na infância, foi Mitsuki quem cuidou dos pais na velhice, por isso Natsuki queria retribuir um pouco.

— Não precisa fazer isso.

Enquanto dizia essas palavras, a mente de Mitsuki pensava em várias coisas: que ela de fato tinha feito muito mais; que era inacreditável que uma pessoa distraída como a irmã pudesse ter tanta consideração; que Natsuki ficaria furiosa se conseguisse ler seus pensamentos. Claro que era um presente generoso e inesperado. Mitsuki pensou também em Tetsuo. Mesmo que ele tivesse nascido rico e a situação fosse inversa, ele jamais diria para ela entregar todo o dinheiro à cunhada. Esse pensamento a fez sentir tristeza e pena por ele. Sentiu-se envergonhada por desdenhar do casamento da irmã com um marido rico, e por ela, a mãe e Natsuki terem zombado do bom senso do cunhado.

Talvez Yuji não amasse Natsuki do modo que a esposa desejava. Assim como muitos homens, ele provavelmente não fazia ideia de como uma mulher deseja ser amada – mas isso, Natsuki deve ter concluído, não importava.

Mitsuki repetiu com uma voz quase inaudível:

— Não precisa fazer isso.

— Eu não quero que você more num lugar horrível e leve uma vida mais apertada. Use a herança da mamãe para comprar um lugar bom. Ter mais de 20 milhões a mais vai ajudar, não é?

Enquanto fazia que sim com a cabeça, pelas bochechas de Mitsuki escorriam lágrimas que praticamente nunca mostrara a ninguém depois de se tornar adulta. Natsuki fingiu não ver e olhou para trás, levantando o copo de Campari Soda para solicitar outra dose.

Elas jantaram no Imamura, especializado em *kaiseki*, localizado no subsolo atrás do edifício onde ficava o salão de chá Wako. Deixaram de frequentar o restaurante depois que a mãe não conseguia mais se sentar nas cadeiras altas do balcão. O filho administrava o estabelecimento exatamente como o falecido pai. Elas gostavam do ambiente do restaurante; assim que entravam, sentiam-se como personagens de um filme de Yasujiro Ozu. Manejando os hashis, elas saborearam a felicidade de se vestirem bem e saírem para passear, degustando comidas deliciosas servidas em requintadas peças de cerâmica. Brindaram várias vezes com os pequenos copos *choko*, segurados cuidadosamente com a ponta dos dedos, gesto que combina muito bem com mulheres de quimono. Levemente embriagadas, pegaram um táxi. Natsuki, que desceria antes, viu o taxímetro e tentou pagar um valor a mais. Mitsuki recusou.

— Como você é teimosa, hein? – Natsuki comentou, mas conhecia a personalidade da irmã, por isso entregou apenas o valor da sua parte.

Mitsuki subia a avenida Circular 7 pela Inokashira em direção ao norte, admirando a paisagem noturna tantas vezes observada da janela do ônibus e do táxi. Por fim, viu que o contorno dos edifícios ficou borrado, assim como o brilho das luzes brancas, amarelas e laranja. Quando percebeu, estava chorando como uma criança.

66. O dia em que as cerejeiras floresceram

Para Masako, ela deu a notícia por telefone no dia seguinte, na véspera de ano-novo.

— Você é muito sortuda. – Assim que ouviu isso, Mitsuki ficou em dúvida se contava que ficou realmente "rica" graças à irmã. Ela tinha uma filha com distúrbios alimentares. Mas decidiu revelar, pois seria infiel como amiga se ficasse calada, e Masako tinha um espírito independente, não costumava se comparar a outras pessoas. A mãe dela ainda gozava de boa saúde, mas um dia a amiga receberia uma herança.

Depois de ouvir o que Mitsuki tinha a dizer, comentou:

— Que bom.

— Não é? – respondeu Mitsuki.

— Todas as mulheres sonham com isso. Você é a Cinderela da nossa geração.

— Está dizendo que sou como a Gata Borralheira?

— Exato.

— Sem um Príncipe Encantado?

— Essa é a melhor parte. Aos 50 e poucos anos, sem mãe para cuidar e sem marido, você pode desfrutar a riqueza. Se outras mulheres te ouvissem, ficariam bravas, sabia?

Talvez por ter sofrido no casamento, Masako não se apegava especialmente à ideia de envelhecer como um velho par de tigelas.

Mitsuki disse:

— Como agradecimento, vou te pagar uma bela refeição depois do ano-novo.

— Combinado. – Masako baixou levemente o tom de voz. — Tetsuo pediu desculpas. Ele enviou um e-mail para você também, mas como não sabia se você leria pediu que eu te falasse.

— Eu li. Só não respondi.

— Ah, é? – Calada por algum tempo, Masako continuou: — Então, que desta vez seja um bom ano.

Perto da meia-noite, Mitsuki abriu a janela e ouviu as tradicionais badaladas de fim de ano do templo Myohoji. Lembrou-se de como chegara longe nesse último ano. No ano seguinte, ela deixaria o bairro e nunca mais ouviria esse sino, que parecia intensificar ainda mais o ar noturno de inverno de uma Tóquio que parecia mais quente do que na época em que ela era criança.

Em meados de janeiro, Mitsuki encontrou um apartamento de que gostou, no fim da linha Inokashira. O edifício era extremamente antigo, mas tinha vista para um dos maiores parques da cidade, onde podia admirar o verde perene das árvores ao longe, mesmo no inverno. Viu também galhos de uma grande árvore de bordo se estenderem até perto da sacada. Por entre esses galhos, viu as árvores de cerejeira em volta do lago. O corretor havia dito que era um "apartamento *vintage*", usando o termo estrangeiro para encobrir a idade do imóvel, mas o coração de Mitsuki disparou quando viu a paisagem da janela. Ela imaginou os brotos verdes e repletos de vida, banhados pela luz do sol na primavera. Embora fosse um apartamento com dois quartos e uma sala de estar, além de cozinha e banheiro, tinha amplos 62,5 metros quadrados. O proprietário tinha pressa em vender o imóvel, por isso a herança da mãe seria suficiente para cobrir o valor e até bancar uma grande reforma. Tetsuo não voltaria ao Japão antes de março e, como o divórcio não estava oficialmente concluído, o contrato com a imobiliária foi feito sob o nome de casada, Mitsuki Hirayama. Porém, na caixa postal e na porta, escreveu "Katsura" em uma caligrafia robusta e grande.

Depois, organizou um memorial para a mãe. Visitou a universidade para se despedir e, levando uma grande caixa de doces de presente, visitou a família de Tetsuo em Toride. Mitsuki logo impediu que os pais dele pedissem perdão de joelhos e agradeceu por tudo o que haviam feito. Ela estava sendo sincera. Para a cunhada, ela não apenas agradeceu, mas fez uma reverência e pediu que continuasse a cuidar dos sogros idosos dali em diante.

Enquanto a reforma no apartamento *vintage* avançava, Mitsuki organizava seus pertences no antigo apartamento, usando luvas e uma máscara. Deixou os objetos que Tetsuo poderia querer. Em breve, as flores de ameixeira se abririam, seguidas pelas flores de pessegueiro. A natureza, seguindo o ritmo, se encaminhava para a primavera com precisão.

Certo dia, quando se podia sentir a presença da primavera mesmo com o frio do inverno, Mitsuki transferia os livros amarelados do depósito para uma caixa de papelão. Ela parou os movimentos e encontrou o nome de uma conhecida editora literária. Era a empresa que havia solicitado, alguns anos antes, a tradução de *Madame Bovary* ao professor de testa saliente. Se não haviam publicado uma nova tradução, queria dizer que o projeto estava engavetado por algum motivo. Ela viu o editor algumas vezes na sala do professor. Será que ele ainda trabalhava lá? Mitsuki se imaginou visitando a editora quando ela terminasse a mudança e estivesse mais tranquila. Seria uma sensação estranha, pois não estava acostumada a vender seus serviços, mas não era algo inimaginável.

O frio remanescente do inverno infiltrava-se pelas paredes do cômodo, voltado para o norte. Sentindo esse ar gélido nas costas, Mitsuki se sentou por algum tempo sobre a caixa de papelão mais próxima. Ela averiguava a capa e a quarta capa de vários livros.

O dinheiro de Natsuki possibilitou a compra do apartamento com vista para o parque, mas enquanto não começasse a receber a pensão precisava fazer mais traduções de patentes. Só não tinha pensado no que fazer com o tempo que sobraria. Como sua condição de saúde havia piorado desde o fim do ano anterior, pensou em se tratar primeiro.

Mitsuki olhou mais uma vez para os livros amarelados.

As pessoas não vivem para fazer o que desejam. Tornar-se adulta era um processo de aprendizado para desistir do que se deseja fazer. Contudo, as lembranças dessa desistência permanecem como uma marca. Ter sido obrigada a recusar a "boa proposta" do professor era uma marca persistente dentro de

Mitsuki. Talvez não fosse ruim tentar retomar a "boa proposta", mesmo depois de tanto tempo. Ela traduziria os capítulos iniciais e, caso ficasse satisfeita com o resultado, mostraria seu trabalho à editora. Às vezes, jornais e revistas glamorizam histórias de mulheres divorciadas que começaram um negócio como passatempo, mas ela não desejava esse tipo de recomeço. Se priorizasse o tratamento médico, suas condições de saúde melhorariam. Sentindo-se melhor, recuperaria as forças. Dessa forma, poderia fazer algo, mesmo que não fosse revolucionário. Poderia ao menos tentar traduzir aquele livro.

Seria uma pequena tentativa, mas algo ousado.

Pensando bem, a mãe começara as aulas de *chanson* na idade que Mitsuki tinha agora. Como a mãe não aceitava o envelhecimento, talvez a própria Mitsuki tivesse se desesperado em aceitar esse processo. Ela não queria resistir à idade como a mãe; no entanto, queria continuar a perseguir o sonho enquanto envelhecia, queria continuar a estender os braços para as estrelas do céu enquanto sentisse sua alma inquieta. Além disso, graças à mãe, tivera uma vida privilegiada. Os tempos eram outros, e ela nascera com dons diferentes. A filha deveria desejar algo maior, um sonho indescritível ainda mais extravagante que o da mãe.

Mitsuki se levantou lentamente.

Voltou ao quarto, pegou a carteira na bolsa, retirou o cartão de visita de Matsubara e o rasgou em pequenos pedaços. Em seguida, juntou na palma da mão o monte de papel branco picado que voaria com um sopro e observou por algum tempo como se fosse um sonho passageiro. Ele era um homem agradável, alguém que Mitsuki poderia admirar. Um homem raro de grande generosidade, capaz de amar apenas uma mulher por toda a vida. Mitsuki não pensava em atrair aquele coração tomado por Wakako, que nunca tinha cantado na frente do marido. Alguém que ama uma mulher tão reservada, no fim das contas, não amaria Mitsuki do jeito que ela desejava ser amada...

Mitsuki se mudou no início de março, quando Tetsuo estava prestes a voltar ao Japão. Assim que a empresa de mudança terminou o trabalho, Mitsuki foi até a janela. Ela podia ver o verde do parque através da cortina de organdi dourado, mais fina que as asas de uma libélula. Emocionada pela exuberância das plantas, puxou a cortina e viu a primavera em curso se revelar diante de seus olhos, com sua vegetação jovem e deslumbrante. Ao redor do lago, as cerejeiras estendiam seus longos galhos, repletos de botões de flor, em direção à superfície da água.

Em breve, as cerejeiras floresceriam.

Quando jovem, ela preferia o outono.

Logo que entrou no ensino fundamental, aprendeu que *wakuraba* era um termo poético para descrever folhas que mudam de cor fora da estação por causa de alguma doença ou praga. Mitsuki admirou o significado funesto que a palavra evocava, pois desconhecia o que era passar por grandes adversidades. Não gostou da primavera por um longo tempo, assim como não apreciava tecidos com estampas florais. Por vezes, sentia até repulsa por pinturas de flores e se perguntava qual era o significado em desenhar belamente o que já era belo. Mas, com o passar dos anos, convivendo com a doença e o envelhecimento e aprendendo o que são adversidades, ela gradualmente passou a gostar da primavera. Foi por isso que levou várias imagens dos nenúfares de Monet para o quarto do pai, no hospital. Porém só agora, quando olhou pela janela, foi que Mitsuki percebeu o verdadeiro valor da primavera, a estação em que a natureza, com um verde exuberante, retorna do vazio para a vida, exibindo a alegria em todo o seu esplendor.

Nesse momento, a campainha tocou. Natsuki estava ali para ajudar a organizar a mudança e trouxera o almoço, comprado na Tokyu de Shibuya. A irmã foi até a janela, ainda segurando as sacolas de papel.

— Que inveja.

Percebeu o que disse e começou a rir alto.

Desse dia em diante, Mitsuki passou a abrir calmamente as caixas de papelão, todos os dias.

Ela teve pressa em esvaziar a casa em Chitose Funabashi e o apartamento em que vivera com Tetsuo. Agora, com calma, ela abriria as caixas embaladas às pressas ou as que trouxera sem sequer abrir, e cada objeto que encontrasse naturalmente evocaria um diálogo com o passado. Organizou com eficiência os objetos que estava acostumada a ver em Chitose Funabashi e os que usava até recentemente no cotidiano com Tetsuo. Mas os objetos nostálgicos – aqueles que não via em décadas, ela pegou nas mãos, sentiu sua textura com a ponta dos dedos, aproximou do rosto e cheirou. A organização não avançava muito. O dicionário de inglês-japonês do pai com as páginas curvas. Os brincos de marfim da mãe usados na juventude. O grande laço que a Mitsuki criança usava apenas nos passeios... Com o passar dos dias, ela apenas abria freneticamente as caixas, sem se preocupar onde guardar os objetos. O espaço foi tomado por caixas de papelão meio vazias e por plástico-bolha; em meio à bagunça espalhavam-se recordações que cobriam praticamente todo o piso. Eram objetos que narravam vários períodos da vida de Mitsuki. Parecia difícil acreditar que na noite de tempestade em Hakone só vieram à mente lembranças sombrias. O que surgia agora não eram memórias tristes, embora também não transbordassem alegria. Ela se impressionou com o mistério de ter esse tempo para si, de ter nascido neste mundo e do privilégio de ter uma vida como a de agora.

Quando percebeu, era mais de uma hora da manhã.

Foram uns dez dias assim, nebulosos, em que esteve ausente. Uma manhã, ela acordou e se dirigiu à sala ainda sonolenta. Através da cortina de organdi dourado, avistou nuvens brancas ao redor do lago. Impressionada com a visão, puxou a cortina delicada. As nuvens brancas se transformaram em nuvens de pétalas de cerejeira.

No dia anterior, o sol intenso aquecera o céu e o solo, por isso os botões desabrocharam de uma vez.

"Eu sou feliz." Nesse instante, Mitsuki seria castigada se não pensasse assim. Por quanto tempo ela não conseguiu dizer essas palavras?

— Eu sou feliz – Mitsuki disse em voz alta, pedindo perdão.

Pediu perdão a Tetsuo, que já devia estar de volta ao país. Esperava que ele não pensasse que a esposa, com quem convivera por anos, tivesse rejeitado sua personalidade. Esperava que Tetsuo, de algum lugar do Japão, sentisse com todo o corpo a felicidade de estar vivo, assim como Mitsuki sentia nesse instante. Ela se sentia grata à amante, que a fizera enxergar a realidade; mas pensar dessa forma parecia um crime contra o ex-marido.

— Perdão – Mitsuki repetiu.

Não sentiu vontade de pedir perdão à mãe. Ela sabia que Mitsuki desejava sua morte e deve ter perdoado a filha. Seu egoísmo com certeza foi o modo de pedir perdão a Mitsuki. Sem perceber, a filha já havia perdoado a mãe, talvez no momento em que a enfermeira fechou aqueles olhos pretos.

As flores de cerejeira que a mãe nunca mais veria também deixariam de ser vistas por Mitsuki um dia.

Posfácio
As heranças de uma mãe
NATALIA TIMERMAN

No princípio era o clichê, o lugar-comum. Uma mulher de meia-idade precisa cuidar da mãe doente; ela descobre, quase ao mesmo tempo, mais um dos casos amorosos de seu marido. Imagina-se, de partida, a dor dessa filha prestes a perder sua adorada mãe; imagina-se essa esposa atingida em seu âmago por mais uma traição, interpelando raivosamente o homem infiel, tentando, por meio de gritos e cenas, agarrar-se com mais força ainda ao seu casamento em ruínas. Mas esse lugar, de onde se parte – ou se partia – para se embrenhar em *A herança da mãe*, é tão comum que não se prende a especificidade alguma; é infactível, pálido, vazio. É velho. O que não significa descartável: pois o livro também se põe a olhar para isso, para o que fazer com o que envelheceu, seja uma mulher, um costume, uma tradição. É, talvez, o choque desses restos com o novo o que move esse romance magistral.

Tão relutante eu estava em me desfazer do clichê que, nas primeiras páginas, desconfiava da descrição que Mitsuki fazia da mãe, desconfiava da própria protagonista. Uma pessoa cujo declínio físico e cognitivo exige cuidados costuma despertar mais pena que a filha que precisa despendê-los. Contudo, aos poucos, conforme a hábil Minae Mizumura dispõe de mais elementos, vou compondo a figura dessa mãe tão pouco maternal. Uma mãe ardilosa, manipuladora, egoísta e cruel.

Cena fundamental do romance é a do trajeto das irmãs Natsuki e Mitsuki com a mãe até a aula de piano. A mãe pede à filha mais nova que carregue a bolsa com o material de estudo no longo caminho para que os dedos da mais velha não fiquem expostos ao frio. “Foi bem na época em que o físico das irmãs era muito diferente. Natsuki, que tinha se tornado estudante dos anos finais do ensino fundamental, transbordava saúde, já menstruava, era alta e tinha boa constituição física. Mitsuki, com desenvolvimento lento, tinha um corpo magro e frágil, tal qual um bastão fino de madeira com pernas de criança. A mãe deu a ordem mesmo ciente de que as filhas tinham disposições tão distintas.”

O lirismo contido da prosa de Mizumura dá conta de expor a marca indelével que a cena deixa em Mitsuki, cujo coração “se afastou silenciosamente do pequeno corpo, observando lá do alto a mãe e as filhas subirem a colina”. Segue-se uma reflexão da protagonista, como tantas vezes a narradora seletivamente onisciente nos oferece: “Supõe-se que mães sejam justas, não é? Aquela cena resumia as injustiças sofridas até então. Sempre que era confrontada com situação semelhante, não tinha como evitar: seus pensamentos voltavam àquele momento”.

A narradora dá a ver não apenas as ações e reflexões de Mitsuki, mas a própria contorção de seu pensamento, o vai e vem agoniante de suas indecisões, o transcorrer de sua insônia e mesmo de seus cálculos (aos quais voltarei adiante). Ela decide, por exemplo, levar a mãe para casa depois de um acidente; volta atrás depois de uma noite torturante de insônia; repensa, se debate, se aflige, no realismo psíquico, fantasticamente inseguro, com o que se passa com uma mulher que precisa tomar decisões num mundo que não a favorece, que nunca a favoreceu. O resultado é uma instabilidade narrativa minuciosa que leva a crer que não é só o enredo que está sendo inventado; é o próprio mundo. Como se as dúvidas abrissem espaço, a cotoveladas, para essa mulher – para as mulheres.

Tampouco a mãe de Mitsuki é simples de compreender. Noriko não se resume a ser má: também é capaz de encenar momentos de ternura e gratidão, de reconhecer, ainda que sutilmente, os próprios erros. As personagens deste livro são tão complexas quanto as histórias que as engendraram. A origem e a vida de Mitsuki e Natsuki são marcadas por traições, abandonos, ações impulsivas que determinam o que vem depois, compondo uma verdadeira linhagem de filhas ilegítimas, como se continuassem a dizer que as histórias que valem a pena ser contadas são as que fogem do que é ou era padrão, do que se costumava chamar de centro.

A primeira parte do livro é centrada no adoecimento progressivo da mãe. Duas quedas fragilizam sua saúde, e na sequência se instala um quadro demencial. A demência faz com que Noriko se distancie dela mesma, mostrando-se ainda odiosa, mas de outra maneira: "A mãe devorava a comida como se fosse um demônio faminto. As costas encurvadas mostravam o modo vergonhoso como comia – tão vergonhoso que era difícil acreditar que fosse sua mãe, o que fez Mitsuki desviar o olhar sem querer. Durante as refeições, a mãe sempre teve o cuidado de comer com modos diante das filhas, mas infelizmente ela perdera essa consciência".

Mitsuki tem consciência do desejo de que a mãe morra, no que provavelmente é a maior subversão do clichê em *A herança da mãe*. Quando escuta pelo telefone que Noriko pretende usar o dinheiro do seguro de vida do pai ainda vivo para ir a Paris, Mitsuki tem, pela primeira vez,

> um desejo claro e ardente: que a mãe morresse logo. Naquela noite, antes de dormir, Mitsuki disse para si mesma, na escuridão:
>
> — Mamãe morreu hoje.
>
> Desde então, ela aguardou, desesperadamente, pelo dia em que essas palavras fossem verdadeiras.

Confessar o que é tão difícil de admitir, se não inaugura uma maneira inusual de se sentir diante da iminência da morte de alguém tão próximo, ao menos revela algo que, talvez comum, costuma ficar escondido, tanto na ficção quanto na vida. A relutância de Noriko em morrer é interpretada pelas filhas como uma afronta. Um amálgama de raiva, culpa, exaustão e tristeza rege as ações das irmãs diante da situação. Procedimentos invasivos começam a ser aventados pelo médico, aproximando a discussão sobre os cuidados paliativos, aqui representados pela Sociedade para uma Morte Digna. Prolongar a vida a qualquer custo pode ser, no fundo, mais cruel que uma filha que deseja a morte da mãe.

A morte de Noriko é narrada com tal honestidade que, mesmo tão desejada (talvez justamente por isso), se torna ainda mais comovente. Detalhes como o soro de baixa caloria e a queda progressiva das taxas de oxigênio nos colocam dentro da banalidade desgastante do hospital, diante da abertura do tempo imposta pelo fim de uma vida, por onde entra caudalosa a boa ficção:

> O médico, em consideração à família, estava do lado de fora. Toda vez que o coração da mãe batia, a marca rosa do coração piscava e ouvia-se o bipe eletrônico. O som soava a longos intervalos. Teve a impressão de que a respiração da mãe parou. Mesmo assim, o som agudo dos batimentos continuou por algum tempo. Dez segundos depois do que se pensava ser o último bipe, ele voltava a tocar de novo. Isso continuou por dois ou três minutos.
>
> O médico entrou e disse:
>
> — É o suficiente.
>
> Ao ouvir isso, a enfermeira desligou o monitor.

Depois, os trâmites da morte – incluindo os preços de cada item do serviço funerário – seguem dispondo, pelos detalhes, o que mais interessa ao romance como gênero: o cotidiano da vida, sempre tão outro, sempre tão próximo.

Na cultura japonesa, como em muitas outras, são as mulheres que cuidam da casa e de quem adoece. Tal associação é tão forte que não é exagero dizer que, em várias sociedades, ser mulher é cuidar. Isso também é desestabilizado em *A herança da mãe*, e podemos percebê-lo às vezes mais implícita, às vezes mais explicitamente. É, por exemplo, separando, enrolando e organizando as meias do pai que Mitsuki e Noriko desenrolam uma conversa decisiva sobre a ida de Mitsuki a Paris, estadia que vai mudar o curso de sua vida e determinar seu novo caminho como professora e tradutora. É também em Paris que ela vai conhecer o futuro marido, Tetsuo. Naquela singela cena doméstica, tantas vezes reiterada (cada passo do cuidado com as meias do pai é descrito entremeado à conversa), é como se os nós de tecido chocassem ovos surpreendentes, contendo criaturas diferentes do que seu invólucro macio e corriqueiro anunciava.

Ainda assim, mesmo que o curso de sua vida tenha mudado, Mitsuki não consegue se desvencilhar do papel de cuidadora atribuído a ela desde criança. "Uma esposa pequenina – assim o pai a chamava, orgulhoso." Ela cresce como uma menina que se reconhece e se fundamenta ajudando a mãe, função de que inclusive gosta. O que continua até sua vida adulta (exceto pelo apreço à função de cuidar, agora sim destruído): Mitsuki, mesmo tendo sido preterida em relação à irmã ao longo de boa parte da vida, é quem majoritariamente cuida primeiro do pai, depois da mãe. Natsuki tinha providenciais problemas crônicos de saúde; Mitsuki também os tinha, porém, ecos da infância, os seus eram menos levados em consideração.

A teia em que esta se vê enredada nos cuidados com a mãe é cheia de contradições: "Mitsuki não conseguia cortar relações com a mãe por ser japonesa? Será que estava sendo influenciada pela natureza espiritual do Japão, que mede a virtude feminina pela intensidade com que a mulher se dedica a outras pessoas? Ou ela não tinha forças para romper relações porque a mãe era daquele jeito? Talvez Mitsuki soubesse que, se tentasse cortar relações com ela, toda a sua energia vital seria sugada, a mãe choraria e gritaria a ponto de ficar rouca, para no fim sentir pena e acabar desistindo da ideia".

Noriko, enfim, faz às filhas o enorme e derradeiro favor de morrer. E chegamos, então, à segunda parte do livro. Mitsuki vai passar alguns dias no hotel centenário a que já havia ido com a mãe, de frente para o lago Ashinoko. Lá, conhece outros viajantes que a intrigam e interessam, enquanto revê a história de seu casamento e de sua própria vida.

Mesmo que a morte da mãe fosse desejada, há um luto a ser reconhecido e vivido. Mitsuki e Natsuki entendem que a morte não as livrou da mãe, afinal. As irmãs se veem presas às lembranças, porém principalmente a quem são, tendo se moldado a partir do fato de serem filhas daquela mãe específica. A herança da mãe é o dinheiro, mas não só, e as irmãs vão reconhecendo em si mesmas outros legados. O primeiro e mais imediato é o rancor, no entanto elas conseguem ir além e perceber que o apreço pelas comodidades da vida, pelo luxo, pela beleza que tanto as caracteriza vem de Noriko. Muito do que elas mesmas são se deve à mãe.

Mitsuki é uma mulher que vislumbra e passa a prezar pela liberdade. E a mãe, dentro de sua loucura, era terrivelmente livre, como na belíssima cena: "À noite, em meio à chuva torrencial e à ventania, Mitsuki imaginou uma idosa de cabelos brancos cantando alto, à luz de uma única vela, enquanto as casas da vizinhança mergulhavam na escuridão. A expressão 'ser horripilante como um demônio' teria sido criada para uma cena assim?".

O sentido primordial da herança deixada por Noriko, no entanto, não é metafórico, mas bastante concreto. Os cálculos expostos com minúcia proposital de quanto dinheiro Mitsuki precisaria para viver caso se separasse de Tetsuo ilustram a materialidade dos problemas – e da solução – que se interpõem na vida dessa mulher. Ainda que o dinheiro (e aqui dançamos com mais um clichê) não signifique felicidade. Natsuki, casada com um homem rico, tampouco é feliz. Dentro ou fora do trilho que define o que era o sucesso na vida de uma mulher (casar-se ou não com um homem abastado; ter ou não filhos) não há felicidade; a felicidade, se há, está somente fora dos parâmetros desse trilho.

Noriko tinha uma "fascinação desesperada pelo Ocidente", herdada, em certa medida, pelas filhas. A fricção entre o velho e o novo se manifesta, em *A herança da mãe*, na fricção, ora mais, ora menos intensa, ora apreciada, ora indesejada, entre os valores e costumes orientais e ocidentais.

Uma das maneiras como esses embates se apresentam no livro é a influência da literatura nas personagens. Mitsuki não só é professora de francês como leva *Madame Bovary* para o hotel diante do lago. É, aliás, esse livro o que medeia a primeira troca de palavras entre Mitsuki e Kaoru, uma das componentes do grupo de hóspedes de longa estadia. Assim como Emma Bovary, Mitsuki é fascinada por histórias sentimentais. Ela lia romances ocidentais para meninas na infância e novelas na adolescência que ensinavam palavras de um "encanto indescritível", que a levavam "para um mundo de névoa densa, que existia e ao mesmo tempo não existia neste mundo".

No decorrer do romance, a predominância de *Madame Bovary* como compasso narrativo especular vai sendo substituída pela de *Demônio dourado*, importante obra da literatura japonesa muito apreciada pela avó de Mitsuki e que teria tantas semelhanças com sua vida que ela chegou a suspeitar que haveria sido inspirada em sua própria existência. Tal substituição poderia sugerir que, conforme Mitsuki vai tomando posse de sua história, a influência ocidental iria se dissipando. Contudo, sabemos dentro mesmo do romance que *Demônio dourado* foi baseado numa ficção barata, popular na transição entre os séculos XIX e XX, a chamada "*dime novel*". A consciência de que um melodrama ocidental serviu de base para um dos clássicos de sua literatura foi grande decepção para os japoneses, mas aqui ilustra a inescapável e ambivalente influência ocidental na cultura japonesa.

Não só tematicamente, mas também em sua forma, *A herança da mãe* se coloca em diálogo com *Demônio dourado*: ambos os romances foram publicados em folhetim, ainda uma tradição forte no Japão. Segundo conta Minae Mizumura em entrevista concedida a Benjamin Moser para o site Literary Hub em junho de 2017 (época do lançamento do livro nos Estados Unidos), seus romances anteriores também foram lançados em folhetim em pequenos jornais mais restritos ao nicho literário. Entretanto, *A herança da mãe* saiu no jornal *Yomiuri*, que tem tiragem de 9 milhões de exemplares. O plano da autora era terminar de escrever antes do início da publicação em série, mas Mizumura, escritora lenta como diz ser, só havia chegado à metade quando o primeiro trecho saiu.

Muito da obra, porém, provavelmente já estava pensado: trata-se de um romance elaborado, intrincado, bem estruturado, que se sustenta sobre suas próprias questões e, desestabilizando-se, se estabiliza. Parece uma piscadela da autora, por exemplo, a ponderação de Mitsuki de que as mulheres da sua idade, na faixa dos 50 anos, não servem nem como protagonistas de um romance – o que *A herança da mãe* irônica e concretamente está negando.

E então voltamos ao tema central do livro, o envelhecimento. O da mãe, para quem a velhice chega de golpe: "Apesar de ter pouco mais de 70 anos, a mãe de aparência assustadoramente jovem se tornou, depois do acidente, uma idosa de coluna curvada e cheia de rugas, como se um feitiço tivesse se desfeito. Desde então, não tingia mais os cabelos brancos". E também o da filha, cujo corpo está perdendo o vigor e a agilidade e já deixou o auge da beleza padrão. A vitalidade de Mitsuki não foi sugada apenas pela natureza da mãe como ela intuía, mas também pela natureza do tempo: "Na vida, envelhecer significava descobrir a infelicidade?".

O movimento de Mitsuki em *A herança da mãe* se dá em direção à conciliação, tanto com a mãe quanto com o próprio tempo, e então com o envelhecimento. O apartamento velho num lugar antigo no qual vai morar ao se separar de Tetsuo serve como metáfora do acerto de contas possível com o passado, assim como a belíssima cena de Mitsuki abrindo as caixas de lembranças de sua vida.

A diferença entre a vida das mulheres com o transcorrer das gerações é uma espiral de tempo que chega aos dias de hoje. A bisavó, a avó, Noriko, todas mães de filhas "ilegítimas", todas precisando sacrificar o conforto ao amor para vê-lo, depois, se desgastar, guardam semelhanças, mas também contrastam com a vida de Mitsuki, que pode fazer escolhas diferentes, como não ter filhos e questionar o casamento em outros termos. Ainda que ela também parta do clichê "de ser substituída por uma mulher mais nova", além do qual "havia outro: buscar os rastros em dispositivos eletrônicos, como fazia agora. No mundo todo, existiam mulheres que encaravam várias janelas abertas na tela de brilho artificial e que precisavam lidar com a traição do marido. Certamente, haverá mais delas".

Mitsuki, entretanto, se desvencilha dessas mulheres, do clichê e do marido ao mesmo tempo, com o mesmo gesto silencioso: a decisão de se separar, comunicada a Tetsuo por e-mail. E continua se distanciando dele e escrevendo a própria história ao rasgar o cartão de visita de Matsubara, com quem poderia (e talvez quisesse) se relacionar: a tentação de Mitsuki, reflexo da tentação da romancista, é sagazmente evitada. A saída não é um novo relacionamento, não é outro homem. A saída é a do padrão de vida ditado para uma mulher, padrão que sustenta tudo – uma casa, um país, um sistema econômico –, menos a própria felicidade. Não à toa, o final feliz aqui não é mais o casamento, como era nos contos de fadas e romances antigos, mas a separação. E a felicidade não é mais estar ao lado de um homem: é a singela e magnífica alegria de estar viva.

Sobre as autoras

MINAE MIZUMURA é hoje uma das mais importantes escritoras do Japão. Romancista e crítica literária de renome internacional, ela vive em Tóquio e é autora de quatro livros de ficção, três de não ficção e diversos ensaios. Tem artigos publicados em inglês em *The New York Times*, *The Guardian*, *HuffPost* e *The New York Review of Books*. É detentora do Yomiuri, um dos mais importantes reconhecimentos literários do Japão — outorgado anteriormente a Kenzaburo Oe e Yukio Mishima —, por *Uma novela real* (inédito no Brasil), e do Osaragi Jiro de melhor obra em prosa, tanto de ficção como de não ficção por *A herança da mãe*, seu primeiro livro lançado no Brasil.

Nascida em 1951, Mizumura mudou-se com a família de Tóquio para Long Island, Nova York, quando tinha 12 anos. Depois de estudar belas-artes em Boston e morar brevemente em Paris, ela passou a estudar literatura francesa no Yale College e na Yale Graduate School. Mizumura lecionou literatura japonesa moderna em Princeton, na Universidade de Michigan e em Stanford. Foi romancista residente do International Writing Program da Universidade de Iowa, e hoje é membro do Comitê Consultivo da instituição.

NATALIA TIMERMAN nasceu em São Paulo, em 1981. É médica psiquiatra pela Universidade Federal de São Paulo (Unifesp), mestre em Psicologia e doutoranda em Literatura pela Universidade de São Paulo (USP). Autora de *Desterros: Histórias de um hospital-prisão* (Elefante, 2017) e da coletânea de contos *Rachaduras* (Quelônio, 2019), finalista do prêmio Jabuti. Publicou *Copo vazio* (2021) e *As pequenas chances* (2023) pela Todavia.

EDIÇÃO DE TEXTO Julia Bussius
PREPARAÇÃO Cristina Yamazaki
REVISÃO Ricardo Jensen de Oliveira, Karina Okamoto e Tamara Sender
PROJETO GRÁFICO DE CAPA Gustavo André
PROJETO GRÁFICO DE MIOLO E COMPOSIÇÃO Bloco Gráfico
e Beatriz F. Mello (assistência de design)

DIREÇÃO EXECUTIVA Fabiano Curi
DIREÇÃO EDITORIAL Graziella Beting
PRODUÇÃO GRÁFICA Lilia Góes
PRODUÇÃO EDITORIAL Clarissa Ikeda
COMUNICAÇÃO Livia Piccolo
DESIGN Arthur Moura Campos
COMERCIAL Fábio Igaki
ADMINISTRATIVO Lilian Périgo
ATENDIMENTO AO CLIENTE Roberta Malagodi
DIVULGAÇÃO/LIVRARIAS E ESCOLAS Rosália Meirelles

CAR
AMB
AIA

EDITORA CARAMBAIA
Av. São Luís, 86, cj. 182
01046-000 São Paulo SP
contato@carambaia.com.br
www.carambaia.com.br

Título original:
Haha no isan: Shinbun shōsetsu [Tóquio, 2012]

A produção deste livro contou
com o apoio da Fundação Japão

JAPANFOUNDATION

CIP-BRASIL. CATALOGAÇÃO NA PUBLICAÇÃO
SINDICATO NACIONAL DOS EDITORES DE LIVROS, RJ

M681H
Mizumura, Minae, 1951-
A herança da mãe: um folhetim
Minae Mizumura; tradução Lídia Ivasa;
posfácio Natalia Timerman. -
1. ed. - São Paulo : Carambaia, 2025.
432 p.

Tradução de: *Haha no isan: Shinbun shōsetsu.*
ISBN 978-65-5461-098-8

1. Ficção japonesa. I. Ivasa, Lídia.
II. Timerman, Natalia. III. Título.

25-100589.0 CDD: 895.63 CDU: 82-3(520)
Carla Rosa Martins Gonçalves - Bibliotecária - CRB-7/4782

FONTE
Antwerp

PAPEL
Pólen Bold 70 g/m²

IMPRESSÃO
Ipsis